MAURICE DENUZIÈRE

Fausse-Rivière

Tome I

(*Louisiane*, tome II)

ROMAN

J.-C. LATTÈS

© Éditions Jean-Claude Lattès, 1979.

FAUSSE-RIVIERE

Le but que je m'efforce d'atteindre est, avec le seul pouvoir des mots écrits, de vous faire entendre, de vous faire sentir et avant tout de vous faire voir. Cela et rien d'autre et voilà tout. Si j'y parviens, vous trouverez là, selon vos mérites, encouragement, consolation, terreur, charme, tout ce qui peut vous plaire, et peut-être aussi cette vision de vérité que vous avez oublié de réclamer.

JOSEPH CONRAD
en préface de
Le Nègre du Narcisse, 1897.

Première époque

LES RETOURS

1

Bobo, le palefrenier, l'échine pliée par les rhumatismes, sortit clopin-clopant des écuries, traversa le gazon gorgé d'eau et vint mettre en branle sur son chevalet la grosse cloche qui, chaque matin, depuis plus d'un siècle, appelait les gens de Bagatelle au travail[1].

La plainte grave et soudaine du bronze giflé par le battant de fer s'enfla en ondes concentriques de plus en plus liées et mélodieuses, coula sous les chênes de la grande allée, submergea la maison des maîtres, enlaça les magnolias, s'insinua entre les hangars à charrettes, la forge, les vieux séchoirs à indigo, l'atelier des égreneuses à coton, le moulin à cannes et se répandit, comme une vague remontant une grève, jusqu'aux cabanes des esclaves pour parvenir, exténuée et ténue comme un trait de violon, au parc à bestiaux derrière l'hôpital.

Le son familier fit se retourner sur son oreiller aux festons de dentelles Virginie de Vigors, née Trégan, deux fois veuve, du marquis de Damvilliers et du général-baron Charles de Vigors. Celle qu'on appelait simplement la dame de Bagatelle

---

[1]. Voir *Louisiane*, du même auteur, chez le même éditeur.

ouvrit un œil pour évaluer la clarté du jour. Une raie grise à l'interstice des doubles rideaux lui apprit que le soleil ne devait pas être au rendez-vous. Elle tenta de se rendormir après avoir écarté de sa nuque des nattes serrées de cheveux sombres discrètement niellées d'argent.

Dans son appartement, relié à la galerie de la demeure principale par une passerelle de bois, Clarence Dandrige, depuis plus de trente ans intendant de la plantation, était déjà éveillé. L'appel de la cloche n'était pour lui qu'une confirmation routinière. Comme chaque jour il entendit Iléfet, son valet, qui gravissait le petit escalier de la garçonnière, échanger avec Bobo des considérations météorologiques. Il sut ainsi que la pluie continuait à tomber et nota mentalement la nécessité d'une inspection des levées qui protégeaient la plantation des débordements du Mississippi.

« Sale temps encore, m'sieur Dand'ige », dit Iléfet en tirant les rideaux.

Puis, le Noir ajouta d'un air entendu :

« Quand la pluie commence à la lune des fleurs, elle dure un bon mois. Les vaches sont couchées sous les arbres. Preuve que ça va pas fini' encore c' temps, m'sieur Dand'ige. »

Enfin, il enchaîna avec une phrase rituelle :

« Le café est chaud et quelle couleur que vous mettez aujourd'hui, m'sieur Dand'ige ?

— Je pense que le gris paraît tout indiqué !

— Oh ! oui », fit avec un soupir le majordome en pénétrant dans le dressing-room qui était, de toutes les garde-robes de plantation, sinon la plus importante et la plus riche, du moins la mieux organisée et du meilleur goût.

Clarence Dandrige quitta promptement son lit, un meuble dit « bateau », en bois de citronnier, comme les deux fauteuils gondole et le semainier où Iléfet serrait le linge de son maître.

Sur la commode, une pendule à poser, au boîtier à fronton triangulaire recouvert d'écaille de tortue noir et rouge et signée « Robert Seignior, à Londres », indiquait six heures dix minutes. M. Dandrige pénétra dans son cabinet de toilette. Quand il en ressortit, un quart d'heure plus tard, Iléfet avait terminé le ménage de la chambre. Les rideaux de coton se gonflaient comme des voiles devant les fenêtres ouvertes. On entendait, dans le déversoir de la gouttière, l'eau glisser comme un serpent sans fin jusqu'au réservoir.

L'indiscret qui aurait observé M. Dandrige en train de passer la chemise de voile au col et aux poignets légèrement amidonnés, que son unique domestique avait disposée sur le couvre-lit de soie fuchsia avec d'autres pièces de vêtement, n'aurait jamais accepté de croire que cet homme long et souple, aux muscles durs, mais peu volumineux, aux gestes aisés, à la peau saine et lisse, avait depuis peu dépassé la soixantaine.

Seuls ses cheveux argentés, aux ondulations courtes et qu'il portait coiffés suivant leur mouvement naturel, sans leur avoir jamais imposé de coupe à la mode, auraient pu faire penser qu'il ne s'agissait plus d'un homme jeune.

Le visage imberbe, aux méplats nets, au menton carré, révélait le volontaire. Le nez fin légèrement aquilin, les lèvres minces et peu disposées au sourire indiquaient, sinon une inaptitude aux passions, du moins une capacité à les contenir, ce que confirmait, puisqu'on y voit d'ordinaire une indication d'intelligence, un front large, strié de rides à peine esquissées. Mais sous la ligne précise des sourcils, aux pointes légèrement relevées vers les tempes, les yeux, plus que tous les autres traits de ce visage, retenaient l'attention.

Le regard de jade — et, comme cette pierre dure, capable de virer du vert limpide de l'émeraude au mordoré de l'œil de tigre — aurait pu fasciner un fauve, contraindre un homme aux confidences irréfléchies, amener une femme aux derniers abandons.

Dieu merci, Clarence Dandrige n'abusait jamais de ses pouvoirs supposés. Par l'heureuse conjonction d'une naissance franco-anglaise, d'une stricte éducation bostonienne et d'un penchant naturel à l'humanisme, il se comportait, avec une grande indifférence au qu'en-dira-t-on et une tolérance raisonnée, en parfait honnête homme du Nouveau Monde. Le Sud, sa patrie d'élection, avait fait de lui un Cavalier.

Ayant passé sa redingote, il remarqua, au moment de chausser ses bottines cambrées, que celles-ci, malgré les soins d'Iléfet, montraient des craquelures sur l'empeigne. Déjà, la veille, son domestique avait observé que certaines de ses chemises ne supporteraient plus de nombreux lavages. Quant aux revers de soie de plusieurs de ses redingotes, ils étaient éraillés comme le satin des sièges de sa chambre.

En d'autres temps, cette lingerie et ces vêtements eussent été offerts à Iléfet bien avant d'atteindre ce déplorable degré d'usure. Mais en ce printemps 1865, où, dans les plantations, on avait utilisé les dernières piastres[1] ou épuisé le crédit pour acheter de la semence, du guano et payer les taxes qui allaient se multipliant, il ne pouvait être question d'aller à La Nouvelle-Orléans comman-

---

1. C'est ainsi que les Louisianais appelaient, et appellent encore, le dollar.

der une garde-robe neuve chez Lazard, à l'angle de la rue Sainte-Anne et de la rue de La Vieille-Levée, ou acheter chez Mathias une paire de bottes à quatre dollars[1].

Suivant son habitude, M. l'Intendant prit en traversant le salon-bureau, qui constituait la pièce principale de son appartement de célibataire, la tasse de café déposée par Iléfet sur le guéridon. Puis il sortit et vint sur la galerie en dégustant à petites gorgées ce breuvage tiède, servi dans une porcelaine de Wedgwood, héritage, comme la pendule revêtue d'écaille de tortue, du colonel Dandrige, père de l'intendant, mort après une tranquille retraite dans son Sussex natal.

La grisaille uniforme du ciel inquiétait Clarence. Si cette pluie de printemps, qui eût été plus appréciée six semaines plus tôt, au moment de la végétation des cotonniers, continuait à tomber, alors que les premières capsules apparaissaient, l'humidité exagérée ferait suinter de celles-ci une matière brune gluante comme du jus de pipe et dont on verrait plus tard les traces sur les flocons blancs. Ayant pu faire ensemencer deux cents acres dès le 15 mars, M. Dandrige espérait commencer la cueillette vers la mi-août. Le mauvais temps, en retardant l'émondage, ne permettrait peut-être pas de donner air et lumière aux meilleurs plants et l'on courrait le risque de voir ces maudits champignons, que les botanistes désignent sous des noms latins, pourrir les racines ou provoquer la chute des capsules.

Clarence Dandrige, qui avait eu sa part d'épreuves, savait qu'après avoir paré de son mieux aux assauts de l'adversité l'homme sage ne peut, comme le marin-pêcheur surpris dans la tempête,

---

[1]. Il valait à l'époque 5 francs-or.

que mettre à la cape et attendre que le gros temps soit passé.

Ainsi Bagatelle, comme une goélette qui a abattu sa voile et mouillé l'ancre flottante, n'espérait plus que des jours meilleurs. Le ciel fermé comme un visage renfrogné, cette pluie persistante, cette moiteur qui annonçait déjà un été pénible paraissaient en harmonie avec l'apathie chagrine du Sud.

Cinq ans plus tôt, avant la guerre civile, pensait Dandrige en achevant sa tasse de café, alors que retentissait le second appel de la cloche, on aurait vu les esclaves sortir de leurs cases et s'acheminer vers les champs ou les ateliers, portant suivant la saison le sarcloir, la binette ou encore, en bandoulière, le grand sac de jute des jours de cueillette. On aurait vu les muletiers courir aux écuries pour atteler les mules aux charrettes, les forgerons allumer leurs feux, les femmes presser le pas en croquant une galette de maïs et s'efforçant de rejoindre les hommes avant que les contremaîtres, déjà à cheval, ne les traitassent de fainéantes, de marmottes ou ne fissent de grossières allusions à la façon dont elles avaient pu dépenser au cours de la nuit une énergie qu'elles eussent dû thésauriser pour le travail.

On aurait vu les retardataires, souvent les plus belles filles du village, nouer, tout en marchant, leur madras sur leur tête crépue, la lèvre humide, l'œil en coulisse et quelquefois bien conscientes, si quelque Blanc venait à passer encore bouffi de sommeil, de mettre en valeur leurs seins durs et pointus en levant haut les bras pour assurer leur coiffure. A ce jeu matinal plus d'une indolente avait gagné, avec les faveurs d'un contremaître, un moment de repos tumultueux dans un bosquet quand, la journée commencée, les autres esclaves n'étaient plus, entre les rangs de cotonniers, que des dos et des croupes anonymes.

Au temps du travail forcé, pensait Dandrige, les Noirs paraissaient paradoxalement plus joyeux que ceux qu'il voyait ce matin-là marcher, petite troupe jacassante, vers les mêmes champs pour accomplir librement les mêmes gestes. Des quatre cents esclaves que comptait la plantation en pleine prospérité, un quart seulement demeurait sur place. Et encore, ce n'était pour la plupart que des vieux, des impotents, des femmes répudiées avec leurs marmots, des gens qui se souciaient peu de se lancer dans l'aventure d'une nouvelle vie et préféraient achever leur existence chez un maître qui, autrefois, les avait achetés et ne pouvait plus aujourd'hui les vendre ou les maltraiter. Les autres, ceux qui croyaient que la liberté octroyée était comme une nouvelle naissance, avaient souvent suivi les troupes nordistes. Terrassiers, hommes de peine, charpentiers, estafettes, ils ne s'étaient pas fait prier pour servir les libérateurs, un peu par forfanterie ou curiosité, un peu pour piller et tirer leur flemme.

Les hostilités terminées, ils allaient par groupes nonchalants vers les villes qui exerçaient autrefois une telle fascination sur les esclaves alors qu'ils ne pouvaient se déplacer à leur fantaisie. Mais les cités les plus attrayantes des Etats agricoles du Sud étaient peu ou prou détruites, comme Atlanta brûlée par Sherman ou Richmond incendiée par les Confédérés en retraite. Dans celles qui subsistaient intactes, les affaires étaient si mauvaises, l'armée d'occupation si exigeante que même les Noirs désirant sincèrement se placer ne trouvaient pas d'emploi. Aussi en voyait-on revenir chaque jour, isolément ou en groupes, vers les plantations où bien souvent ils étaient nés, où en tout cas ils avaient travaillé dur. La Louisiane, passée depuis plus de deux ans sous le contrôle des unionistes, paraissait un havre à ceux qui avaient été déçus par l'attitude de leurs libérateurs du Nord. On disait que l'armée de la vallée du Mississippi était encombrée de plus de 25 000 Noirs, hommes, femmes, enfants, vieillards, malades, qu'on logeait sous des tentes, qu'on nourrissait tant bien que mal. La plupart de ces affranchis tentaient de retrouver leurs anciens maîtres. Bien souvent, ces derniers ayant quitté le pays, ou les plantations étant tombées en friche, à moins que le gouvernement ne s'en fût emparé « pour mettre les nègres au travail », ils s'étaient retrouvés sans but, sans possibilité d'ancrage. Beaucoup mouraient d'épuisement, de fatigue et même de désespoir. Les survivants constituaient une population de vagabonds hébétés, dépourvus de ressources et parfois même de nom. Contraints pour subsister de mendier des rations militaires ou de voler les poules et piller les vergers, de compter pour se vêtir sur les hardes que les belles dames et les beaux messieurs des associations charitables du Nord jugeaient indignes de leurs domestiques et envoyaient par wagons vers le Sud, ils croyaient tout ce que leur racontaient les gens bien intentionnés. Notamment que le 1er janvier 1866 on donnerait à chaque famille « quarante acres et un mulet ». En attendant, pour beaucoup l'allégresse des premiers jours avait cédé la place au désarroi. La mort du « grand émancipateur », assassiné par un exalté, leur avait paru un signe de mauvais augure. Le mot liberté n'était donc pas une formule magique garantissant à celui qui avait le droit de le prononcer à haute voix une vie heureuse loin de ces maudits champs de cannes à sucre et de coton auxquels le Noir paraissait contraint de revenir.

En voyant passer sur une charrette les deux fils du vieux Télémaque, qui deux ans plus tôt avaient quitté leur père et Bagatelle pour aller s'employer comme charpentiers à Cincinnati, Dandrige se remémora le retour de ces gaillards qui possédaient plus de muscles que de cervelle. La semaine précédente, ils étaient revenus humblement demander de l'ouvrage après avoir erré d'un Etat à l'autre, maltraités par les militaires, méprisés par les civils, éconduits par leurs frères de race qui n'offraient rien à partager, sinon leur misère. Dandrige les avait, bien sûr, embauchés tout de suite, à dix dollars par mois, ce qui était inférieur aux salaires officiels des contrats, mais leur permettait de s'installer dans une des cases désertées et de disposer de deux arpents pour cultiver quelques légumes. Les deux bons travailleurs s'étaient montrés satisfaits. Ils connaissaient les camps ouverts par les Nordistes pour les Noirs sans feu ni lieu. Celui de Helena notamment, dans l'Arkansas. Là des soldats leur avaient pris le peu d'argent qui leur restait, les avaient obligés à faire d'humiliantes corvées. D'autres Noirs moins robustes qu'eux étaient morts sous leurs yeux faute de soins. Ils avaient vu également comment quatre-vingts esclaves affranchis amenant une cargaison de coton aux Fédéraux, en espérant en tirer profit, avaient été enfermés au camp et dépossédés d'un bien sans doute volé, mais qu'on avait néanmoins vendu au bénéfice de quelque officier débrouillard.

A ce compte, les Noirs n'avaient guère de raisons d'être satisfaits et souriants. Libres et désœuvrés, ils connaissaient la famine et le dénuement, devenaient des pillards, des voleurs, parfois des assassins, que l'on traitait avec la même rigueur particulière qu'autrefois sans accepter de circonstances atténuantes, ou se voyaient contraints de s'engager à des salaires si bas qu'ils ne pouvaient que difficilement assumer leur entretien, leur nourriture et leur logement. Les plus délurés estimaient que la meilleure solution, en attendant l'ouverture de ce fameux Bureau des affranchis créé par le gouvernement de l'Union, au mois de mars 1865, et destiné à organiser la liberté des anciens esclaves, était, pour eux, de revenir aux plantations.

Pour qui connaissait les Noirs, comme Clarence Dandrige, ces retours avaient quelque chose de lamentable, car beaucoup de planteurs éconduisaient avec hauteur ceux qui avaient déserté leurs champs ou n'acceptaient de les reprendre qu'aux plus médiocres conditions en leur faisant sentir la vanité de leurs aspirations.

Un appel joyeux de la voix qu'il préférait entre toutes entendre tira Clarence Dandrige de sa réflexion. Debout à la porte-fenêtre de sa chambre sur la galerie de la grande maison, Virginie, en peignoir du matin, l'interpellait affectueusement.

« Quittez cet air sombre, Clarence. Le soleil finira bien par se montrer ! »

Puis elle ajouta avant de disparaître :

« Je suis prête dans cinq minutes !

— C'est bien tôt pour vous, lança-t-il, il n'est pas encore sept heures.

— J'ai hâte de vous retrouver », conclut-elle dans un sourire avant de refermer sa porte.

Clarence s'était incliné, sa tasse vide à la main, comme s'il eût été au seuil d'un salon, appliqué à saluer une hôtesse accueillante.

Or cette femme, qui venait d'apparaître sur la

galerie de la vieille maison, était l'être qu'il aimait le plus au monde. Il savait qu'elle lui portait en retour un amour unique et différent de tous ceux qu'elle avait vécus et dont il avait été le témoin serein et sans convoitise. Cet attachement réel et sûr, longtemps ignoré comme le sont parfois les évidences, ne devait rien aux engouements sensuels. Il n'existait entre Clarence Dandrige et la dame de Bagatelle aucune intimité banale et quotidienne. Les seules manifestations de tendresse auxquelles l'un ou l'autre se laissaient aller quelquefois relevaient de ces gestes timides qu'ont les fiancés lors de leur premier tête-à-tête.

Virginie appréciait ces élans, comme une gourmandise. Un baiser prolongé sur le bout des doigts; la manière légère et quasi féminine dont Clarence lui relevait les cheveux en lui frôlant volontairement la nuque sous prétexte de l'aider à passer un manteau; la ferme douceur avec laquelle il lui pressait le coude pour l'emmener faire cent pas sous les chênes; et, certains soirs d'hiver, ce bref moment de voluptueux silence, quand, ayant achevé son cigare, il s'asseyait près d'elle sur le canapé du salon, face à la cheminée, puis, lui entourant les épaules de son bras, lui effleurait deux ou trois fois la tempe de ses lèvres, tandis que leurs regards parallèles suivaient les dernières cabrioles des flammes.

Ainsi, au milieu du Sud tourmenté, Clarence et Virginie, par le simple fait d'exister côte à côte, étaient heureux. Elle, autrefois si ambitieuse et capable d'atteindre ses ambitions, n'en avouait plus qu'une : redécouvrir, en compagnie de son Cavalier, la vie raffinée et indolente d'avant la guerre et s'y complaire jusqu'à son dernier jour. « Ce serait là un bonheur suffisant », se disait-elle, bien qu'il lui vînt parfois, dans la solitude de ses nuits, de vagues nostalgies charnelles et même des désirs précis!

Lui, si parfaitement à l'aise en apparence dans son rôle d'amant incomplet, ne souhaitait que restituer à Virginie le climat des jours sans soucis, afin que la dame de Bagatelle retrouve les plaisirs futiles et mondains dont elle savait maintenant qu'ils n'étaient pas tout le bonheur.

Leur bizarre amour en restait aux promesses, comme un cerisier pétrifié dans son état fleuri.

2

QUAND, surpris par l'apparition si matinale de Virginie, Clarence Dandrige avait entendu celle-ci lui dire : « Je suis prête dans cinq minutes », il avait aussitôt traduit : une demi-heure. Mme de Vigors était de ces femmes du Sud qui n'abdiquaient pas devant les difficultés du moment et entretenaient leur beauté avec soin, même si les robes qu'elles portaient paraissaient ridiculement démodées aux parvenues yankees, même si les rares dîners qu'elles pouvaient présider se révélaient d'une frugalité monastique. Les crèmes, les poudres de riz, les eaux de beauté importées de France atteignaient des prix inaccessibles à ces nouvelles pauvres. Aussi échangeaient-elles aujourd'hui des recettes à base de lait, de cerfeuil macéré, de pétales de roses séchés pour fabriquer des onguents naturels destinés aux soins du corps comme leurs cuisinières se passaient autrefois des recettes de flans à la cannelle ou de gombo aux huîtres !

Dandrige prit donc le temps de recevoir, comme chaque matin, le contremaître alsacien qui venait donner l'état des Noirs au travail.

« Quarante-deux, dit l'homme avec l'accent du Rhin. C'est un bon jour, monsieur Dandrige; il n'y a que treize malades et sept absents sans raison. Est-ce que je les déclare? Ils avaient signé le contrat !

— Attendons un peu, Karlmeister, ne les déclarez pas au shérif avant trois jours. S'ils reviennent, retenez simplement leurs journées de salaire. »

Il en était ainsi tous les matins. On ne pouvait jamais savoir exactement de combien d'ouvriers on disposerait. Et cependant, le surintendant au Travail libre à La Nouvelle-Orléans, Thomas Conway, avait édicté des règlements plutôt favorables aux Noirs qui acceptaient de travailler dans les plantations encore aux mains de leurs propriétaires.

Le commissaire général Howard, représentant du gouvernement fédéral pour le « Bureau des affranchis », qui en Louisiane s'occupait aussi des « terres abandonnées », avait délégué ses pouvoirs pour l'Etat à ce Thomas Conway, un ultra-radical, plein de préjugés politiques contre les gens du Sud en général et les grands propriétaires en particulier.

Alors qu'il aurait fallu, estimait-on dans les plantations, maintenir le Noir dans une dépendance sociale nullement incompatible avec sa nouvelle liberté, Conway et ses agents semblaient au contraire attiser la haine et l'insubordination à l'égard des anciens maîtres. Tout en faisant savoir aux affranchis qu'ils devaient travailler, il leur expliquait qu'ils n'étaient pas obligés, en revanche, de rester avec un patron qui ne leur convenait pas, qu'ils étaient autorisés à se louer où et chez qui leur plaisait. Sous prétexte que certains planteurs se montraient durs ou rancuniers envers leurs ouvriers, il encourageait les anciens esclaves à dénoncer leurs maîtres devant une juridiction d'exception pouvant connaître de ces délits. Thomas Conway avait ordonné récemment que la lecture de la proclamation d'émancipation soit faite sur toutes les plantations et que deux copies du texte — en anglais et en français — soient remises aux affranchis, qui pour la plupart ne savaient pas lire !

Quant aux contrats types, à proposer aux Noirs suivant leur âge et leur capacité physique, ils prévoyaient des salaires de 25, 20 ou 15 piastres par mois pour les hommes, de 18, 14 ou 10 piastres par mois pour les femmes. Les planteurs étaient en outre tenus d'accueillir sur les plantations les enfants des travailleurs, à moins que ces derniers ne préférassent les confier à une « colonie ». On devait, en outre, fournir aux affranchis un logement suffisant, une acre de terre pour le jardinage, les soins médicaux gratuits et prévoir une école pour leurs enfants. La journée de travail était limitée à dix heures, quelle que soit la saison. Les récoltes devenaient aux yeux de la loi le gage des salaires et le planteur n'en pouvait disposer avant d'avoir justifié le paiement des journées dues à ses ouvriers.

Ceux qui avaient si longtemps bénéficié du travail servile ne se résignaient pas aisément à ces charges auxquelles s'ajoutait la livraison à l'agent contrôleur du gouvernement d'un trentième de leur coton et de leurs cannes à sucre ou d'un dixième de leurs récoltes sous forme d'autres produits, ce qui les dispensait « de toutes charges ou taxes fédérales à l'exception des taxes d'Etat et de celle du revenu intérieur ».

Beaucoup de planteurs qui s'étaient résignés à jouer le jeu loyalement avaient vu leur ruine consommée dès la première année. Au moment de la récolte de coton, fort médiocre, en 1864, avec 40 000 balles contre plus de 600 000 en moyenne au cours des années qui avaient précédé la guerre civile, le gouvernement avait persisté à percevoir une « taxe militaire » de 5 piastres par balle de coton et de 2 piastres par boucaut de sucre, bien que Washington eût aboli cet impôt « de guerre ». Et de leur propre chef les autorités louisianaises avaient décidé de faire payer les permis de commerce 50 *cents* par balle de coton, 20 *cents* par boucaut de sucre.

Bien que la culture de la canne à sucre exige moins de bras, sauf au moment de la coupe, que la culture du coton, les planteurs de canne n'étaient guère plus enthousiastes que les « cotonniers ». Si, en 1861, 418 plantations de cannes avaient produit 196 440 boucauts de sucre, la saison 1864-1865 faisait apparaître clairement l'abandon des terres, puisqu'on ne comptait plus que 101 plantations qui avaient produit 4 268 boucauts de sucre. Une misère !

Certains planteurs, enchantés de propager ces statistiques accablantes pour l'administration abolitionniste, disaient : « Au temps de l'institution particulière, un esclave produisait sept balles de coton par saison; depuis qu'il est devenu travailleur libre, il ne fournit plus que quatre balles. »

Clarence Dandrige ne marquait, lui, nul étonnement. Il était dans l'ordre des choses, estimait-il, qu'un salarié, acceptant librement un travail, effectue celui-ci au rythme lui paraissant compatible avec ses forces et sa dignité. Les planteurs statisticiens semblaient oublier que l'activité déployée autrefois par les esclaves ne relevait pas d'un enthousiasme particulier pour la culture du coton, mais bien dans les plus mauvais cas de la brutalité des contremaîtres ou du fouet des régisseurs, dans les meilleurs cas de la crainte d'être vendu à un maître qui se montrerait encore plus exigeant.

Quand il retrouva Virginie devant la table du petit déjeuner, les préoccupations de l'intendant s'estompaient. C'était peut-être le meilleur moment de la journée, celui où l'on envisageait avec sang-froid et optimisme les difficultés qui n'allaient pas manquer de surgir. Et Virginie possédait le don de rassurer, encore que Dandrige sût bien qu'elle affectait de traiter les choses avec désinvolture, de plaisanter sur la pauvreté menaçante, répétant comme la vieille Adèle Barrow, confite en prières du matin au soir, et en imitant le timbre aigrelet de la vieille fille :

« " Aux petits des oiseaux, Dieu donne la pâture; il pourvoira à nos besoins. "

— *Amen* », répondait Clarence.

Ce matin-là, Mme de Vigors était bien décidée, puisque le temps était si maussade, à se montrer plus enjouée encore que de coutume.

« Rosa m'a conseillé, commença-t-elle, de limiter nos agapes matinales. Il ne reste plus que dix-sept pots de gelée de pomme et ses calculs lui font entrevoir une période difficile en attendant l'arrivée des prochains fruits, surtout si ce temps-là continue. Capitaine, ajouta Virginie en mimant un salut militaire qui mit en valeur la blancheur et la finesse de sa main, la cambuse vous fait savoir qu'il convient de rationner l'équipage. »

Sur ce, Virginie saisit résolument sa cuillère d'argent et s'octroya une belle part de confiture.

« Matelot, rétorqua Dandrige avec une gravité exagérée, nous mangerons le mousse s'il le faut, c'est-à-dire la confiture de rhubarbe que je déteste ! »

Un bruit de pas rapides sur la galerie et l'ouverture brutale de la porte du salon interrompirent leurs rires. Mme Redburn entra dans le breakfast-room comme si toute la cavalerie de Sherman était à ses trousses. Sous la kichenotte tuyautée, une coiffure de paysanne qu'on ne pouvait décemment porter que pour tailler des rosiers ou ramasser des baies, la belle Nadia Redburn avait un visage d'une effrayante pâleur, baigné de larmes et agité de tics.

Dandrige lui présentait déjà un siège.

« Voyons, Nadia, qu'arrive-t-il ? fit Virginie. Vous voir à cette heure-là me... »

Mme Redburn ne la laissa pas achever ; elle saisit le bras de Virginie d'une main, celui de Dandrige de l'autre, et dit d'une voix suffocante :

« Les Yankees veulent pendre mon fils... Ils le pendront... Ils vont le pendre. »

Puis elle se laissa choir sur la chaise avancée par l'intendant, s'accouda à la table, le visage dans les mains, et se mit à sangloter.

Virginie leva sur Dandrige un regard interrogateur, puis rapprocha son visage de celui de la visiteuse et s'efforça de la calmer.

« Il s'agit de Walter ? interrogea Clarence.
— Oui. Comment savez-vous ? dit la mère.
— Je ne sais rien. J'ai pensé à Walter simplement parce que je connais ses sentiments ! »

Il n'osa pas ajouter, encore que la phrase lui fût venue à l'esprit : parce que c'est le seul Redburn capable de se trouver dans une situation hors des règles de la bienséance la plus fade.

A Bagatelle, on ne tenait pas les Redburn en grande estime. Dès la chute de La Nouvelle-Orléans, en 1862, ils avaient quitté Pointe-Coupée pour aller s'installer à Halifax, en Nouvelle-Ecosse, capitale anglaise de l'ancienne Acadie, d'où étaient venus les ancêtres de bon nombre de Louisianais de souche française, les parents de

Virginie notamment. Dès le début de la guerre s'était constituée là une colonie de riches Sudistes qui menaient joyeuse vie à l'hôtel Halifax, dont le propriétaire, M. Heisslein, avait embauché un excellent cuisinier français. Les Redburn, très à l'aise dans cette société de planteurs en exil, avaient, un beau matin d'août 1863, vu arriver là une jeune femme française, brune, au teint mat, d'une beauté mélancolique, qui tenait toujours les yeux baissés et s'exprimait malaisément en anglais. D'une discrétion à décourager tous les Cavaliers du Sud en mal de flirts nouveaux, la mystérieuse Française débarquée du *Great Eastern* fut un moment soupçonnée d'être une espionne des abolitionnistes, chargée de surveiller les agissements des Sudistes exilés qui passaient, à tort d'ailleurs, pour des pourvoyeurs d'armes de la Confédération. Le fils aîné des Redburn, qui s'était taillé dans la paroisse de Pointe-Coupée une réputation de danseur émérite, réussit à percer le mystère de l'identité de la belle inconnue, grâce à l'indiscrétion d'un avocat local. Il s'agissait tout simplement d'Adèle Hugo, fille du grand poète, qui avait suivi incognito en Nouvelle-Ecosse un certain lieutenant, Albert Andrew Pinson, du Sixteenth Foot, envoyé au Canada avec son régiment après l'affaire du paquebot *Trent* et qu'elle disait être son cousin[1]. Les Redburn ne rataient jamais une occasion depuis leur

---

1. Le 8 novembre 1861, le *San Jacinto,* de la marine des Etats-Unis, arraisonnait le paquebot anglais *Trent* et le commandant américain procédait à l'arrestation de MM. Mason et Slidell, envoyés de Jefferson Davis à Londres et à Paris où ils devaient représenter la Condéfération. Le gouvernement anglais, estimant sa marine outragée, menaça les Etats-Unis de représailles et renforça ses garnisons du Canada. Lincoln fit des excuses et ordonna l'élargissement des deux prisonniers, qui rejoignirent leur poste peu après. Cette péripétie valut aux Sudistes de nombreuses sympathies en Angleterre.

retour de raconter leur rencontre avec la fille d'un poète génial dont ils ne connaissaient peut-être pas d'autre œuvre, mais dont ils affirmaient péremptoirement que son génie équivalait à celui de Shakespeare. Pour eux la guerre civile se résumait à un séjour mondain en compagnie d'une célébrité.

En quittant Pointe-Coupée, les Redburn, trahissant la solidarité sudiste, avaient vendu discrètement tout leur stock de coton aux Yankees, puis ils s'étaient embarqués bien nantis pour Halifax, laissant pensionnaire chez les frères jésuites de Grand-Coteau leur plus jeune fils au caractère difficile. C'était ce garçon, Walter, un adolescent fougueux, enragé Sudiste, qu'il était apparemment question de pendre.

Quand Nadia Redburn put parler, après avoir avalé une tasse de thé, Clarence Dandrige obtint des éclaircissements. Walter Redburn s'était mis au service d'une unité de cavalerie formée par le général Kirby Smith et qui entretenait une guérilla permanente dans le nord-est de l'Etat. Bien informés sur les itinéraires des détachements nordistes, des convois de ravitaillement et de munitions que l'armée fédérale envoyait au Texas, ces irréguliers, connus sous le nom de « Black Horse Cavalry », réussissaient régulièrement des coups de main qui exaspéraient les Fédéraux. Or Walter Redburn avait été intercepté par une patrouille nordiste sur la route d'Opelousas. On avait trouvé dans les fontes de sa selle des documents provenant de l'état-major du colonel Fenton et que celui-ci reconnut avoir lui-même serrés deux jours avant cette arrestation dans un meuble de sa propre chambre, à la caserne de Baton Rouge.

L'officier considérait donc, avec raison, qu'un

traître opérait au sein même de son état-major. Le jeune Redburn détenait, entre autres papiers confidentiels, l'itinéraire que devait suivre, à quelques jours de là, un chariot transportant la solde des troupes envoyées au Texas.

« Si mon Walter ne livre pas le nom de celui qui l'a aidé à accomplir cet acte stupide, les Yankees vont le pendre, monsieur Dandrige », assurait Mme Redburn.

Après une nouvelle crise de sanglots, Clarence et Virginie apprirent qu'un jeune officier de l'armée des Etats-Unis, qui courtisait l'une des demoiselles Redburn et appartenait à l'état-major du colonel Fenton, était venu de la part de son chef informer une famille « dont la loyauté envers l'Union n'avait jamais fait de doute du regrettable comportement de son dernier rejeton ».

« Dans trois jours, votre fils sera transféré à Baton Rouge pour y être jugé le 15 juin comme rebelle. Si d'ici là il n'a pas livré son ou ses complices, il ne sera pas fusillé, mais pendu comme un malfaiteur, puisque le président Johnson a déclaré « que la guerre était virtuellement termi-« née et que la Confédération n'existait plus « depuis le 22 mai, jour de l'arrestation de Jeffer-« son Davis », avait ajouté l'envoyé de Fenton.

— La guerre est perdue mais pas terminée, Nadia, intervint vivement Virginie. La meilleure preuve que Washington le reconnaît est que l'on vient de nommer Philip Sheridan commandant en chef des forces à l'ouest du Mississippi et au sud de la rivière Arkansas, où Kirby Smith continue de se battre !

— Pendu ou fusillé, c'est tout un », fit Nadia Redburn en s'abandonnant à son chagrin.

Puis elle se ressaisit et, suppliante :

« On dit, Virginie, que vous avez été au mieux

avec le général Banks, qui est le maître à La Nouvelle-Orléans. Ne pourriez-vous intervenir en faveur de mon fils ? »

Mme de Vigors avait blêmi. On avait su, bien sûr, par les domestiques, puis par les mauvaises langues de la paroisse, comment la dame de Bagatelle s'y était prise avec le général yankee pour sauver sa plantation de la destruction, au moment de la prise de Port Hudson[1].

« Madame Redburn, fit Virginie d'un ton sec, j'ai rencontré le général Banks une seule fois dans ma vie et dans des circonstances que vous ne risquez pas de connaître à Halifax..., cela m'a suffi ! Mais, ajouta-t-elle avec une douceur perfide, M. Redburn, si bon unioniste, qui a vendu son coton aux Yankees, qui a signé le premier de la paroisse son certificat d'allégeance...

— Pour avoir son permis de chasse, coupa Nadia.

— ... qui va, m'a-t-on dit, donner sa fille aînée à un officier de l'armée des Etats-Unis, ne peut-il intervenir pour son fils ? On l'écouterait, j'en suis certaine ! »

Mme Redburn se tourna vers Dandrige, demeuré silencieux.

« Mon mari est très fâché contre son fils, monsieur Dandrige. Il désapprouve sa conduite... et puis Walter nous a fait dire par le soupirant de ma fille qu'il ne voulait pas que son père se mêle de cette affaire, qu'il n'accepterait rien venant de lui. Il aurait même ajouté..., mais j'espère que ce n'est pas tout à fait exact, reprit Nadia Redburn, les yeux à nouveau pleins de larmes, que " son père n'était qu'une baudruche qui mangeait dans la main des Yankees " ! Je sais que Walter vous

---

1. Voir *Louisiane*.

admirait beaucoup, monsieur Dandrige. Vous ne vous êtes jamais battu contre l'Union, mais vous n'avez jamais trahi les Sudistes; je vous en supplie, allez à Baton Rouge, essayez de le convaincre de sauver sa vie... pour sa mère. Vous, il vous écoutera. »

Cette femme faisait pitié à Clarence. Elle avait abdiqué sa morgue de dame du Sud. Elle était là, tassée sur une chaise, misérable, défigurée par l'angoisse, son bonnet de travers, offrant à Virginie, de qui elle ne manquait jamais de rappeler avec hauteur la modeste origine et les audaces, la plus complète revanche.

Mme de Vigors, malgré l'allusion à Banks, accorda avec condescendance sa pitié.

« Ma pauvre Nadia, dit-elle, je suis sûre que M. Dandrige fera ce qu'il pourra pour assister Walter, mais je sais aussi que jamais il ne lui demandera de sauver sa vie en dénonçant quelqu'un. »

Puis elle ne put s'empêcher d'ajouter en levant les yeux sur Clarence :

« Ce petit Walter a de l'honneur, n'est-ce pas ? J'imagine que même à Halifax on n'avait pas oublié ce que c'est ! »

Clarence Dandrige intervint :

« Rentrez chez vous, madame Redburn. J'irai à Baton Rouge dans deux jours et je demanderai à parler à Walter. »

3

La pluie accompagne souvent, comme un signe de commisération du ciel, le retour des guerriers humiliés.

Le général William G. Tampleton, commandant la 5ᵉ brigade de cavalerie de ce qui avait été l'armée de la Confédération des Etats du Sud, figurait au nombre des vaincus qui cheminaient sous l'ondée ce 12 juin 1865.

Celui que ses amis appelaient affectueusement Willy et que les Yankees avaient surnommé « Grey Hawk » — l'épervier gris — à l'époque où il pouvait encore tomber à l'improviste sur leurs arrières à l'heure du breakfast, demeurait insensible à toute pitié, fût-elle céleste. Il ne se souciait que de parvenir à Pointe-Coupée, en Louisiane.

Là se trouvait son seul asile terrestre, les ruines des « Myrtes », la plantation familiale, l'ami le plus précieux qui lui restât, Clarence Dandrige, et la seule femme qu'il eût jamais aimée et qui, jeune fille, puis deux fois veuve, avait toujours refusé de l'épouser, Virginie.

Willy Tampleton, qui en d'autres circonstances aurait pris le temps de fêter joyeusement son cinquantième anniversaire, chevauchait depuis des semaines. Avant d'atteindre la frontière de l'« Etat des Bayous », où il était né, il avait dû parcourir plus de mille cinq cents miles.

Il ne lui restait plus qu'à traverser la paroisse forestière de West Feliciana, puis à franchir le Mississippi sur le bac à vapeur de Bayou Sara pour être enfin chez lui.

Sur l'ancienne piste des pionniers, défoncée par les charrois militaires, boueuse et dangereusement recouverte par endroits de rondins mal joints, le général et sa suite composaient un curieux équipage. Si curieux que les charretiers noirs, comme les citoyens blancs, mélancoliques ou renfrognés, qui conduisaient leurs buggies capotés, s'écartaient spontanément pour lui céder le passage. Tous subodoraient que ce cavalier suivi d'un caisson à munitions tiré par deux mules crottées ne dévierait pas du milieu de la chaussée, qu'il paraissait occuper de droit et avec une parfaite indifférence au trafic !

Les gens du pays, Noirs ou Blancs, qui avaient vu passer de tous temps sur cette mauvaise route des héros en quête d'un panache neuf, des prêcheurs de toutes les sectes, des aventuriers au parler incompréhensible, des trappeurs, des Indiens, des soldats vêtus de rouge, de gris ou de bleu, des comédiens ambulants, des colporteurs proposant des remèdes à tous les maux, des marins déserteurs qui croyaient à l'Eldorado, des gens pressés ayant la conscience plus lourde que leurs bagages, dépensèrent ce qui pouvait leur rester de faculté d'étonnement en l'honneur de ce groupe tragique. Peut-être comprenaient-ils que passait devant eux la vivante allégorie d'une cause perdue.

Le grand cheval maigre, aux jarrets nerveux, et celui qui le montait paraissaient sortir d'un moule unique et faits d'une même pâte terne, grise et floche qui frémissait comme gélatine en équilibre à chaque enjambée de l'animal. Le cavalier, dont l'assiette n'eût pas satisfait un maître de manège, disparaissait entièrement sous un poncho pyramidal, confectionné dans une ample couverture, grise comme la robe de sa monture. Une fente pratiquée au milieu de la pièce d'étoffe laissait passer une tête que dissimulait un feutre gris aux ailes rognées comme les oreilles d'un vieux matou batailleur et ramollies par l'ondée. Un cordon, dont les torsades avaient été de fils d'or et qui se terminait par deux glands effilochés, ceignait la coiffe du couvre-chef. Il indiquait à ceux qui savaient les grades que ce singulier fantôme était celui d'un officier supérieur.

Le cheval et son maître, malgré la chaleur moite de cette fin de printemps, dispensaient des ondes frileuses. Ils allaient pareillement penchés en avant, comme absorbés dans la contemplation de la boue du chemin. Mais on pouvait penser aussi que le poids de la honte les tenait l'un et l'autre courbés. Et Dieu seul savait quand ils oseraient se redresser. Don Quichotte revenant meurtri et désolé de ses tournois stériles contre les moulins à vent avait dû offrir un aussi piètre spectacle.

A quelques pas derrière cette apparition, que les enfants regardaient bouche ouverte et craintivement, venait le caisson tiré par les mules. Les bêtes marchaient tête basse, d'une allure d'automate, accablées par la fatigue, sans même faire l'effort de dresser leurs oreilles souples quand elles croisaient d'autres équipages. Sur le caisson métallique à la peinture éraflée se tenait, inconfortablement assis, un Noir gros et triste, emmitouflé comme son maître dans une couverture sale et coiffé d'une informe casquette à visière brisée et visiblement démilitarisée depuis longtemps.

Le cocher fataliste tenait d'une main nonchalante les rênes de ses mules et s'assurait de l'autre, quand un fort cahot ébranlait le véhicule, que le long cylindre de molesquine noire, d'où dépassait une hampe lustrée et attachée à la ridelle, ne risquait pas de choir. Le Noir savait, sans que le général ait eu à le lui dire, qu'il répondait sur sa vie de la sécurité de cet objet, et cela au mépris du XIIIe amendement de la Constitution des Etats-Unis, voté le 31 janvier 1865, « événement immortel et sublime », qui avait théoriquement fait de lui un homme libre !

Ce paquet dérisoire et précieux était le drapeau de la 5e brigade de cavalerie, que le général Tampleton lui-même avait ramassé lors de l'ultime charge, juste avant qu'une giclée de mitraille lui mette le bras en bouillie dans un verger entre la voie ferrée « Southside Railroad » et la rivière James, en Virginie.

Au cours des dernières journées de la guerre civile, la cavalerie sudiste s'était battue la rage au cœur, après avoir brûlé les ponts, les navires à quai sur la James et les entrepôts de Richmond, afin que les Nordistes ne trouvent que ruines et fumées en pénétrant le 3 avril dans la capitale de la Confédération. Pendant ces combats sporadiques, violents et confus contre les troupes de Sheridan opérant l'encerclement de l'armée de Virginie du Nord, le glorieux emblème de la 5e brigade avait été successivement porté par sept cavaliers. Tous l'avaient tenu haut et droit, jusqu'à ce que la mort, relayeuse infatigable, le leur arrachât tour à tour des mains.

William Tampleton avait été le dernier obstiné à le lui disputer au soir du 8 avril, pour l'emporter hors d'atteinte de l'ennemi, et cela malgré une blessure sérieuse.

Plus de deux mois après ces événements, qui maintenant appartenaient à l'Histoire, non seulement le général Tampleton ressentait toujours l'humiliation d'avoir perdu la guerre, mais encore souffrait-il, dans son orgueil plus que dans son corps, d'avoir dû laisser aux Yankees son bras droit, qui, de l'avis objectif des chirurgiens nordistes, n'aurait pu être conservé.

La douleur physique, avant l'amputation, n'avait que peu compté par rapport au profond chagrin que le Cavalier éprouva, peu d'heures après avoir été blessé, en apprenant que Robert E. Lee, le phare de l'armée, s'était résigné à demander à Grant, qui lui proposait de capituler, quelles seraient ses conditions. Comme le général nordiste avait fait répondre qu'il n'était pas qualifié pour engager les négociations et qu'il ne pouvait offrir que la reddition pure et simple, le désir de poursuivre, coûte que coûte, le combat revint un temps aux Sudistes. Le fait qu'on eût pu remplir les musettes et les gourdes à Farmville n'était pas étranger à cette volonté de résistance malgré la fatigue, le dénuement et les désertions multipliées.

Quand, au matin du 9 avril, la cavalerie de Sheridan s'était emparée de la gare d'Appomatox et des fourgons de ravitaillement que les Virginiens comptaient y trouver, puis quand on avait su que les Fédéraux verrouillaient à l'ouest la seule voie de salut pour l'armée en retraite, tous les officiers du Sud en état de raisonner sainement comprirent qu'il ne subsistait que deux solutions : l'anéantissement ou la capitulation.

Le souvenir de cette sombre journée, un dimanche des Rameaux, dont personne en Virginie ne songea à goûter la lumière printanière, s'immisçait à tout moment dans les pensées de Tampleton.

Lorsque, au cours des haltes sur le long chemin du retour, une rencontre ou une conversation le distrayait un moment de son humeur sombre, sa mémoire inconsciente, alertée par quelque mystérieux signal, lui restituait brusquement et sans qu'il les eût sollicitées les images pathétiques d'Appomatox Court House. Il se trouvait ainsi dans la même situation qu'un veuf qui, se laissant aller trop tôt à oublier son deuil, se verrait rappeler à la décence conventionnelle par ses proches.

La mémoire de Willy Tampleton, en rabattant soudain sur ses pensées les plus anodines le voile noir qui, depuis la défaite du Sud, semblait devoir recouvrir toutes choses, l'entretenait dans un inconfortable sentiment de culpabilité.

Etre simple, ayant joui d'une éducation aristocratique, formé à la politesse virile de West Point, plus courageux qu'imaginatif et se méfiant des nuances, qu'il prenait volontiers pour tergiversations, Tampleton, glorieux manchot, croyait fermement que c'eût été trahir la cause sacrée du Sud, ou plutôt la légende qui déjà exaltait son souvenir, que de ne pas penser toujours et encore à cette défunte.

C'était sans aucun plaisir que Willy Tampleton se souvenait de ce qui s'était passé le concernant exclusivement, aussitôt après la reddition de Lee à Appomatox. Prisonnier sur parole, mais libre de ses déplacements, il n'avait pu faire autrement, à cause de sa blessure au bras, que de se confier aux chirurgiens militaires de l'armée fédérale. Conduit dans un hôpital de campagne, dont il avait au passage apprécié l'organisation bien supérieure à celle des misérables services sanitaires de l'armée confédérée, il avait été, séance tenante, amputé, la gangrène menaçant l'épaule.

Pendant plus de trois semaines, Willy Tampleton avait été admirablement soigné par les Yankees. On l'avait autorisé à garder près de lui César, son domestique noir, excellent joueur de banjo, qui depuis vingt ans servait ce maître, dans la paix comme dans la guerre, avec une résignation amicale. Pendant que l'amputé se trouvait à l'hôpital, César s'occupait du cheval et des mules mis au pacage pour se refaire. Sur les ordres du général, il avait aussi conduit à Lynchburg, chez des amis sûrs, le caisson à munitions contenant les bagages de son maître et le drapeau de la 5e brigade de cavalerie.

Au cours de sa convalescence, M. Tampleton avait appris, sans plaisir, l'assassinat d'Abraham Lincoln, abattu le jour du vendredi saint au théâtre Ford, à Washington, par un acteur nommé John Wilkes Booth, qu'il avait autrefois applaudi dans *Richard III* à La Nouvelle-Orléans.

Quand le général Tampleton s'était senti assez fort pour rentrer chez lui, le médecin-colonel Corbett, avec lequel il entretenait des relations courtoises, lui avait proposé le chemin de fer. Mais les voies ferrées passaient pour tellement endommagées par les saboteurs des deux armées que le voyage vers la Louisiane risquait d'être inconfortable et malaisé.

Et puis Willy Tampleton avait préféré rentrer à cheval par petites étapes à travers le Sud dévasté. En s'imposant inconsciemment cette mortification, il voulait voir comment le Sud commençait à expier le péché d'une guerre perdue. Tout au long de sa route, il avait observé, s'était posé des questions auxquelles il avait trouvé parfois de bien décevantes réponses.

Pourquoi le Sud n'avait-il pas tout fait pour gagner la guerre ? Comment avait-on permis aux spéculateurs, aux profiteurs du blocus, de danser dans les salons de Richmond, d'Atlanta ou de Savannah pendant que les soldats confédérés tombaient dans les vergers, au bord des rivières ou au long des voies ferrées ? Et ces femmes des villes qui payaient la dentelle et les parfums au prix de l'or et singeaient avec leurs crinolines les belles des Tuileries, tandis que l'on manquait de médicaments dans les hôpitaux ! Ne s'était-il trouvé personne pour les envoyer faire, avec leurs dessous affriolants, de la charpie pour les blessés ? Willy Tampleton aurait voulu savoir pourquoi des gens de sa classe, des aristocrates, fins tireurs et bons cavaliers, avaient quelquefois payé d'autres hommes pour aller combattre à leur place; pourquoi des familles qui devaient leur fortune au coton et aux esclaves avaient fui leurs terres pour se réfugier confortablement au Canada, en Europe, voire dans les Etats du Nord, en attendant de connaître le vainqueur. Pourquoi Jefferson Davis n'était pas parvenu à imposer à tous l'effort nécessaire à la victoire du Sud. Le général souffrait aussi de voir combien certains s'étaient vite accommodés, ici ou là, de la défaite et de l'occupation nordiste.

Il en est ainsi après toutes les guerres perdues. Les soldats qui sont allés vainement jusqu'au bout de leur devoir questionnent véhémentement. Ils estiment avoir été trahis par l'arrière, négligés par les politiciens, privés, par la ladrerie des possédants, des moyens de bien combattre. Ils veulent expliquer la défaite. Et plus ils sont simples de cœur et plus ils souffrent. Patriotes sincères jusqu'au sacrifice, ils ne peuvent comprendre que la guerre n'exalte pas que les vertus, mais qu'elle ouvre aussi aux aventuriers, aux arrivistes, aux joueurs, aux poltrons même, les carrières laissées vacantes par les meilleurs qui ont choisi les armes.

Willy Tampleton avait donc pris la route fin avril. Assez amaigri — ce qui améliorait sa silhouette — encore un peu pâle, mais le regard assuré, sa manche vide serrée sans un faux pli dans son ceinturon, il représentait assez bien le combattant démobilisé, meurtri, respectable et capable d'inspirer aux dames cette tendre compassion qui remplace pour les vaincus la béate admiration que les femmes, toujours, réservent aux vainqueurs. Sous la barbe poivre et sel qu'il portait abondante et carrée, avec de fortes moustaches, le visage autrefois poupin et rose qui désespérait le West Pointer soucieux de paraître viril, énergique et pour tout dire guerrier, offrait enfin les signes de la maturité.

A l'aristocrate jovial, un peu vaniteux et trop nourri, la fréquentation de la mort avait donné le masque du condottiere qui s'est fait une vertu de la frugalité et de la violence une philosophie. Ayant eu longtemps le physique d'un adolescent, Willy Tampleton assumait enfin et avec aisance l'âge mûr. Seul le regard pervenche, un peu féminin, révélait qu'en dépit des épreuves subies, des déceptions et d'un avenir incertain, le général William G. Tampleton devait être encore capable d'accorder une confiance naïve à la vie.

Pendant les premières semaines, la marche de Willy Tampleton s'était déroulée comme une randonnée touristique. Il avait traversé le sud-ouest de la Virginie, apprécié les hautes terres d'argile sablonneuses où en 1612 des pionniers avaient plantés les premiers pieds de tabac, près des rives de la Roanoke. Il s'était souvenu aussi que dans cet Etat, le plus orgueilleux de l'Union avant la Sécession, avait été commis le premier des péchés que le Nord reprochait au Sud. C'était à Jamestown, à l'embouchure de la James, qu'en 1619, en effet, un bateau hollandais avait débarqué trente Noirs capturés en Afrique, et que les pionniers achetèrent comme esclaves. La même année et au même endroit, on avait amené d'Europe « un lot de vierges » destiné à fournir des épouses aux colons. Ces derniers, bien que puritains, et dont le premier soin avait été de construire une église, s'étaient rendus acquéreurs des jeunes personnes. Ni les Yankees, ni les philosophes d'Europe, ni les juristes anglais, ni les papistes ne s'étaient jamais indignés du procédé. Il est vrai, reconnaissait en son for intérieur Willy Tampleton, que la pratique de l'esclavage s'était développée, alors que la vente d'épouses avait pris fin au moment de l'arrivée des « filles à la cassette », orphelines que le roi de France envoyait aux colons de La Nouvelle-Orléans.

Avant d'entrer en Caroline du Nord, Willy Tampleton s'était essayé au tir de la main gauche, avec des pistolets d'abord, puis avec une carabine légère. Il avait même participé à une chasse au renard dans la région de Galax, au bord de la Nouvelle Rivière, où un ancien West Pointer « démobilisé » comme lui possédait un ranch.

Après avoir longé les Blue Ridge Mountains et aperçu de loin le mont Mitchell qui, du haut de ses 6684 pieds, domine toutes les montagnes situées à l'est du Mississippi, il demeura quelques jours à Asheville, petite ville blottie dans une vallée au bord de la French River.

Il y avait dégusté du poulet frit, spécialité du pays, et des biscuits brun doré. Son hôte, un vieil ami de la famille Tampleton, soutenait que sa cuisinière, une mulâtresse dodue, passait pour savoir doser au mieux le *mint julep*. Willy Tampleton, dont la mélancolie s'accommodait des boissons alcoolisées, eut le temps de se convaincre que cette réputation n'était pas usurpée.

C'est à Chattanooga, dans le Tennessee, où vivait son cousin, juge à la Cour suprême de l'Etat, mais suspendu, comme tous ses collègues, par les autorités nordistes, que Willy Tampleton avait appris l'arrestation intervenue le 10 mai près d'Irwinville, en Géorgie, du président de la Confédération, Jefferson Davis.

Dès ce jour, Willy Tampleton avait considéré que la Confédération avait vécu et que le Sud se devait de faire face aux conséquences de son échec. Le rêve d'indépendance poursuivi pendant quatre années venait de finir. Ce soir-là, Willy Tampleton s'était enivré avec application et méthode.

Dès lors, César, qui, chaque soir, régalait d'airs de banjo les voyageurs des auberges où son maître faisait étape, comme les domestiques des parents et amis qui accueillaient le général Tampleton chez eux — ce qui ne lui rapportait alors pas un *cent* — vit celui qu'il servait depuis si longtemps s'abandonner à la plus noire mélancolie.

Les vieilles chansons du Sud que, d'habitude, le général réclamait quand on faisait une pause dans un verger, près d'une rivière ou au sommet d'une colline, il ne semblait plus les entendre.

Stonewall Jackson way, Riding a raid, The Bonnie Blue Flag. The Valiant Conscript ou The Southern Wagon n'étaient plus de son goût. « La guerre est finie, César, disait-il, et nous rentrons chez nous. Tes chants sont hors de propos, hein; te souviens-tu que nous chantions *Flight of Doodles* quand, avec le général de Beauregard, nous reconduisions à coups de botte les Yankees à Washington ? Les temps ont changé, nous sommes tristes comme des filles de saloons dont personne ne veut. Si tu dois jouer quelque chose, joue *My Old Kentucky Home, good night,* ou *Grandfather's Clock,* c'est tout ce que je puis supporter... »

Ainsi, jour après jour, chevauchant parmi des paysages dont la beauté ou le pittoresque lui étaient devenus peu à peu indifférents, tantôt dans la fraîcheur des vallées humides, tantôt à travers la prairie lumineuse, ou sur les plateaux arides, en suivant des pistes poussiéreuses dont le soleil desséchait les berges, Willy Tampleton avait atteint l'Etat du Mississippi, passé Meridian, Forest et Jackson, avant de contourner Natchez afin de ne pas courir le risque de rencontrer des gens auxquels il ne souhaitait pas se montrer dans son accoutrement de vagabond. Les fatigues d'un long voyage, l'inconfort de certaines étapes — il avait dormi quelquefois à la belle étoile — le fait que sa bourse ne contenait plus que quelques dollars et cette fièvre qui le prenait parfois au beau milieu de la journée imposaient au cavalier l'allure d'un coureur de bois, d'un de ces cous-rouges que les planteurs méprisaient, tant ils dévaluaient aux yeux des Noirs la condition naturelle du Blanc.

Le triste équipage descendait la rue principale de Saint-Francisville. Les sabots las de Tempête, la jument grise de Tampleton, qui toussait parfois comme une vieille femme, foulaient enfin la terre de Louisiane. Au lieu d'en tirer plaisir, ou tout au moins consolation et confiance, Willy Tampleton sentait grandir en lui le sentiment de honte qui, depuis des semaines, dominait tout ce qu'il pouvait ressentir. Le moment approchait où ceux qu'il aimait le plus au monde allaient, non pas lui demander des comptes, mais quémander des explications. Peut-être iraient-ils jusqu'à critiquer l'armée, ou, pis que cela, à plaindre les combattants vaincus avec les mots que l'on trouve pour consoler les enfants qui ont perdu leur mère.

Son frère, Percy, n'ayant jamais eu grande confiance dans les talents militaires des chefs confédérés, ne manquerait pas de lancer quelques boutades acerbes ou de conter des anecdotes scabreuses. Et, comme la Louisiane vivait depuis deux ans sous la domination nordiste, il pourrait se vanter de connaître, un peu mieux qu'un soldat, les administrateurs yankees, dont Willy, au cours de son retour à travers les Etats sécessionnistes, n'avait entendu dire que de mauvaises choses.

Tampleton redoutait aussi les silences indulgents de Dandrige et cette faculté particulière qu'avait l'intendant de Bagatelle de contraindre, par un regard curieusement froid et amusé, ses interlocuteurs à dévoiler des pensées qu'ils eussent préféré tenir secrètes. Et par-dessus tout Willy Tampleton craignait l'ironie doucereuse, et comme détachée, de Virginie dont il savait, par une lettre d'Adèle Barrow, jusqu'où la dame de Bagatelle avait poussé le dévouement... particulier... pour sauver par deux fois sa plantation.

« Naturellement, pensait-il, ma manche vide

forcera le respect de tous, m'obtiendra même la gratitude des gens ordinaires. » Mais ceux dont l'opinion lui importait le plus, entre Sainte-Marie et Fausse-Rivière, ceux-là n'étaient pas des gens ordinaires.

Une nouvelle averse de fin d'après-midi, plus violente que les autres, obscurcit le ciel. Le vent poussait au ras des grands chênes des lambeaux de nuages sales venus de l'ouest et qui planaient au-dessus des forêts comme de fluides fantômes d'oiseaux informes, en quête d'une clairière où s'abattre.

Cette pluie fut la bienvenue. Elle permit à Willy Tampleton d'enfoncer plus profondément son chapeau et de mieux dissimuler ses traits. Elle chassa aussi de la rue Ferdinand, artère principale de Saint-Francisville, les flâneurs et les gens affairés. Les femmes, troussant leur jupe d'une main, s'efforçant de l'autre de tenir leur parapluie convenablement incliné et sautillant sur les banquettes éclaboussées par les jets des gargouilles de zinc, se précipitaient sous les galeries des boutiques en caquetant. Les hommes, moins soucieux de gâter leurs vêtements, se contentaient de hâter le pas et de baisser la tête.

Avant de quitter la route qui va de Natchez à Baton Rouge et de s'engager à droite dans la traversée de la petite ville, le général avait reconnu au passage les chemins familiers qui, de part et d'autre de la chaussée, conduisaient à ces habitations où il avait vécu d'heureux après-midi à flirter sous les chênes après les barbecues : Wakefield, ainsi nommée par son propriétaire, Lewis Stirling, en hommage à l'œuvre d'Oliver Goldsmith *Le Vicaire de Wakefield,* dont l'optimisme à toute épreuve avait enthousiasmé le planteur; Afton Gardens, une des propriétés de la famille du sénateur Barrow; Cottage, la plantation des Butler, dont les ancêtres s'étaient battus au côté de La Fayette pour l'indépendance des Etats-Unis; Rosedown, la plus somptueuse, que Daniel Turnbull, un descendant de Washington et un ami des Tampleton, avait fait bâtir en 1835 pour sa femme Martha Helliard Barrow. Cette dernière avait voulu que le dessin des jardins soit inspiré de ceux de Versailles. Elle y avait fait jaillir des fontaines, planter des essences rares, des buissons de gardénias, d'azalées, de camélias, de cattleyas, de bougainvillées, d'hibiscus, des parterres de tulipes de couleur pêche ou abricot. Puis elle avait peuplé cet univers floral et arborescent de statues en marbre de Carrare qui, au cœur des bosquets devenus autant de « courting yards[1] » au fil des barbecues, présidaient, divinités tutélaires, aux échanges de serments amoureux, voire de baisers hâtivement donnés.

Quelle pouvait bien être aujourd'hui la vie dans ces maisons autrefois si riches et si heureuses ? Quels deuils y observait-on ? Quel tribut la guerre avait-elle levé dans ces familles ? Pouvait-on encore dans ces salons entendre le piano ou le clavecin, tandis que l'esclave manœuvrait le panka ouvragé qui, dans un lent va-et-vient, faisait osciller l'air tiède chargé de l'ineffable parfum des femmes pudiquement dissous dans le parfum des fleurs ? Et, quand venait l'heure du dîner, restait-il assez d'argenterie, soustraite par ruse aux pillards yankees, pour recevoir décemment, encore qu'avec frugalité, le parent ou l'ami de passage ? Et ce dernier trouvait-il toujours pour l'accueillir dans l'ombre claire de la galerie, aux

---

1. Parties des jardins où jeunes gens et jeunes filles pouvaient flirter à l'écart des familles. Littéralement : « endroits pour faire la cour ».

blanches colonnes, ces jeunes filles au teint de magnolia, aux cheveux de soie, aux yeux rieurs, aux bras ronds et souples, pirouettant dans leurs volants d'organdi ? Et, derrière ces maisons, les champs de coton ne disparaissaient-ils pas sous les broussailles, les ajoncs, les taillis dévorants, comme la plupart des terres désertées que Willy avait vues au long de sa route ?

Le général manchot se disait que demain, peut-être le soir même, il pourrait recevoir de son frère Percy réponse à toutes ces questions.

Deux coups de talon dans les flancs firent hâter le pas de Tempête. Willy se retourna sur sa selle. Il vit que César, courbé sous l'averse, stimulait lui aussi les mules. L'équipage aborda la pente de la rue Ferdinand sans que le général, dont le regard sous l'aile rabattue du chapeau parcourait les façades et les galeries des boutiques, eût reconnu un visage. La librairie de Miss Mason, conservait l'air pimpant qu'il lui avait toujours connu. L'hôtel de ville, modeste maison de bois, à la façade percée d'une seule porte, pas plus que le tribunal, qui avec son péristyle à fronton triangulaire et son dôme à horloge avait au fond d'un jardin une vague prétention de monument public, ne semblaient avoir souffert de la guerre !

Il reconnut aussi les bureaux de l'avocat Fisher, installé dans une minuscule mais coquette demeure à barrière blanche qui venait d'être repeinte. L'église des Grâces, qui cachait sa façade néo-gothique et ses briques sang-de-bœuf derrière deux gros chênes aux branches frangées de mousse espagnole dégoulinante comme une chevelure mouillée, paraissait elle aussi intacte, ainsi que, cent mètres plus loin, Notre-Dame-du-Mont-Carmel, la plus ancienne église catholique de la paroisse.

Après le carrefour de la rue Prospérité, ainsi nommée à l'époque où, les affaires étant florissantes, Saint-Francisville s'efforçait de damer le pion à Bayou Sara, régulièrement menacée par les inondations et grignotée par les incendies, Willy Tampleton plongea du haut de sa monture un regard dans la Pilgrim's Bank, dont les vitres opacifiées à mi-hauteur interdisaient pareille possibilité d'indiscrétion aux simples piétons. Le père Brooks, assis devant son sous-main vert, sa calotte posée de guingois sur ses cheveux blancs, suçait son porte-plume comme quelqu'un qui n'a pas grand-chose à faire. Willy lui trouva l'air triste et en déduisit aussitôt que les affaires ne devaient pas marcher très fort!

Passé les dernières maisons de la ville, là où la pente de la rue s'accentue, le général Tampleton ôta son chapeau, le secoua vigoureusement pour l'alléger des gouttes d'eau qui roulaient autour de la coiffe et mit Tempête au petit trot. Il lui restait deux miles à parcourir pour arriver au bac à vapeur qui assurait la traversée du Mississippi entre Bayou Sara et Sainte-Marie. Si Saint-Francisville ne semblait pas avoir souffert de la guerre, il n'en était pas de même de Bayou Sara. Les ruines provoquées, deux années plus tôt, par les combats navals sur le fleuve et la bataille de Port Hudson, n'avaient pas été relevées et ne le seraient sans doute jamais. Les levées, ces remblais de terre, de section triangulaire, qui protégeaient autrefois la ville des débordements du « Père des Eaux », n'étant plus entretenues ou réparées, on pouvait craindre qu'à la première crue l'eau envahisse les rues. Aussi les habitants préféraient-ils peu à peu s'en aller à Saint-Francisville ou à Sainte-Marie, sur la rive droite du Mississippi, moins exposée, ou même dans les petits villages de l'intérieur. Willy Tampleton, parcourant la ville qui passait autrefois pour l'escale la plus joyeuse et la plus colorée des grands vapeurs fluviaux, vit les moulins à sucre abandonnés, une presse à coton béante et livrée aux jeux des gamins, la plantation Solitude, jadis élégante et prospère, vouée à l'inactivité et justifiant par sa tristesse et son délabrement une appellation qui n'était jusque-là que romantique. Le bureau de poste, désaffecté, avait été clos par des planches enclouées. Un semblant d'animation régnait du côté de la station du chemin de fer, où l'on devait attendre l'arrivée de la vieille « Accommodation », une locomotive qui reliait avec quelques wagons Woodville, Mississippi, à Slaughter, Louisiane.

Willy reconnut aussi avec quelque émotion une maison maintenant vide et délabrée qui lui avait été familière, celle qu'occupait avec sa femme, la gentille Mignette, venue de France en compagnie de Virginie, l'avocat Edward Barthew. Vitres brisées, volets battants, bardeaux disjoints, la maison semblait habitée par deux Noirs désœuvrés qui avaient déjà brûlé, pour cuire leurs repas, bon nombre de planches dont on pouvait constater l'absence ici ou là sous la galerie et autour de l'escalier.

A l'auvent de l'entrée se balançait en grinçant, encore retenue par une chaînette, la plaque de l'homme de loi. La rouille avait déjà corrodé le métal et rongé la partie supérieure des lettres. Il fallait savoir le nom de Barthew pour le reconnaître sous cette gale rougeâtre.

Willy amena sa monture près de l'escalier, lâcha la bride, saisit au passage l'enseigne et, d'un geste sec, l'arracha de sa potence.

Deux Noirs hébétés, qui se prélassaient dans

des fauteuils défoncés en mâchant du tabac, le regardèrent s'éloigner, sans mot dire. On leur avait déjà raconté que des fantômes d'officiers sudistes parcouraient les campagnes pour effrayer les pauvres nègres.

Le cavalier n'était peut-être pas vraiment un fantôme, mais peut-être aussi en était-il un, moins mort que les autres ! Le général Tampleton ne leur avait même pas accordé un regard. On pouvait abandonner la maison en ruine aux esclaves jetés dans la liberté comme des chiens à la rue, mais il ne voulait pas que cette plaque de tôle puisse leur servir de raclette, de pelle ou chaufferette. Il ne pouvait tolérer que le nom de son ami soit souillé.

Jamais d'ailleurs Tampleton n'avait vu autant de Noirs dans les rues à Bayou Sara et nulle part en Louisiane, à pareille heure. « C'est donc vrai qu'ils ne travaillent plus », pensa-t-il. Sous sa barbe mouillée il serra les mâchoires. Perdre la guerre n'était pas qu'un désastre militaire !

Willy était donc de méchante humeur quand il se présenta à l'embarcadère du bac. Du haut de la colline, en descendant vers le fleuve, il avait vu le bateau-ponton amarré à l'autre rive. Il estimait donc avoir tout son temps et s'abandonna à l'émotion que suscitèrent en lui ses retrouvailles avec le Mississippi. Le Père des Eaux, le boulevard des Amériques, le maître fleuve, le Mee-zee-see-bee ou « vieux fleuve fort et profond » des Indiens Chippewas qui l'appelaient aussi : « le vieux Al qui fume sa pipe », quand le brouillard montait sur les eaux, le Meschacebé de M. de Chateaubriand, l'old man river des esclaves, tous les noms dont il avait entendu affubler le grand chemin liquide pendant son enfance et son adolescence lui revenaient en mémoire et atténuaient son irritation récente. Impavide, le fleuve coulait entre les rives boisées, suivant l'ample courbe où l'on voyait de loin s'avancer les bateaux à roues sous leurs panaches jumeaux de fumée noire et grasse. En cette fin d'après-midi, la pluie ayant cessé, on pouvait lire sur l'horizon, dans la bande rose pâle qui s'insinuait entre la grisaille du ciel et les forêts accroupies, une promesse de soleil pour le lendemain. César, fin météorologiste, faisait observer ce signe à son maître quand il fut apostrophé :

« Holà, le nègre ! Où as-tu pris ce caisson à munitions, hein ? »

Le général Tampleton se retourna vivement pour considérer l'interpellateur. C'était un sergent sorti du poste, une baraque de bois, que l'armée avait établi afin de surveiller le va-et-vient du bac et de contrôler les passagers.

Le militaire était sans arme, les deux mains à plat sur le ventre, passées dans son ceinturon. Il levait la tête en clignant de l'œil sous sa visière carrée comme un qui veut avoir l'air perspicace.

César avait amené ses mules à la hauteur de Tempête pour observer le fleuve près de son maître. Assis sur son caisson tout encroûté de boue, il allait répondre au soldat, quand Tampleton intervint.

« Le caisson m'appartient, dit-il calmement.

— C'est au nègre que j'ai posé la question, fit l'autre, peu aimable et imbu d'autorité.

— Le nègre m'appartient aussi ! » répliqua sèchement Tampleton en rejetant sa couverture-poncho et découvrant ainsi son uniforme.

Le sergent fit un pas en avant et, narquois :

« Ah ! Je vois, on a perdu la guerre et on rentre chez soi en croyant que tout va continuer comme avant, hein! Les nègres y sont libres maintenant et, aussi vrai que ce caisson appartient à l'armée des Etats-Unis, comme tout le matériel de guerre des Confédérés, ce nègre est libre de vous envoyer aux cinq cents diables... »

Puis il contourna le groupe, vint se placer devant les mules et dit :

« Toi, le nègre, dételle-moi le caisson et débrouille-toi pour le vider. Il doit rester ici ! »

César, interloqué, tourna un regard interrogateur vers Tampleton. Il ne fut pas surpris de voir le général brusquement faire avancer son cheval vers le sergent en même temps qu'il tirait assez malaisément son sabre du fourreau.

« Allez cuver votre whisky dans votre cabane, sergent, dit le général sans colère, ou je vous corrige ! »

L'autre fit un pas en arrière, glissa sur la chaussée pentue et boueuse, faillit s'étaler et se mit à crier :

« A la garde, à la garde !... »

Son appel demeura sans résultat et les rires fusèrent parmi les groupes de Blancs et de Noirs qui attendaient le bac. Voyant que le bateau n'était qu'à mi-parcours, le sergent, grognant comme un barbet, se précipita dans la cabane et en ressortit presque aussitôt avec un fusil.

« Mettez pied à terre, lança-t-il à Tampleton en le menaçant, et faites-moi décrocher ce caisson. »

Les gens murmurèrent des choses incompréhensibles, mais traduisant l'étonnement et une molle désapprobation.

Willy demeura immobile, fit pivoter Tempête et lui imposa une croupade, comme au manège. La boue projetée par les sabots de la jument éclaboussa si bien le sergent qu'il en eut le visage constellé.

Sans attendre que le malheureux Yankee soit revenu de sa surprise, le général fit reculer sa monture qui, docilement et peut-être heureuse de cette reprise impromptue, eut un dandinement lascif de la croupe et fouetta de la queue. Le sergent, qui redoutait une ruade, fit un écart, glissa et se retrouva cette fois couché sur le dos au beau milieu d'une flaque, son fusil à trois pas de lui.

Le public rit franchement, comme au cirque à la vue des clowns.

« Ecole espagnole... », commenta un cavalier qui avait apprécié les figures de Tempête.

On en était arrivé à cette situation humiliante pour le sergent, quand la porte du poste s'ouvrit et livra passage à un lieutenant suivi de deux soldats ahuris qu'on venait manifestement de tirer d'une sieste.

« Que se passe-t-il..., monsieur ? demanda aussitôt l'officier, négligeant le sergent qui se relevait en jurant.

— Rien de grave, le sergent a émis la prétention de me confisquer ce caisson qui me sert de fourgon à bagages... »

Le lieutenant avait un visage ouvert, un regard franc et portait un uniforme impeccable.

« Un West Pointer de la dernière promotion », pensa Tampleton,

« Puis-je voir votre certificat de libération sur parole, car vous semblez être un officier confédéré ?

— Général Tampleton, fit Willy sèchement. J'étais à Appomatox et voici mon certificat... de vaincu ! »

Enervé par l'incident, maladroit du fait de son amputation, Willy faillit laisser échapper son sabre. Le lieutenant fit un geste pour rattraper la lame et vit à ce moment-là que son interlocuteur était manchot et qu'il portait au col de sa tunique grise les étoiles de général de brigade. Aussi, c'est avec respect qu'il reçut le papier délivré par le prévôt marshal de l'armée de Grant.

« Vous êtes parfaitement en règle, général, et je déplore cet incident, mais il est exact que ce caisson doit revenir, comme tout le matériel militaire des Etats sécessionnistes, à l'armée de l'Union.

— Il faudra donc que vous le preniez de force, lieutenant », fit sèchement Willy en portant la main sur la poignée de son sabre.

L'officier yankee sourit avec une sorte de condescendance.

« Il n'en est pas question, soyez-en certain, général, et je ne saurais vous contraindre à rechercher ici un autre chariot pour vos bagages. Il serait, en revanche, juste et courtois de votre part, puisque vous habitez de l'autre côté de la rivière, de nous faire reconduire le caisson vide... disons dans quelques jours !

— Cela me paraît possible, dit Tampleton, mon nègre vous le ramènera... personnellement, lieutenant... ?

— Harry Porter, du 7e d'infanterie du Kentucky », compléta l'officier en saluant.

Le bac venait d'accoster. Les Noirs préposés à la manœuvre de l'abattant et à l'amarrage s'activaient ; l'incident paraissait clos. La petite foule, maintenant silencieuse, attendait que le bateau se soit vidé de ses passagers et des attelages qu'il avait amenés de l'autre rive. Des gens se reconnaissaient, se saluaient, échangeaient des nouvelles, bien que la plupart des arrivants et des candidats au passage se fussent vus peu de temps auparavant. Tampleton, qui n'avait pas mis pied à terre, car Tempête, au contraire de beaucoup de chevaux, ne craignait pas d'embarquer montée, avançait déjà vers le chemin-planche, quand le sergent se mit à glapir.

« Mais, lieutenant, vous n'allez pas le laisser filer comme ça, il m'a insulté, jeté dans la boue..., c'est un esclavagiste..., faut au moins sauver ce nègre ! »

Le lieutenant, surpris par cette intervention, invita le sergent à se taire. Il ne pouvait cependant devant ses hommes ignorer ses protestations.

En deux enjambées, il rattrapa le cavalier et c'est d'un air ennuyé qu'il dit :

« Je vous prie de m'excuser, général, mais je dois savoir si ce nègre vous suit librement.

— Demandez-le-lui », jeta Tampleton sans s'arrêter.

Le cavalier était déjà sur le bac quand le lieutenant interpella César, qui, descendu de son caisson, tirait les mules par le mors pour les obliger à embarquer. Le Noir sursauta quand l'officier s'adressa à lui.

« Quel est ton nom ? dit le lieutenant.

— César Tampleton — les Myrtes — Fausse-Rivière — Louisiane, débita d'un trait le Noir en roulant des yeux inquiets.

— Tampleton, c'est le nom de ton... du général, fit doucement le lieutenant Porter, mais ton nom à toi ?

— Tampleton, m'sieur, je m'ai toujours appelé Tampleton, comme mon père et ma mère.

— Tu sais que tu n'es plus esclave, que tu es libre d'aller où tu veux, travailler chez qui tu veux.

— Je sais pas, m'sieur, moi, je vas aux Myrtes,

57

chez nous, là, de l'aut' côté de l'eau — et il désigna de la main la rive opposée.

— As-tu un contrat de travail ? Est-ce que M. Tampleton te donne un salaire..., de l'argent ?

— J'ai jamais quitté m'sieur Willy depuis qu'il est revenu de l'école des militaires, m'sieur. On a fait des tas de voyages et des tas de batailles ensemble contre les Indiens et contre les Yankees. Lui allait se battre et moi j'attendais; je m'occupais de ses affaires et des chevaux... On a toujours été bien ensemble, c'est un bon maître et c'est bien triste que les Yankees y aient coupé un bras, m'sieur.

— Reçois-tu une solde, de l'argent de l'armée ?

— Moi, je suis pas soldat, m'sieur. Je vas avec mon maître qu'est maintenant général, c'est tout !

— Puisque tu n'es plus esclave, mais travailleur libre, tu dois recevoir de ton... du général un salaire; tu dois recevoir au moins quinze dollars par mois !

— Et pour quoi faire, m'sieur ?

— Pour acheter de la nourriture, te loger et te payer aussi des vêtements et du tabac. »

Le Noir regarda le lieutenant d'un air incrédule. Pouvait-on, pensa César, être officier et ignorant à ce point ? Le Noir, qui n'était pas d'un naturel craintif, prit un ton docte presque pédagogique :

« Par chez nous, m'sieur, c'est pas comme dans le Nord. Y faut le savoir. J'ai une cabane sur l'habitation des Myrtes, je mange à la cuisine avec les aut' nègres de la maison. Quand c'est que j'ai soif, je bois et j'ai du tabac à chiquer. Mon maître y m'a toujours acheté des habits et y m'a toujours donné la pièce le samedi pour que j'aie de quoi régaler les amis à la fête ou au bal congo... et, quand je chante, ses amis à lui y me donnent des piastres aussi. Par chez nous, m'sieur, on n'a pas besoin de sous comme dans les villes où on donne rien !

— Et ton maître y t'a pas fouetté des fois, y t'a pas marqué au fer rouge, hein ? » intervint le sergent, auquel personne ne demandait rien.

César prit cela comme une insulte. Son père était chef des palefreniers des Myrtes. C'est lui qui choisissait les chevaux et les soignait. On venait même le chercher des autres plantations quand une bête était malade. Ce père lui avait appris tout ce qu'il savait des chevaux, des mules et de la vie et seul ce Yankee pouvait ignorer la réputation du père de César et de César lui-même entre Sainte-Marie et Fausse-Rivière.

« On m'aurait fouetté que j'aurais parti, m'sieur. Chez nous, on fouette que les nègres des champs quand y volent ou qu'y disent qu'ils sont malades pour pas travailler et que c'est pas vrai ! »

Le sergent s'apprêtait encore à parler, mais le lieutenant l'arrêta d'un geste, puis il se tourna vers le Noir et les mules nerveuses.

« Va, César, embarque, il est temps », fit-il d'un ton résigné, pensant que l'esclavage donnait aux dominés des âmes d'esclaves !

Souriant de toutes ses dents, comme quelqu'un qui a rivé son clou à un impudent, le Noir tira son attelage sur le bac.

Le chemin-planche fut relevé et les aussières lâchées.

Willy Tampleton, descendu de cheval, fumait un cigare que venait de lui offrir un planteur, adossé au bastingage.

« Alors, César ! Que voulait-il, ce lieutenant ?

— Des sornettes, m'sieur, mais j'y ai répondu. »

Puis, après un temps, le Noir ajouta en branlant du chef :

« Y sont pas comme nous aut', ces Yankees, m'sieur, y z'ont pas l'air de comprendre les choses comme nous. Je crois qu'y sont pas bien malins...

— Ils ont tout de même gagné la guerre, César ! fit le général en se retournant vers le fleuve où le bac glissait, coupant le courant.

— Ça, c'est un mauvais coup du bon Dieu, m'sieur Willy, les Blancs y sont pour rien. Si on n'avait pas fait des gros péchés, m'a dit un pasteur, y paraît qu'on aurait gagné ! »

« Et si cet énorme péché que le Sud n'a pas fini d'expier était l'esclavage ? » se dit Willy Templeton en regardant se rapprocher la rive, le cœur battant.

4

Le colonel Richard F. Fenton trouvait la vie trop capricieuse. A peine venait-il d'atteindre, avec beaucoup d'habileté, une confortable étape de sa carrière, dont le déroulement était depuis longtemps organisé, que surgissait une complication inattendue.

Campé jambes écartées, les mains au dos, devant la fenêtre ouverte de son bureau, au premier étage du quartier de cavalerie de Baton Rouge, il suivait les évolutions méfiantes et saccadées d'un écureuil gris. Le petit animal, à la longue queue ondoyante, folâtrait entre les bâtiments de la caserne, grandes bâtisses sang-de-bœuf, à colonnettes blanches, posées en arc de cercle sur le gazon, comme des parts de wedding-cake sur un tapis de billard !

Cette affaire Redburn tourmentait le colonel. Il devait maintenant interroger lui-même cette adolescent buté et présomptueux, espion amateur sans doute, mais animé du farouche désir de nuire à l'armée de l'Union, désir commun à beaucoup de rejetons de l'aristocratie sudiste. Le prévôt marshal d'Opelousas n'avait rien pu tirer du prisonnier, qui semblait tout à fait capable de se laisser pendre sans dire un mot.

Depuis qu'on connaissait l'origine des documents trouvés sur Walter Redburn, un malaise compréhensible régnait à l'état-major et empoisonnait l'atmosphère, mondaine et élégante, que le colonel Fenton s'était toujours efforcé de créer dans toutes ses garnisons. Maintenant, il regardait ses aides de camp avec suspicion, surtout ceux qui avaient des attaches dans le Sud. Les officiers s'observaient entre eux à la dérobée et le charmant Pusley, qu'on appelait « Pussy », sergent-secrétaire de la 24e demi-brigade, était tombé malade. Cet auxiliaire discret, aimable, toujours tiré à quatre épingles et qui, chaque matin, disposait sur le bureau du colonel un gardénia ou un camélia avec lequel l'officier jouait délicieusement en prenant connaissance du courrier, avait été cependant rapidement mis hors de cause.

« Dieu merci ! pensait Richard F. Fenton, qui avait ses raisons, ce ne peut pas être Pussy. » Ce ne pouvait être non plus le lieutenant Scott, que l'on disait à demi fiancé à une sœur de Redburn. Cet officier se trouvait en opération dans l'est de l'Etat depuis un mois et demi. Il venait de regagner Baton Rouge quand l'affaire avait été découverte.

Seulement, comme l'enquête n'avançait guère, le général Canby, informé par quelque indiscret ou déjà contrarié par les sollicitations de la famille de l'espion, avait envoyé un courrier de La Nouvelle-Orléans. Il conseillait fermement à Fenton de se montrer intraitable avec les guerilleros confédérés et l'invitait à user de la « rigueur suprême » envers les traîtres.

Officier d'état-major, dresseur de plans comptables, organisateur de convois, vérificateur des fournitures, Fenton avait toujours évité les champs de bataille. Ainsi conservait-il, depuis les manœuvres à West Point, une idée assez abstraite de la mort, même s'il connaissait théoriquement l'art de la répandre. Aidé par sa bonne étoile, elle-même stimulée par une sœur et une mère auxquelles certains membres influents du Congrès n'avaient rien à refuser, il venait de réussir au cours de quatre années de guerre à se tenir parfaitement à l'abri des balles, hors des souillures de la boue et du sang, protégé de la pénible promiscuité des campagnes.

Au moment où, le conflit virtuellement terminé, il venait d'accepter, sans risques, un commandement actif dans la cavalerie pour recevoir un galon supplémentaire, voilà que lui tombait sur les bras cette lamentable affaire d'espionnage ! Si ce Redburn avait résisté au moment de son arrestation, les soldats l'auraient abattu et on n'en parlerait plus. Or, de la façon dont se présentaient les choses, il était possible que lui, Richard F. Fenton, soit amené à décider de la mort de ce garçon, fils dévoyé d'une des rares familles de la région qui — encore une malchance — n'avait jamais failli à la loyauté envers l'Union ! En proposant à Walter Redburn la vie sauve contre le nom de son complice à l'état-major, le colonel escomptait à la fois passer aux yeux des planteurs irréductibles pour un vainqueur magnanime et extirper sans drame le mal qui minait son entourage. On lui saurait sans doute gré à Washington de tels résultats. Mieux valait en effet que la punition atteigne un membre de l'armée, parjure et félon, plutôt qu'un gamin qui ne se cachait pas d'être un ennemi. Et puis, une fois le traître identifié, on n'aurait plus à Baton Rouge à connaître de son sort. Ne pouvant être jugé par le tribunal de son unité, il serait conduit à La Nouvelle-Orléans — peut-être par ce type de l'agence Pinkerton que Canby avait envoyé — et fort régulièrement passé par les armes.

L'idéal, bien sûr, estimait M. Fenton, serait que le traître se suicidât après avoir signé une confession complète. Mais pouvait-on espérer un aussi beau dénouement ?

Sur la pelouse, l'écureuil fit un saut carpé, puis demeura immobile, occupé à grignoter un gland. Fenton imagina tour à tour les six officiers de son état-major couchés dans leur uniforme aux galons arrachés et la poitrine criblée de balles par le peloton d'exécution. Il eut un frisson de dégoût, s'éloigna de la fenêtre, vint prendre sur sa table la branche d'hibiscus que le sergent Pussy y avait placée une heure plus tôt et se mit à marcher de long en large en faisant tournoyer entre le pouce et l'index la fleur carmin, aux pétales charnus et luisants de rosée, comme d'humides lèvres. Le colonel se complaisait dans l'examen de cette beauté végétale, quand on lui amena le prisonnier.

« Asseyez-le sur une chaise, dit-il aux gardes, attachez-le solidement et laissez-nous ! »

Puis il considéra l'espion.

Walter Redburn ne semblait nullement abattu. Il se tenait bien droit sur son siège, les mains liées derrière le dossier, mais les jambes allongées et croisées avec ce qu'il pouvait y mettre de désinvolture. Ses vêtements fripés, son pantalon trop court et effrangé dans le bas, les talons usés de ses bottes, son aspect dégingandé lui donnaient l'air du pensionnaire qui, ayant fait le mur, vient d'être conduit devant le préfet des études. Un poulain sauvage entravé n'aurait pas paru plus inoffensif. Le colonel Fenton lui trouva un visage ingrat, long, chevalin, une peau grasse et pustuleuse d'adolescent mal soigné. En contournant le garçon attaché, il lui vit de longues mains noueuses et rouges de paysan. Une fois assis derrière son bureau, il découvrit que Walter avait de beaux cheveux bouclés et remarqua un léger duvet sur sa lèvre supérieure. Duvet, pensa-t-il, qui n'aurait peut-être pas le temps de devenir moustache !

Le colonel émit un soupir de lassitude, comme si le garçon était le douzième espion qu'il interrogeait depuis le matin, s'éclaircit la voix et se troubla en constatant que le prisonnier fixait, d'un regard à la fois étonné et benêt, la fleur d'hibiscus posée sur le sous-main.

« Voyons, jeune homme, vous ne tenez pas à être exécuté ?

— Je n'y tiens pas, monsieur, mais je l'accepte. »

Walter n'avait pas du tout la voix de son physique. Il parlait net, dans un anglais correct.

« Ce serait dommage que nous en venions à ces extrémités, alors que l'été s'annonce beau et que les écureuils jouent sur les pelouses », dit tout à trac le colonel.

La surprise se peignit sur le visage du collégien. Il avait espéré un guerrier catégorique et sans pitié, disant les choses comme elles doivent être dites, et il se trouvait en face d'un officier de salon, qui s'exprimait d'un ton patelin, comme un surveillant de collège hésitant à vous donner dix psaumes à copier.

« Qui vous a remis les papiers que l'on a trouvés sur vous ? lança brusquement Fenton d'une voix de tête, qu'il croyait autoritaire. Je veux le savoir !

— Je les ai pris moi-même, fit Walter, ironique.
— Ne faites pas l'idiot, jeune homme, nous savons que c'est impossible.
— Alors, je les ai trouvés... sous un banc ou quelqu'un les aura glissés dans les fontes de ma selle...
— Votre persiflage est dangereusement déplacé, fit le colonel, vexé, et je ne comprends pas votre entêtement. La guerre est finie. Les opérations de vos amis de la Black Horse Cavalry, que nous attraperons bien un de ces jours, relèvent du pur banditisme... Ce n'est pas très glorieux !
— La guerre n'est pas finie, monsieur. Le général Kirby Smith se bat et va rassembler ceux qui n'ont pas déposé les armes. Et nous comptons bien affronter vos forces et reconquérir la Louisiane ! répliqua d'un ton exalté Walter Redburn.
— Mais non, mais non, la guerre est finie, fit le colonel, comme pour se persuader de la véracité de cette assertion, car la perspective, même incroyable, d'une bataille avec mitraille, morts et blessés lui déplaisait fortement.
— En tout cas, vous ne saurez rien de moi, dit Walter, qui se sentait frutré, par la faute de ce colonel de théâtre, de la prestation lyrique et patriotique qu'il avait préparée.
— Mais enfin, ce n'est pas raisonnable ! Pensez à votre mère que j'ai fait prévenir, à vos amis, à tous ceux qui vont pleurer, dit Fenton, un peu désorienté par cette attitude virile.
— Ils pleureraient bien davantage, monsieur, et avec plus de raison, si je vous livrais quelqu'un pour sauver une vie que je dois à la Confédération.
— Pfeu, pfeu, siffla Fenton. Laissez-moi vous

dire, mon garçon, qu'il vaut mieux être un homme ordinaire vivant qu'un héros mort !

— Le jour où vous vous trouverez en face d'un tel choix, vous verrez vous-même ce que vous aurez à faire; en attendant, mon choix, à moi, est fait !

— C'est bon, fit le colonel d'un air pincé en tirant sur son dolman pour faire disparaître un faux pli. Je vais vous livrer à ce type de l'agence Pinkerton que le général Canby m'a envoyé. Il paraît que ces gens savent faire parler les autres et, demain, on réunira le tribunal militaire. Si vous n'avez pas révélé le nom du misérable qui a trahi la bannière étoilée et tous ses camarades de l'armée des Etats-Unis, peut-être pour de l'argent, eh bien, vous serez pendu !

— Je suis soldat, monsieur, et je devrais être fusillé ! aboya Walter.

— Non, mon garçon, vous serez pendu. Vous n'appartenez à aucune armée, vous ne portez pas d'uniforme : la Confédération, comme Troie, a cessé d'exister et la guerre est finie. Vous êtes l'agent des bandits qui voulaient s'en prendre à la solde de l'armée du Texas; vous serez pendu, vous dis-je, comme un voleur de chevaux ! »

Et le colonel, frémissant de colère, telle une prima donna à laquelle un choriste aurait manqué de respect, ajouta tout à fait comiquement :

« D'ailleurs, il n'y a pas à revenir là-dessus, c'est le règlement et le général Canby veut qu'il soit appliqué ! »

Puis il rappela les gardes.

Au moment où ceux-ci emmenaient le prisonnier, le colonel l'interpella :

« Un homme a demandé à vous voir. Il est envoyé par votre mère. Il s'appelle Dandrige. J'ai autorisé la visite, car il a mission de vous faire entendre raison. Ce sera votre dernière chance. »

Walter Redburn sourit et c'est le cœur léger qu'il reprit le chemin de la prison du quartier où l'on ne mettait d'ordinaire que les ivrognes et les permissionnaires qui avaient oublié l'heure.

L'agent de Pinkerton, qui interrogea plus tard Walter Redburn, n'eut pas plus de succès. C'est-à-dire qu'il ne put obtenir du prisonnier le nom de ceux ou de celui qui lui transmettaient les documents dérobés chez le colonel Fenton. La rouerie du professionnel de police, devenu chasseur d'espions depuis que son patron, Olan Pinkerton, un petit barbu à col dur et chapeau rond, avait convaincu Lincoln que les secrets de l'armée seraient mieux gardés par des détectives civils, ne put rien contre la volonté rustique et l'engagement quasi religieux de Walter Redburn.

L'agent de Pinkerton, qui avait à se faire pardonner la plus grosse gaffe de l'agence — une évaluation fantaisiste et exagérée des forces sudistes sur l'Antietam en 1862 — s'était cependant donné beaucoup de mal.

Sa seule découverte intéressante ne devait rien à Redburn. Elle résultait de l'examen minutieux et routinier des constatations, des horaires et des témoignages. L'agent de Pinkerton savait qu'au moment où l'espion avait été arrêté près de Livonia, à vingt et un miles de Baton Rouge, il n'emportait pas aux irréguliers, comme on l'avait cru tout d'abord, les documents dérobés chez Fenton, mais au contraire rapportait ceux-ci à l'état-major fédéral après que les chefs de la Black Horse Cavalry en avaient pris connaissance.

« Cela signifie, commenta le policier, après avoir éclairé le colonel, que s'il était arrivé à bon port, votre espion aurait pu, grâce à son complice, faire remettre les documents " empruntés " à leur place et que personne, peut-être, ne se serait aperçu de rien. »

Le colonel Fenton eut une moue dubitative.

« Quand on l'a arrêté, Redburn galopait vers l'est, cependant.

— Parce qu'il avait fait demi-tour en voyant de loin le barrage établi par les militaires qui cherchaient ce jour-là un déserteur de notre propre armée, parti avec la cagnotte du cercle sur le cheval d'un major.

— Mais alors, dit Fenton, si les irréguliers confédérés ignorent encore l'arrestation de Redburn, ils vont tendre leur embuscade sur l'itinéraire du fourgon du Texas ? Il faut les laisser faire. Nous avons déjà modifié le cheminement de ce fourgon, mais nous allons leur en envoyer un autre, bourré de soldats et suivi de peu par un escadron qui nous débarrassera de ces bandits !

— Pour cela, il faut laisser croire à Redburn que nous pensons toujours qu'il fuyait vers les Opelousas lors de son arrestation et surtout, colonel, l'empêcher de communiquer avec qui que ce soit. Il serait même bon que personne, hormis vous et moi, ne soit au courant de ma découverte. Si le complice de Redburn est toujours dans votre entourage, comme je le suppose, il pourrait faire prévenir les Confédérés. »

Le colonel approuva.

« Ma mission ne se limitant pas à l'interrogation de Redburn, dit le détective, je vais d'ailleurs m'intéresser au traître sans lequel il ne se serait rien passé. »

Le colonel poussa un grognement. Il lui déplaisait que ce civil, qui gardait obstinément son chapeau sur la tête et chiquait comme une vieille

Indienne, mette son nez de fouine dans la vie privée de l'état-major.

Aussi, tout en approuvant la demande de l'agent de Pinkerton d'interdire toute visite à Redburn, il accueillit M. Clarence Dandrige, espérant que cet homme, dont on disait grand bien et qui devait avoir la confiance du prisonnier, saurait obtenir le nom du traître. Battre le détective professionnel et régler l'affaire sans éclaboussures pour personne souriait assez au fringant colonel.

« Quel bel officier eût fait ce planteur !... » pensa Fenton en voyant Dandrige entrer avec assurance dans son bureau, son panama à la main, un pli net à son pantalon, la redingote ouverte sur un gilet de soie châtaine, le col de sa chemise sans jabot serré par un ruban de velours marron élégamment noué.

« La guerre étant terminée, colonel Fenton, dit Dandrige après les salutations, mais en refusant le siège qu'on lui proposait, il serait déplorable que l'armée des Etats-Unis soit amenée à exécuter un gamin de quinze ans venu là comme à un jeu. Je crois savoir que vous souhaitez la réconciliation et l'oubli des offenses passées. L'Union victorieuse peut faire, sans danger, preuve de mansuétude et (Clarence avait déjà compris à quelle catégorie de caractère appartenait le colonel Fenton) vous vous attireriez personnellement l'estime de toutes les familles de Pointe-Coupée si vous infligiez à Walter Redburn une punition à la mesure de sa sottise et non une peine réservée aux criminels.

— C'est bien mon penchant, monsieur, mais je ne peux supporter la présence d'un traître dans mon état-major. Je dois savoir qui il est !

— Walter Redburn ne dénoncera personne, je le crains et je l'espère tout à la fois, colonel !

— Vous croyez ? C'est bien ennuyeux pour tout le monde, car la trahison vis-à-vis de l'Union est plus préjudiciable à l'honneur que la simple dénonciation de celui qui s'en est rendu coupable.

— C'est un point de vue, fit Dandrige. En matière d'honneur, il n'y a qu'un bon juge, colonel, c'est la conscience de celui qui est en cause.

— Mais ces opérations de guérilla sont insupportables, monsieur. Les gens que renseigne le jeune Redburn sont de simples pillards...

— Ou des desperados ! »

Une estafette apportant une dépêche interrompit l'entretien. L'estimant terminé, Dandrige allait prendre congé, quand le colonel, ayant parcouru le télégramme, s'approcha de son visiteur.

« Voyez-vous, monsieur Dandrige, le sacrifice de votre jeune ami serait d'autant plus inutile que cette dépêche me confirme officiellement qu'un accord a été signé à La Nouvelle-Orléans entre l'armée du Trans-Mississippi, commandée par le général Philip Sheridan, et les représentants du général Kirby Smith. Ce dernier, qui s'est rendu le 26 mai, reconnaît donc lui-même que les irréguliers, qui poursuivent les attaques contre l'armée fédérale, ne peuvent en aucun cas se réclamer de son autorité. Dites donc cela à votre jeune guérillero. Je vais le faire amener ici, vous pourrez parler sans témoin. C'est une preuve de confiance que je vous donne. Je compte que vous n'outrepasserez pas les droits que l'on reconnaît à un honnête avocat ! »

Clarence Dandrige s'inclina.

« Et, ajouta le colonel, n'oubliez pas, monsieur, il n'y a qu'un moyen pour Redburn de sauver sa peau : nous donner le nom de son complice ! »

L'intendant de Bagatelle eût été capable de répondre vertement à ce fantoche. Mais il s'abstint. Il devait voir le jeune Redburn et le verrait.

Quand on amena le prisonnier, celui-ci sourit à l'intendant et fut autorisé à lui serrer la main en présence des gardes et du colonel, puis on l'attacha sur la chaise au milieu de la pièce, le dos à la fenêtre, qui fut fermée.

« Vous allez, monsieur Dandrige, vous asseoir à mon bureau. Vous n'êtes pas autorisé à vous déplacer pendant l'entretien. Les gardes resteront derrière la porte. Quant à moi..., je vais... je vais aller faire un tour au mess. Je serai de retour dans un quart d'heure et j'espère pour ce jeune daim que vous aurez des choses à m'apprendre... sinon, tant pis pour vous », conclut allégrement l'officier en se tournant vers le prisonnier.

Les gardes sortirent par la porte de gauche et on entendit le bruit des crosses de leurs fusils sur le plancher du palier. Quant au colonel, ayant cueilli son chapeau d'un geste arrondi de danseur, il sortit par la porte de droite, toute proche du bureau devant lequel se tenait Dandrige. Ce dernier connaissait parfaitement les lieux pour avoir rendu de fréquentes visites à des amis officiers qui avaient occupé ce local avant la guerre civile. Il savait que le colonel venait de faire une fausse sortie. La porte qu'il avait franchie conduisait à sa chambre et nulle part ailleurs. Il était donc là, prêt à écouter l'entretien et peut-être même à suivre du regard son déroulement.

Aussi, très vite l'intendant prit-il la parole avec volubilité, décrivant à Walter le chagrin de sa mère et de ses sœurs, lui annonçant que Kirby Smith avait capitulé. Puis il trouva enfin moyen de prévenir Walter. En allongeant les bras sur le sous-main de l'officier, il réussit à saisir un crayon à mine de plomb et une enveloppe vierge. Pivotant pour tourner de trois quarts le dos à la porte derrière laquelle il imaginait aisément le colonel Fenton aux aguets, il écrivit posément *On nous surveille*. Puis, faisant semblant de jouer avec son chapeau, il parvint à faire tenir le papier contre la coiffe en le coinçant dans le ruban. Ensuite, il reposa son panama sur la table et le poussa vers le bord de celle-ci, jusqu'à l'amener sous les yeux de Walter.

D'un clin d'œil, ce dernier avertit l'intendant que son message était reçu. Dandrige fit disparaître l'enveloppe et passa aux choses plus difficiles.

« Sais-tu, Walter, que les juges militaires seront sans pitié si tu ne livres pas ton complice ?
— Je ne puis, monsieur, me sauver à ce prix ! »

Clarence, qui connaissait peu le garçon, fut impressionné par son calme et sa détermination. Celui-là rachetait toutes les poltronneries des Redburn. La perspective d'une mort prochaine ne le troublait pas outre mesure.

« Le colonel Fenton m'a l'air d'un parfait gentleman, reprit Dandrige, dont le regard ironique démentait ses paroles destinées aux oreilles indiscrètes. Tu lui rendrais grand service en lui évitant de te faire pendre... car toi pendu, bien sûr, qui lui dira le nom qu'il veut connaître ?... Personne, bien évidemment !
— Bien évidemment », fit Walter, qui avait une

foule de choses à confier à Dandrige, mais ne savait pas comment les communiquer à travers des phrases banales.

Le regard clair et pénétrant de l'intendant l'encourageait, semblait solliciter son intelligence. Il eut une illumination.

« Ne parlons plus de cela, monsieur Dandrige. Je voudrais que vous disiez à ma mère que je regrette la peine que je lui fais et surtout que vous vous occupiez de mon frère de lait. Vous savez, Barbichet, celui qui est toujours sombre et dont la mère a été ma nourrice. Il faut lui dire que je pense à lui, que je le fais mon héritier et que, surtout, il ne commette aucune imprudence... à la chasse, qu'il n'essaie pas non plus de venir me voir...

— Je ferai ce qu'il te plaira. Je m'occuperai de Barbichet..., mais le plus important pour l'instant est de trouver un moyen de te sauver. Nous allons faire prévenir le général Banks et des gens de Washington que nous connaissons. Des gens qui ont fait la guerre, qui savent ce qu'est la vie et la mort, et comment l'ennemi d'aujourd'hui peut être l'allié de demain.

— Je ne demande qu'une grâce, monsieur. Je veux être fusillé comme un soldat et non pendu comme un malfaiteur. »

Puis il ajouta, soudain profondément triste :

« Il faut bien qu'un Redburn paie la fuite à Halifax. On ne pourra plus désormais opposer aux miens qu'ils n'ont rien donné à la Confédération. »

Clarence Dandrige demeura silencieux, ému et assez fier de la noblesse de ce garçon, plutôt laid, qui semblait éprouver face aux mortelles promesses du lendemain une étrange volupté. Walter, en dépit de la médiocrité de ses géniteurs, était un pur produit du Vieux Sud des conquérants. Mais une telle jeunesse livrée aux exécuteurs lui paraissait un stupide sacrifice. Le colonel pommadé utilisait contre son prisonnier une arme de suicide. Plus vieux de quelques années, ayant eu le temps de jouir des plaisirs de la vie, Walter Redburn aurait peut-être balancé davantage. Mais il était à l'âge de l'intolérance, celui du tout ou rien, celui de la pureté qui n'accepte pas de compromis.

L'adolescent comprit sans doute, au regard affectueux comme celui d'un père complice que Dandrige posait sur lui, que ses raisons étaient acceptées. Il voulut cependant une confirmation ou une dernière et inacceptable espérance :

« A l'honneur vous croyez, n'est-ce pas, monsieur Dandrige ?

— *Credo quia absurdum* [1] », fit l'intendant d'un ton las.

Ficelé sur sa chaise, l'élève des pères jésuites laissa tomber son menton sur sa poitrine et se mit à pleurer doucement.

Quand, une minute plus tard, le colonel Fenton ouvrit la porte derrière laquelle il était demeuré, marquant ainsi la fin de l'entretien, Walter Redburn portait la tête haute, un regard sec et froid, que l'officier ressentit comme chargé de mépris.

« N'oubliez pas pour Barbichet, dit simplement Walter Redburn en serrant très fort la main de Dandrige au moment où les gardes l'emmenaient.

— Alors, monsieur Dandrige, avez-vous tiré quelque chose de ce jeune fou ? fit sans conviction Fenton, dès que la porte fut close.

---

1. « Je crois parce que c'est absurde » (Tertullien).

— Vous en savez autant que moi, colonel Fenton, dit Clarence d'une voix sèche. Vous écoutiez derrière cette porte... comme un valet !

— Je ne vous permets pas !

— Vous ne me permettez pas quoi, Fenton ? De vous dire par exemple qu'il y a plus de différence entre vous et Walter Redburn qu'entre moi et un nègre ? »

Puis, s'animant :

« Ce garçon appartient à un monde fabuleux et exigeant où vos semblables n'ont pas accès, Fenton, même sous leurs oripeaux à galons. Au cours de cette guerre, il y a ceux qui de part et d'autre se sont battus loyalement, pour ce qu'ils croyaient être de justes raisons, et puis il y a ceux que n'embarrasse pas l'honneur primordial, ceux qui ne craignent pas de proposer des marchés qu'un Cavalier ne peut accepter, comme par exemple sauver sa vie au prix d'une délation...

— Je vais appeler la garde !

— Faites donc, colonel, mais sachez encore que je vous tiens pour un pleutre. Si vous refusez à Redburn la mort du soldat à laquelle il a droit, je vous enverrai un cartel, afin d'avoir le maigre privilège de vous expédier dans un monde où vous ne serez rien ! »

Fenton, blême, le menton tremblant, écoutait Dandrige sans trouver de repartie. Pour se donner une contenance, il ouvrit rageusement la fenêtre.

« Vous auriez dû aérer plus tôt, lui lança l'intendant, qui déjà s'apprêtait à quitter le bureau, ici, ça sent le patchouli à bas prix, comme chez les filles du Vieux Carré ! »

Comme il approchait de sa jument cavecée, attachée à un anneau au mur du poste de garde,

Clarence Dandrige vit surgir un jeune Noir en uniforme bleu qui, manifestement, se proposait de lui tenir l'étrier comme savaient le faire les cavalcadours de plantations.

« C'est vous, m'sieur, qui venez de parler à M. Walter de Pointe-Coupée ? » interrogea le soldat sans élever la voix.

Dandrige, déjà en selle, retint sa monture et jeta un regard à son interlocuteur.

« Oui... Pourquoi ?... »

Tandis qu'il posait cette question, la réponse lui fut donnée. Le menton du palefrenier était ridiculement agrémenté d'une demi-douzaine de longs poils follets, tout à fait inattendus chez un jeune Noir.

« On t'appelle Barbichet... n'est-ce pas ?

— Oui, m'sieur... mais est-ce qu'ils vont pendre m'sieur Walter, m'sieur ?

— C'est probable... Mais que fais-tu là ?

— J'étais palefrenier, m'sieur, avec l'armée, depuis deux ans que j'avais laissé la plantation, quand toute la famille Redburn est partie dans le Maine. Et puis, ce nouveau colonel, il m'a pris comme cireur.

— Et c'est toi qui donnais les papiers à M. Walter ?

— Oui, m'sieur. Est-ce qu'il a dit ça, m'sieur Walter, au colonel, est-ce qu'il va le dire ?

— Non, il ne dira rien, tu peux être tranquille ! »

Le Noir aspira fortement, visiblement rassuré, puis il ajouta :

« Si m'sieur Walter il avait pas été en retard pour revenir, peut-être qu'on l'aurait pas pris, hein, m'sieur !

— Comment ça ? »

Barbichet se lança dans une laborieuse explication, dont Dandrige retint ce que savait déjà l'agent de Pinkerton. Il fallait donc prévenir la Black Horse Cavalry de ne pas se risquer à l'attaque du convoi du Texas.

« Sais-tu où et à qui M. Walter portait ces papiers, Barbichet ?

— Non, m'sieur, il m'a jamais rien dit. Je lui apportais là-bas (le Noir montra un groupe d'arbres derrière les écuries) tous les papiers du colonel et y prenait ce qu'il voulait. Il remettait les autres en place et, trois jours plus tard, je remettais ceux qu'il avait emportés.

— Sais-tu lire, Barbichet ?

— Les numéros seulement, m'sieur, mais y paraît qu'on cherche l'ami de M. Walter. Si je dis que c'est moi, on va me pendre aussi ? » questionna le Noir d'une voix inquiète en avalant péniblement sa salive.

Dandrige demeura un moment silencieux, observant ce garçon qui avait partagé les jeux de Walter, qui avait été, de bonne grâce, l'aimable souffre-douleur du fils du planteur, son complice déjà pour les rapts de pots de confiture, et plus tard son compagnon pour la chasse au rat musqué et la pêche aux tortues. L'intendant évaluait ce regard confiant, ce sourire inquiet, cette peur animale aussi, que le palefrenier tentait de dissimuler. Il le rassura :

« M. Walter ne veut pas que tu te dénonces. Il ne faut rien changer à tes habitudes. C'est lui le maître, n'est-ce pas, et c'est donc lui qui doit payer. »

Puis, tirant sur les rênes, Dandrige fit pivoter la tête de sa jument et l'enleva au petit trot sur l'allée ratissée.

De grosses larmes, toutes pareilles à celles que peuvent verser les Blancs, roulaient sur les joues du cireur du colonel Fenton. L'une d'elles suivit la commissure des lèvres, descendit jusqu'au menton et vint glisser le long de ces poils ridicules qui lui valaient le gentil surnom de Barbichet.

5

Au long de sa route, de Baton Rouge à Bagatelle, après avoir repassé le Mississippi sous un soleil enfin digne de juin, Clarence Dandrige, au petit trot de sa jument, méditait sur le sort de Walter Redburn. Si le garçon s'en tirait sain et sauf, le souvenir de cette épreuve le retiendrait désormais de transiger sur l'honneur et sa famille retrouverait l'estime des planteurs de la paroisse. Si les Yankees l'exécutaient, le nom de Redburn resterait à jamais dans les mémoires sudistes comme le symbole du courage et de la fierté juvéniles. Peut-être baptiserait-on un jour « Walter Redburn » une promotion d'officiers dans quelque académie militaire.

Cependant, l'intendant envisageait avec gêne le moment de rendre compte à Nadia Redburn de la mission qu'elle lui avait confiée et qui ne pouvait être qu'un échec. Aux yeux d'une mère, la délation ne constitue pas un prix exorbitant pour la vie de son enfant. Si Mme Redburn apprenait le nom du complice de Walter, elle n'hésiterait pas à dénoncer le pauvre Barbichet, avec d'autant moins de scrupules, estimait Dandrige, qu'il s'agissait d'un Noir, fils d'esclave lui appartenant, né sur sa plantation et passé au service de l'armée fédérale depuis deux ans.

Dandrige s'interrogeait aussi sur le moyen de prévenir les irréguliers de la Black Horse Cavalry, dont on ignorait les refuges et qui poursuivaient à son avis un vain combat. La guerre finie, mieux valait s'efforcer de revenir aux notions rudimentaires de la vie en société. Le Sud, et c'était une des satisfactions secrètes de Clarence Dandrige, se trouvait maintenant libéré malgré lui de la redoutable responsabilité de l'esclavage. Sans l'absoudre de son long péché d'habitude, du moins la défaite l'avait-elle exorcisé par souffrance et humiliation. Ceux qui se résignaient à voir le Sud puni commençaient cependant à trouver le châtiment disproportionné à la faute. Les Yankees, exécuteurs, aux yeux de l'Histoire, des sentences abolitionnistes, semblaient profiter de la situation, mettre au compte des moyens de rédemption des méthodes relevant de la pure spoliation, accablant de taxes et d'impôts les anciens propriétaires d'esclaves, refusant le droit de suffrage à ceux qui ne courbaient pas assez souplement l'échine, ou ne reniaient pas la société dont ils étaient issus.

Beaucoup de choses allaient mal en Louisiane. Trop longtemps, l'Etat avait été partagé en deux zones : celle tenue par les Fédéraux, dans le sud du pays et à l'est du Mississippi depuis la prise de La Nouvelle-Orléans en 1862 et de Port Hudson en 1863, et celle, à l'ouest du fleuve, restée sous l'autorité relative des sécessionnistes jusqu'à leur défaite à Mansfield, en 1864. Opelousas et Shreveport avaient été successivement la capitale d'une Louisiane condéférée, dont la superficie avait rétréci comme une peau de chagrin au fur et à mesure que l'armée fédérale progressait au long de la rivière Rouge et du bayou Tèche. Les deux villes étaient tombées l'une après l'autre et seuls des éléments d'une troupe, qui ressemblait davantage à un corps de partisans qu'à une armée organisée, s'étaient entêtés à tendre des embuscades aux Fédéraux, comptant pour le gîte et le ravitaillement, sur une population qui avait déjà du mal à se nourrir et n'aspirait, après quatre années de guerre, qu'à la sécurité.

Depuis le 2 juin on savait que les responsables politiques confédérés, réfugiés à Alexandria, avaient fait acte d'allégeance à l'Union. Quelques jours, en effet, après la reddition de Kirby Smith et la chute de La Mobile, en Alabama, le dernier gouverneur confédéré de Louisiane, Henry Watkins Allen, avait invité ceux qui résistaient encore « à accepter l'inévitable ». Ce politicien intrépide, de quarante-cinq ans, homme d'action, faisait figure de héros romantique. Ayant autrefois enlevé à Grand Gulf la fille d'un riche planteur, il avait dû se battre en duel avec le père de la belle et portait la cicatrice de ce combat singulier, où, pour l'honneur de l'amour courtois, il avait risqué sa vie.

Dans son adresse d'adieu aux sécessionnistes lousianais, il déclarait : « Je suis maintenant un proscrit. J'ai lutté pour vous. Je suis resté avec vous jusqu'au dernier moment. Je dois maintenant chercher le repos pour mes membres rompus. »

Des amis ayant réuni 300 dollars, Allen avait pu partir pour Mexico, où, on venait de l'apprendre, l'empereur Maximilien lui faisait bon accueil. On prêtait déjà à H.W. Allen l'intention de fonder un journal, qui ferait entendre la voix des Sudistes vaincus, mais non résignés.

Réaliste, Clarence Dandrige ne souhaitait, lui,

qu'une remise en route des cultures et un retour aux mœurs policées. L'argent, hélas! faisait cruellement défaut à tous les propriétaires terriens qui, d'une récolte à l'autre, vivaient souvent à crédit, grâce aux avances consenties par les « facteurs » de coton ou de sucre. La monnaie de la Confédération continuait, officiellement au moins, à avoir cours, mais personne n'en acceptait plus. Seuls les *greenbacks,* dollars de l'Union, étaient admis dans les transactions. Quant aux bons de la Confédération et aux papiers émis par les banques de Louisiane, on les conservait dans les familles, sans grand espoir de les voir jamais honorés. Les Noirs, devenus libres, ne représentaient plus une valeur marchande et négociable pour leurs anciens propriétaires; les récoltes à venir paraissaient si aléatoires, étant donné les caprices de la main-d'œuvre et le peu de champs ensemencés, que les planteurs ne trouvaient plus de crédit, même pour acheter la graine.

Le coton qui avait échappé aux Fédéraux ou aux incendies volontaires pourrissait dans les hangars délabrés qu'on n'avait plus les moyens de réparer. Il aurait fallu repasser les balles sous presse et les cercler à neuf, mais, là encore, main-d'œuvre et dollars faisaient défaut. Si l'on avait pu, à Bagatelle, conserver douze mules, dix paires de bœufs, neuf chevaux, vingt-six vaches et une centaine de moutons, le troupeau de bovins et les nombreux porcs qui constituaient les réserves de viande sur pied de l'exploitation avaient été soit réquisitionnés par les Confédérés, soit enlevés par les troupes nordistes, soit volés par les pillards de tous genres, Noirs ou Blancs, qui apparaissaient toujours dans le sillage des armées.

M. Dandrige, ayant investi toutes ses économies dans l'achat de charrues modernes à soc d'acier, de guano du Pérou, de poudre d'os, de sel et de plâtre, afin de composer l'engrais préconisé par David Dickson pour augmenter le rendement des terres à coton, se trouvait aujourd'hui fort démuni. Sachant que Virginie vendait de temps à autre un bijou, une pendule ou quelques pièces d'argenterie à des brocanteurs, renseignés sur les ressources en objets de valeur des plantations par des militaires de l'Union ou des fonctionnaires, l'intendant refusait, depuis des mois, de percevoir ses émoluments.

Tandis qu'il cheminait au long du fleuve, observant les remblais des levées qui, peu entretenus depuis deux saisons, donnaient par endroits des signes d'affaissement, Dandrige espérait que le dieu Mississippi, prenant en considération le sort des malheureux planteurs riverains, ne se laisserait pas aller à des débordements capables d'anéantir les modestes promesses des récoltes à venir. L'intendant de Bagatelle comptait en effet sur le Roi-Coton pour renflouer la plantation. Le vieux maître du Sud, qui, chaque saison, répandait les doux flocons de sa barbe innombrable sur les terres cultivées par ses vassaux, pouvait ramener l'aisance. Les familles qui servaient ce dieu végétal depuis qu'un nommé Le Noir avait planté un cotonnier dans son jardin de Louisiane, en 1722, gardaient confiance.

Les prévisions de Dandrige lui permettaient d'espérer une récolte de 30 000 livres de coton au moins sur les 200 acres qu'il avait pu ensemencer. Cela donnerait environ quatre-vingts balles. Les dernières ventes à La Nouvelle-Orléans avaient vu la balle de 225 kilos atteindre 270 dollars, et le coton s'était vendu à New York de 70 à 187 *cents* la livre, soit, pour le middling de Louisiane, un prix moyen de 101,50 *cents*. C'était la première fois, depuis que l'on cultivait et vendait cette fibre douillette, que la livre de coton coûtait plus d'un dollar. En se basant sur un tarif qui ne se maintiendrait peut-être pas au cours de la saison 1865-1866, Dandrige évaluait à 22 000 dollars le produit de la récolte à venir, si l'été était moins pluvieux que le printemps, si les levées n'étaient pas emportées par les inondations, si les parasites et les maladies épargnaient les plants et si les Noirs voulaient bien travailler à peu près régulièrement.

« Cela fait beaucoup de si, avait observé Virginie, à qui l'intendant soumettait ses prévisions.

— " L'espérance, malgré l'illusion de ses promesses, donne encore de meilleurs conseils que la crainte " », s'était empressé de répliquer Dandrige en citant Lingrée.

Naturellement, il avait déjà engagé plus de 360 dollars pour des achats d'engrais. Les salaires des ouvriers noirs atteindraient la somme fabuleuse de 7 000 dollars pour l'année, auxquels il conviendrait d'ajouter, en dépense, les gages des quinze domestiques de la maison payés 18 dollars par mois (alors que les travailleurs des champs ne recevaient que 15 dollars en moyenne), ce qui ferait encore 3 240 dollars. Les quatre contremaîtres, qui recevaient chacun 30 dollars par mois, grèveraient encore de 1 440 dollars le budget de la plantation, mais rien ne pouvait être fait sans eux.

La nourriture et les litières des mules, des chevaux et des bœufs absorberaient bien quelque 150 dollars et il faudrait verser, bien sûr, au docteur Murphy, maintenant vieillissant et singulièrement appauvri par la disparition d'une partie de sa clientèle, les 500 dollars que Virginie voulait continuer à lui assurer chaque année, pour tous les soins qu'il prodiguait aux gens, Blancs et Noirs, maîtres ou domestiques à Bagatelle.

Le chapitre des impôts et des taxes réserverait peut-être des surprises désagréables. Déjà, on était assuré de devoir payer la taxe foncière : 0,50 *cent* par acre possédée, soit 5 000 dollars pour les 10 000 acres de Bagatelle; la taxe sur les travailleurs noirs : 2 dollars par salarié, soit au moins 110 dollars; la taxe militaire que l'on continuait à percevoir au mépris des consignes de Washington : 2 dollars par balle de coton, soit à prévoir 160 dollars si la récolte était bonne; le permis de commerce : 0,50 *cent* par balle de coton mise en vente, soit encore 40 dollars; l'impôt de l'Etat sur les surfaces ensemencées : 0,25 *cent* par acre, ce qui faisait, pour 200 acres, 50 dollars. A cela s'ajouteraient l'impôt sur le revenu intérieur, qui pouvait atteindre 15 ou 20 p. 100 des produits de la récolte, et les taxes de la paroisse pour l'entretien des levées, des routes et des canaux.

En mettant les choses au mieux et en négligeant les impondérables, on escomptait à Bagatelle un bénéfice d'un millier de dollars au plus, sur lequel il faudrait assumer l'entretien des gens et des bâtiments pendant un an, prévoir l'achat de semences et d'engrais pour la saison suivante. Les cultures vivrières, maïs, patates douces, légumes, arbres fruitiers, fourniraient la nourriture dont on achèterait le moins possible, le baril de 10 kilos de bœuf salé coûtant 30 dollars, le vin : 2 dollars le gallon, presque aussi cher que le whisky : 2,50 dollars le gallon. Et il fallait déjà donner 12 dollars pour un boisseau de farine et 65 *cents* pour une livre de café.

Le temps était révolu, bien sûr, où l'on chargeait chaque saison, sur les vapeurs du Mississippi, quelque deux mille balles de coton, ce qui laissait alors des dizaines de milliers de dollars de bénéfice!

Clarence Dandrige avait eu la chance, aussi bien sous le règne du marquis Adrien de Damvilliers que sous celui du général Charles de Vigors, les deux maris défunts de Virginie, d'échapper aux responsabilités de la gestion financière de la plantation. Le titre d'intendant, que les gens lui décernaient pour le distinguer des membres de la famille, recouvrait plutôt une activité de conseiller, de secrétaire, d'homme de confiance, que de comptable ou de chef d'exploitation.

Devenu responsable, par la force des choses, d'une plantation à demi ruinée et qui ne lui appartenait pas, il devait faire de grands efforts pour s'intéresser aux comptes et gérer cet univers matériel dont dépendaient la sécurité et le confort de la femme à laquelle il avait consacré sa vie.

Dandrige s'efforçait d'épargner à Virginie les craintes et les soucis, mais sans lui dissimuler la réalité des contingences. Ni l'un ni l'autre n'eussent admis l'attendrissante duperie des amours banales.

Mais il souffrait de la voir réduire avec stoïcisme le train de vie de Bagatelle, bien qu'elle affirmât que l'on pouvait supprimer provisoirement bon nombre de dépenses futiles sans déchoir. Elle avait ainsi spontanément renoncé, la première de la paroisse, à la saison d'hiver à La Nouvelle-Orléans. La suite toujours réservée pour elle à l'hôtel Saint-Charles avait été occupée, cette année-là, par la famille d'un banquier de Chicago, investisseur des chemins de fer, qui oh! horreur, buvait son porto glacé!

Pour compenser l'absence de spectacles, de

musique, de bals, Virginie avait commandé chez Verlein des partitions pour piano. Au cours des veillées d'hiver, le salon de Bagatelle avait retenti des musiques de Chopin, de Liszt, de Schubert et même de celles plus faciles d'un compositeur louisianais, Louis Moreau Gottschalk, qui avait étudié à Paris où Berlioz s'était intéressé à ses œuvres. Mme de Vigors, qui brûlait de rencontrer ce musicien, interprétait avec beaucoup de sentiment trois œuvres du Louisianais, inspirées d'airs populaires de La Nouvelle-Orléans : *Bamboula, La Savane,* une ballade créole, et *Le Bananier,* connu aussi sous le titre de *Chanson nègre.*

Les « concerts de Bagatelle », comme disait Adèle Barrow, qui détestait la musique profane, avait aidé bon nombre de familiers de la plantation : les Tampleton, les Beausset, les Barthew, entre autres, à passer les heures difficiles de l'hiver, loin des distractions mondaines auxquelles ils étaient habitués.

Car les grands barbecues rassemblant des centaines d'invités, les bals au cours desquels les femmes des planteurs paradaient avec leurs perles et leurs diamants, comparant sans aménité leurs toilettes, les dîners fins, arrosés des champagnes et des vins français les plus coûteux, n'étaient que souvenirs du temps de l'abondance.

On les classait désormais comme beaucoup d'autres événements, modes, plaisirs, fantaisies, sous un vocable qui, pour le Sud, résumait toute la nostalgie des beaux jours : *antebellum.*

Dans les conversations de salons, quand deux cavaliers se rencontraient sur le chemin, quand on bavardait en attendant le bac, chez un commerçant, une phrase sur trois au moins commençait par « avant-guerre » ou, si l'on se piquait de latin, par *antebellum.*

Antebellum, c'était le bonheur. On était alors riche sans le savoir. Les choses ne coûtaient rien, le coton était plus blanc, les gens plus courtois, le bourbon meilleur. Les Noirs, parlons-en, étaient presque tous polis, dociles, travailleurs, gais, alors que libres, on les découvrait maintenant voleurs, menteurs, paresseux, sournois. *Antebellum,* personne n'avait jamais vu un printemps aussi pluvieux. Même le soleil alors était plus chaud !

Souvent Dandrige souriait mélancoliquement quand on évoquait devant lui les délices d'avant-guerre et les avantages de la société esclavagiste. Aussitôt lui revenaient en mémoire quantité de drames et de difficultés, vécus au cours de ces années réputées fastes.

La mort de Corinne Tampleton, tuée par l'explosion de la « bouilloire » du *Rayon-d'Or,* sur le Mississippi ; la fin tragique de Marie-Adrien, le jeune marquis de Damvilliers, victime de l'incendie d'un autre vapeur fluvial, le *Croissant-d'Or ;* la noyade de Pierre-Adrien, son frère, dans une mare de Bagatelle ; l'étrange trépas de Julie de Damvilliers, sœur des deux précédents, morte au cours de sa nuit de noces et enterrée sous un chêne près de la demeure familiale ; les crises financières de La Nouvelle-Orléans ; les mauvaises récoltes ; la fièvre jaune ; les inondations et bien d'autres malheurs domestiques ou généraux[1].

Antebellum n'avait pas offert que du bonheur à ceux de Bagatelle et aux familles amies, mais on oubliait aisément les deuils et les périls anciens. Il est vrai, pensait l'intendant, que les ennuis et les chagrins que l'on vit paraissent toujours les plus forts. C'est en bloc que l'on regrette un passé

---

1. Tous ces événements ont été racontés dans *Louisiane.*

d'où la mémoire rappelle d'abord les instants heureux.

On avait déjà allumé les lampes, quand Clarence Dandrige descendit de cheval sous les chênes de Bagatelle. Le vieux Bobo, qui guettait son arrivée, s'était précipité pour retenir la jument.

« Rien à signaler, Bobo ?

— Oh! si, m'sieur Dandrige, savez-vous qui est là dans la maison avec m'ame Marquise ?... Le général Tampleton, hein! M'sieur Willy, vous vous rendez compte, il est bien vivant..., mais sa jument Tempête que j'ai là (il désigna les écuries), elle est toute maigre et un peu panarde de derrière...

— Eh bien, c'est une bonne nouvelle, Bobo », dit Dandrige en s'éloignant pour interrompre le flot de paroles du palefrenier.

Mais ce dernier avait encore quelque chose à dire. Il hennit comme souvent quand il était ému et aussi parce qu'il avait trop vécu avec les chevaux.

« Heuuue, heuuue, m'sieur Dandrige, faut que je vous dise, m'sieur Willy, il a plus qu'un bras... Les Yankees, y z'y ont coupé l'autre, heuuue, heuuue, et je crois bien que m'ame Marquise elle a pleuré en voyant ça ! »

Sans un mot, Dandrige s'avança vers la maison, gravit l'escalier et pénétra dans le salon.

Willy, qui avait entendu des pas sur la galerie, était déjà debout pour l'accueillir. Les amis s'observèrent un moment. Clarence vit la manche vide de la redingote, le visage amaigri, la barbe grisonnante de Willy. Le général Tampleton retrouva le regard vert de Dandrige et y lut la sincérité de l'amitié intacte. Bien que les deux hommes ne fussent, ni l'un ni l'autre, portés aux démonstrations, ils se donnèrent l'accolade à la manière espagnole, comme on le fait en Louisiane.

Virginie, assise au milieu du grand canapé sous son propre portrait peint par Dubuffe en d'autres temps, suivit avec plaisir ces retrouvailles, puis prit la parole :

« Comme une bonne chose n'arrive jamais seule, Clarence, dit-elle, j'ai reçu peu de temps avant l'arrivée de Willy une lettre de Paris. Charles s'est embarqué au Havre. Il sera là dans trois semaines... Un homme de plus à Bagatelle, et un juriste de surcroît, ne pourra que rendre la vie plus facile.

« Je vous laisse bavarder, ajouta Mme de Vigors en se levant. J'ai à m'occuper du repas. Le retour du général doit être une fête. »

Quand Virginie traversa le salon, Willy Templeton accompagna du regard la silhouette fine et droite, apprécia la démarche de ballerine, reçut comme un présent le clin d'œil et le geste de la main que Virginie lui adressa avant de disparaître.

« Virginie n'a pas changé d'un iota, Dandrige, fit le général. Plus fraîche que jamais, inaltérable et sûre d'elle... Et vous non plus, vous n'avez pas changé ; votre toison d'argent est diablement avantageuse... »

Dandrige sourit.

« Soixante et un ans en octobre, Willy. Dix ans de plus que vous, si j'ai bonne mémoire.

— Oui, mais toujours vos deux bras, Dandrige, fit Willy d'un ton amer, et le bonheur d'être aimé... Virginie me l'a dit.

— Parce que vous l'avez encore demandée en mariage, Willy ?

— Elle ne m'en a pas laissé le temps. Elle m'a jeté tout à trac qu'elle était heureuse, oui, c'est ça,

« pauvre mais comblée », m'a-t-elle dit, et que son bonheur était bien au-dessus de l'amour tel qu'on le conçoit ordinairement... Allez-vous l'épouser ?

— Vous me voyez en mari, général, sincèrement ?

— Mais...

— Il n'y a pas de *mais*, Willy ! Vous constaterez vous-même que rien n'a changé à Bagatelle. Mme de Vigors et moi-même demeurons chacun aux places que le destin nous a assignées. L'attachement n'a pas besoin... surtout à nos âges... de démonstrations charnelles et ne peut rien gagner à l'intimité physique. Voilà. Parlons d'autre chose, s'il vous plaît, de vous par exemple ! »

Le ton était péremptoire et le chapitre clos.

Après Virginie, les deux sujets qui intéressaient le plus le général Tampleton étaient lui-même et la guerre civile qui venait de finir.

Il raconta brièvement ses campagnes pour en venir au plus vite, sembla-t-il à Dandrige, à la reddition d'Appomatox à laquelle il avait assisté et qui lui laissait au cœur une cicatrice au moins aussi douloureuse que celle de son bras amputé.

« Ça s'est passé, raconta Tampleton, dans une petite maison tout à fait quelconque d'Appomatox Court House, près de la rivière James[1]. La veille, j'avais été blessé au bras, mais dans la pagaille des

---

1. Cette demeure historique, classée « monument national », est une petite maison en briques sang-de-bœuf, dont la façade quelconque, avec portes et fenêtres à encadrements blancs, disparaît en partie derrière la galerie commune à beaucoup de maisons virginiennes. Cette maison, à l'époque, la plus confortable d'un hameau qui n'en comptait pas dix, appartenait au major Mac Lean. Le brave homme avait habité autrefois Manassas Junction, près du Bull Run, où le 21 juillet 1861 Beauregard, Johnston et Kirby Smith avaient mis en déroute les troupes fédérales. Il s'était empressé, la bataille finie, de changer de villégiature, n'appréciant pas de loger près d'un site aussi mal fréquenté ! En venant s'installer à Appomatox, il ne pouvait supposer que sa seconde demeure serait au cœur de la défaite du Sud, comme la précédente avait été un balcon sur sa première victoire.

marches et des contremarches, je n'avais pu trouver aucun chirurgien de chez nous. Quand Robert Lee nous annonça qu'il irait signer la capitulation, nous avons été quelques-uns à lui proposer de n'en rien faire, mais de donner l'ordre à l'armée de se disperser. Chacun aurait pris le large avec ses armes et nous aurions entretenu la guérilla contre les Yankees. Robert Lee refusa. Aujourd'hui je crois qu'il avait raison. Pendant des mois, nous aurions pu marcher en vainqueurs, mais cela aurait provoqué une répression violente et sanguinaire de la part des Fédéraux. Le pays eût été dévasté sans que cela fasse avancer une cause à jamais compromise. »

Willy expliqua ensuite comment il était entré, le bras en écharpe, dans la maison de briques rouges du major Mac Lean pour assister à la capitulation de l'armée de la Virginie du Nord.

« Tandis que Robert Lee, qui avait revêtu sa meilleure tenue, pâle mais très maître de lui, s'asseyait devant un guéridon et relisait calmement le texte dont il avait déjà discuté les termes avec le général Grant, en faisant tourner sa plume entre ses doigts, je regardais tous ces officiers aux visages graves, debout autour de la pièce. Les étoiles, les galons, les brisques, les épaulettes, les boucles de ceinturon mettaient des taches d'or et d'argent sur les uniformes bleus des Fédéraux ou gris des nôtres. La plupart de ces hommes, et j'en étais, s'entre-tuaient la veille encore. Pour l'heure, ils se faisaient face cérémonieusement dans le silence, les vainqueurs sans arrogance, croyez-moi, et nous-mêmes, à l'exemple de Lee, sans humilité. Je savais déjà, par un colonel-médecin de l'armée fédérale qui insistait pour me faire soigner, que Grant n'avait tenu aucun compte de l'avis des politiciens de Washington, hargneux et rancuniers, qui auraient voulu que notre général en chef soit arrêté comme rebelle et traduit en conseil de guerre pour trahison. C'étaient les mêmes qui avaient autrefois entravé la carrière de Grant à l'époque où on lui reprochait de boire un peu trop de whisky...

— Mais ces camps pour prisonniers sudistes dont on annonçait la création, intervint Dandrige, et ce défilé de Sudistes désarmés que l'on devait organiser à Washington comme autrefois à Rome ceux des vaincus lors des triomphes des Césars ?

— Certains membres du Congrès avaient, paraît-il, souhaité nous infliger cette humiliation supplémentaire..., mais les militaires s'y sont opposés. Grant avait même interdit à ses troupes de tirer des salves pour fêter la victoire et quand, le 12 avril, les nôtres ont défilé entre deux haies de Fédéraux pour aller déposer les armes, à chaque tête de colonne, les clairons yankees ont sonné. Les hommes ont présenté les armes tandis que nos soldats formaient les faisceaux, déposaient leurs cartouchières et repliaient nos drapeaux effrangés et tachés de sang... — sauf le drapeau de la 5ᵉ brigade que j'ai rapporté, ajouta Willy avec un tremblement dans la voix.

« Ensuite, nous avons été libérés sur parole immédiatement et je suis allé dans un hôpital fédéral où l'on m'a coupé le bras... Il semble qu'il n'y avait rien de mieux à faire.

— Et Robert Lee ? questionna Dandrige.

— Ah ! oui, j'ai oublié de vous dire l'instant le plus émouvant, Clarence. Quand notre général en chef trempa sa plume dans l'encrier, le silence épaissit dans le salon où seuls quelques grincements de parquet révélaient les mouvements contenus des assistants. Le général Grant s'en fut alors ostensiblement s'asseoir à une table ronde, située à plus de six pas en arrière de celle qu'occupait Robert Lee. Nous comprîmes tous qu'Ulysses Grant, en gentleman, en West Pointer comme Robert Lee, ne voulait pas que le vaincu signât sa défaite sous l'œil trop vigilant du vainqueur.

« Tous les regards des assistants convergèrent alors sur la silhouette grise accoudée au guéridon de Mme Mac Lean. J'entendis crisser la plume, puis aussitôt Robert Lee se leva et salua Grant qui portait son uniforme de combat, une tenue de simple soldat au col dégrafé, dont seules les pattes d'épaules étoilées trahissaient le grade de celui qui l'avait endossé.

« C'est seulement au moment de monter à cheval que Robert Lee eut une brève défaillance. Il demeura un instant immobile, le front appuyé contre le cuir de sa selle. Mais vite il se redressa, enfourcha Traveller et, d'un geste large, salua Grant et ses officiers qui se tenaient nu-tête sur la galerie de la maison.

« Suivi du seul colonel Charles Marshall, chef de son état-major, Robert Lee partit sans se retourner. Voyez-vous, Dandrige, aussi longtemps que je vivrai, je reverrai ces deux silhouettes s'éloignant sur l'étroite allée entre les sentinelles qui présentaient les armes et toujours j'entendrai Grant dire à l'un de ses officiers: « Je ne puis me « réjouir de la chute d'un ennemi qui a combattu « si longtemps et si vaillamment... »

— Dieu merci, dit Dandrige, grâce à des hommes comme Grant et Lee, la haine et la rancune n'ont pas trouvé place dans les sentiments exprimés ce jour-là..., mais, conclut-il en voyant Brent, le majordome, pénétrer dans le salon et précédant de peu Virginie, il existe d'autres militaires, Tampleton, dont je vous parlerai après le dîner. »

Brent était porteur d'un plateau d'argent aux

poignées ouvragées, sur lequel trônait, comme le récipient du saint-chrême, une bouteille ventrue et poussiéreuse, au milieu de verres de cristal.

« Votre porto préféré, général, fit Mme de Vigors en esquissant une révérence. C'est, hélas ! la dernière bouteille. On ne pouvait la déboucher sans vous ! »

Emu, Willy Tampleton contempla un instant cette relique des jours d'abondance que le domestique, incliné, présentait avec componction. Le général lut sur le flacon les lettres blanches peintes au pochoir à même le verre :

Noval
1830
Vintage Port
Vila Nova de Gaïa
OPORTO - Established 1670

« ... 1830, c'est l'année de votre retour en Louisiane, Virginie, dit doucement Willy... Cela me rappelle un fameux duel, sur un vapeur, pour une mèche de cheveux qu'une demoiselle coquette avait empruntée à sa suivante... »

Au rappel de cette rouerie, Mme de Vigors prit un air faussement contrit.

« Vous m'avez pardonné, Willy, je jouais alors à la femme fatale...

— C'est un heureux et étonnant souvenir, reconnut Tampleton tandis que Dandrige versait lentement le porto dans le cristal taillé autrefois à Baccarat pour les marquis de Damvilliers... L'événement a mûri au fil des années... comme ce vin, reprit le général, et comme lui il est resté à l'abri des corruptions et s'est enrichi d'un bouquet fameux... »

Puis il leva son verre devant le globe opaque de

la lampe à pétrole pour mieux apprécier la pâleur roussâtre du nectar portugais.

« A nos jeunesses ! dit Virginie.

— A nos lendemains ! relança Dandrige.

— A nos fidélités ! » conclut le général, dont la main tremblait légèrement.

6

La geôle du quartier de cavalerie à Baton Rouge n'avait rien d'une forteresse. C'était un petit bâtiment de briques rousses, sans étage et d'aspect anodin, proche des écuries. Avant d'abriter une salle de police et quatre chambres de sûreté, il avait connu diverses destinations. Les selliers du régiment, maintenant installés dans une bâtisse plus spacieuse, en avaient été les précédents occupants, ainsi que pouvait le rappeler aux narines sensibles une odeur atténuée de cuir assoupli par les sueurs des hommes et des chevaux.

De tels effluves étaient familiers à Walter Redburn. La sellerie de la plantation de son père n'exhalait pas un parfum très différent de celui qui l'assaillait dans sa prison. Peut-être manquait-il à la composition militaire l'arôme acide des cirages et celui plus fade du blanc d'Espagne, que les palefreniers civils utilisaient pour lustrer les harnais ou aviver l'argenture des ornements.

Le garçon, qui s'attendait chaque matin à être conduit devant un tribunal militaire, peu pressé de se réunir, ressentait au retour de la nuit une angoisse difficile à réprimer. Résolu à mourir, il l'était toujours, mais l'attente du dénouement affaiblissait l'héroïque exaltation qui avait présidé à l'acceptation d'un sort fatal.

Cela ne remettait pas en cause sa détermination, mais le simple fait de suivre, à travers les barreaux qui fermaient l'étroite fenêtre de sa cellule, la vie de la caserne, d'entendre les sonneries du clairon, le trot des chevaux, les quolibets des hommes de corvées, les commandements des maréchaux des logis, de voir sous le soleil manœuvrer les escadrons ou passer et repasser, dans leurs landaus, les femmes des officiers, démontrait amplement l'indifférence dans laquelle le reste de l'humanité tenait son destin.

Même la sentinelle, qui sans aucune conviction faisait parfois les cent pas autour de la prison et ne se privait pas de plaisanter avec les hommes des écuries, occupés à bouchonner les chevaux, semblait se soucier comme d'un mannequin du prisonnier dont elle avait la garde. Walter estimait qu'en tant que condamné à mort probable il aurait dû être surveillé avec plus d'attention et de gravité. Avec le minimum de respect que l'on doit, en tout cas, à ceux qui vont être immolés pour l'édification patriotique des autres.

Et puis, sans que Redburn en fût conscient, sa jeunesse ne renonçait pas à l'espoir d'un miracle, qui mettrait honorablement fin à une aventure exceptionnelle en lui laissant la vie sauve.

La résignation hautaine du garçon détournait les gardiens de toute conversation avec leur unique et, à leurs yeux, inoffensif prisonnier. On les sentait gênés d'avoir à tenir sous les verrous un gamin courageux, dont le silence, l'immobilité et la politesse les surprenaient. L'un de ces geôliers d'occasion, un vieux soldat revenu de bien des justifications de détention et qui, par une pure humanité, avait demandé à Walter : « Qu'est-ce qui te ferait plaisir, petit ? » s'était entendu répondre assez sèchement : « Que vous cessiez de fumer votre puante pipe. »

Furieux, le vétéran avait claqué le judas en grommelant contre ces enfants d'aristocrates sudistes, qui méprisaient le petit peuple.

Le 15 juin, à la nuit tombée, alors que Redburn tentait de trouver le sommeil, allongé sur son bat-flanc, les deux mains sous la nuque, attendant de voir s'inscrire dans le cadre de la fenêtre deux étoiles devenues familières depuis son incarcération, un bâton, adroitement lancé entre les barreaux, rebondit avec un bruit mat sur les dalles de la cellule.

Le garçon, sautant de sa couche, saisit le morceau de bois. C'était un gourdin long d'un mètre, taillé dans une racine de cyprès, dont les extrémités avaient été emmaillotées de chiffons afin que la chute de l'objet soit amortie.

Cette arme, car c'en était une, ne tombait pas du ciel. Cramponné aux barreaux, Walter s'efforça de discerner dans l'obscurité le lanceur de bâton. Mais la nuit était assez dense pour mêler toutes les ombres et Redburn, d'une voix contenue, interrogea :

« Qui est là ? »

Sans doute attendait-on cet encouragement, car aussitôt une vague silhouette se détacha de la masse d'un arbuste et se mit à parler. Walter reconnut tout de suite la voix de Barbichet.

« Demain matin à la soupe, à sept heures, m'sieur, quand y aura qu'un garde, faites-le venir dans votre chambre, m'sieur, et avec le bâton..., hein !... vous comprenez. Vous courez tout de suite de l'aut'côté, vers l'abreuvoir. J'aurai deux chevaux, compris, m'sieur Walter ?

— Compris..., mais un seul cheval suffira. Je ne veux pas que tu partes avec moi...

— A demain, m'sieur », dit l'ombre de Barbichet, qui parut se diluer dans la nuit.

Avant de regagner sa couche, Walter Redburn évalua le gourdin, « une vraie massue », estimat-il. Il déficela les tampons de chiffon qui en protégeaient les extrémités, puis saisit l'arme par le bout le plus mince et la trouva parfaitement équilibrée. Il mima quelques moulinets et, tout en contrôlant sa force, assena un coup sur sa paillasse. Puis il se coucha en sifflotant. Enfin, il allait rentrer dans l'action avec honneur. Le premier devoir d'un prisonnier n'est-il pas de s'évader? Avant d'avoir trouvé le moyen de décider dans quelques heures le geôlier à ouvrir la porte de sa cellule, il s'endormit confiant.

Réveillé comme chaque jour par le soleil, Walter se trouva parfaitement lucide et sachant ce qu'il avait à faire.

L'oreille collée à la porte de sa cellule, il attendit que l'un des deux geôliers s'en aille aux cuisines chercher le repas du matin. Par la fenêtre, il vit s'éloigner l'aimable vétéran fumeur de pipe et sut qu'il aurait donc affaire au plus jeune de ses gardes, un dadais gras et sale, venu de la Nouvelle-Angleterre. Deux jours plus tôt, en explorant tous les recoins de sa prison, Walter avait trouvé sous une dalle descellée un peu de tabac et un briquet à amadou utilisé par ses prédécesseurs, chaque tôlard se faisant un devoir de laisser à l'inconnu amené à lui succéder les moyens rudimentaires de fumer, donc de rêver un moment. Le garçon ignorait tout de la solidarité des emprisonnés, mais le briquet à amadou lui fournissait le moyen le plus efficace pour faire ouvrir sa cellule.

Un accroc dans la toile douteuse de la paillasse livra une poignée de mousse espagnole que Walter eut bien du mal à enflammer. Quand une fumée jaunâtre et irritante pour les muqueuses commença à se dégager de la torche improvisée, il ferma la fenêtre, attendit que l'atmosphère de la cellule vire au brouillard malodorant, saisit son gourdin et se mit à tousser en donnant des coups de pied dans la porte.

Le garde, occupé au balayage de la salle de police déserte, approcha d'un pas lourd.

« Allons ! Allons ! mon gars, que se passe-t-il ?
— J'ai le feu chez moi, dépêchez-vous ! »

Le soldat fit jouer le volet à glissière du judas et reçut en plein visage une bouffée de fumée qui l'empêcha de rien distinguer.

« Vite, passez-moi un seau d'eau, le bat-flanc commence à brûler, cria Walter.
— Comment c'est-y que tu as mis le feu, hein ?
— C'est votre ami, l'autre garde, qui m'a donné du tabac et un briquet à amadou et j'ai dû laisser tomber ma cigarette sur la paillasse... Mais dépêchez-vous d'aller chercher de l'eau, sinon la baraque va brûler et vous aurez tous des ennuis ! »

A cet instant, le lourdaud comprit que la responsabilité de la garde pourrait être engagée dans cette affaire et qu'il risquait d'y perdre lui-même son *cushy job*[1]. Walter l'entendit se précipiter vers le poste d'eau en jurant comme un charretier.

Quelques minutes plus tard, alors que la fumée se répandait dans le couloir donnant accès aux cellules, celui que tous ses camarades appelaient

1. En argot du Nord : travail facile, plaisant, pas fatigant.

« Crumby[1] » revint au galop, posa ses seaux d'eau pour tirer le verrou du réduit occupé par le prisonnier et lança sans méfiance :

« Tiens, gamin ! voilà le *fire-lighter*[2]. »

Le coup qu'il reçut sur la nuque et dans lequel Walter Redburn avait mis assez de force et d'application pour assommer un bison ne permit pas au soldat d'évaluer l'importance de l'incendie.

Le prisonnier tira le corps inanimé du militaire dans la cellule, versa les deux seaux d'eau sur la paillasse qui menaçait de s'enflammer pour de bon, referma la porte, poussa le verrou et prit sa course vers la salle de police au bout de laquelle un grand rectangle de soleil annonçait la liberté.

Sans attirer l'attention de qui que ce soit, Walter sortit du bâtiment pénitentiaire et, d'un pas naturel, se dirigea vers l'abreuvoir. Barbichet attendait comme convenu, dissimulé entre deux chevaux sellés.

« A c't' heure-là, le portail est ouvert à deux battants, m'sieur Walter, pour les corvées et les relèves... Y a pas d'aut' chemin..., mais faut se dépêcher ! »

Tout en parlant, Barbichet s'était juché sur un cheval bai, laissant à Walter un grand anglo-normand pommelé, qui ne pourrait passer inaperçu.

« C'est le cheval du colonel Fenton, expliqua Barbichet en clignant de l'œil comme s'il avait tenu à assaisonner d'un peu d'humour la fuite de son maître.

— Reste ici, Barbichet ! C'est dangereux. Je

---

1. En argot du Nord : individu sale, négligé.
2. En argot du Nord : sapeur-pompier.

m'en vais seul, tu diras que j'ai volé le cheval à l'abreuvoir.

— Je quitte l'armée, m'sieur Walter, et je m'en retourne avec vous à la plantation... »

D'un bond, sans élan, en cavalier consommé, Barbichet avait enlevé sa monture par-dessus l'abreuvoir et galopait à travers les pelouses vers le portail de la caserne.

Walter Redburn talonna les flancs du pommelé, qui hennit comme un cheval de cirque. Fouettant de la queue avec colère, la monture du colonel Fenton, d'une belle détente, sauta à son tour l'abreuvoir et se jeta à travers les massifs à la poursuite du cireur noir. Trois hommes au moins reconnurent le cheval du colonel lancé au galop, mais aucun ne parut trouver anormal qu'il soit monté par un civil. En revanche, ces mêmes témoins parurent surpris de voir un palefrenier noir se tenir en selle avec une telle assurance.

Pour les gens du poste de garde principal, qu'on appelait aussi l'aubette, c'était l'heure de pleine activité. Ils devaient, sous l'autorité d'un zélé sergent et la responsabilité d'un officier de service qui n'était jamais là : contrôler l'entrée des chargements de fourrage et de marchandises, viser les permissions, inscrire l'heure de passage des corvées, interroger les visiteurs et les fournisseurs, s'enquérir des raisons toujours avouables des retards des permissionnaires de la veille. Aussi les factionnaires furent-ils surpris par l'apparition sur l'allée principale de deux cavaliers lancés au triple galop et devant lesquels ils durent s'écarter précipitamment. Le caporal préposé à la manœuvre de la barre de bois à contrepoids qui fermait assez symboliquement l'entrée de la caserne hésita à lever celle-ci. Il n'eut pas le temps de décider de la conduite à tenir, Walter et Barbichet enlevèrent leurs chevaux dans la foulée et franchirent l'obstacle comme au concours hippique.

« Halte-là ! aboya le sergent, mais sa voix se perdit dans le bruit des sabots.

— On vole le cheval du colonel, lança quelqu'un.

— A la garde ! Rattrapez-moi ces lascars ! » ordonna le sous-officier.

L'ordre n'était pas facile à exécuter, mais la malchance voulut qu'un détachement, qui revenait d'une marche de nuit, fût assez proche de l'aubette pour comprendre la situation. L'officier qui commandait la troupe reconnut lui aussi le cheval du colonel et dégaina son revolver en invitant ses hommes à barrer la route aux fuyards.

« Suis-moi », cria Walter à Barbichet en obligeant sa monture à quitter la route pour se lancer à travers champs.

Cette manœuvre, indiquant clairement aux soldats que les deux cavaliers n'avaient pas la conscience tranquille, incita l'officier à commander le feu sans sommation.

Comme à l'exercice, on vit les hommes épauler, certains ayant mis un genou en terre, et les détonations se succédèrent. Barbichet fut touché le premier de trois balles dans le buste. Il vida ses étriers et tomba lourdement sur l'herbe, jaunie par l'été.

Walter eut à peine le temps de concevoir ce qui arrivait à son compagnon. Un choc épouvantable l'atteignit au-dessus de l'oreille gauche. Il eut le sentiment que sa monture s'enfonçait dans la prairie, tandis que la nuit brusquement chassait le soleil à une distance incalculable. Le garçon avait cessé de vivre avant de toucher terre, à demi écrasé par le beau cheval du colonel Fenton.

Les factionnaires du poste de garde et les soldats qui venaient d'interrompre les destins de Barbichet et de Walter Redburn se penchèrent ensemble sur les corps.

« *God dam!* Quelle affaire! » fit le sergent en considérant le cheval pommelé qui avait eu le cou traversé de plusieurs balles.

La nouvelle fut portée aux Redburn à la fin de l'après-midi du même jour. La mère de Walter tomba terrassée par une crise nerveuse qui se prolongea tard dans la nuit. M. Redburn s'enferma dans son cabinet de travail en maudissant la guerre. On le découvrit au petit matin endormi dans un fauteuil, sa bible sur les genoux ouverte au verset 24 du Deutéronome : « Les pères ne seront pas mis à mort à la place des enfants et les enfants ne seront pas mis à mort à la place des pères, chacun ne devra être mis à mort que pour sa propre faute. » S'estimant innocenté par le texte sacré, le planteur s'était abandonné au sommeil.

Clarence Dandrige, prévenu à son tour par le frère aîné de Walter, fut une fois de plus sollicité pour s'occuper des funérailles. Le colonel Fenton, dans un message laconique, faisait savoir à la famille que le corps du garçon pouvait être rendu aux siens, qui lui donneraient la sépulture qu'ils jugeraient la plus digne.

Mme Redburn souhaitait que son fils soit inhumé au cimetière de la paroisse, mais l'on découvrit, en interrogeant le fossoyeur de Sainte-Marie, que le caveau des Redburn était, comme beaucoup d'autres, situé dans le quartier ouest du champ de repos, aux trois quarts empli d'eau. On aurait pu obtenir du shérif l'autorisation d'enterrer Walter dans la plantation de ses parents, mais Dandrige convainquit tout le monde de mettre la dépouille de l'adolescent dans le cimetière militaire parfaitement entretenu où reposaient les morts de la bataille de Port Hudson, de l'autre côté du Mississippi. Se considérant comme un soldat, étant mort en soldat, Walter Redburn avait sa place au milieu des combattants des deux camps, tombés deux ans plus tôt sur la rive gauche du fleuve, à peu près en face de Pointe-Coupée.

Le général Tampleton, que Dandrige avait convaincu, après le dîner de Bagatelle, d'aller prévenir les irréguliers de la Black Horse Cavalry afin qu'ils se tiennent désormais tranquilles, réapparut, mission remplie, pour apprendre la fin tragique du jeune Redburn dont il avait approuvé l'intransigeance.

« Au lieu de renvoyer les guérilleros dans leurs foyers, Dandrige, j'aurais mieux fait de les ramener ici, bon sang ! Avec un petit escadron, on aurait attaqué par surprise la caserne de Baton Rouge et délivré Redburn... Dieu, ajouta-t-il en serrant les poings, aurait été avec nous !

— « Dieu est d'ordinaire pour les gros esca- « drons contre les petits[1] », observa l'intendant, et vous oubliez qu'ayant fait acte d'allégeance à l'Union et prisonnier sur parole vous ne pourriez, sans vous parjurer, reprendre les armes contre les Fédéraux !

— J'avais complètement oublié ça, fit Tampleton, penaud. Que puis-je faire, à votre avis ?

— Nous allons enterrer dignement ce garçon.

1. Comte de Bussy-Rabutin.

S'il avait su qu'un général confédéré glorieux et manchot de surcroît assisterait à ses funérailles, peut-être en eût-il conçu, dans sa touchante puérilité, une fierté posthume.

— J'y serai, Dandrige, et en uniforme... Ce sera la dernière fois que je l'endosserai. Ensuite, je le brûlerai et je redeviendrai un homme ordinaire s'efforçant à l'indifférence et à l'égoïsme !

— Ne tombez pas d'un excès dans l'autre, Willy ! Si l'on a le respect de soi-même, le souci de la dignité, de la justice et de la vérité, il y aura toujours des circonstances où il faudra prendre parti. L'honnête homme rencontre au long de sa vie une quantité de guêpiers où il ne peut éviter d'entrer ! Le tout est d'en ressortir ! »

Ce fut Dandrige, accompagné du fils aîné des Redburn, qui dut se rendre à Baton Rouge pour reconnaître le corps de Walter, faire charger le cercueil sur un chariot tiré par quatre mules, afin de le conduire au cimetière militaire de Port Hudson. Aucun membre de la famille du défunt n'eût été capable de régler avec sang-froid les ultimes détails.

Fenton ne se montra pas. Un officier de son état-major conduisit Clarence Dandrige dans la pièce où reposait Walter. L'ultime toilette avait fait de l'adolescent un mort bien propre, au visage grave. Un pansement volumineux lui entourait le crâne, dissimulant la blessure qui avait causé sa mort.

« Il n'a pas eu de chance, commenta l'officier, visiblement peiné. S'il n'y avait eu que les gens du poste, ils se seraient échappés, car ils eussent été hors de portée avant que les hommes aient épaulé.

— Mais comment s'étaient-ils procuré des chevaux ?

— C'est le nègre, le cireur du colonel, qui avait tout manigancé.

— Où est le corps du nègre? demanda Dandrige.

— Le nègre? (L'officier parut étonné par cette question...) Je ne sais où on l'a mis. Sans doute l'a-t-on déjà enterré. A l'état-major, tout le monde l'appelait Jack et les autres nègres du service ne savaient rien de lui... Ça vous intéresse?

— Essayez de le trouver, commandant! Je l'emmènerai aussi. C'était le compagnon de jeux de Redburn et je pense qu'il ne faut pas les séparer. »

L'aîné des Redburn, qui, plus pâle que son frère mort, avait suivi la conversation, eut un regard étonné. Le nègre vraiment ne l'intéressait pas et il souhaitait ardemment qu'on en finisse au plus vite avec toutes ces considérations macabres.

« Vous avez sans doute connu vous aussi Barbichet? lui demanda Dandrige.

— Ah! oui. Il y avait autrefois un jeune nègre de ce nom chez nous...

— Eh bien, il mérite d'être inhumé avec votre frère, comme un soldat..., car c'est lui qui fournissait les documents que portait Walter... et c'est lui qui a tenté de le sauver, parce qu'entre vieux camarades de jeux on ne se dénonce, ni ne s'abandonne! »

On retrouva le corps de Barbichet qu'une corvée s'apprêtait à jeter à la fosse commune, et deux cercueils furent chargés côte à côte sur le chariot qui prit lentement le chemin de Port Hudson.

Un vieux Noir à toison grise, gouverneur depuis trente ans des écuries des Redburn et de grande réputation, conduisait l'attelage. Il pleurait doucement en dodelinant de la tête. Ce Barbichet étendu là, entre les ridelles, dans un mauvais coffre de bois, pareil à celui où reposait son jeune maître, était son fils préféré.

A la fin de l'après-midi, au cimetière militaire — un grand gazon hérissé de centaines de petites croix blanches — Dandrige demanda que l'on creusât des fosses parallèles.

« Tiens ! dit le fossoyeur, on ne m'avait annoncé qu'un cercueil... Quel nom devrons-nous mettre sur l'autre tombe ?

— Barbichet, dit Clarence. Ça suffira ! »

Le gardien en chef du cimetière s'avança.

« Il paraît que c'est un nègre, monsieur ! Il n'est donc pas possible de l'enterrer ici et je crois que la famille Redburn, qui m'a prévenu à l'instant, s'y oppose. »

En trois pas, Clarence fut près du groupe familial des Redburn. Nadia, soutenue par ses filles, disparaissait sous des voiles noirs. Plus loin, le général Tampleton, en uniforme gris, se tenait près de Virginie de Vigors, au premier rang des assistants. L'intendant s'adressa au père du mort :

« Votre ancien esclave, monsieur Redburn, a risqué sa vie et l'a même perdue pour tenter de sauver votre fils, Walter. Ce dernier m'avait dit combien le sort de Barbichet le préoccupait. C'était son ami d'enfance et le compagnon de sa dernière aventure. Il est donc juste qu'ils reçoivent ensemble la même sépulture, étant morts sous le même feu et pour la même cause !

— Mais c'est un nègre, monsieur Dandrige, parvint à articuler avec indignation Redburn, le visage en sueur, et n'est-ce pas, ajouta-t-il en se tournant vers les siens et par-delà vers les familles de planteurs, comme pour solliciter une approbation, personne ici ne comprendrait que...

« Qu'y a-t-il à comprendre, monsieur Redburn ? » coupa sèchement Dandrige.

Et Virginie de Vigors reconnut à cet instant dans le regard de l'intendant cet éclat vert et glacé, aigu comme un dard, qui disait la colère contenue.

« Quelle différence voyez-vous entre ces cercueils clos, monsieur Redburn ? Où est le Blanc, où est le Noir ? Où est l'esclave, où est le maître ? Croyez-vous que la terre accueillera différemment ces deux garçons ? C'est ici, monsieur Redburn, que les saisit la suprême égalité. Ni le pouvoir, ni la fortune, ni même l'intelligence ne peuvent empêcher cela, monsieur Redburn. On naît différents, mais on meurt semblables... Et c'est bien ainsi, monsieur Redburn ! » conclut Dandrige.

Puis, se tournant vers les fossoyeurs appuyés aux manches de leurs pelles :

« Faites votre travail, dit-il,... et que le prêtre remplisse son office ! »

Il y eut un instant d'hésitation de la part des terrassiers et dans la foule muette les gens se regardèrent les uns les autres, gênés, s'interrogeant du regard, n'osant prendre parti, mais estimant pour la plupart sans doute, et malgré tout ce qu'on pouvait reprocher aux Redburn, que l'intendant de Bagatelle y allait un peu fort.

Quelques femmes, qui autrefois, jeunes filles candides, avaient peut-être été amoureuses du beau Clarence, approuvaient, malgré elles et secrètement, l'attitude de ce beau Cavalier mince, rigide, naturellement doué d'autorité et qui, le panama à la main, ressemblait avec sa chevelure argentée à quelque grave messager des dieux sereins.

C'est alors que le général Tampleton s'avança, déployant d'un seul geste une grande pièce de soie rouge, frappée d'une croix de Saint-André bleue, portant treize étoiles d'argent, qu'il avait tenue jusque-là enroulée sous son unique bras.

Le drapeau confédéré, celui de la 5e brigade de la cavalerie de Virginie, palpita comme un grand oiseau qui va se poser et s'abattit sur les cercueils de Walter Redburn et Barbichet posés côte à côte sur le tertre.

« Allez! faites ce qu'on vous dit, lança Willy aux fossoyeurs, ces morts sont les nôtres! »

Après l'absoute, quand on eut descendu les cercueils dans les fosses, au moment de les recouvrir à jamais, un fossoyeur fit mine de replier le drapeau pour le rendre au général Tampleton.

« Mettez-le sur la bière de Walter Redburn, dit Willy avec émotion, il ne saurait avoir de meilleur gardien pour l'éternité. »

Dandrige, qui se trouvait à ce moment-là près du général, lui jeta un regard amical et désigna d'un signe de tête le père de Barbichet. Debout, à l'écart d'une cérémonie où sa présence était tolérée plus en qualité de palefrenier des Redburn que pour une participation à son propre deuil, le vieux Noir s'était instinctivement rapproché des jardiniers du cimetière, anciens esclaves eux aussi. Pendant que le prêtre bénissait les tombes encore ouvertes, Willy interrogea Dandrige du regard.

« Allez le chercher, sa place est ici! » souffla l'intendant.

Et la foule, étonnée, vit le général se diriger vers le vieil homme brisé de chagrin, lui parler, puis revenir avec lui vers le groupe de la famille et des intimes et le pousser au premier rang tout près de son maître, Léonce Redburn. Ce dernier jeta à son domestique un regard étonné, puis il lui mit maladroitement la main sur l'épaule, sans que personne osât voir dans ce geste de la condescendance, et dit, désignant la bière de Barbichet déjà à demi recouverte de terre jaune :

« Il a porté le fardeau du Blanc ! »

7

Pour regagner Bagatelle, Dandrige prit place en face de Virginie et de Tampleton dans l'antique landau laqué des Damvilliers, que Bobo entretenait comme un meuble précieux. Silencieux, l'intendant prenait plaisir à caresser à pleine paume le gros bourrelet de cuir beige qui bordait la banquette. Noble et de grain fin, le chevreau lustré et assoupli par l'usage, mais aussi clair que le jour où le sellier anglais l'avait cousu, restituait la sensation du luxe, du confort raffiné, de l'élégance étudiée des objets d'autrefois.

Capitonnées de daim crème, les cloisons galbées donnaient au voyageur l'impression douillette de reposer dans une nef-écrin. D'étroits galons à torsades dorées soulignaient les pourtours des panneaux, les encoignures et décoraient les supports des accoudoirs moelleux. Des cordons de soie châtaine, terminés par des boules d'ambre et commandant le système d'ouverture des portières, se balançaient mollement contre le rembourrage de celles-ci au rythme du trot raccourci de l'attelage.

Clarence Dandrige admirait combien la femme qui lui faisait face était à l'aise dans ce décor princier. Il l'avait vue bien souvent, en robe de soie blanche, rose ou vert amande, partir avec ses époux successifs, le marquis de Damvilliers ou le baron de Vigors, le buste droit et ferme, gantée jusqu'au coude, rayonnante sous une capeline fleurie, pour quelque bal ou barbecue. Aujourd'hui, dans sa robe noire, sous sa mantille de valenciennes, elle demeurait aussi belle, mais prodigieusement présente et souveraine. Un quart de siècle tenait en deux images. Pour Dandrige, l'écoulement du temps devenait à ces moments-là cruellement évaluable. « Combien d'années encore ? pensait-il, combien de moments additionnés et comparables me sera-t-il donné de connaître ? Verrai-je jamais une autre Virginie que l'inaltérable ? Ma vision évoluera-t-elle au fil des jours pour que me soit épargnée à moi, le miroir, la perception des flétrissures de son visage ? Se pourra-t-il que jusqu'au bout demeure l'harmonie de nos déclins, que ma façon de la voir compense sa manière d'apparaître ? Que toutes les Virginie approchées, du jour de notre rencontre au jour de la séparation, ne soient qu'un seul être immuable et fatal ? »

Abandonnant ces pensées, il observa Willy Tampleton, dont la manche vide frôlait l'avant-bras nu de Virginie. Il vit, dans le contraste de cette chair vivante avec le tissu insensible du vieil uniforme gris, une illustration de la déchéance lente ou soudaine des corps. Le général, comme s'il avait perçu, lui aussi, les effluves évocateurs de ce retour lent à travers la campagne, ôta son chapeau et dit :

« Nous savons maintenant que rien ne sera jamais plus comme avant. Walter Redburn fut la dernière illusion du Sud.

— Non pas une illusion, dit Dandrige, mais le coup superflu que l'on joue quand, ayant partie perdue, on veut savoir si la possession d'un pion supplémentaire eût pu changer le sort. C'est Schiller, je crois, qui a dit : « L'homme n'est lui-« même que lorsqu'il joue. » Walter a joué pour être homme...

— Rien ne sera peut-être comme avant, intervint Virginie en ouvrant son ombrelle d'un geste sec, mais nous ne changerons pas. Le Sud même crucifié, même épuisé, même exploité, sera toujours différent parce qu'il a maintenant un passé, une histoire et des martyrs !

— Comme vous avez raison, Virginie, dit Tampleton. En nous faisant la guerre, le Nord nous a promus en tant que peuple. Vaincus, nous sommes encore plus inaccessibles. »

Fielleusement, avec ce plissement de paupières qui accompagnait parfois ses sourires dans lesquels Dandrige décelait alors une certaine capacité de cruauté, Virginie reprit :

« Nous entrerons dans le jeu qu'on nous propose, nous simulerons la docilité, nous accueillerons, avec cette « résignation démocratique » dont parlent certains, les règles fédérales et les affairistes du Nord. Mais le jour viendra où nous saurons tirer, avec usure, des Yankees ce qu'ils nous prennent. Et nous aurons alors le plaisir de leur dire notre éternel mépris !

— Oh ! là ! Oh ! là ! beau programme ! fit Dandrige en riant franchement. Croyez-vous, chère Virginie, que le Sud soit de taille à jouer collectivement un tel jeu ? Sa faculté de ruser, je le crains, n'ira pas jusque-là !

— Collectivement, je l'ignore, mais ce que je sais, ce dont je suis même certaine, Clarence, répliqua-t-elle avec véhémence en se penchant vers son interlocuteur, c'est que mon fils Charles rendra à Bagatelle son orgueil et sa splendeur. Il saura, et je l'y aiderai, user à son profit des ambitions, de la cupidité, de l'outrecuidance de nos ennemis... »

Cette fois ce fut Willy Tampleton qui éclata de rire :

« Il y a en vous du Machiavel, madame. »

Puis il ajouta plus sérieusement :

« Et que faites-vous des nègres ? Ils vont avoir leur mot à dire dans tout cela !

— Ah ! ceux-là, je leur ferai regretter le temps de l'esclavage, croyez-moi..., et le jour viendra où ils maudiront leur dieu Lincoln ! »

Clarence prit un air grave. Aussitôt, Virginie se laissa aller au fond de la voiture, calme et attentive comme un enfant qui redoute une réprimande.

« Ne soyez pas injuste avec M. Lincoln, dit l'intendant. Ce n'était sans doute pas le génie que les Nordistes nous présentent aujourd'hui, mais il possédait une force et une volonté qui ont fait défaut à Jefferson Davis. On peut penser que ce fendeur de piquets, ambitieux et mélancolique, qui, devenu président des Etats-Unis, continuait à porter son vieux châle gris et son parapluie de coton, aimait par-dessus tout le pouvoir, mais on ne peut nier que sans lui le Sud eût été encore plus maltraité.

— Comment cela ? fit le général Tampleton.

— Lincoln a sans doute sauvé la vie de bon nombre de propriétaires d'esclaves. En proclamant l'abolition de l'esclavage, il a désamorcé toutes les révoltes noires qui n'auraient pas manqué d'éclater à l'approche des armées fédérales. Si nos esclaves n'avaient pas cru que la liberté leur était d'avance octroyée par la loi, ils auraient tenté de la prendre. Croyez-moi, Lincoln a rendu inutile et condamnable la violence envers des maîtres qui, déjà, ne l'étaient plus !

— Votre point de vue est original, Dandrige, mais je pense personnellement que la proclamation de l'émancipation dans les Etats repris par l'Union a, au contraire, encouragé les fugues et stimulé la désobéissance des esclaves dans les Etats restés fidèles à la Confédération. Cela dit, l'assassinat de Lincoln ne m'a pas réjoui, bien que j'aie souffert une grande honte quand je le vis le 4 avril se pavaner dans Richmond, notre capitale.

— Ayant gagné la guerre, reprit Dandrige, il ne pouvait plus souhaiter, pour exhausser sa propre gloire, que ramener la paix et la prospérité dans l'ensemble de l'Union.

« A mon avis, il était seul assez fort et assez écouté pour résister aux radicaux qui ne pensent qu'à nous écraser par esprit de vengeance. Lincoln n'avait-il pas toujours soutenu que son but était le maintien de l'unité fédérale au prix de n'importe quel sacrifice ?

— Mais c'est le Sud qui a été sacrifié, n'est-ce pas ? intervint Virginie, et cela parce que nous voulions seulement sortir de l'Union et ne plus laisser l'exploitation de nos richesses aux Yankees. »

Dandrige sourit avec indulgence.

« Dans un siècle, on discutera encore des causes réelles de la guerre civile, dit-il. Le Nord finira bien par faire admettre au concert des nations que l'abolition de l'esclavage était une raison suffisante... Il est plus facile d'être généreux que d'être juste...

— Dans le Sud il se trouvera toujours des gens, je l'espère, pour dénoncer cette grande duperie montée par les pillards !... »

Comme Virginie s'exaltait à nouveau, Willy Tampleton fit opportunément dévier une conversation que l'on aurait pu entendre dans toutes les réunions sudistes.

« Quel âge a Charles, maintenant, Virginie ?

— Charles a vingt et un ans, dit-elle, et, si j'en juge par les daguerréotypes qu'il m'a envoyés, c'est un bel homme qui, de plus, est docteur en droit. Je crains qu'il ne fasse des ravages chez nos héritières désargentées. C'est un beau nom, un beau parti et qui paraîtra d'autant meilleur, par les temps qui courent, qu'il compte ouvrir un cabinet d'avocat. Ed Barthew, qui croule sous les dossiers de demandes d'indemnisations, propose déjà de le prendre comme associé, en attendant que le jeune Clarence, le filleul de Dandrige, puisse prendre la suite de son père... J'ai oublié de vous annoncer encore, acheva Virginie, que Charles n'arrive pas seul.

— Ah! fit Willy Tampleton, une femme déjà!

— Non, un ami. Un Gascon nommé Castel-Brajac, riche et bien né, musicien, poète, philosophe en même temps qu'homme d'affaires et qui apporte dans ses bagages de quoi, paraît-il, faire fortune.

— Une sonde à pétrole, meilleure que celle d'Edwin Drake ? demanda Tampleton, qui suivait avec intérêt la mise en exploitation toute récente des gisements de Titusville, en Pennsylvanie.

— Une crème à blanchir les nègres ? proposa Dandrige, qui se souvenait du succès de Barnum exhibant, quelques années plus tôt, un Noir aux joues pâles et qui disait avoir obtenu ce teint grâce à une herbe miraculeuse.

— Non, messieurs! fit Virginie, malicieuse. M. Gustave de Castel-Brajac, que Charles appelle familièrement Gus, apporte dans des paniers... des abeilles et compte s'enrichir en vendant leur miel, produit délicieux et actuellement introuvable chez nous!

— Ce Gascon me paraît doué, remarqua Dandrige, mais connaît-il la situation en Louisiane ? Il pourrait bien ne pas trouver la villégiature à son goût !

— Charles ne lui a sans doute rien caché de nos difficultés. D'ailleurs, M. de Castel-Brajac, qui, paraît-il, s'ennuie à Paris, me demande de le recevoir comme hôte payant. La formule est anglaise, dit-on, et met tout le monde à l'aise. Je compte lui demander deux dollars par jour pour le gîte et le couvert.

— Eh bien, fit Tampleton, c'est un prix !

— Je puis vous dire aussi, reprit Virginie, que, la succession de ma tante Drouin étant réglée, je compte que Charles m'apporte un peu d'argent frais.

— Gratianne n'a-t-elle pas conservé l'hôtel de la rue du Luxembourg[1] ? demanda Clarence.

— Elle l'habite en effet, car son banquier de mari m'en a donné un prix honnête. Elle y mène, paraît-il, une vie mondaine éblouissante. C'est un des salons les plus courus de Paris. Elle reçoit entre autres le Persan Ismaïl Khan, auquel les Anglais font une pension de cinquante mille francs parce qu'il leur livra pendant la guerre des Indes la ville de Hérat. On rencontre chez elle Sainte-Beuve, Taine, Théophile Gautier, Viollet-le-Duc, Corot, Baudry, Fromentin, la baronne de Pourtalès, la comtesse Le Hou qui fut la maîtresse du duc de Morny... Ah ! soupira Virginie, Gratianne connaît tous ces plaisirs qui me paraissaient autrefois le bonheur achevé et dont aujourd'hui je me passe si aisément... N'est-ce pas, monsieur Dandrige ? »

Clarence eut un sourire compatissant.

---

1. Exactement rue Neuve-du-Luxembourg; de nos jours rue Cambon.

« N'empêche que si je disposais d'une centaine de dollars, lança Mme de Vigors avec vivacité, croyez-moi, j'irais passer une semaine à La Nouvelle-Orléans pour accueillir Charles, son ami et leurs abeilles et, là, je ferais une débauche de théâtre, de concerts et de fanfreluches... Mais, hélas! nous sommes véritablement pauvres, n'est-ce pas, Clarence?

— Vous êtes pauvre et vous serez pauvre, je le crains, jusqu'à la cueillette du coton... ou jusqu'à l'arrivée de Charles!...

— C'est embêtant, la pauvreté, Willy! L'argent a pris depuis quelque temps une extraordinaire importance... pour nous aussi! »

Le général et Clarence échangèrent des regards amusés, Virginie ne s'était jamais préoccupée du prix des choses. Elle avait longtemps ignoré les factures, les chèques, les billets à ordre, les banknotes.

Au cours des dernières semaines, Dandrige avait dû la dissuader plusieurs fois de vendre à un antiquaire une table de Boulle ou des vases de Sèvres. Il n'accepterait d'en arriver là qu'au jour où il s'agirait de sauver Bagatelle. On savait, à Pointe-Coupée comme ailleurs, que les planteurs, dans l'incapacité de payer leurs impôts ou les taxes, voyaient leurs propriétés adjugées à des prix dérisoires aux enchères truquées et passer ainsi aux mains des vautours nordistes ou des gens du pays alliés par intérêt aux occupants et qu'on appelait maintenant les *scallawags*[1].

Ayant traversé le Mississippi par le petit bac de Waterloo, le landau derrière lequel trottinait à

---

1. Vauriens, fripons, coquins, qui profitaient de la situation confuse de l'après-guerre civile pour s'enrichir par des moyens peu honnêtes. Ces profiteurs peuvent être apparentés aux « collaborateurs » de l'occupation allemande en France pendant la seconde guerre mondiale.

l'attache la jument de Dandrige suivit le chemin qui épousait la courbe de ce bras mort du fleuve qu'on appelait « Fausse-Rivière ». En cette fin de journée lumineuse, l'eau lisse reflétait les couleurs du couchant subtropical. Bleu de cobalt à la verticale du site, la calotte du ciel virait insensiblement au saphir, puis au jaspe rose, pour prendre une teinte de topaze brûlée, quand le regard s'abaissait sur l'horizon. Les grands geais verts, les carouges, les cardinaux de la génération nouvelle, déjà vigoureux et sûrs de leurs ailes, chassaient les insectes crépusculaires devant les bobolinks réservés, en escale sur le chemin des Caraïbes et sous la menace de la buse à queue blanche, rapace affamé et cruel. Dans les hautes herbes aquatiques, piétinant la vase comme des vignerons occupés à fouler le raisin, les courlis dodus, les avocettes au bec retroussé, les échasses blanches montées sur leurs pattes filiformes, se régalaient de tendres vermisseaux, tandis que les pics à bec d'ivoire grattaient frénétiquement les troncs des jeunes sassafras et des saules pleureurs.

« Cela, du moins, ne changera pas ! » dit Virginie en désignant ce paysage bucolique.

Les deux hommes demeurèrent silencieux. Sur son siège, Bobo placide et voûté, coiffé du gibus à plumet et vêtu de la livrée des Damvilliers, pressa le trot pour que l'on soit à Bagatelle avant la nuit. Issu d'un homme et d'une femme arrachés autrefois aux rivages de l'Afrique, le vieux palefrenier avait parcouru cent fois les rives de Fausse-Rivière. Dans ces ajoncs, il avait pêché les tortues grises et les crabes mous. Sous ces saules, aux jours de canicule, il avait courtisé plus d'une belle fille à la bouche humide et fraîche, et souvent avec le marquis, son défunt maître, il s'était mis à l'affût pour tirer le chevreuil venu se désaltérer sans méfiance.

« C'est peut-être bien la dernière fois que je passe par ici », se disait le cocher, car depuis quelque temps « les rhumatismes lui pressaient le cœur ». Il avait lu récemment dans le regard du docteur Murphy un peu trop de gentillesse. « C'est la vieillerie, mon pauvre Bobo », avait dit le médecin en lui tapotant l'épaule. Quand le docteur avait dit ça au vieux James, le majordome, ce dernier était mort peu de semaines après.

Et, comme poussé par un besoin immédiat et soudain de se sentir encore vivant parmi les vivants, Bobo se retourna sur son siège.

« Elle a bien raison dire ça, m'ame Maîtresse, ça, les Yankees y pourront jamais le prendre, ni l'emporter... On peut dire qu'il est beau, not' pays ! »

Les voyageurs esquissèrent un sourire, mais Virginie, qui savait par Murphy son vieux serviteur aux portes de la mort, ne put retenir une larme, ayant bien conscience que peu à peu des choses allaient finir et des gens disparaître en emportant, souvenir par souvenir, l'âge heureux du Sud.

C'est peut-être pour rompre le charme mélancolique du moment que Willy Tampleton fit la proposition à laquelle il pensait, depuis que Virginie avait parlé du retour de son fils Charles.

« Si j'osais, Virginie, et si Dandrige m'y encourageait, je vous proposerais bien de vous accompagner à La Nouvelle-Orléans pour aller chercher Charles...

— Mais je n'ai pas..., fit Mme de Vigors, surprise.

— Je dois me rendre là-bas pour régler différentes affaires : percevoir les loyers des trois maisons que Percy et moi possédons dans le quartier français..., et je suis relativement riche, ma solde de général m'ayant été réglée peu de temps avant la débâcle... Depuis, je n'ai pas eu l'occasion de beaucoup dépenser !

— C'est une excellente idée, Tampleton, intervint Clarence. Je ne puis quitter la plantation actuellement et Virginie acceptera certainement d'être votre invitée en attendant l'arrivée de Charles... N'est-ce pas ? »

En parlant ainsi, Dandrige étendit le bras et prit la main de Virginie.

« Eh bien, mon Dieu, si je disais que ça me déplaît, je ferais un mensonge... et le général Tampleton est un héros assez glorieux pour servir de chaperon à une vieille amie veuve, venue attendre son fils... Qui trouvera à redire à cela, Clarence ? »

Il y avait dans l'interrogation une pointe d'inquiétude. Virginie craignait que Dandrige, dont elle connaissait l'immense générosité, ne souffre en silence de son absence.

« Personne ne trouvera rien à redire, je vous assure, Virginie, et je serais personnellement heureux que vous vous amusiez un peu... et aidiez notre ami à dépenser des piastres dont il n'a que faire !

— Alors vous me la confiez, ami, dit Tampleton, radieux...

— A condition toutefois, Willy, que vous ne me demandiez plus en mariage... Je suis maintenant une vieille dame, fit-elle avec coquetterie, et mon cœur ne m'appartient plus ! »

En disant ces mots, elle étendit le bras et posa sa main gantée sur le genou de Dandrige, confirmant ainsi à Tampleton une intimité qu'il connaissait déjà.

« Ce sont vraiment des êtres accordés », pensa ce dernier, sans amertume, en constatant cette complémentarité inexplicable et subtile qui fait les vrais couples.

La perspective d'être pendant quelques jours, à La Nouvelle-Orléans, le chevalier servant de Virginie procurait au général un bonheur indicible. Cette femme aux bandeaux stricts adoucis de cheveux blancs, il l'avait autrefois désirée avec toute la fougue de la jeunesse. Maintenant, vieil amoureux résigné aux reliefs d'une amitié onctueuse, il se satisfaisait de la seule présence de Mme de Vigors, des attentions sans équivoque dont il pouvait l'entourer, de souvenirs partagés et toujours prêts à surgir entre deux phrases banales.

Spectateur privilégié, exonéré de jalousie, il tirait un plaisir doux-amer de la proximité du couple insolite que formaient la dame de Bagatelle et Clarence Dandrige. L'essence exacte des liens qui unissaient ces deux êtres échappait à l'analyse de Willy Tampleton. Commodément, et parce qu'il avait le cœur simple, il situait cette alliance allégée des échanges charnels tantôt dans le domaine flou des connivences mystiques qui président aux amours de la Table ronde, tantôt dans les sphères alchimiques où s'élabore la sublimation des perversités.

La nuit était proche, quand le landau s'arrêta devant le portail des Myrtes où l'on devait déposer le général. Tandis que Bobo soufflait sur l'amadou pour allumer les lanternes de la voiture, Virginie aperçut au-delà des haies, couronnant le tertre et se découpant sur le ciel mauve, les ruines de la grande maison des Tampleton. Cette bâtisse d'un goût contestable, qui, avec ses cent dix pieds de façade, sa galerie aux balustres de fonte moulée, ses portes à poignées d'argent, ses parquets de cyprès rouge, avait été considérée vers 1840 comme le type achevé de la résidence moderne du riche planteur, pouvait aisément passer pour un symbole du Sud ruiné.

« Je me souviens, dit mélancoliquement Mme de Vigors, que la pendaison de crémaillère dans la nouvelle maison de vos parents fut l'occasion de mes débuts dans le monde de Pointe-Coupée, en 1830. Mon parrain, qui allait devenir mon mari, m'y avait amenée dans ce landau que conduisait déjà Bobo.

— Et je puis vous dire, intervint Willy, que vous portiez alors une robe de tulle blanc à festons mauves, car vous sortiez à peine du deuil de votre père... »

Dandrige, lui aussi, se souvenait; spécialement de Corinne Tampleton qui, ce jour-là, lui avait paru heureuse et fragile et dont on ne pouvait alors imaginer le tragique destin.

« Et où logez-vous maintenant ? demanda Virginie au moment où Willy, descendu du landau, s'apprêtait à lui baiser la main.

— Dans ce que nous appelions autrefois le pavillon des invités. C'est un peu étroit, mais ma belle-sœur, Isabelle, fait des prodiges pour que chacun soit à l'aise... Et puis Percy et moi comptons bien reconstruire les Myrtes... et vous inviter à une nouvelle crémaillère... dans quelque temps ! »

Tandis que Bobo stimulait les chevaux et que le général Tampleton, le chapeau à la main, regardait le landau s'éloigner, ombre mouvante encadrée de deux feux follets sous l'ombre plus dense des arbres, Virginie se retourna pour jeter un regard à ce « pavillon », médiocre résidence des premiers Tampleton.

Cette demeure sans style, construite en planches de cyprès gris, vers 1750, par les aïeux, pionniers à peine sortis de leur cabane de rondins, rappelait à la veuve de Charles de Vigors bien d'autres souvenirs. C'est là que Julie, sa fille, avait vécu sa tragique nuit de noces avec Abraham Mosley avant de s'enfuir pour venir mourir au seuil de Bagatelle.

De tous les souvenirs de Virginie, c'était le plus pénible, car, bien qu'elle repoussât le remords de toute la force de son orgueil, il lui arrivait certaines nuits de faire d'étranges cauchemars, au cours desquels le rire ironique de Julie lui faisait éclater la tête.

Aucun remords, en revanche, n'entachait cet après-midi de décembre où elle avait mis à l'épreuve le trop entreprenant Percy. Elle sourit dans l'ombre en revoyant le don Juan décontenancé par sa nudité et sa promptitude à solliciter qu'il s'exécutât. « Vous voulez... jouer... un moment, avait-elle dit..., allons-y ! » Mais c'était le temps où elle était dotée d'un appétit sexuel exigeant... et célibataire !

Comme pour se convaincre qu'elle était devenue une autre femme, s'acheminant, apaisée, vers la fin de sa vie, en compagnie du seul être qui avait compris sa nature et auquel elle ne pouvait rien celer de ses pensées, elle s'abandonna sur l'épaule de Dandrige, pendant que le landau, dont les lanternes intriguaient les chauves-souris, roulait vers Bagatelle.

8

Tandis que Virginie, incapable de trouver le sommeil, comptait pour la centième fois, à la lueur bleue de sa veilleuse, les plis étoilés du baldaquin de soie de son grand lit, tout en imaginant son prochain séjour à La Nouvelle-Orléans, en compagnie du général Tampleton, le fils dont elle attendait le retour achevait au milieu de l'Atlantique, à bord du paquebot *La France*, un petit déjeuner digne de son appétit.

Malgré les apparences et ce que Gustave de Castel-Brajac, qui lui faisait face, appelait son « coup de fourchette de planteur », Charles de Vigors était mélancolique.

« Tu offres ce matin, cher ami, le visage inquiet de l'émigrant, fit Castel-Brajac en beurrant avec une application de laquiste chinois sa troisième tartine.

— Je n'ai pas, comme toi, le cœur « nettoyable » à volonté et plus je me rapproche de l'Amérique, plus se tendent douloureusement les liens qui me rattachent à Paris.

— C'est une phrase d'avocat... A force de se tendre, les liens finiront par se rompre, tu n'as qu'à patienter. La gentille mercière de la rue de Richelieu pas plus que Mme de Grémillon ne seront inconsolables. La première est trop près de la Bourse pour ne pas attraper un agent de change ou un banquier, la seconde a trop le souci de sa réputation mondaine pour ruiner celle-ci en devenant brusquement fidèle à son mari !

— Gus, tu ne respectes rien », fit Charles avec un sourire.

Il épousseta d'un revers de main quelques miettes retenues par son gilet de shantung, repoussa sa tasse de thé et reprit :

« Tu ne respectes rien et tu n'as rien compris. »

Castel-Brajac, qui avait entrepris de meubler sa tartine d'une couche uniforme de marmelade de citron, resta la cuillère en l'air.

« Je sais ta sensibilité, je connais ton âme scrupuleuse, j'imagine que l'abstinence te pèse depuis une semaine, mais je vois de la perversité dans ton intention de me gâcher mon petit déjeuner..., mon meilleur repas !

— Bon, bon ! déguste, mon vieux, mais sache que ce matin j'étais prêt à te livrer le secret de mon cœur, la raison profonde de ma mélancolie, l'inavouable chagrin qui grandit en moi... Si tu préfères consacrer ton attention à une marmelade qui est loin de valoir celle de Boissier du boulevard des Capucines, libre à toi !... »

Gustave de Castel-Brajac posa délicatement sa tartine sur son assiette, évalua de la paume la température de sa tasse de chocolat, estima que celui-ci pouvait attendre un peu, s'essuya les lèvres fort délicatement et s'accouda en fixant son ami.

« Tu veux peut-être que nous parlions de Gratianne, hein ! ta gentille demi-sœur, dont tu es bêtement amoureux... C'est à elle que tu penses, plus qu'à ta modiste et à ta dévote délurée... C'est une bien bonne chose, à mon avis, que tu t'en éloignes. Je te voyais embarqué dans une de ces histoires que la morale réprouve, dont les familles ricanent et qui horrifient les curés !...

— Comment as-tu su ? Ça alors, tu m'épates, Gus. A-t-on jasé ? Comment as-tu compris ?

— T'sh, t'sh, personne n'a jasé, personne ne sait rien... car il n'y a rien à savoir..., mais moi j'ai vu simplement. Il suffisait de t'observer. Tu ne la quittais pratiquement pas du regard, tu trouvais toujours un prétexte pour lui rendre visite. Et puis, quand un homme qui a une petite amie ardente et à tout moment disponible, plus une maîtresse agréable nantie d'un mari compréhensif, préfère passer ses après-midi à suivre sa propre sœur dans les magasins de nouveautés et ses soirées à parler dividendes, coupons, change ou échéances avec un beau-frère banquier, on peut penser que cet homme a une vocation de dame de compagnie... ou qu'il est amoureux !

— Je l'étais, je le suis et je le resterai, avoua Charles, les yeux baissés, en jouant avec sa cuillère.

— Puis-je maintenant ? fit Castel-Brajac en désignant sa tartine du doigt... Mon chocolat refroidit ! »

Charles de Vigors repoussa sa chaise, se leva, vint tapoter affectueusement l'épaule de son ami.

« Va, mon gros..., emplis-toi modérément de confiture, je vais jeter un regard à nos ruches...

— Veille surtout à ce qu'elles soient aérées, dix minutes, sans être exposées aux courants d'air et souviens-toi que Mme Beecher-Stowe, la négrophile qui n'aime déjà pas les planteurs, va partout stigmatisant l'attitude de Lord Byron dont l'inclination pour sa demi-sœur Augusta fait encore frémir les ladies de Kensington[1] ! »

Cet avertissement énoncé, Gustave de Castel-Brajac se remit à son repas avec l'appétit que donne une conscience apaisée.

Ce Gascon jovial et raffiné, de deux ans l'aîné de Charles de Vigors, appartenait à cette race de gentilshommes de l'Armagnac qui savaient profiter des avantages du siècle sans rien abandonner de leur fierté ombrageuse. Né dans le Gers, à Lupiac, non loin du modeste château de Castelmore où Charles de Batz, plus connu grâce à Alexandre Dumas sous le nom de d'Artagnan, avait vu le jour, il comptait un capitaine de mousquetaires parmi ses ancêtres. Le dernier rejeton des Castel-Brajac eût été cependant sans fortune et paysan à particule comme son grand-père si le futur père de Gustave ne s'était vu imposer comme épouse la fille laide, mais très riche, d'un négociant en armagnac de Vic-Fezensac.

C'était une histoire un tantinet scabreuse connue seulement de quelques intimes.

Jean de Castel-Brajac, père de Gustave, avait eu une enfance des plus rudes, la famille étant pauvre, dans un pays pauvre et n'ayant plus de terres

---

[1]. Mrs. Beecher-Stowe, auteur de *La Case de l'oncle Tom*, livre honni dans le Sud esclavagiste, contribua en effet à répandre les bruits qui couraient depuis longtemps sur les relations équivoques que Lord Byron aurait entretenues avec sa demi-sœur Augusta Maria Leigh. La romancière publia même en 1869 dans un journal américain un article où elle n'hésitait pas à accuser le poète anglais, mort le 19 avril 1824 à Missolonghi (Grèce), du crime d'inceste. « L'innocente romancière, écrit M. Robert Boutet de Monvel dans sa biographie de Byron (Plon, 1924), se bornait à rapporter de vagues propos émis par Lady Byron, qu'elle n'étayait par aucune espèce d'argument. Son article n'eut d'autre effet que de raviver des suppositions que nul n'avait osé jusqu'alors exprimer en termes formels. »

à vendre, ni de vignes à exploiter. On mangeait à sa faim, bien sûr, mais on portait des galoches et Mme de Castel-Brajac économisait son unique robe de soie, car, croyant à la résurrection des corps, elle tenait à être enterrée dans une toilette qui indiquât son rang. Tout ce que savait Jean, il le tenait de ses parents, n'ayant jamais pu fréquenter l'école. Il est vrai qu'il disposait à Brajac de l'inépuisable bibliothèque de la famille, dans laquelle, dès qu'il sut lire, il piocha avec frénésie. Il accompagnait les deux vaches au pré avec un Virgile sous le bras et, le soir, s'usait les yeux à la lueur des bûches pour déchiffrer avec la même curiosité le Tasse, Rabelais ou Pétrone. M. de Castel-Brajac contrôlait l'érudition de son fils les jours de pluie, quand toute la famille courait, seaux et cuvettes à la main, dans les combles de la vieille maison, pour recueillir les épanchements mélodieux des gouttières. Jean récitait à la demande Shakespeare ou Cervantes, à moins que son père, entre deux vidanges, ne lui réclamât vicieusement une oraison funèbre de Fléchier ou un poème de Racan.

A lire tous ces auteurs, dont quelques-uns n'eussent pas dû être accessibles à un jeune garçon, il découvrit, vers quinze ans, que les sens tiennent une place assez considérable dans l'organisation du plaisir. Il fit part de cette trouvaille au fils pâlichon d'un négociant de Vic-Fezensac qui comptait sur le grand air pour donner des couleurs à son héritier. Pâtre gersois, Castel-Brajac se sentit soudain inspiré par les mœurs que ses poètes préférés prêtaient aux pâtres grecs.

Le petit voisin, éduqué par une pieuse institutrice sous l'autorité d'une mère dévote et cajolé par une grande sœur d'autant plus vertueuse qu'un miroir impartial lui accordait peu de pouvoir de séduction, trouva que Jean de Castel-Brajac connaissait des jeux inédits et enivrants.

Par un après-midi ensoleillé et nuageux, le voisin, qui s'apprêtait à trousser une bergère dans ce qu'on appelle dans les campagnes la chambre verte — alors que sa femme le croyait sur le passage des palombes — choisit malencontreusement un bosquet déjà occupé par Jean de Castel-Brajac et son disciple. Comme on ne voyait dans ce pays sec ni rivière ni étang à proximité, le père Préchoux en conclut que la nudité des deux garçons pouvait avoir quelque chose de surprenant. Il en serait peut-être resté aux suppositions, si la gardeuse d'oies, qui tentait de réunir les pans de son corsage, n'était tombée en arrêt, comme un épagneul, devant l'expression d'une virilité exaspérée que le jeune Castel-Brajac ne parvenait pas à dissimuler.

Préchoux suivit le regard intéressé de la demoiselle et comprit dans l'instant à quels jeux se livraient les garçons. Comme le Gers n'est pas l'Arcadie, il en conçut un vif dépit paternel, renvoya la gardeuse à ses oies, expédia énergiquement ses bottes boueuses aux fesses sensibles de son rejeton, referma sa braguette avec tout ce qu'il put de dignité et ramassa son fusil.

« Petit cochon! dit-il à Jean, habille-toi, nous allons voir ton père! »

Chez les Castel-Brajac, on ne recevait pas les Préchoux, dont l'armagnac frelaté ne pouvait satisfaire que les palais parisiens.

Rhabillé, le futur père de Gustave suivit le négociant, se tenant à bonne distance des coups de pied, surveillant le fusil et se privant de répondre aux injures que le géniteur de son mignon ne manquait pas de lui décerner.

En arrivant devant la maison familiale, Jean de Castel-Brajac n'en menait pas large; quand son père apparut sur le seuil, il s'enfuit dans les vergers, la larme à l'œil.

En fait, les choses se passèrent mieux qu'il ne pensait. M. de Castel-Brajac et M. Préchoux bavardèrent et le négociant, prêt à tous les chantages, ne perdit pas son sang-froid.

« Vous avez, monsieur, un fils ardent qui manifestement cherche le moyen d'épancher ses ardeurs. Il est à l'âge où le goût n'est pas encore assuré, l'âge délicat, monsieur, où les différences entre les sexes ne sont pas évidentes..., où les garçons se rendent entre eux des services qu'ils feraient mieux de réclamer aux chambrières de leur mère.

— Ma femme n'a pas de chambrière, fit le futur grand-père de Gustave avec un rien de regret dans la voix.

— Bref!... votre fils a, si j'ose dire, déshonoré le mien... Cela mérite réparation!

— On ne saurait craindre une conséquence », avait observé finement Castel-Brajac.

En bon Gersois qui ne prend pas les mots d'esprit pour des mots utiles, Préchoux poursuivit :

« J'ai une fille, monsieur, assez laide, laide, franchement laide... Si votre fils acceptait de l'épouser pour réparer le tort immense fait à son frère, tout cela resterait entre nous et il n'y aurait point de scandale! »

Castel-Brajac pâlit. Voir son fils unique, l'héritier de son nom, le descendant du compagnon de d'Artagnan, épouser une Préchoux, et laide de surcroît, lui paraissait inconcevable. Il fit mine de claquer sa porte au nez de l'outrecuidant, mais un coup de tonnerre le figea sur la première marche du perron. L'orage qui menaçait éclata soudain et la pluie se mit à tomber si fort que le gentilhomme ne put qu'inviter Préchoux à se mettre à l'abri. Il préparait néanmoins une réponse cinglante, quand, venant des hauteurs confuses des greniers, la voix de Mme de Castel-Brajac lança l'appel fatidique : « Aux gouttières, aux gouttières, ça ruisselle de partout ! »

Préchoux osa sourire.

« Ma fille est laide, mais je lui donne cent mille francs de dot et mes vignes du Clos Blanc... En attendant, si je puis vous proposer un coup de main... pour les gouttières !

— C'est pas de refus », fit le gentilhomme.

Quand, chassé par la pluie et rassuré par le silence, Jean de Castel-Brajac regagna piteusement la maison paternelle, il prit naturellement sa place dans la chaîne formée par l'évacuation des seaux d'eau. Il se retrouva entre M. Préchoux, qui paraissait de meilleure humeur, et son père, qui ne semblait pas mécontent. Il s'ensuivit un discours à deux voix alternées, que Jean accueillit non sans étonnement en prenant les récipients des mains de M. de Castel-Brajac pour les passer à M. Préchoux.

« ... Tu vas épouser Marie, la fille de M. Préchoux !...

— ... Oui, ma fille a un nez pointu, mais un cœur d'or !...

— ... Ce que tu as fait avec le fils Préchoux, il vaut mieux le faire avec une fille !...

— ... Elle t'apporte cent mille francs et des vignes !...

— ... C'est ce qui peut t'arriver de mieux, mon pauvre garçon !... et à nous aussi !

— ... Et je ferai refaire votre toit... pour la noce... Ces gouttières sont crevantes !... »

« C'est ainsi, avait, un jour, confié Gustave de Castel-Brajac à Charles de Vigors, que mon père se maria jeune à une femme que je n'ai jamais trouvée laide et qui est pour moi la meilleure des mères. Evidemment, j'ai le nez un peu pointu des Préchoux, mais les Castel-Brajac l'avaient rond et fendu, « à fesses », comme l'on dit chez nous..., et ce n'était pas mieux !... Et puis, n'est-ce pas, vilain clocher n'a jamais déshonoré son village ! »

Gustave de Castel-Brajac et Charles de Vigors s'étaient connus trois ans plus tôt à l'université, où le fils de Virginie préparait son droit avec application et scrupule, tandis que le Gascon s'efforçait vaguement d'acquérir les connaissances juridiques que la bibliothèque de Lupiac et les pères jésuites d'Auch n'avaient pu lui donner.

Court sur pattes, replet, dodu, rose, mais d'une aisance physique inattendue, Gustave de Castel-Brajac avait tout de suite plu à Charles.

Le Gersois, placide et naturellement porté à l'optimisme, possédait une culture dense et variée, fruit d'une curiosité toujours en éveil plutôt que résultat d'études logiquement conduites.

Malgré ses mains courtes, mais pourvues de doigts agiles et fuselés, il passait pour un remarquable pianiste qui avait abordé des pièces difficiles, telles certaines sonates de Schumann ou l'adagio du *Concerto en mi bémol majeur* de Franz Liszt, encore peu joué par les amateurs. Bibliophile, il ajoutait des éditions rares de beaux textes contemporains à la bibliothèque des Castel-Brajac que son père, devenu riche et oisif après son mariage forcé, n'avait pu épuiser, la mort l'ayant saisi peu de temps après la naissance de ce fils unique.

Capable de trousser un sonnet « pour gagner un peu de temps auprès d'une dame », il s'essayait parfois à la composition musicale et passait des nuits à rêver aux mondes inconnus aperçus dans l'oculaire de sa lunette astronomique. Il adulait M. Dominique-François Arago et fréquentait le jeune Camille Flammarion, qu'il qualifiait de poète interstellaire.

L'embonpoint de Gustave semblait justifié par un goût immodéré de la bonne chère, goût commun à beaucoup de Gascons et formé par une mère qui, veuve, avait su trouver de faciles consolations dans le foie gras et le pâté de palombe. Dénué en ce domaine, comme en d'autres, de tout sectarisme, Gustave ne rejetait rien sans y avoir goûté. Il ne dédaignait pas à l'occasion de se mettre aux fourneaux pour partager avec quelques amis choisis et des demoiselles qui n'avaient rien de muses éthérées, mais savaient se taire et se tenir à table, des mets neufs, exotiques ou conçus par son imagination gourmande. « Les deux pièces les plus importantes d'une maison, disait volontiers Gus, sont la bibliothèque et la cuisine... »

En amour, il fuyait les complications. Sacrifiant à une concupiscence saine et rustique, ce poupard débonnaire ne se mêlait pas de jouer les sigisbées. Son physique ne lui permettait pas, sans courir le risque du ridicule, de se jeter enamouré aux pieds d'une belle, aussi s'efforçait-il avec délicatesse à des conquêtes aisées et discrètes, son encolure et sa bonhomie rassurant les maris. Cavalier médiocrement décoratif, il fuyait les bals et les réunions dansantes.

Charles de Vigors ne connaissait aucune de ses

maîtresses. Gus lui avait présenté seulement une vague cousine, sorte de tanagra, dont la petite taille s'accommodait de celle du Gascon et qui l'accompagnait dans les manifestations mondaines où un homme se devait de ne pas venir sans cavalière.

Visage plein et teint rose virant facilement aux tons de la pivoine en cas d'émotion ou à l'issue d'un bon repas, bouche petite, gourmande, aux lèvres colorées, cheveux bruns et plats, nez « Préchoux », regard marron, sombre, malicieux et doux, tel était au physique le gentilhomme que Charles aimait comme un frère et qui s'était décidé à l'accompagner en Louisiane.

« C'est par amitié pour toi, lui avait-il dit, que j'oserai affronter deux déserts : l'Atlantique et la langue anglaise !... »

Quant à Charles de Vigors, héritier de Bagatelle, envoyé à Paris à l'âge de huit ans et, depuis, élevé par une gouvernante, la tante Drouin et les pères jésuites, puis formé par l'université et la société parisienne, il n'avait rien d'un citoyen du Nouveau Monde. Le fait que sa famille possédât une grande plantation et des esclaves lui avait valu chez les Bons Pères quelques querelles avec les fils de bourgeois libéraux résolument abolitionnistes, mais qui traitaient comme paillassons les domestiques de leurs parents.

Adolescent jouissant d'une étonnante liberté, car la tante Drouin, à la fin d'une vie heureuse et dissipée, entendait laisser à son petit-neveu le goût de l'initiative, Charles était plus connu à l'âge de quinze ans dans les coulisses des théâtres que dans les patronages.

A partir de 1862, à la demande expresse de sa mère, il avait dû fréquenter les Sudistes de la capitale qui gravitaient autour de la délégation de la Confédération, installée en France par John Slidell[1] que l'on traitait aussi bien qu'un ambassadeur. De la même façon, Jefferson Davis avait d'ailleurs envoyé en Angleterre William W. Randolph, de Virginie, et au Mexique John T. Pickett, du Kentucky.

Parmi tous les Sudistes qui se retrouvaient régulièrement au Grand Café, rue Laffitte, John Slidell et Edward Lee Childe étaient ceux pour lesquels Charles avait le plus de sympathie. Il rencontrait aussi quelquefois un journaliste de La Nouvelle-Orléans, nommé Eugène Dumez, chargé par le gouvernement confédéré d'une très officieuse mission consistant à convaincre certains représentants de la presse française du bien-fondé de la cause du Sud. Ce n'était pas une tâche aisée, car, comme l'observait Dumez : « Les Français sont intraitables au sujet de l'esclavage et sympathisent à cause de cela avec le Nord. Et d'un bout à l'autre de la France il en est de même. »

1. John Slidell est considéré aujourd'hui comme un des « meilleurs fils du Sud ». Né à New York en 1793, diplômé du collège Columbia, la future université, il se destinait aux affaires quand la guerre de 1812 contre l'Angleterre et le blocus l'obligèrent à modifier ses projets. Il étudia le droit, mais, ruiné par la guerre et voyant sa réputation compromise parce qu'il s'était battu en duel pour une actrice, ce beau garçon romantique — jeune, il s'appliquait à ressembler à Chateaubriand — décida de tenter fortune à La Nouvelle-Orléans. Il y réussit. En 1835 il épousa, à l'âge de quarante-deux ans, une ravissante créole de vingt ans et d'origine française, Mathilde Deslonde. Il payait 10 000 dollars chaque année d'impôts sur le revenu. Elu sénateur, il démissionna au moment de la sécession des Etats du Sud et fut désigné par le président Jefferson Davis comme représentant officiel à Paris de la Confédération. Embarqué sur un navire anglais, le *Trent*, qui fut arraisonné par le *San Jacinto* de la marine des Etats-Unis, il fut interné à Boston jusqu'à ce que le gouvernement britannique, menaçant de déclarer la guerre aux Etats-Unis à la suite de cet arraisonnement injustifié, obtînt son élargissement, ce qui lui permit de rejoindre son poste en France. Après la fin de la guerre, Slidell écrivit au président Johnson pour obtenir l'autorisation de rentrer en Louisiane. Ce dernier ne répondit jamais à sa demande et John Slidell se fixa définitivement à Paris, où ses enfants se marièrent et firent souche.

Bien accueilli à la cour de Napoléon III, où il possédait des amis, John Slidell ne put jamais obtenir du gouvernement français la reconnaissance de la Confédération que demandait aussi le gouvernement britannique et qui aurait consacré la scission de l'Amérique.

Il faut dire que les Sudistes étaient desservis auprès de l'empereur par le dentiste de celui-ci, M. Thomas Evans, qui « rectifiait la propagande des Confédérés », et par les articles d'un journaliste de talent, M. Duvergier de Hauranne, grand admirateur d'Alexis de Tocqueville. Ces Français, militants abolitionnistes, avaient encore reçu, peu de temps avant la fin de la guerre, le renfort d'une plume vigoureuse, celle d'un jeune docteur en médecine, nommé Georges Clemenceau, qui de New York, envoyait au *Temps* des articles dans lesquels il affirmait : *L'esclavage et l'esclavage seul est la cause de l'abrutissement des Noirs. Il n'y a de dignité que dans l'affranchissement, d'intelligence que dans la liberté.*

Plus par devoir que par conviction, car il était convaincu de la nécessité de supprimer l'esclavage, Charles de Vigors soutenait la cause sudiste de son mieux, évoquant ses souvenirs d'enfance au milieu des domestiques noirs de Bagatelle, esclaves qui ne lui avaient jamais paru malheureux. Il s'employait surtout à dissiper les équivoques qui faisaient, entre autres, que les ouvriers du textile, souffrant de la disette de coton, mais ignorant les vraies causes de celle-ci, attribuaient au gouvernement impérial des responsabilités qu'il n'avait pas.

Comme les bourgeois se faisaient une opinion en lisant *Le Siècle*, il avait décidé qu'on tenterait de gagner à la cause sécessionniste cet important organe de presse. Dumez, soutenu par Charles, avait demandé à Slidell les deux cent mille francs nécessaires pour « acheter » par l'intermédiaire d'un certain Chavannes, demeurant 3, rue du Helder, un journaliste bien placé. Mais le délégué officiel de Jefferson Davis n'avait pas donné suite à cette intéressante initiative et seul le journal *L'Opinion*, probablement moins coûteux à convaincre, s'était montré favorable à la cause du Sud. Quant à M. Emile Ollivier, le ministre le plus écouté de Napoléon III, fils d'un ardent républicain et beau-frère de Richard Wagner[1], il s'était toujours prononcé contre les Confédérés et ne faisait rien pour leur venir en aide.

A l'issue de nombreuses démarches inutiles, Eugène Dumez, un peu découragé, avait envoyé à Henri Vignaud, un ami resté en Louisiane, une lettre qu'il avait montrée à Charles de Vigors. *Ce monde de la presse est véritablement putréfié*, écrivait-il, *et vous n'y trouverez guère de moralité. Il n'est pas impossible, toutefois, avec une bonne lanterne d'y rencontrer, çà et là, une individualité qui ne porte pas l'empreinte de la corruption. Celles qui n'ont pas été cotées sur le marché des consciences sont à l'épreuve et leur commerce est à rechercher; quant au reste de la masse, il faut du courage pour l'aborder*[2].

Aussi Charles avait-il été bien aise de voir la guerre civile finir à Appomatox, au moment précis où, ses études terminées, son diplôme d'avocat en poche et les successions de son père et de la tante Drouin réglées, il ne pouvait plus raisonnablement différer ce retour en Louisiane que souhaitait ardemment sa mère.

Ce n'était pas sans mélancolie, cependant, qu'il

---

1. Il avait épousé Blandine, fille cadette de Liszt et sœur de Cosima.
2. Department of Archives and Manuscripts. L.S.U. — Baton Rouge.

avait dû se résoudre à quitter Paris où, en dépit de tensions politiques auxquelles, en tant que citoyen américain, il pouvait se dispenser de prendre part, il menait une bonne vie. Le gouvernement de Napoléon III s'était montré généreux pour reconnaître les services rendus par le défunt général de Vigors, disparu au Mexique au cours d'une mission pour le compte de l'empereur, et Charles, orphelin, avait reçu, sans la réclamer, une rente confortable. Ses maîtres en droit, Liouville et Nollot, notamment, auraient souhaité le voir s'inscrire au barreau « pour défendre la famille, les biens, la liberté », mais Charles aimait trop à jouir des plaisirs quotidiens pour accepter de se cantonner, comme le conseillait le bâtonnier Liouville aux jeunes avocats, « dans les chastes amitiés qui éloignent la jeunesse des sociétés que souillent le vice et les liaisons, que gangrène le libertinage[1] ».

Au moment de prendre la pénible décision de rentrer au pays, Charles avait confessé à Gustave de Castel-Brajac : « J'ai l'impression de m'en aller vers l'inconnu. Ce pays d'Amérique où je suis né m'est aussi étranger que la Chine. Je l'ai trop tôt quitté pour en connaître les mœurs et je vais y arriver au moment où, dévasté par la guerre, il ne peut m'offrir que des plaies, que je ne pourrai pas soigner. Pour moi, la Louisiane, c'est une grande maison blanche au bord d'un fleuve, une jeune femme belle et parfumée qui marche sous une allée de chênes et qui est ma mère, des Noirs souriants et attentifs, des chevaux racés, des messieurs très élégants et un peu paresseux qui boivent une liqueur à la menthe dans des gobelets

---

1. Cité par maître André Damien, bâtonnier de Versailles, in *Les Avocats du temps passé* (Editions Henri Lefebvre, à Versailles).

d'argent, et mon père, grand, fort et chaleureux, qui se balance dans un fauteuil à bascule sur une galerie, en bavardant avec un certain M. Dandrige, qui, Dieu merci, sera là pour m'accueillir. »

Car Charles de Vigors avait gardé de Clarence Dandrige, ce grand homme mince et peu bavard, une image très vivante. Il se souvenait de la patience avec laquelle l'intendant répondait à ses questions, prenant au sérieux les curiosités banales ou incongrues du gamin qu'il était alors. Plus que les nombreuses lettres de Mme de Vigors, celles moins fréquentes de Dandrige lui avaient, au cours de ces dernières années, dépeint le pays et les événements. S'il connaissait un peu aujourd'hui cette Louisiane vers laquelle il voguait, c'est à Dandrige que le jeune juriste le devait.

Pour l'heure, investi de la mission de confiance que constituait l'inspection quotidienne des douze ruches alignées dans un espace réservé et tranquille de l'entrepont, Charles de Vigors venait de soulever les housses de toile qui recouvraient les cônes d'osier contenant, d'après Castel-Brajac, une fortune en puissance. Du vague bruissement qui parvenait à ses oreilles, quand il se pencha vers les ouvertures grillagées, Charles conclut que les abeilles devaient bien supporter le voyage, mais sortaient de leur engourdissement. « Si nous avions pu voyager l'hiver, avait dit Gustave, les choses eussent été plus simples, car un rucher peut vivre en autonomie comme un couvent pendant deux mois, pourvu qu'on y laisse des provisions de miel suffisantes. Les abeilles frileuses s'accommodent de cette situation et somnolent, mais, dès que la température monte au-dessus de quinze degrés et que le soleil se fait plus ardent, elles s'agitent et leur instinct les pousse à butiner ».

Pour pallier les inconvénients d'une traversée estivale, Castel-Brajac, qui avait lu les œuvres de Carély sur l'éducation des abeilles, *L'Elevage des abeilles par les procédés modernes* de Layens, le *Petit Cours d'apiculture pratique* de Charles Dadant et qui avait appris d'un apiculteur genevois l'art et la manière de faire voyager ces insectes généreux, s'était procuré des abeilles italiennes, jaunes et plus susceptibles de s'adapter au climat de la Louisiane que les abeilles françaises, noires et volontiers agressives. Après mûres réflexions, le Gascon avait préféré aux ruches modernes, faites de bois, les ruches d'osier, plus fraîches et plus faciles à aérer. *La France* transportait néanmoins dans ses cales des ruches de Layens à cadres mobiles, qui permettraient plus tard en Louisiane de récolter le miel sans déranger les abeilles. Pour l'instant, il ne s'agissait que d'obtenir que les quelques 150 000 abeilles contenues dans les douze ruches ne meurent pas de faim, soient à l'abri de la chaleur et de la lumière le jour et de la fraîcheur humide la nuit. Castel-Brajac ayant calculé que dix kilos de miel au moins seraient nécessaires pendant la traversée, on en avait emporté trente par précaution, car, affirmait le Gascon, « une fois arrivés à bon port, il faudra nourrir ces demoiselles en attendant les premières miellées ». Méthodique et précis dans tout ce qu'il entreprenait, l'apiculteur amateur avait encore fait charger à bord deux enfumoirs, l'un à air froid, l'autre à pipes, système Dathe, des gants de fil de chanvre, des voiles de tulle, de l'acide phénique en cristaux et de la glycérine pour préparer les toiles phéniquées, indispensables quand on ouvre les ruches, afin de cantonner les abeilles dans le bas des rayons. Divers outils : racloirs, brosses, etc., emplissaient une caisse percée de plusieurs ouvertures obstruables, dans laquelle Castel-Brajac comptait enfermer les rayons de rechange au moment de la visite des ruches, « car, avait-il expliqué à Charles, il ne faut jamais laisser ni cire ni miel à la portée des abeilles hors des ruches ».

Le juriste, qui avait une sainte frayeur d'être piqué par les butineuses, se satisfaisait pleinement de données théoriques, dont il comptait bien laisser la mise en pratique intégrale à son génial compagnon.

Il avait été convenu avec le commandant que personne, sauf le second capitaine et un marin de confiance préposé à la surveillance de l'entrepont, ne connaîtrait la présence à bord des abeilles et qu'à la première apparition d'une de celles-ci sur le bateau les ruches seraient jetées dans les chaudières.

« Si vos pensionnaires retrouvaient la liberté en pleine mer, elles n'auraient à butiner que le nez des passagères et vous voyez d'ici le scandale !... »

Son inspection du jour terminée, Charles de Vigors se lança à travers les coursives à la recherche de Gustave qui avait dû achever enfin son petit déjeuner. Il le trouva emmitouflé dans une couverture, lisant, adossé à un canot de sauvetage à l'arrière du bateau, qui sur une mer calme filait allégrement ses douze nœuds toutes voiles dehors et ses roues à aubes tournoyant dans un bruit d'eau giflée à pleines pales.

« Tu vas attraper la mort, Gustave ! »

Castel-Brajac leva le nez de son livre, souffla sur les escarbilles tombées des deux cheminées du vapeur et qui roulaient à la jointure des pages et imposa silence :

« Ecoute-moi ça et dis-moi pourquoi tu ne m'as mieux expliqué les ressources de ton pays. »

Et il commença à lire en enflant la voix pour couvrir le bruit du vent, le claquement des voiles et le halètement des 6 600 chevaux des deux machines à balanciers qui entraînaient les roues à aubes de *La France* :

« *C'est au Nouvel-Orléans qu'il faut venir — disait souvent Des Grieux à Manon quand ils se furent installés en Louisiane — quand on veut goûter les vraies douceurs de l'amour. C'est ici qu'on aime sans intérêt, sans jalousie, sans inconstance. Nos compatriotes y viennent chercher de l'or, ils ne s'imaginent pas que nous y avons trouvé des trésors bien plus estimables*[1]. »

Charles de Vigors, qui avait relevé le col de sa redingote et maintenait son chapeau, se mit à rire franchement.

« L'abbé Prévost est non seulement un libertin, mais un fumiste, et s'il faut reconnaître que les arrière-petites-filles de Manon Lescaut sont des beautés à ne pas négliger à La Nouvelle-Orléans, il faut aussi se garder d'imaginer la Louisiane comme cette vaste plaine désertique et sans arbres au milieu de laquelle il fait mourir son héroïne; il n'y a pas au contraire de pays plus humide, mieux boisé et dénué de zones sèches !

— Ah! fit Castel-Brajac, à qui se fier? Mon père, qui avait pris ses premières leçons d'amour dans Crébillon, soutenait déjà que Manon était frigide et voyait la preuve de cet état quand elle

---

1. *Manon Lescaut*, de l'abbé Prévost. Edition définitive de 1751, imprimée par Denys Didot (Bibliothèque de l'Arsenal).

proposait à Des Grieux, dont les transports l'importunaient, des jeunes filles fraîches « pour le désennuyer un moment ». J'espère que tous les auteurs que j'ai lus pour me préparer à la connaissance de l'Amérique ne sont pas aussi fantaisistes !...

— Et qu'as-tu lu encore ?

— *Les Lettres d'un cultivateur américain*, de Hector Saint John de Crèvecœur, dont Washington disait qu'elles contiennent « presque tout ce qu'il est nécessaire de connaître pour qui veut émigrer dans ce pays »...

— C'est meilleur mais un peu démodé. Tocqueville a fait mieux. Mais tu découvriras par toi-même que la Louisiane n'est pas vraiment l'Amérique et tu y rencontreras des braves gens qui comprendront peut-être la langue anglaise que tu parles... mais te prieront de t'exprimer en français ! Si nous n'allons pas nous mettre à l'abri, jamais nous ne verrons ce rivage béni où ma mère m'attend... On nous aura cousus dans un sac et jetés à la mer avant longtemps, terrassés que nous allons être par la pneumonie ! »

Castel-Brajac se mit debout et suivit son ami au salon-fumoir, où ils obtinrent qu'on leur apportât du vermouth.

« J'ai aperçu tout à l'heure dans le boudoir des dames, fit Gustave, cette jolie petite Suissesse triste, qui était tombée à l'eau au Havre et que tu as si aimablement enveloppée dans ta redingote au risque de gâcher la doublure de celle-ci. Elle m'a souri. M'est avis que nous ne tarderons pas à avoir une invitation à prendre le thé de la part de sa grosse maman reconnaissante.

— Eh bien, moi, tandis que je te cherchais tout à l'heure, j'ai revu le marin barbu qui l'a repêchée. C'est un bien brave homme, il m'a affirmé que la demoiselle s'était bel et bien jetée à l'eau au moment où on relevait les passerelles et qu'il ne s'agissait nullement d'un faux pas.

— Ça devient romanesque comme un feuilleton du *Siècle.* Que t'a-t-il dit encore ?

— Qu'elle est suisse, riche, de santé fragile, qu'elle ne pèse pas quatre-vingts livres — ce que je savais déjà — et qu'elle va à New York rejoindre son papa, lequel achète, paraît-il, les chemins de fer au kilomètre... La grosse dame qui l'accompagne n'est pas sa maman, mais sa tante... Mais sais-tu que le type qui a plongé dans l'eau grasse du port au milieu des détritus flottants pour ramener au sec cette jouvencelle helvétique est un fameux gaillard ?

— Ah ! tu me permettras tout de même de préférer le physique de la petite !...

— Apprends donc à respecter le courage et l'altruisme et sache que ce marin a déjà sauvé une douzaine de personnes et qu'il n'a que quarante-trois ans... Le sauvetage, chez lui, c'est une vocation. »

Avec enthousiasme, Charles, dont la mélancolie du matin semblait s'être dissipée, brossa pour son ami l'édifiante biographie de Denis-Joseph-André Delacour, fils de pêcheur de Quillebœuf, qui avait vécu son premier naufrage à l'âge de douze ans. Puis il énuméra les actes de courage du marin qui dans toutes les mers du monde avait repêché des gens en train de se noyer.

« Ce rude matelot profite même de ses permissions pour sauver des imprudents en eau douce... Ainsi, il y a quelques mois, à Paris, passant sur le pont de Grenelle, il voit un sapeur-pompier en train de se noyer... Il plonge au milieu des glaçons que charriait alors la Seine et ramène à sa caserne le soldat du feu trempé ! Qu'en dis-tu, ce barbu aux yeux clairs ne mériterait-il pas qu'on lui offre un bateau[1]?

— J'en dis, mon cher, que je suis étonné du nombre de marins qui tombent à l'eau dans les ports... Quant à notre gentille Suissesse, ajouta Castel-Brajac en exagérant volontairement son accent gascon..., je pécherais et je repécherais volontiers avec elle! »

La cloche du déjeuner interrompit cette conversation des plus masculines.

Le paquebot *La France*, sorti des nouveaux chantiers de Penhoët en 1864, passait pour la plus belle unité de la Compagnie générale transatlantique. Les frères Pereire : Emile et Isaac, qui s'étaient engagés à construire en trois ans quatorze paquebots pour exploiter les lignes postales à destination des Amériques, afin de concurrencer les Anglais, avaient misé sur la vitesse, le confort et la sécurité.

Charles et Gustave étaient de ceux qui reconnaissaient leur réussite. Avec ses 3 200 tonneaux de jauge, long de 108 mètres, propulsé par ses machines à vapeur actionnant des roues à aubes et nanti de deux mâts susceptibles de porter un nombre respectable de mètres carrés de voile, le navire avait atteint, aux essais, la vitesse remarquable de 13,40 nœuds. Les aménagements inté-

---

1. Denis-Joseph-André Delacour n'en resta pas là et sa carrière de sauveteur, bien servie par les malencontreux hasards de la vie en mer, se poursuivit puisqu'en cinquante ans il sauva 46 personnes, la dernière alors qu'il avait soixante-neuf ans, le 20 juillet 1891, en se jetant tout habillé d'une hauteur de sept mètres dans l'avant-port du Havre où une jeune fille de seize ans était en train de se noyer. Titulaire de nombreuses médailles de sauvetage, André Delacour, qui termina sa carrière après trente et un ans de service à la Compagnie générale transatlantique, reçut le 17 janvier 1897 une Légion d'honneur bien méritée. Père de six enfants, il fit de trois de ses fils des marins de qualité, dont un capitaine au long cours. La fille de ce dernier, Mlle Jeanne Delacour, vit aujourd'hui à Quiberon.

rieurs étaient des plus soignés. Les deux amis occupaient une cabine de première classe, à deux lits superposés, dissimulés par des rideaux de velours. Un divan, toujours encombré de livres par Gustave et placé sous le hublot, faisait face à deux petits fauteuils. Un cabinet de toilette, minuscule mais complet, fournissait tous les accessoires indispensables à la vie domestique. M. de Castel-Brajac ne reprochait au système que de limiter à dix litres par jour et par personne la consommation d'eau, ce qu'il considérait comme insuffisant. Aussi le Gascon occupait-il chaque jour, pendant une bonne heure, l'une des deux salles de bain installées dans les tambours des roues à aubes. Il en ressortait abasourdi par les vibrations de la mécanique, mais propre comme un sou neuf, ses bonnes joues roses luisantes et fleurant bon la savonnette de Guerlain, dont il faisait usage.

A bord, la vie sociale se concentrait dans le grand salon rectangulaire, qui occupait le centre du bateau et qui devenait salle à manger au moment des repas, lorsque les serveurs dressaient devant les banquettes capitonnées, faites d'acajou massif et recouvertes d'une soierie tissée tout exprès à Lyon, les longues tables d'hôtes. Des lampes à pétrole en opaline blanche, suspendues entre les colonnes à chapiteaux dorés, dans des arceaux de bronze en forme de lyre, dispensaient à travers leurs globes de verre dépoli une lumière qui avivait les regards des femmes et soulignait la blancheur empesée des plastrons des messieurs. On comptait un domestique pour six passagers et le boudoir des dames ressemblait à une bonbonnière. Les hommes, jaloux de leur indépendance à l'heure du cigare, disposaient d'un fumoir confortable, protégé du côté du couloir principal par des vitres en verre opaque, ce qui interdisait à leur femme d'évaluer au passage le nombre de soucoupes posées sur les guéridons près des verres de porto ou de fine.

Le dîner terminé, les serveurs se hâtaient de rendre la salle à manger à sa destination de salon, et aussitôt le pianiste se mettait au clavier. D'après Castel-Brajac, l'artiste jouait comme un musicien de bastringue. Il reconnaissait toutefois que par mer houleuse il est malaisé de tenir les cadences.

C'est près du piano, un soir, que Charles de Vigors rejoignit la gentille demoiselle genevoise qui s'était incongrûment laissée tomber dans le bassin du Havre au moment de l'appareillage.

Au cours d'un thé très formel, auquel la tante de la jeune fille avait convié Charles et Gustave, on avait fait plus ample connaissance, sans faire la moindre allusion aux circonstances de la première rencontre. Ce soir-là, Charles voulait en savoir davantage. Profitant du moment où la tante-chaperon somnolait dans une bergère, bercée à la fois par le roulis et l'air de la *Lettre à Elise* que le pianiste s'efforçait de rendre plus romantique encore, de Vigors s'approcha de la jeune fille qui, accoudée à une desserte, la main sous le menton, semblait fixer quelque image mélancolique, par-delà les cloisons du salon, par-delà la nuit océane, par-delà le temps.

« Bonsoir, Marie-Gabrielle », dit-il doucement, usant sans permission d'un prénom qu'il trouvait chaste et désuet.

Elle sursauta, puis sourit.

« Mon Dieu, monsieur ! Cette musique incite à la rêverie et je ne vous avais pas vu approcher.

— Vous suivez le vol des papillons noirs, n'est-ce pas ?... Ce n'est pas bien. J'aimerais vous voir sourire. J'ai remarqué qu'au dîner vous avez refusé la plupart des plats. Je ne voudrais pas être indiscret, mais nous avons tous nos chagrins d'amour. »

Marie-Gabrielle considéra le jeune homme, partagée entre le réflexe de la femme intransigeante qui sait éluder un entretien qu'elle n'a pas souhaité et celui de l'être désemparé auquel le hasard apporte peut-être une distraction inconsciemment souhaitée.

Charles de Vigors passait d'ordinaire pour un homme séduisant. Robuste et de haute taille, comme l'avait été son père, il portait l'habit — de rigueur pour le dîner — avec beaucoup plus d'aisance que la plupart des passagers, que l'on aurait parfois confondus avec les maîtres d'hôtel.

Visage rectangulaire net, joues fermes, moustache drue et luisante sans le secours d'un cosmétique, cheveux châtains bouclés à reflets fauves, teint rosé du descendant de campagnard après deux générations citadines, regard marron, honnête, sans malice et facilement rieur, tout en lui inspirait d'emblée confiance. Marie-Gabrielle choisit de lui accorder la sienne. Seul un étranger, presque un inconnu, pouvait faire écran un instant à des pensées obstinément présentes et qu'elle ne parvenait pas à disperser.

« Il ne s'agit pas d'un chagrin d'amour, monsieur, et, puisqu'il est vain de tenter de vous faire admettre la thèse officielle de ma chute accidentelle dans le port du Havre, sachez que je ne suis plus une petite fille capricieuse et que si j'ai tenté maladroitement d'en finir avec la vie, c'est par lâcheté, pour fuir une situation inextricable et sans issue. »

Charles de Vigors, surpris par la spontanéité de la confidence, proposa :

« Puisque vous me faites l'honneur de cette confiance, nous pourrions nous asseoir, commander un rafraîchissement et bavarder plus confortablement. »

M. de Vigors tenait de sa mère un pouvoir inné de persuasion dont il n'avait pas encore organisé l'usage mais dont il connaissait les effets.

Marie-Gabrielle jeta un regard vers son chaperon qui, affalé dans une bergère, reposait la tête appuyée sur sa haute et forte poitrine par l'intermédiaire d'un triple menton. Elle dit doucement :

« Je vais envoyer ma tante au lit, si elle y consent. Elle est morte de fatigue, car elle dépense une incroyable force de volonté depuis mon... accident... pour ne pas dormir, craignant que j'aille renouveler mon geste et me jeter à l'eau... Elle ferme à double tour la porte de notre cabine et place la clef sous son oreiller ! »

La jeune fille, qui portait une robe de soie rose indien, au décolleté carré souligné d'une frise de dentelle, rejoignit la vieille dame à demi assoupie, se pencha sur elle et entreprit de la convaincre.

A distance, Charles, qui avait apprécié la démarche lente et un peu lasse de la mélancolique demoiselle, put à loisir détailler son physique. Elle paraissait frêle, presque maigre. Tandis qu'il lui parlait quelques instants plus tôt, il avait remarqué les plis que faisait sa robe à hauteur du buste et autour des épaules, l'étoffe lâche au-dessus du renflement à peine marqué des seins. A l'époque où la couturière avait confectionné cette robe, Marie-Gabrielle devait la remplir plus agréablement. « Mignonne, avait jugé Castel-Brajac après le thé de l'autre après-midi, mignonne, mais il lui manque une demi-douzaine de livres pour être à point ! »

Mis à part cette minceur exagérée et que l'on

pouvait estimer transitoire, Marie-Gabrielle Cramer était une jeune fille racée, dotée de l'assurance de bon aloi que donne une fortune familiale, digne produit de la bourgeoisie genevoise. Blonde aux yeux bleus, légèrement myope, elle posait d'ordinaire sur les êtres et les choses des regards faussement extasiés. On la croyait aimable et surprise alors qu'elle n'était qu'attentive et sur ses gardes. Plus gracieuse que jolie, elle dissimulait sous une apparente réserve une fougue que Charles de Vigors avait décelée dès leur premier tête-à-tête.

La tante consentit à se mettre au lit. Après s'être péniblement extraite de son siège, elle vint, soutenue par sa nièce, jusqu'à Charles.

« Je vous confie Marie-Gabrielle un moment, monsieur, car je sais que dans une demi-heure au plus vous la reconduirez à notre cabine; je tombe de fatigue, toutes ces émotions m'ont brisée... et puis la nourriture sur ce bateau est si lourde! »

Charles accompagna les deux femmes jusqu'à la porte de leur chambre et attendit dans la coursive que Marie-Gabrielle réapparaisse. Par le hublot cerclé de cuivre brillant comme de l'or, il essayait de percer l'obscurité, imaginant qu'à cette heure-là, à Paris, Gratianne devait se préparer pour quelque dîner en ville, plantureuse et blanche, peut-être dans cette robe vert d'eau, moulante et échancrée, qui, ne laissant rien ignorer d'un buste royal, mettait en valeur, grâce à un empiècement triangulaire, la finesse de sa taille et s'achevait par une crinoline d'ampleur raisonnable.

Plus d'une fois admis dans la chambre de Gratianne au moment de l'habillage, parce que venu exprès trop tôt pour chercher sa demi-sœur, qu'il accompagnait dans ses sorties en l'absence de son beau-frère, Charles avait convoité ce corps magistralement équilibré, cette chair épanouie, exubérante, irradiant une sensualité franche et joyeuse. Gratianne, inconsciemment provocante, ne se contraignait pas devant lui à ces cachotteries de femme pudibonde qui, hors des moments secrets où l'amour excuse tous les abandons, ne pense, surprise dans son intimité, qu'à dissimuler même à son mari ou à son amant le sein que découvre le glissement d'une bretelle ou la jambe qui, soudain, émerge jusqu'à la cuisse d'un déshabillé entrouvert.

« Me trouves-tu belle... encore ? » lui avait-elle demandé un soir, alors que, pivotant sur le tabouret de sa coiffeuse, elle lui faisait face audacieusement en soulevant la masse brune de ses cheveux que la camériste s'apprêtait à dresser en chignon.

Elle lui avait offert ainsi, bras levés, dans le bouillonnement soyeux de son peignoir dénoué, le spectacle d'une gorge somptueuse, telle Vénus acquiesçant à la curiosité d'Apollon.

« Si tu n'étais pas ma sœur..., je te dirais que te voir ainsi pourrait donner des idées libertines à saint Antoine lui-même, avait répondu Charles, dont le désir devenait d'autant plus intense qu'il s'efforçait de le dissimuler sous une attitude désinvolte !

— Ta demi-sœur... seulement... », avait-elle lancé, à la fois moqueuse et aguichante, comme pour atténuer l'importance d'un lien de sang qui interdisait à Charles de se comporter comme un homme ordinaire, mais qui, en revanche, l'autorisait, elle, Gratianne, à une liberté d'allure... fraternelle.

Charles savait Gratianne fidèle à son mari, bien que ses admirateurs fussent nombreux et assidus. Appelé à de fréquents déplacements pour ses affaires, le banquier, qui eût été facilement jaloux, se tranquillisait tout naturellement en sachant que sa femme, ayant auprès d'elle son jeune demi-frère, n'avait pas besoin de chevalier servant quand elle souhaitait sortir en son absence. Gratianne, d'ailleurs, n'en souhaitait pas d'autres. Il existait une telle complicité de goûts et de sentiments entre ces deux enfants de Virginie, que des gens mal informés, les voyant plaisanter, rire, échanger des attentions ou danser ensemble la valse ou la polka, les eussent facilement pris pour des amants heureux ou des mariés de la quinzaine.

Gratianne, de dix ans l'aînée de Charles, témoignait d'une telle santé, déployait de telles grâces et affichait une telle aisance, qu'elle n'avait pas à user d'artifices pour paraître de cinq ans plus jeune que son âge. Quant à Charles, il s'était contraint à porter très tôt une moustache fournie, afin de prétendre plus aisément à l'homme mûr, d'une part pour « faire sérieux et réfléchi », comme l'exigeait de tous ses stagiaires son maître, l'avocat Liouville, d'autre part pour offrir en tous lieux son bras à sa demi-sœur sans faire courir à celle-ci le risque de ressembler à ces demoiselles d'honneur des noces villageoises qu'on affuble d'un cavalier imberbe et emprunté.

Regardant sans le voir l'Océan noir à travers le hublot où se reflétaient les lueurs des appliques de la coursive, Charles de Vigors connut soudain un profond sentiment de solitude au souvenir de l'émotion de Gratianne au jour de leur séparation. Les gouttes d'eau glissant sur le verre épais lui rappelaient les larmes qu'elle n'avait pu retenir, elle qui jamais ne pleurait. Il revoyait son visage bouleversé, son nez un peu trop long, un peu trop fin et retroussé, qui lui faisait un profil comique et que le chagrin soudain rendait pathétique comme les attributs démesurés des clowns tristes – « Un nez qui jappe à la lune », disait autrefois la nounou noire, « Un nez, ma pauvre fille, qui t'interdit à jamais les mines tragiques », affirmait sa mère.

« Avocette, tu vas avoir le nez rouge !... » C'est ainsi qu'il avait tenté de la consoler, ressortant ce vieux sobriquet qu'il lui donnait quand, gamin, il osait comparer l'appendice nasal de sa sœur au bec arqué du plus doux des échassiers.

Il se souvenait surtout du baiser fougueux, long et appuyé qu'elle lui avait plaqué sur la bouche avant de le pousser vers le tilbury où Castel-Brajac avait déjà pris place. A cet instant, il avait compris confusément que Gratianne, elle aussi, avait pu connaître parfois un trouble identique au sien. Mais près de deux semaines déjà avaient passé sur cet événement et Charles n'était plus très sûr d'avoir bien interprété ce geste que seule, peut-être, l'ambiguïté de ses sentiments rendait équivoque et significatif.

« Je suis là, monsieur », fit une voix douce à l'accent genevois, dans son dos.

Il se retourna d'un bloc et fit face à Marie-Gabrielle. N'eût été l'invitation qu'il avait faite à la jeune fille un quart d'heure plus tôt, il eût été bien aise de rester seul avec ses pensées.

La jeune fille accepta une infusion de tilleul, mais Charles, qui ne s'abandonnait jamais bien longtemps à la mélancolie, commanda du bourbon.

« Pour me préparer aux retrouvailles avec les habitudes de la Louisiane », dit-il.

Puis il enchaîna sur sa situation de fils de planteur ruiné – comme bon nombre de Sudistes – parla de sa mère, de Bagatelle, de l'univers heureux et élégant des plantations d'avant-guerre, du Mississippi, du climat et des Noirs.

« Vous avez devant vous un esclavagiste par force repenti, dit-il en souriant, un Américain qui ne connaît rien de l'Amérique, un fils longtemps séparé de sa mère et un homme qui va devoir reconstruire sa fortune avec des moyens qu'il ignore.

— Comme c'est exaltant », fit Marie-Gabrielle sans que Charles soit certain de la sincérité de l'intérêt qu'elle semblait porter à son cas.

Puis elle accepta de parler d'elle-même et de sa famille. Les Cramer, banquiers à Genève depuis 1707, n'avaient jamais connu de revers de fortune.

« J'aurais pu avoir des liens avec la Louisiane, observa Marie-Gabrielle, car mon arrière-grand-père fut un moment en relation avec Law quand ce dernier organisa la Compagnie des Indes orientales. Il fut heureusement assez prudent pour se retirer à temps du système, non sans avoir obtenu certains bénéfices. »

Depuis 1721, les Cramer habitaient dans la ville haute, au n° 2 de la rue du Cloître-Saint-Pierre, un hôtel de style Régence construit par l'architecte français Jean-François Blondel, qui passait pour une des plus belles demeures de Genève avec son escalier à double révolution et ses fenêtres surmontées de mascarons. Dans cette grande maison austère, Marie-Gabrielle vivait seule avec son père, calviniste convaincu, sa mère étant morte en la mettant au monde. Bien qu'il adorât sa fille, Eusèbe Cramer se montrait peu expansif, ne s'intéressant qu'aux affaires et aux investissements. Depuis six mois, il se trouvait à Washington où, tout en dispensant des conseils aux banquiers américains engagés dans la construction des chemins de fer, il ne manquait pas, quand l'occasion lui paraissait sûre, de placer son argent avec profit. C'est l'absence du père Cramer qui avait d'ailleurs déclenché la crise curieuse, crise dont Marie-Gabrielle ne parvenait pas à se remettre. Avec beaucoup de simplicité, elle s'en ouvrit à Charles.

« Vous êtes, je crois, la première personne avec laquelle j'aborde ce sujet douloureux. Ma tante, elle-même, ignore le détail de la situation. Mais votre sentiment désintéressé sur une affaire qui ne peut vous toucher et que vous oublierez aussitôt me sera peut-être utile. »

Ce qu'elle confia ensuite sans grand émoi à M. de Vigors eût été à Paris d'une banalité sans mystère. A Genève, il en allait tout autrement. Marie-Gabrielle avait un parrain, sorte de bohème célibataire, organiste, qui achevait de manger une fortune familiale pour laquelle il n'y avait pas d'héritier. Cet homme d'esprit, érudit, séduisant, l'avait initiée à la musique, aux arts, à la littérature. Avec lui, elle courait les concerts, les musées et les expositions, faisait des excursions en montagne, car, grand admirateur de Horace-Bénédict de Saussure qui, le premier, escalada le mont Blanc, il était sensible à la poésie de la nature.

Un beau matin, elle s'aperçut que ce parrain semblait prendre un vif plaisir aux baisers très innocents qu'elle lui donnait à l'occasion. Elle en vint à accepter qu'il lui en donnât à son tour hors de circonstance, puis elle mit sur le compte d'une tendresse attentive des caresses dont elle n'imaginait pas la portée et auxquelles elle ne céda avec un peu de répulsion que pour satisfaire l'homme aux allures patriarcales qu'elle aimait tendrement.

Elle crut aussitôt que c'était là ce que l'on appelait l'amour dans les romans et se ressaisit, effrayée par la tournure que prenaient des relations jusque-là sans équivoque.

Quand, au cours d'une promenade dans le Valais, le mentor de Marie-Gabrielle s'enhardit jusqu'à lui révéler la passion qui couvait dans son cœur et lui demanda sur-le-champ de se donner à lui, elle s'évanouit d'émotion. Ramenée rue du Cloître-Saint-Pierre, elle s'enferma avec une cruelle interrogation. Pendant sa perte de connaissance, son parrain n'avait-il pas abusé de sa vertu ? Certains petits désordres physiologiques que le médecin de famille mit sur le compte du surmenage lui donnaient à penser que l'homme qu'elle affectionnait le plus au monde, après son père, avait commis sur elle un acte criminel.

Quand, quelques jours plus tard, il se présenta, le teint gris, la barbe négligée, pour prendre de ses nouvelles, elle n'osa le questionner, mais crut voir une confirmation des soupçons qui la tourmentaient dans le fait qu'il lui proposa de l'épouser ou de l'emmener... à la Jamaïque où il possédait des terres.

« Depuis ce jour-là, je ne vis plus, monsieur, car je dois tant de choses à cet homme, l'éveil de mon esprit à la beauté, tout ce qui fait l'intérêt de la vie intellectuelle, que je ne puis me résoudre à le mépriser, d'autant plus qu'il ne le mérite peut-être pas !

— Et pourquoi ne l'épousez-vous pas, Marie-Gabrielle ?

— Il a plus de soixante ans, monsieur, et je n'en ai pas dix-neuf... et puis mon père est très vétilleux en ce qui concerne ma réputation... Non, tout ce que j'aurais voulu, c'est que notre vie et nos relations continuent comme par le passé ;

j'étais heureuse, il me communiquait son savoir, il m'expliquait le monde.

— L'amour, Marie-Gabrielle, ne consiste pas seulement à être le disciple de quelqu'un. Il ne se satisfait pas que de la convergence des esprits et des goûts. Les sens y tiennent un rôle. Votre... parrain... n'a fait que céder à la passion impétueuse que ressentent parfois les hommes âgés devant des jeunes filles. Il s'est abandonné au déraisonnable, mais, si vous l'aimiez, vous y auriez cédé aussi.

— Mais je l'aime... autrement!

— C'est une illusion que vous vous faites. Vous lui êtes reconnaissante, c'est tout, mais votre gratitude ne va pas jusqu'à lui permettre de vous approcher... charnellement.

— Maintenant peut-être l'accepterais-je... si je savais qu'il n'a pas profité de mon évanouissement... autrefois.

— Et c'est pour cela que vous vous êtes jetée à l'eau au Havre et que ce brave Delacour a dû plonger pour vous sauver.

— J'étais à bout de forces et de pensées, maintenant j'ai accepté ma situation et, si j'ai choisi de rejoindre mon père, c'est pour tout lui avouer de l'amour impossible que me porte mon parrain.

— Les amours impossibles sont les seules amours durables, dit mélancoliquement Charles, je crois avoir compris ça récemment. Aussi ne mêlez pas votre père à tout cela. Laissez passer le temps, découvrez l'Amérique, où de robustes jeunes gens qui ne connaissent pas les peintres suisses ni le *Ranz des vaches*[1] vous feront danser à perdre haleine et ne vous embrasseront que si vraiment ça ne vous déplaît pas! »

1. Mélodies improvisées par les bergers, dans les Alpes suisses.

Marie-Gabrielle sourit.

« Vous êtes réconfortant, dit-elle, et je crois volontiers en vous écoutant que la vie me cache encore beaucoup de choses qu'il me faudra découvrir.

— L'amour notamment, fit Charles en tapotant la main de la jeune fille..., et croyez-moi, jolie comme vous êtes, on ne manquera pas de vous le proposer ! »

Gustave de Castel-Brajac choisit ce moment-là pour faire son entrée dans le salon, le visage rubicond, la démarche légèrement hésitante, l'air jovial.

« *Voici l'heure*, déclama-t-il, *propice aux sorcelleries, où les tombes bâillent, où l'enfer lui-même souffle la contagion sur le monde. Maintenant, je pourrais boire du sang tout chaud et faire une de ces actions amères que le jour tremblerait de regarder*[1]. »

Il ponctua la dernière proposition d'un roulement d'yeux qui se voulait effrayant. Marie-Gabrielle éclata de rire et Charles évalua combien, heureuse, cette petite Genevoise devait être charmante.

Un peu plus tard, en se mettant au lit, le bon Gascon, qui avait passé sa soirée à jouer au whist, à fumer des cigares et à comparer, au moyen de dégustations alternées, les qualités du cognac et de l'armagnac en compagnie de quelques passagers, interrogea son ami :

« Alors ! l'as-tu confessée, cette mignonnette ?

— Tout son drame vient de ce qu'elle est aimée d'un sexagénaire libidineux... qui l'a peut-être violée sans qu'elle s'en soit aperçue !

— Les femmes helvètes, c'est bien connu, ont

---

1. Soliloque d'*Hamlet* (acte III, scène 2).

le sommeil profond et les fils de Guillaume Tell passent pour avoir en matière de copulation des promptitudes de garenne..., mais il me semble que cette demoiselle veut fuir ses responsabilités !

— Ne sois pas grivois, elle est sincère et désespérée. Imagine un peu que son vert parrain lui ait fait un enfant !

— Ce n'est tout de même pas une raison pour tenter de se noyer dans les eaux territoriales françaises, alors qu'on dispose à Genève d'un lac assez vaste pour ce faire ! Et souviens-toi de ce que disait Voltaire qui connaissait bien les Suisses : « On prétend que les Genevois ont beau-
« coup d'esprit et beaucoup d'argent, mais ils
« cachent fort bien l'un et l'autre... »

— Tu ne prends rien au sérieux, répliqua Charles, déjà allongé sur sa couchette, ni le cas de cette pauvre Marie-Gabrielle, ni le mien, et les deux cependant provoquent des angoisses et des souffrances que tu ne peux apprécier !

— Pour la demoiselle suisse, je ne suis guère compétent, encore que trouver mauvais qu'un vieillard soit amoureux de sa pupille est aussi bête que reprocher à un bedeau d'être malade, mais je compatis sincèrement à ton sort car *l'état le plus incommode pour un honnête homme est de ne pouvoir pas accorder son cœur avec sa conduite*[1]. »

La couchette supérieure gémit sous le poids de Gustave quand celui-ci s'y étendit après avoir éteint la lampe à pétrole qui répandait une odeur acide.

« ... Tout cela n'empêchera pas, Dieu merci, ce bateau d'arriver à New York dans cinq jours. Les croisières rendent les hommes rêveurs et les fem-

---

1. *Les Confessions du comte de* ***, par Charles Duclos (1741).

mes sentimentales. Si j'étais à ta place, je mettrais ce délai à profit pour montrer à cette fille de banquier que l'amour sans complication est encore ce qu'il y a de meilleur...

— Et en admettant qu'elle succombe... je lui laisserais le souvenir d'un goujat profiteur...

— Non! mon vieux, tu lui laisserais un souvenir éblouissant... — enfin, je l'espère... — qui aurait le mérite non négligeable de lever tous les doutes sur sa virginité. »

9

L'ÉMANCIPATION des esclaves avait considérablement réduit la domesticité féminine de Bagatelle. Anna, la cuisinière, rachetée autrefois aux Barrow par Dandrige, à l'instigation de Mignette — devenue depuis Mme Edward Barthew — était restée fidèle à sa maîtresse et à ses fourneaux. Sa fille, Rosa, qui cumulait les fonctions de femme de chambre et de gouvernante, attendait un troisième enfant de Brent, le majordome que toute la paroisse enviait à Mme de Vigors. En dehors de ces serviteurs chevronnés, indifférents à leur nouvelle condition d'affranchis, car, considérés depuis longtemps comme faisant partie de la communauté familiale, l'esclavage ne leur avait pas paru aussi contraignant qu'aux autres, on ne rencontrait plus dans la grande maison que deux bonnes à tout faire, nommées Olympe et Manon, et un jeune griffe[1] qui répondait au nom de Citoyen. Brent, qui jouissait d'une autorité incontestée, comptait faire de ce bel adolescent un maître d'hôtel acceptable en moins d'un an, grâce à une méthode d'enseignement à base de coups de pied aux fesses et d'astiquage d'argenterie.

Si le garçon travaillait au rythme traditionnel

---

1. Né d'un Noir et d'une Indienne.

de la plantation, les filles passaient le plus clair de leur temps cachées dans les recoins, un balai alibi à portée de la main, à rire en sourdine, à bavarder de tout et de rien, en rognant des tronçons de canne à sucre.

Anna, qui savait se déplacer pieds nus sans faire grincer parquets ou escaliers, les délogeait parfois à coups de taloches et leurs glapissements emplissaient la maison.

C'était bien peu de monde par rapport à la douzaine d'esclaves « de maison » qui jusqu'en 1863 assuraient le service de Bagatelle. Les jeunes Noires, filles des travailleurs des champs parmi lesquelles on choisissait autrefois femmes de chambre et lingères, servantes et « filles à vaisselle », s'étaient éclipsées au fil des mois, espérant trouver des galants qui les entretiendraient comme des octavones, ou de l'embauche dans des magasins de nouveautés ou chez des modistes de Saint-Francisville et de Baton Rouge.

« Elles attendront pas longtemps de suer des carvelles et on les verra tomber dans les fosses à Black avant un an d'ici[1] », pronostiquait Anna, qui estimait que toutes ces écervelées avaient « un tour de lune ».

Aussi, quand il s'était agi pour Virginie de préparer une garde-robe décente pour son séjour à La Nouvelle-Orléans, Rosa avait mobilisé tout le monde, y compris Citoyen qui n'en finissait pas de lustrer à la crème de lait les escarpins et les sacs à main vernis. Nadia Redburn fut, elle aussi, fort bien accueillie le jour où elle offrit à sa voisine une pièce de soie vert céladon, qui permit à Rosa de confectionner pour sa maîtresse une toi-

---

1. « Elles ne tarderont pas à connaître de grandes difficultés et on les verra se trouver mal. »

lette du soir digne de figurer à l'Opéra français de La Nouvelle-Orléans.

Dandrige suivait tous ces préparatifs d'un air amusé. La joie de Virginie l'aidait à oublier un moment les soucis que lui causaient, entre autres, les affaissements des levées protégeant les terres à coton des débordements du fleuve. On répétait bien à tous les capitaines des vapeurs fluviaux qu'ils devaient ralentir au voisinage des rives, dans les courbes notamment, afin que les ondes de sillage des roues à aubes ne mordent pas trop violemment les berges, mais c'était peine perdue. « Ces marins d'eau douce n'en font qu'à leur tête », disait le vieux Télémaque, qui, malgré son grand âge, arpentait chaque jour les talus, avec une équipe, pour étayer les remblais donnant des signes de faiblesse.

Le général Tampleton, qui entendait bien faire les choses, avait retenu les passages sur le bateau préféré des planteurs : le *Prince-du-Delta III,* qu'on appelait plus simplement au long du Mississippi le *Delta III.* Construit en 1860, ce vapeur bénéficiait d'une invention qui augmentait la sécurité. La « machine du docteur » — c'est ainsi que la nommaient les marins — permettait aux paquebots d'utiliser l'eau du fleuve pour alimenter leurs chaudières. Aspirée par une pompe, l'onde boueuse du Mississippi se décantait dans un réservoir dit « tonneau à fange » et les chaudières ne recevaient ainsi qu'un liquide filtré, ce qui évitait l'encrassement des tubulures et, partant, certains risques d'explosion. Le *Delta III* succédait au *Prince-du-Delta,* détruit au cours d'une collision, et au *Prince-du-Delta II,* qu'une brusque crue du fleuve avait, en 1860, transporté au milieu d'un champ de maïs où le vapeur s'était disloqué. Le *Delta III,* promu hôpital flottant pour les officiers confédérés, avait traversé la guerre entre les États sans dommages. Repeint à neuf, il pouvait prétendre, avec ses chaudières supportant des pressions de 125 à 150 livres[1], à des vitesses de 6 à 7 miles à l'heure dans la remontée du fleuve, de 10 à 12 miles à l'heure dans le sens du courant.

Pourvu d'une rangée de cabines de luxe sur le pont-promenade, ou pont « Texas »[2] dans le jargon des mariniers, il passait pour le plus confortable des « lévriers » du fleuve. Les meubles d'acajou, les planchers de cyprès rouge, les tapis de laine, les « pâtisseries » romantiques aux reliefs surdorés qui agrémentaient le plafond du grand salon et, surtout, la qualité de la nourriture servie à bord autorisaient le propriétaire de ce navire, qui reliait Cincinnati à La Nouvelle-Orléans, à réclamer des prix de passage supérieurs à tous les autres. Les habitués commençaient à l'appeler le *Vieux-Delta,* car nul n'ignorait, au long du fleuve, que la durée de vie des steamboats, dont les longues coques de bois à faible tirant d'eau étaient d'une flexibilité à la fois utile et redoutable, excédait rarement cinq ans. Bien que son vaisseau fût classé avec sa roue arrière à pales sang-de-bœuf parmi les « bateaux-brouettes » par les officiers des vapeurs à roues latérales, le capitaine Charel était très fier de la maniabilité de son navire, obtenue grâce à de nouveaux gouvernails à double safran dont la mèche se trouvait au milieu du plan mobile.

« Ton bateau manœuvre plus facilement en marche arrière qu'en marche avant », disaient les officiers des steamboats concurrents, ce qui était

---

1. De 8,75 kg à 10,5 kg par cm^2.
2. Parce que la mode de ces cabines supplémentaires avait été lancée au moment de la guerre du Texas et qu'on réservait habituellement ces chambres élevées à des officiers allant combattre.

exact, car, en marche arrière, l'eau brassée par les pales de la roue à aubes exerçait sur les gouvernails une pression qui aidait à la manœuvre.

Tandis que la flotte du Mississippi, sérieusement affaiblie par les destructions de la guerre civile, se reconstituait peu à peu, le *Prince-du-Delta,* troisième du nom, poursuivait une carrière enviable. On pouvait craindre, bien sûr, que les vapeurs fluviaux ne soient bientôt sérieusement concurrencés par le chemin de fer, situation que l'on connaissait dans le Nord où, grâce à l'invention du frein à air comprimé de Westinghouse, à l'attelage automatique des wagons, à la normalisation de la signalisation, à la construction de locomotives plus puissantes et plus rapides, les compagnies ferroviaires avaient contraint les compagnies de navigation à baisser leurs tarifs de 10 p. 100.

Mais entre Saint Louis et La Nouvelle-Orléans, dans les Etats où les lignes de chemins de fer, peu nombreuses et sérieusement endommagées par la guerre[1], ne pouvaient pas assurer un trafic

1. Les Nordistes avaient mis au point une technique très efficace pour détruire les voies ferrées. Voici comment la décrit dans ses Mémoires le général comte Philippe Régis de Trobriand (1816-1897), qui, élu colonel par le 55ᵉ régiment des volontaires de New York, fit quatre ans de campagne avec les Nordistes avant d'être nommé général de l'armée des Etats-Unis, grade que seul La Fayette avait mérité avant lui : « Voici comment l'opération se pratique : toute la division se range en bataille sans intervalle sur le bord du chemin de fer et forme les faisceaux. Au premier commandement (« Ready ! ») tous les hommes se courbent et saisissent à deux mains l'extrémité des traverses qui se trouvent devant eux. Au second commandement, le premier régiment qui se trouve près d'un tronçon ou d'une coupure soulève d'un commun effort les traverses et les rails. Tous les autres font successivement la même manœuvre et la voie ferrée, avec ses supports, se dresse d'un côté et se renverse de l'autre, roulant dans sa longueur comme un long ruban qu'on retourne... » Il ne restait plus ensuite qu'à faire de grands feux avec les traverses, afin de chauffer à blanc le milieu de chaque rail que l'on tordait aisément autour d'un arbre afin de le rendre inutilisable. Il existe une photo de ce genre de « sabotage » dans *La Guerre de Sécession en photos* de Renée Lemaître (Elsevier Sequoia éditeurs).

suffisant et régulier, les bateaux fluviaux avaient encore de belles années devant eux.

C'est donc sur le *Prince-du-Delta III* repeint à neuf que s'embarquèrent à Bayou Sara, par un brûlant matin de juillet, Mme de Vigors et le général Tampleton. Au moment de dire au revoir à Dandrige, Virginie se montra émue comme un trottin qui voit partir son bon ami au régiment !

« J'ai un peu honte, Clarence, je ne suis pas raisonnable et c'est faire preuve d'égoïsme que de courir vers des distractions alors que vous supportez seul tout le poids de nos difficultés... et puis je ne suis plus très sûre que j'aie tellement envie d'aller à La Nouvelle-Orléans !

— Allez sans scrupules ni inquiétude, Virginie, grisez-vous un peu, c'est une récréation, un verre de champagne auxquels vous avez droit, et revenez avec votre fils heureuse et sereine... Essuyez vos yeux et ne faites pas attendre Tampleton, qui piaffe comme un fiancé !

— Mon fiancé, mon éternel fiancé, Clarence, c'est vous ! »

Et Mme de Vigors, qui portait ce jour-là une ample robe de coton écru à manches flottantes et un chapeau de paille d'Italie à larges ailes, que Rosa avait paré d'un flot de rubans frais et multicolores, ouvrit son ombrelle d'un geste sec, souleva d'une main le bas de sa jupe et gravit la passerelle en faisant claquer ses talons. Deux jeunes officiers de l'Union, accoudés au bastingage et auxquels personne ne prêtait attention, échangèrent un signe d'intelligence en voyant Virginie tendre son ticket au préposé. Quand le général Tampleton, déjà à bord, offrit son bras à l'élégante pour la conduire à l'ombre de la galerie, les deux Yankees estimèrent que ce manchot à redingote grise et panama de planteur formait avec cette femme, dont on ne pouvait aisément deviner l'âge, un couple assez réussi.

« S'ils ont des filles, j'aimerais bien les connaître, fit l'un.

— Elles ne seraient pas pour nous, dit l'autre; nous avons gagné la guerre, mon vieux, mais c'est tout ce que nous avons gagné ! »

Ces considérations furent interrompues par l'orgue à vapeur du bord qui toujours régalait d'un concert les accompagnateurs des passagers tandis que s'accomplissaient les manœuvres du déhalage. Les airs de Stephen Foster faisaient partie du répertoire de tous les joueurs de calliope du fleuve qui, pour ne pas provoquer les Yankees, évitaient les airs guerriers célèbres dans l'armée confédérée. Ce jour-là cependant, le capitaine Charel, qui avait vu monter à bord le général Tampleton, ordonna que l'on joue *Dixie,* l'hymne du Sud, que l'on reprit en chœur aussi bien sur les ponts que sur la berge.

Les notes nasillardes et approximatives, projetées en plein ciel par le chuintement puissant de la vapeur contrainte de fuser par les 32 tubes de cuivre au rythme de la vieille chanson composée en 1859 par Dan Emmett, rappelèrent à Willy Tampleton ces journées de 1861 où le Sud croyait à la victoire. Il se tourna vers Virginie et vit que celle-ci fixait par-delà l'embarcadère un cabriolet qui s'éloignait dans un nuage de poussière. Dandrige rentrait à Bagatelle.

A peine le bateau avait-il pris sa vitesse qu'un grand gaillard au sourire épanoui s'approcha de Tampleton. Il s'inclina devant Virginie et dit d'une voix qui fit se retourner une douzaine de personnes :

« Morbleu, général ! comme je suis heureux de

vous savoir sur ce bateau... J'avais l'intention de vous faire visite aux Myrtes... »

Willy fit les présentations :

« M. Dubard... Mme de Vigors.

— Je vous laisse bavarder, messieurs, je dois installer ma cabine », dit aussitôt Virginie, qui venait d'éprouver la vigueur de la poignée de main à la française de Paul Dubard.

Les deux hommes se dirigèrent aussitôt vers l'escalier aux larges rampes d'acajou, aux marches recouvertes d'un tapis moelleux à motifs floraux vert et jaune, qui conduisait au bar.

Au cours du dîner, au soir de cette première journée de voyage qui rappelait à Virginie l'époque heureuse où l'on trouvait toujours prétexte à s'en aller passer quelques jours à La Nouvelle-Orléans, elle interrogea Willy Tampleton, tout en dégustant à la lueur des lampes d'opaline ce nouveau mets à la mode : l'écrevisse à la sauce piquante.

« Qui est ce M. Dubard que vous m'avez présenté ce matin ? Un fort bel homme, me semble-t-il.

— Et un bien brave homme, honnête, serviable et très fortuné, ce qui ne gâte rien.

— Son gilet à carreaux jaunes n'est peut-être pas du meilleur goût...

— C'est un *Cadien,* ma chère, comme l'était votre père, fit avec un rien d'ironie le général, mais le cœur qui bat sous ce gilet un peu... agressif est bon... et bien français !

« Les Dubard sont propriétaires de vastes terres sur la paroisse de Vermilion[1]. C'est une de ces familles acadiennes qui ont construit la Louisiane au moins autant que celles des aristocrates venus

---

1. Aujourd'hui Lafayette.

comme les Damvilliers sur les traces des découvreurs. J'ai fait la guerre avec le frère de celui que vous avez vu. Il était diplômé de West Point comme moi et a été tué à la bataille de Mansfield l'année dernière avec le général Jean-Jacques-Alfred Mouton, autre Cadien de bon lignage. »

Tandis que la dame de Bagatelle achevait son repas en se délectant avec des mines de chatte gourmande d'une coupe de crème glacée, le général lui répéta que les Dubard comme les Trégan – ancêtres de Virginie – appartenaient à cette caste des colons exilés d'Acadie, que les créoles et les descendants d'aristocrates méprisaient un peu. Chassés par les Anglais quand ils ne voulaient pas faire acte d'allégeance ou persécutés quand ils tentaient de résister, ces défricheurs des établissements français du nord de l'Amérique maudissaient toujours le traité d'Utrecht dont avaient découlé tous leurs malheurs. En 1755, bon nombre de ceux qui voulaient se cramponner à leurs biens avaient compris que la volonté britannique n'était pas seulement de jouir des territoires revenant à la Couronne par traité, mais encore de déporter ceux qui avaient ensemencé les champs et apporté dans cette région du monde la civilisation. De la Grand'Prée, de Port-Royal, de Louisbourg, de Beaubassin, des Mines et d'autres villages, les Acadiens furent contraints de s'embarquer pour les colonies anglaises d'Amérique où l'on manquait de bras.

Irène et Baptiste Dubard, espérant échapper à leur sort, se cachèrent un moment avec leur fils, Alfred, dans la forêt, vivant pendant plusieurs jours de baies et de racines et redoutant de tomber aux mains des soldats qui les recherchaient comme « déserteurs ». Se résignant finalement à leur sort, ils avaient été embarqués à Piziquid sur une goélette à destination du Maryland, où ils arrivèrent en novembre 1755 avec 260 autres Acadiens. D'Annapolis, les Dubard s'étaient rendus à Philadelphie, où ils avaient choisi de monter à bord d'un vaisseau à destination de la Guadeloupe, alors que d'autres Acadiens partaient pour Saint-Domingue, la Guyane ou la Martinique où des terres leur étaient promises. Cette longue épopée de la déportation, les Acadiens l'appelaient toujours le Grand Dérangement. Incapables de s'adapter au climat des Antilles, beaucoup ne pensèrent plus bientôt qu'à rejoindre la dernière colonie française du continent américain : la Louisiane. Les Dubard y parvinrent et on les vit en 1765 s'installer entre le bayou Tèche et le bayou Vermilion. Comme les quelques cinquante familles acadiennes arrivées l'année précédente, ils croyaient être au bout de leurs peines et sur des terres bien françaises. Ils ne tardèrent pas à apprendre qu'une clause secrète du traité de Fontainebleau de 1762 avait livré à l'Espagne tous les territoires louisianais à l'est du Mississippi. Cependant, comme les autorités espagnoles semblaient faire preuve de mansuétude à l'égard des nouveaux colons, ceux-ci se mirent à défricher une partie des territoires des Attakapas et des Opelousas, tribus indiennes fort pacifiques. L'ordonnateur français, M. Foucault, prenant en pitié les nouveaux arrivants, réussit à leur fournir des vivres, des munitions, des remèdes et même, à des conditions avantageuses, cinq vaches et un bœuf par famille. Pour payer les premiers investissements indispensables, ces Acadiens — qu'une déformation du vocable allait bientôt faire appeler « Cadiens » puis « Cajuns » — ne disposaient en fait d'argent que de « papier du Canada » dont personne ne voulait et dont le remboursement était depuis longtemps forclos. Malgré toutes ces difficultés, les Dubard, comme bien d'autres, qui s'appelaient : Mouton, Arseneau, Braux, Broussard, Poirier, Doucet, Cormier, Landry, Hébert, se mirent au travail sur des concessions proches des bayous, car l'eau restait un élément vital. Ils y firent tout d'abord des cultures vivrières : maïs, avoine, pommes de terre, légumes, élevant en pleine nature des troupeaux de bœufs et de vaches, chassant la dinde sauvage et le chevreuil, pêchant dans les bayous quantité de poissons succulents. Plus tard, imitant les grands planteurs des bords du Mississippi qui semblaient ignorer la présence de ces « compatriotes » moins fortunés qu'eux, les Cadiens se mirent à la culture du coton et de la canne à sucre, à l'élevage intensif, et certains y réussirent fort bien. Quand Alfred Dubard, aîné de onze enfants, prit la succession de son père en 1804 à l'âge de cinquante ans, après avoir épousé la fille d'un chirurgien de renom de La Nouvelle-Orléans, qui devait lui donner douze enfants, c'était un homme riche et considéré. Il possédait un des plus vastes et plus fertiles domaines de la région à Bayou Carencro, des presses à coton et des moulins à cannes. Etant resté en bons termes avec les Indiens qu'on avait refoulés vers l'ouest, il dirigeait aussi un commerce de peaux très prospère. Comme tous les Cajuns qui avaient, très jeunes, souffert du Grand Dérangement, il connaissait la saveur de la liberté. Ainsi, Alfred Dubard avait-il toujours traité ses esclaves comme s'ils eussent été des travailleurs libres. Il affranchissait d'office tous les enfants noirs nés sur ses terres, ce qui lui avait valu quelques critiques de la part des planteurs aristocrates plus soucieux d'augmenter leur main-d'œuvre servile que d'émanciper des enfants qui échapperaient à leur autorité.

Paul, le deuxième fils d'Alfred, qui voyageait sur le *Prince-du-Delta III,* avait, comme ses quatre frères, un sobriquet à la mode acadienne. On l'appelait « Rondin », parce qu'il avait créé la « Cypress and Oak Company » qui comptait plusieurs scieries et exploitait près de 50 000 hectares de forêt au bord de la rivière des Perles.

Paul Dubard avait été très fier de confier au général Tampleton qu'on achevait « asteur[1] » une ligne de chemin de fer qui relierait directement sa scierie de Calcassieu à La Nouvelle-Orléans où ses bois seraient embarqués sur des bateaux appartenant à son frère, Alex Dubard, dit « Fraise » en raison du goût immodéré qu'il portait à ce fruit.

« Avec les navires de « Fraise », disait Paul, on peut livrer maintenant à l'Amérique du Sud et à l'Europe plus d'un million de pieds de bois par mois. Le cyprès sert pour les constructions navales, les meubles, les planchers et les façades, le pin pour le chauffage et les caisses, le chêne pour la futaille et les grosses pièces de charpente... Rochefort et Toulon sont nos deux meilleurs clients pour le bois à bateaux... Vous devriez acheter quelques hectares de forêt, général, croyez-moi, ce sera bon... »

La présence de Paul Dubard sur ce bateau s'expliquait par le fait qu'il revenait du mariage d'une de ses nièces, la fille de son frère aîné Louis Dubard, dit « le Fils » parce que héritier du grand domaine paternel. Louis, comme tous les Dubard, avait une nombreuse famille, sept garçons et

1. A cette heure, en ce moment.

deux filles, et c'est l'une d'elles qu'on venait de marier à un ingénieur des chemins de fer.

« La seconde sera plus difficile à caser, avait dit Paul Dubard, qui, ayant lui-même douze enfants, savait ce que coûtait leur établissement.

— Pourquoi ? avait demandé Tampleton, n'est-elle pas jolie ?... et riche ?

— Riche, pour sûr qu'elle l'est, et économe, presque serrée qu'on dit, mais jolie... je sais pas. Elle a toujours été faiblarde et blanche comme le coton, mais elle est instruite de tout. Je crois que les hommes lui font un peu peur... »

Complètement informée sur les Dubard, Mme de Vigors, née Trégan, fit une moue.

« Ces familles cajuns, dit-elle, sont incroyablement prolifiques... et puis avouez qu'ils parlent, du côté des bayous, un drôle de français et qu'ils ont un drôle d'accent. »

Comme le général Tampleton et Virginie quittaient la salle à manger, ils aperçurent à une table Paul Dubard qui, le cigare aux lèvres prêt à être allumé, semblait contester devant un maître d'hôtel noir le fumet d'un cognac :

« C'est pas avec ça qu'on sera mourive[1] ! Hein ! Ce cognac, y vaut pas rien...

— Vous avez entendu, fit Virginie..., un vrai paysan ! »

Jouir du coucher de soleil avait toujours été un des agréments des croisières fluviales. La frise sombre de la forêt, inégale et festonnée, se découpait sur le fond rouge et or de l'horizon comme un métal surchauffé.

Virginie paraissait rêveuse.

Willy Tampleton, accoudé au bastingage à son côté, se gardait de troubler cette méditation cré-

---

1. Ivre.

pusculaire et suivait les évolutions des martins-pêcheurs, quand surgit un homme jeune, cigare aux lèvres, un chapeau du genre dit melon incliné sur l'oreille.

« Dans le Nord, on ne connaît pas cette lumière », dit-il en s'appuyant bras tendu à la main courante avec l'air assuré que l'on voit aux vieux marins sur les dunettes, en pleine tempête.

Willy Tampleton jeta un regard circulaire pour bien montrer à l'importun qu'on supposait sa phrase destinée à quelqu'un d'autre, mais Virginie, tout sourire, l'ovale clair de son visage mis en valeur par l'écharpe de soie qu'elle avait nouée sous son menton, se montra plus sociable :

« Et d'où venez-vous, monsieur ?

— De l'Illinois — de Chicago, précisément. Nous avons aussi des couchers de soleil sur le lac Michigan, mais ils n'ont pas cette luminosité. La Louisiane est un beau pays et je compte bien m'y installer.

— Vous avez une profession ? questionna Tampleton, un peu acerbe et voyant déjà dans l'inconnu un aventurier.

— Mon nom est Oliver Oscar Oswald, dit l'homme en se découvrant, ce qui révéla une chevelure rousse et bouclée..., et je n'ai pas encore de profession..., n'ayant pas eu le temps d'en chercher une ! »

Tampleton se nomma mais négligea de présenter Virginie, estimant que l'autre, la prenant pour sa femme, se montrerait circonspect.

« Et que comptez-vous faire à La Nouvelle-Orléans, si je ne suis pas indiscrète ? fit l'épouse supposée.

— Des affaires, bien sûr, et aussi de la politique, car j'ai des idées pour améliorer les relations entre le Nord et le Sud, qui, la guerre terminée, doivent se réconcilier, n'est-ce pas ?

— C'est un but élevé, fit le général un peu ironiquement. Mais le Sud a toujours géré seul ses propres affaires et entend, je pense, continuer à le faire ! »

Malgré le ton désagréable, Oliver Oswald ne se laissa pas démonter.

« J'ai quelques recommandations pour des gens influents du parti républicain, dit-il, et je compte bien me faire une place sous ce soleil en train de disparaître.

— Nous pourrions poursuivre cette conversation à l'intérieur, dit Virginie, que l'irritation de Tampleton amusait, il fait un peu frais maintenant. »

L'inconnu n'attendait qu'un encouragement. Le trio se dirigea donc vers le grand salon où, sous les lustres, on bavardait par petits groupes autour des guéridons, les dames assises dans les bergères capitonnées de soie beige ou sur les canapés, les messieurs debout ou installés sur des poufs enjuponnés. L'homme de Chicago offrit de prendre des rafraîchissements. Tampleton déclina la proposition, mais Virginie accepta une tasse de tilleul. La conversation reprit, le rouquin se montrant d'une loquacité enjouée, racontant qu'il avait commencé sa carrière en posant des traverses de chemin de fer, « comme Lincoln », avant d'être embauché par Barnum qui lui avait légué une devise fort utile pour réussir : « Chaque minute naît un jobard ! »

« Car, fit-il en clignant de l'œil à l'intention de Virginie, la seule mine inépuisable est la bêtise humaine, n'est-ce pas ? »

Puis il raconta, pour illustrer ces propos un peu cyniques, comment Phineas Taylor Barnum, son maître à vivre, apparemment, avait su mystifier avec élégance et profit des foules de gens, notamment en présentant une vieille négresse gâteuse, Joyce Heth, comme étant la nourrice de George Washington, né, il le rappela, en 1732!

« Au moment de sa mort, en 1836, elle aurait dû avoir cent soixante et un ans, mais l'autopsie révéla qu'elle était seulement nonagénaire!

— Oh! quelle audace! dit Virginie, admirative et subjuguée par le bagou d'Oswald.

— Et ce n'est pas tout, madame. Barnum, croyez-moi, est génial. La sirène des îles Fidji, hein, que croyez-vous que c'était ? Une tête de guenon cousue à un corps de poisson. Et le nègre qui avait blanchi en mangeant de l'herbe : un mulâtre plus clair que les autres! Et le cheval à toison de laine, et la femme-montagne qui pesait 618 livres, et George Constantin tatoué des orteils aux cheveux par des Chinois tartares...

— Mais Tom Pouce est bien un vrai nain?

— Oui, bien sûr, comme Anna Swan est une vraie géante avec ses deux mètres quarante-sept, comme Joséphine Clofuttia est une authentique femme à barbe, comme Chang et Eng sont des frères siamois, mais l'habileté de Barnum a toujours été de mêler le vrai et le faux, ce qui lui a permis de gagner, croyez-moi, beaucoup d'argent.

— Et peut-on savoir pourquoi vous avez quitté ce maître admirable, monsieur Oswald? demanda Tampleton.

— Parce que nous nous sommes fâchés au moment de la sécession des Etats du Sud. Il était démocrate et n'est devenu républicain qu'après le commencement des hostilités. Je m'étais déjà engagé dans l'armée fédérale. »

Le général Tampleton apprécia cette franchise, mais n'en conserva pas moins une attitude guindée. Oswald choisit d'ailleurs de prendre congé, prétextant une lettre à écrire, qu'il devait mettre à la poste lors de l'escale du lendemain.

« Peu scrupuleux sans doute mais distrayant, non ? fit Virginie quand l'homme de Chicago se fut éclipsé.

— Je n'aime guère ce genre d'aventurier, répondit le général. J'ai toujours peur en le quittant de ne plus avoir de montre... »

Le *Prince-du-Delta,* comme tous les grands vapeurs du Mississippi, autres que les show-boats qu'on amarrait pour la nuit près des agglomérations afin de drainer une clientèle éprise d'amusements, s'était arrêté, lui, dans une courbe tranquille du fleuve en attendant le jour.

Au salon, le chanteur noir Horace Jefferson, célèbre sur la ligne, venait de faire son entrée, son banjo sous le bras, pour distraire une assemblée qui ne semblait pas pressée d'aller au lit. Un musicien blanc l'accompagnait au piano et bientôt les chansons connues se succédèrent, les auditeurs reprenant en chœur les refrains. Quand il attaqua *O Susanna,* une ballade de Stephen C. Foster, les gens se turent car la mélodie rappelait à tous l'heureux temps où les maîtres blancs regardaient les esclaves cueillir le coton dans les champs aujourd'hui désertés. Horace chantait en exagérant les déformations que les Noirs faisaient subir aux mots anglais. Au dernier refrain, plus d'une femme avait l'œil humide et plus d'un homme se sentait la gorge serrée.

> *Go down to de cotton field !*
> *Go down, I say*
> *Go down and call de nigga boys all :*
> *We'll work more today !*

Chaleureusement sifflé et applaudi, Horace se retira satisfait en s'épongeant le front avec un mouchoir rouge, indiquant qu'il pourrait peut-être revenir plus tard.

« N'y a-t-il pas dans la noble assemblée un monsieur... ou une dame... qui saurait nous chanter un refrain ? » lança le capitaine Charel, qui venait de rejoindre les passagers.

A la stupéfaction du général Tampleton, Virginie se leva :

« Si, moi », dit-elle.

Un murmure étonné et légèrement désapprobateur parcourut l'assistance. Qu'une dame de qualité, connue de plusieurs passagers pour être veuve de deux gentilshommes, propose ainsi de chanter en public devant des gens qui ne lui avaient pas tous été présentés avait de quoi surprendre. Tampleton bougonna dans sa barbe, mais ne tenta pas de retenir sa vieille amie. « Après tout, se dit-il, elle fait ce voyage pour s'amuser un peu, comme le lui a conseillé Dandrige, et puis, à son âge, cela ne peut plus tirer à conséquence. Et enfin, depuis la guerre civile, les femmes ont acquis une indépendance de décision et de mouvement dont on ne les privera pas de sitôt ! »

Très à l'aise dans une robe de faille noire, un fichu de soie à longues franges jeté sur les épaules, Virginie se dirigea vers le piano, dit au pianiste qu'elle s'accompagnerait elle-même et, après une brève ritournelle qui indiqua à l'assistance qu'on allait avoir affaire à une vraie musicienne, elle attaqua d'une voix douce et moelleuse une mélodie lancée l'année précédente, une sorte de berceuse mélancolique et assez sentimentale pour plaire à toutes les femmes :

Beautiful dreamer wake unto me,
Starlight and dewdrops are waiting for thee;
Sounds of the rude world heard in the day
Lull'd by the moonlight have all pass'd away.
Beautiful dreamer, queen of my song,
List while I woo thee with soft melody :
Gone are the cares of life's busy throng.
Beautiful dreamer awake unto me
Beautiful dreamer awake unto me !

Le succès de l'interprète dérida Willy, car l'ovation qu'elle reçut fut sincère et chaleureuse. Invitée à poursuivre, Virginie opta résolument pour un air populaire que tout le monde pouvait reprendre : *My Old Kentucky Home, good night.*

Paul Dubard révéla à cette occasion une belle voix de basse. Il vint se placer près de Willy Tampleton pour stimuler ce dernier qui ne semblait pas avoir de grandes dispositions pour le chant choral.

Quand Virginie regagna son fauteuil entre deux haies de gentlemen enthousiastes, au nombre desquels figuraient les deux jeunes officiers de l'Union qui, à Bayou Sara, avaient assisté à son embarquement, le propriétaire de la « Cypress and Oak Company » commanda « du champagne de France pour l'artiste ».

Cette dernière rayonnait de plaisir. Tampleton retrouva à cet instant, sur le visage rosi par l'effort de cette femme de cinquante-trois ans, les couleurs de la jeunesse et dans son regard cette flamme provocante et téméraire qui, plus de trente ans auparavant sur le *Prince-du-Delta I*[1], lui avait valu un duel et une balle dans la cuisse !

---

1. Voir *Louisiane.*

Il ne put s'empêcher de prendre la main de Virginie.

« Vous ne changerez donc jamais, toujours ce besoin de surprendre les autres ? dit-il sur le ton du précepteur grondant affectueusement son élève.

— Nous changeons, Willy, mais la vie ne change pas. Nous devons jusqu'au bout être associés à ses caprices, disponibles pour ses hasards. Il faut s'y cramponner comme l'on s'accroche à la crinière d'une jument au galop quand on a lâché les guides... et que l'on craint de vider les étriers !

— Vous souvenez-vous de cette mèche de cheveux pour laquelle autrefois je pris le risque de tuer Edward Barthew ?... Vous m'aviez déjà étonné alors et aussi, je ne l'appris que plus tard, cruellement floué...

— Tant de choses plus tristes et plus douloureuses se sont passées depuis ce temps, Willy ! Aujourd'hui, mes cheveux sont gris et personne n'en accepterait une mèche comme enjeu aux cartes... C'est égal, conclut-elle d'un ton volontairement badin, comme pour ne pas laisser se dissoudre dans la mélancolie des souvenirs l'instant plaisant qu'elle venait de vivre, c'est égal, si vous aviez tué Ed ce jour-là, Mignette ne serait pas devenue la femme d'un avocat et Clarence n'aurait pas de filleul... et si Ed avait été moins adroit... vous ne seriez pas là à me tenir la main ! »

Oliver Oswald réapparut au moment où le maître d'hôtel faisait sauter le bouchon de la bouteille de champagne. Virginie prit la coupe que lui tendait Paul Dubard, but une gorgée et, avec ce regard appuyé qui, autrefois, interdisait aux hommes d'éluder les défis qu'elle lançait, elle dit d'une voix neutre :

« M. Oswald connaît sûrement des chansons lui aussi. A Chicago, on chante, n'est-ce pas ?... dans les bars... »

Le beau rouquin, dont la toison rappelait à Virginie celle plus soignée d'un poète famélique habitué du salon de sa tante Drouin à Paris, n'était pas homme à se dérober.

« A vrai dire, madame, je connais surtout des chansons de soldats, qui parlent de gloire, de mort... et de liberté.

— Allez, monsieur ! faites-nous entendre votre voix. Nous savons ce que sont les militaires !... »

Gaillardement, M. Oliver Oscar Oswald se mit au piano à son tour et, dès les premières notes, on vit quelques visages d'hommes se renfrogner. Il faut dire que *Marching through Georgia* était une des dernières marches de l'armée de l'Union où il était question d'une offensive irrésistible des Fédéraux d'Atlanta jusqu'à la mer à travers la Géorgie. Henry Clay Work, l'auteur de cette rengaine, n'hésitait pas à soutenir que les patates douces sortaient joyeusement de terre sous les pas des soldats de la liberté !

Sans les deux lieutenants yankees, Oliver Oswald eût été le seul à chanter le refrain. Les militaires soutinrent à pleine voix l'homme de Chicago, tout en lançant à droite et à gauche, à un auditoire compassé, des regards qui signifiaient clairement qu'ils étaient prêts à ramasser tous les gants qu'on pourrait leur lancer.

Un silence pesant succéda au dernier accord plaqué sur un *while we were marching through Georgia* qui fit vibrer les pendeloques de verre des appliques.

« Bravo ! cria très vite Virginie en applaudissant, ce qui obligea Tampleton, Dubard et quelques autres à en faire autant avant que la foule elle-même s'y mette sans grand enthousiasme, mais pour montrer que dans le Sud on savait apprécier les belles voix !

— A vous, général ! » lança Oswald en venant prendre la coupe qu'on fut bien obligé de lui offrir.

Willy Tampleton se redressa, montra sa manche vide.

« En traversant la Georgie... et la Virginie, monsieur, vos amis m'ont pris une main, ce qui me laisse encore la latitude de jouer du pistolet, pas, hélas ! de jouer du piano... Mais, si quelqu'un veut bien accompagner les quelques vétérans confédérés que je reconnais ici, nous pourrons vous chanter... *Riding a raid,* par exemple, ou *Bonnie Blue Flag ?* »

Ils chantèrent les deux airs en détonnant parfois, mais avec assez d'émotion et de foi pour qu'Oswald et les militaires de l'Union paraissent pénétrés de respect.

Cette fois, les applaudissements furent nourris. Comme Virginie craignait en voyant l'homme de Chicago et les deux officiers se concerter qu'on en arrire à un duel vocal Nord-Sud, qui pourrait bien dégénérer, elle reprit résolument possession du piano après avoir glissé une phrase à l'oreille du capitaine Charel.

« Mme de Vigors veut bien nous interpréter pour terminer la soirée une vieille ballade que tous les Américains connaissent : *Lorena*[1].

— Vous avez bien joué, Virginie, comme toujours, dit plus tard Tampleton en raccompagnant son amie jusqu'à la porte de sa cabine. Votre sang-froid a, je crois, évité une bagarre qui eût été

---

[1]. Cette vieille mélodie du Sud, que chantaient souvent à la veillée les soldats confédérés, a été popularisée par le film *Autant en emporte le vent* tiré du célèbre roman de Margaret Mitchell.

déplacée, les Nordistes étant nettement minoritaires. »

Le général venait à peine d'éteindre sa lampe et de se mettre au lit qu'on frappa impérativement à sa porte.

« Willy, il se passe une chose affreuse, ouvrez-moi. »

Il reconnut tout de suite la voix de Virginie et l'exhorta à patienter pendant qu'il passait un pantalon et une robe de chambre, exercices qui n'allaient pas sans difficulté depuis qu'il était manchot. Enfin il put ouvrir la porte.

« Que se passe-t-il, mon Dieu ?

— On m'a volé mes bijoux... et des objets que j'emportais pour les vendre à La Nouvelle-Orléans, c'est affreux, des choses qui me venaient de la famille d'Adrien et d'autres de Charles... Je suis désespérée !

— Allons voir et prévenir le capitaine. Le voleur a pu, bien sûr, venir de la rive où nous sommes amarrés, ou s'enfuir du bateau s'il y était déjà... »

Ils trouvèrent le capitaine devant sa cabine, en robe de chambre lui aussi, mais dignement coiffé de sa casquette et recevant les doléances d'une douzaine de couples se plaignant eux aussi d'avoir été délestés de bijoux d'or et d'argent, de bank-notes et même de pièces de vêtement.

« Il faut convoquer tous les membres de l'équipage et tous les domestiques, disaient les uns.

— Il faut faire lever tout le monde et fouiller toutes les cabines, proposaient les autres.

— Il faut boucler tous les passagers suspects dans le grand salon », suggérait encore quelqu'un.

Le capitaine Charel, homme de sang-froid, leva la main pour obtenir le silence.

« Nous sommes amarrés depuis neuf heures du

soir à cet endroit. Il est près de minuit. Le ou les voleurs ont dû visiter les cabines pendant le dîner ou pendant que vous chantiez. Je vais déhaler et mettre le bateau au milieu du fleuve, bien que les règlements l'interdisent et qu'il soit sans doute trop tard. Et puis nous aviserons ! »

Des gens murmurèrent, trouvant ces mesures insuffisantes.

Une heure plus tard, l'officier en second, promu secrétaire, s'efforçait avec les plaignants d'établir la liste des objets volés, tandis que, tous fanaux allumés, le *Prince-du-Delta,* utilisant des ancres qui ne servaient que rarement, se dandinait doucement sur le Mississippi.

La plupart des passagers s'étaient levés et avec l'équipage guettaient sans trop savoir quoi au long du bastingage, comme si l'on redoutait un abordage par les écumeurs du fleuve, dont les nounous noires racontaient encore les exploits aux enfants de leurs maîtres, le soir, quand les choucas tournoyaient au-dessus des bayous.

Au petit matin, le capitaine fit l'appel. Il ne manquait ni un homme de manœuvre, ni une femme de chambre noire, ni un passager.

« Ou les voleurs sont venus et repartis cette nuit, dit Charel, ou ils sont encore à bord avec leur butin.

— Il faut fouiller le bateau... et les cabines, exigèrent plusieurs victimes.

— Allons-y ! » dit, sans plaisir, le capitaine.

Tampleton prit la tête d'un groupe. Des dames furent déléguées pour accompagner les officiers du bord chargés d'inspecter les chambres des passagères.

Ces recherches minutieuses ne donnèrent rien — sauf la découverte de trois bouteilles de whisky que les chauffeurs noirs dissimulaient, en contravention avec le règlement du bord, et d'une guenon apprivoisée, embarquée clandestinement par un médecin.

A dix heures du matin, le *Prince-du-Delta* reprit sa navigation vers Donaldsonville, où le capitaine se proposait de prévenir le shérif.

Au début de l'après-midi, le shérif vint à bord. Il fit observer que les vols ayant eu lieu sur le fleuve mais pendant la traversée de la paroisse d'Iberville, et non pendant celle de la paroisse d'Ascension dont il était responsable, il ne pouvait connaître de cette affaire. L'honorable chef de la police vida une bouteille de cognac et s'en fut le pas aussi assuré que s'il avait bu un verre de lait !

Chaque tour de la roue à aubes et chaque heure qui passait augmentaient la résignation des volés qui s'étaient embarqués « à leurs risques et périls », ainsi que l'indiquait une notice affichée à bord.

M. Oliver Oscar Oswald, bien que ne figurant pas au nombre des victimes — « Je n'ai rien, hélas ! qui puisse intéresser un voleur », avait-il dit — s'était dévoué plus spécialement pour Virginie qu'il entourait d'égards, ce qui ne l'empêchait pas de fumer en sa présence sans solliciter de permission et de cracher par-dessus le bastingage avec le naturel que confère une longue pratique de la désinvolture.

Au soir du deuxième jour de navigation, alors que le bateau, à la nuit tombante, allait être amarré dans la courbe de Bonnet-Carré, à une quarantaine de miles de La Nouvelle-Orléans, le secrétaire de Paul Dubard, un mulâtre des plus futés, repéra un homme qui avait l'air de vérifier le nœud d'un mince cordage attaché sous un renfort du bardage et qui se perdait dans l'eau jaune du fleuve. Il courut prévenir le marchand de bois et celui-ci, par un hublot de coursive, identifia parfaitement l'individu que lui désignait son employé. Il s'agissait d'Oliver Oswald, le rouquin de Chicago.

Le capitaine, informé des soupçons de M. Dubard, parut vivement intéressé :

« Il est possible, dit-il, que les bijoux aient été placés dans un sac imperméable et immergés, ce qui s'est déjà vu..., mais ce type de Chicago n'est pas forcément le voleur, peut-être a-t-il été seulement intrigué par ce filin. »

Un plan fut mis au point et rapidement exécuté. Virginie y joua un rôle et Willy Tampleton aussi. Mme de Vigors fut chargée, en compagnie du général, de retrouver M. Oswald et de l'entraîner pour bavarder sur le bord opposé à celui où pendait le mystérieux cordage. Cette manœuvre fut réalisée de point en point sans aucune difficulté, car le rouquin ne pouvait être que flatté des amabilités d'une dame de qualité. Quand la conversation fut engagée, Tampleton s'esquiva sous prétexte d'aller quérir un châle pour Virginie et vint prévenir Dubard et le capitaine qu'ils pouvaient maintenant haler le câble, pour voir s'il était ou non lesté d'un paquet suspect.

En deux tractions, on amena sur le pont un gros sac de molesquine dégoulinant et confectionné sans doute avec un de ces ponchos imperméables que les soldats de Lee enviaient, les jours de pluie, aux cavaliers nordistes. Le paquet, bien ficelé, pesait une bonne vingtaine de livres. Il contenait, bien sûr, enveloppés dans des châles de soie, les bijoux disparus la veille des cabines des passagers.

« Notre rouquin est un corsaire, il ne reste qu'à le cueillir », dit Tampleton d'un ton assuré.

Mais le capitaine fut d'avis qu'il valait mieux le prendre sur le fait au moment où, au cours de la nuit, le voleur viendrait probablement récupérer son butin.

Le sac fut vidé de son précieux contenu, rempli de lest et à nouveau immergé. Un tour de garde fut établi et Tampleton rejoignit Virginie et l'homme qu'il savait maintenant être un malfaiteur. La cloche du dîner vint à propos disperser le groupe. Le général et Mme de Vigors se retrouvèrent seuls à leur table dans la salle à manger.

« Vos bijoux sont retrouvés, Virginie, et je ne sais ce qui me retient de jeter l'homme à la chevelure flamboyante par-dessus bord ! dit Willy.

— Ainsi c'est un voleur ! fit Virginie, pensive.

— Ça vous étonne ? Ces gens qui viennent du Nord avec pour tout bagage un sac taillé dans un vieux tapis[1] sont des aventuriers, des pillards ! Il paraît qu'ils sont légion à La Nouvelle-Orléans.

— Et que va-t-on faire de lui ?

— Le remettre au shérif, je pense, en arrivant en ville. Encore que le capitaine, étant maître après Dieu à son bord et légal représentant de la loi, pourrait, sans doute, le faire pendre à un mât de charge... tout simplement ! Il se trouvera certainement des gens pour proposer cette solution. En tout cas, lorsque notre homme viendra relever son filet tout à l'heure, la pêche sera mauvaise. Il ne trouvera à la place des bijoux que de vieilles poulies et des gens qui lui mettront la main au collet. »

Pour l'heure, Oswald discourait à la table d'hôte à l'autre bout de la salle à manger. Son appétit semblait le fait d'une conscience à l'aise.

---

1. D'où leur nom de *carpetbaggers*.

Le repas terminé, il se dirigea comme la plupart des messieurs vers le fumoir.

« Ce soir, dit Virginie en quittant la table, je me coucherai tôt... Quand pourrai-je reconnaître mes bijoux, Willy ?

— Dès que le voleur sera arrêté, j'imagine. Nous ne sommes que quelques-uns à être au courant de la découverte du paquet, mieux vaut ne pas éveiller son attention. »

Tampleton reconduisit sa vieille amie au seuil de sa cabine et s'en fut faire un tour du côté du sac. Paul Dubard venait de relayer l'officier en second qui était allé dîner.

« Le front est calme, dit le Cajun.
— Et la nuit est belle, fit Tampleton.
— Une nuit à faire des macaqueries[1], comme dit l'ami Bois-sec qui joue dans les « fais dodo[2] » de chez nous !
— Je vous relaie dans un quart d'heure », conclut Tampleton en poursuivant sa promenade.

En passant devant la cabine de Virginie, le général remarqua que la clef se trouvait dans la serrure, à l'extérieur. Il frappa pour en prévenir Mme de Vigors. N'obtenant pas de réponse, il poussa le battant, découvrit la chambre vide et la lampe allumée.

Perplexe, il referma l'huis, s'en fut lentement faire un nouveau tour du pont en se demandant où pouvait se trouver Virginie. Un coup d'œil au salon des dames lui suffit pour savoir qu'elle ne papotait pas avec les autres passagères. Elle n'était pas non plus dans le grand salon où l'orchestre se préparait pour le bal. Il revint sur ses pas, déjà inquiet. La clef n'était plus dans la ser-

---

1. Singeries.
2. Bal cajun.

rure de la cabine de Mme de Vigors, mais la lumière filtrait entre les rideaux tirés et le bord de la fenêtre donnant sur le pont-promenoir. Le général colla son oreille à la porte et entendit Virginie fredonner *Beautiful Dreamer*. Il s'en fut, rassuré, relever le Cajun devant l'appât.

Le lendemain, au début de l'après-midi, quand le *Prince-du-Delta* vint s'amarrer au quai Saint-Pierre, au bout de la rue du Canal, à La Nouvelle-Orléans, personne n'était venu prendre le sac censé toujours contenir les bijoux. Dubard, Tampleton, le capitaine et son second avaient passé une nuit blanche à guetter un gibier qui ne s'était pas manifesté. M. Oliver Oscar Oswald avait eu une chance insolente au poker et Mme de Vigors, sachant ses bijoux en lieu sûr, avait très bien dormi.

Au moment du débarquement, le capitaine fit savoir aux victimes des vols qu'elles pouvaient reconnaître leurs biens dans son bureau.

« Comment avez-vous retrouvé nos bijoux, capitaine ? minauda une dame. Et quel est le bandit qui a osé visiter nos cabines ?

— Nous avons retrouvé vos colliers et vos bracelets, mais pas le voleur, madame, et, comme personne n'a quitté le bord depuis le vol, il faut en déduire qu'il s'agissait vraiment d'un écumeur de rivière qui n'a pas osé venir rechercher son butin. »

A l'évocation des corsaires du Mississippi, plusieurs dames manquèrent de tomber en pâmoison. Ces redoutables bandits s'en prenaient parfois à la vertu des femmes, embrassaient les demoiselles quand ils ne leur coupaient pas les cheveux pour vendre leurs mèches aux perruquiers ! Sur le *Prince-du-Delta*, on l'avait échappé belle.

En prenant congé du général Tampleton et de Mme de Vigors, M. Oliver Oswald, son sac de tapisserie à la main, avait l'air faraud d'un homme qui évalue favorablement son avenir.

« Peut-être nous reverrons-nous, madame, fit-il en se découvrant.

— Il n'y a que les montagnes qui ne se rencontrent pas, monsieur », répliqua malicieusement Virginie.

Quant au général, il grogna un « Bonne chance » du ton sur lequel il aurait dit : « Allez au diable. »

« Vous voyez que vous vous étiez trompé, Willy, il ne faut pas se fier aux apparences, cet homme est probablement un aventurier... honnête.

— A moins qu'il ne soit un voleur avisé, Virginie. Le renard sait aussi renoncer à sa proie quand sa sécurité le commande.

— Et maintenant, au Saint-Charles », lança Mme de Vigors en ouvrant son ombrelle, tandis qu'un petit Noir au regard pétillant courait sur ses pieds nus chercher un fiacre pour les voyageurs.

10

APRÈS être sorti du grouillement des quais, où l'on comptait moins de balles de coton que de fûts de whisky et plus de nègres désœuvrés que de citadins flâneurs, le fiacre gravit la pente de la levée et brusquement le regard de Virginie plongea sur la ville plate, exténuée de soleil.

Comme une exilée retrouvant son rivage natal, elle prit une profonde inspiration et, se tournant vers son compagnon, dit avec chaleur :

« Je vous remercie, Willy, de m'avoir amenée là !

— Ce n'est pas la bonne saison, Virginie, et je crains que la plupart de vos amies ne soient dans leur campagne...

— C'est égal, Willy, j'avais envie de revoir ces rues, ces maisons, ces vitrines, ces gens inconnus, venus on ne sait d'où. J'avais envie d'un dîner chez Boudro ou chez Victor, d'un brunch dans le patio de Brennan's, d'une praline poisseuse de la vieille Cala. J'avais envie d'entendre la trompette de Dekemel, le marchand de vieilles bouteilles, et les cloches des pompiers... J'avais envie de la ville !

— Vous aurez tout cela, Virginie !

— En attendant, dites, Willy, faisons le tour par la place d'Armes et la cathédrale... »

Le général donna un ordre au cocher. Celui-ci, transpirant sous un chapeau de cuir bouilli hérité d'un marin ivre, parut étonné de voir que des gens pouvaient choisir de ne pas aller par le plus court chemin se mettre au frais sous les hauts plafonds de l'hôtel Saint-Charles. L'attelage, déjà engagé dans la rue du Canal où filaient en bringuebalant ces omnibus sur rails tirés par des chevaux et qu'on appelait street-cars, effectua un changement de direction à droite. Empruntant la rue Saint-Pierre, le fiacre longea la façade puissante, grise et rébarbative de la Maison de la Douane. Commencée en 1848 par l'architecte Alexander T. Wood qui avait le goût des façades hautes et lourdes et une propension à tout bâtir en granit, le siège des douanes de l'Etat n'était toujours pas achevé. La guerre civile, il est vrai, avait interrompu les travaux. On prêtait au général Toutant de Beauregard — le « Napoléon gris », disaient les hommes; le « beau créole », disaient les femmes; l'homme surtout qui avait fait tirer les premiers coups de feu de la guerre civile à Fort Sumter — l'intention de prendre en main l'achèvement des travaux. Cette immense bâtisse avait servi de bureau de poste en même temps qu'elle abritait les collaborateurs de M. le Collecteur des Douanes. Et quand Butler s'était emparé de La Nouvelle-Orléans, en 1862, on y avait enfermé deux mille soldats confédérés.

« Il paraît que ce palais a déjà coûté plus de trois millions de dollars », fit Tampleton en désignant la façade percée de hautes et étroites fenêtres, de part et d'autre d'un péristyle purement ornemental, car il ne débouchait sur rien, malgré les promesses de quatre gigantesques colonnes à chapiteaux corinthiens dignes des propylées de l'Acropole.

En roulant au long de la rue Decatur, Virginie repéra quelques boutiques d'antiquaires dont les affaires devaient être aussi florissantes que celles de leurs collègues plus huppés de la rue Royale. Depuis que les planteurs vendaient leurs meubles rares et leurs objets précieux pour subvenir à leurs plus élémentaires besoins, ce genre de commerce assurait de bons bénéfices.

La place d'Armes, devenue jardin-promenade depuis qu'en 1856 le sculpteur Clark Mills y avait dressé, sur commande de la municipalité, la statue équestre du général Andrew Jackson, réjouit fort la vue de Virginie. La perspective, Tampleton l'admit, ne manquait ni de charme ni de noblesse, mais il soutint que le plus bel ornement en était « le Vieux Noyer[1] » saluant du bicorne sur son cheval cabré.

Andrew Jackson, gamin bagarreur, joueur repenti, ancien avocat et duelliste intrépide, avait réussi en 1815, parce qu'il ignorait encore que le traité de Gand avait mis fin à la guerre avec l'Angleterre, à déloger 10 000 soldats de Sa Majesté de La Nouvelle-Orléans. Suivi de 5 000 miliciens, parmi lesquels on comptait, aux côtés des créoles, des Noirs et des pirates, enrôlés par Lafitte, il avait livré bataille à Chalmette, tuant 291 ennemis parmi lesquels trois généraux anglais, dont l'un était le beau-frère du célèbre duc de Wellington.

Dans les rangs des « Américains », on avait déploré seulement 13 morts et 39 blessés. Devenu l'homme le plus populaire du pays, Jackson, nommé gouverneur de Floride, réussit aussi bien

1. Surnom de Jackson que les Anglais appelaient « Old Hickory ».

dans la politique puisqu'il devint en 1828 président des Etats-Unis et fut réélu pour un second mandat en 1832.

« C'était bien l'un des meilleurs cavaliers du monde ! dit Tampleton.

— Mais il jouait aux courses, dit Virginie..., par amour du cheval sans doute... et puis il avait une épouse impossible, cette Rachel qui dansait comme une servante « l'opossum en haut du gommier » et dont Adrien disait, tant elle était grosse, qu'« elle montrait jusqu'où la peau peut s'étendre ».

— Il s'est cependant battu en duel pour elle plus d'une fois ; vous manquez de charité, Virginie.

— En effet, chaque fois que quelqu'un osait insinuer devant lui qu'il vivait en concubinage, puisque la belle Rachel n'était pas divorcée de ce M. Robard, auquel Jackson l'avait enlevée !

— Vous savez bien que Jackson la croyait libre ! Et vous savez aussi qu'il l'épousa une seconde fois quand tous les papiers furent en règle.

— C'était tout de même un curieux homme et je me demande si la postérité approuvera l'honneur qu'on lui a fait en le statufiant dans le bronze pour 10 000 dollars...

— La postérité dira que c'est un héros de la nation et un ami du peuple et elle aura raison ! »

Mme de Vigors éclata de rire devant l'air tragique de Willy et lui caressa la main.

« Je préfère les héros dans votre genre, Willy, aussi courageux et plus raffinés. Aujourd'hui M. Jackson sert de perchoir aux pigeons, fit-elle en désignant le bronze maculé de fiente. J'espère que ce brave Henry Clay, dont la statue a été reléguée au bout de la rue du Canal, peut voir ça..., car il détestait ce général mal embouché ! »

La statue d'Andrew Jackson, la première, affirmait-on à La Nouvelle-Orléans, figurant un cheval supporté par ses deux seules jambes antérieures, dominait un grand gazon circulaire partagé en quarts par des allées sablées et ceinturé par une haie admirablement taillée. Sur le pourtour de ce grand massif, les lauriers, les jeunes magnolias et des arbres d'essences variées promettaient, pour les années à venir, des musoirs frais et odorants, des parcours discrets pour amoureux en quête d'un isolement relatif au cœur de la ville.

Une longue grille, percée de deux portails, et pareille à une haie de lances dressées, fermait ce jardin sur la rue Decatur, au-delà de laquelle la levée pentue et herbeuse dissimulait le Mississippi cependant tout proche.

A l'opposé du fleuve, la place d'Armes, rebaptisée « Jackson Square » par les Américains, avait pour toile de fond le fameux ensemble architectural que tous les marins emportaient dans leurs souvenirs et que les peintres s'évertuaient à fixer sur leurs toiles : la cathédrale Saint-Louis, gris-rose, surmontée de ses trois clochers aigus et flanquée, à gauche, de l'ancien Cabildo[1], tantôt palais, tantôt prison au fil des ans, où l'on avait enfermé Lafitte, en 1814, et royalement hébergé La Fayette en 1825, et, à droite, du presbytère, bâtiment identique au précédent et abritant, pour l'heure, la Cour suprême de l'Etat.

---

1. Hôtel de ville espagnol construit en 1795. Il abrite aujourd'hui le musée historique de La Nouvelle-Orléans.

Latéralement, de part et d'autre de la place s'étiraient deux longs immeubles de briques rouges, à deux étages de balcons ouvragés et posés sur des galeries à colonnes ombreuses, abritant de belles boutiques. En offrant dans les années 50 ces bâtiments locatifs aux Orléanais, Micaela, baronne de Pontalba et fille de don Andres Almonaster y Roxas, avait voulu prouver aux Anglo-Américains que l'on pouvait, hors de leurs quartiers neufs, se loger confortablement dans le vieux carré franco-espagnol.

Le fiacre, après avoir contourné la place, enfila la rue Sainte-Anne et prit à gauche la rue Royale, pour revenir vers la rue du Canal. Au carrefour, Virginie jeta un regard à la maison de Balthazar Languille abritant ce Café des Exilés où Adrien de Damvilliers, petit garçon et accompagnant son père, se souvenait avoir vu des royalistes français qui avaient échappé à la Révolution. En passant devant la maison de François Seignouret, 520, rue Royale, elle se demanda si la fabrique de meubles continuait à produire ces belles chaises d'acajou dessinées par le marchand de vins bordelais. Une minute plus tard, en apercevant la colonnade de la Banque de Louisiane, il lui vint à l'esprit que le compte qu'elle y avait autrefois n'était peut-être pas complètement vide...

La traversée de la rue du Canal était toujours malaisée. La grande artère, dotée d'une esplanade centrale plantée de sycomores et qui, de la berge du Mississippi, filait large et rectiligne en direction du lac Pontchartrain, constituait la frontière entre les vieux quartiers et les territoires que le développement urbain avait conquis après 1830. Depuis qu'on avait élevé au milieu de la voie, à l'endroit où d'un côté finissait la rue Royale et où commençait de l'autre la rue Saint-Charles, la statue de Henry Clay[1], la circulation était encore plus compliquée. Le fait que les omnibus sur rails, tirés par des locomotives bruyantes, fumantes et malodorantes, circulent rue Saint-Charles, sur la ligne du « New Orleans and Carrollton Railroad », alors que rue du Canal on continuait à utiliser les omnibus sur rails à traction hippomobile, augmentait les risques. Il ne se passait pas une semaine, en effet, sans qu'un cheval attelé à un tilbury, une calèche ou un wagon de livraison s'emballât, effrayé par une machine à vapeur.

« Il est question, dit le cocher, qu'on remette les chevaux sur le Carrolton Railroad, jusqu'au rond-point de Tivoli... Après ça, les machines pourront faire le travail jusqu'à Carrolton. On sera tranquille en ville !

« Pas plus tard qu'hier, dit encore le Noir, le cheval d'un buggy, effrayé par la locomotive de la ligne de la rue de la Levée, qui courait au moins à vingt miles à l'heure, s'est emballé, la lady qui était dans le panier est tombée et s'est cassé la tête. Son mari, y voulait tuer le nègre qui conduisait la machine... »

Tout ce discours avait aussi pour but, bien sûr, de faire comprendre aux voyageurs à quels dangers ils venaient d'échapper... grâce à la prudence et à l'adresse de leur cocher, auquel décemment, ils ne pourraient refuser un pourboire !

Quand, dans la courbe de la rue Saint-Charles, en passant à hauteur du Washington Exchange, Virginie aperçut le fronton triangulaire, l'imposante colonnade et le dôme de l'hôtel le plus

---

1. Homme politique (Richmond 1777 – Washington 1852), membre du Sénat et de la Chambre des représentants, négocia la paix avec l'Angleterre en 1814. Auteur du « compromis du Missouri » qui en 1820 et en 1850 permit de maintenir l'accord entre le Nord et le Sud.

fameux du Sud, elle se retint de battre des mains. Dans ce caravansérail de luxe de 350 chambres, surmonté d'une coupole à galerie, de 46 pieds de diamètre et 185 pieds de haut, visible à 4 miles à la ronde, elle était longtemps venue, chaque hiver, pour la saison mondaine. D'abord comme marquise de Damvilliers avec Adrien, son premier mari, ensuite comme baronne de Vigors, avec Charles, son deuxième époux.

Cent fois, alors qu'elle traversait l'immense hall éclairé le jour par la coupole que soutenaient douze colonnes ioniques, le soir par vingt lustres, elle avait senti les regards des hommes surgir, au-dessus des journaux déployés, et l'accompagner jusqu'au comptoir d'acajou du portier.

En avançant maintenant sur les dalles de marbre, elle se sentait des fourmillements de faiblesse dans les jambes. La manche vide de Tampleton attirait plus de regards que le chapeau fleuri qu'elle portait cependant avec brio. Quand le directeur s'avança vivement à sa rencontre, en faisant voler les pans de son frac, elle fut rassurée, on la reconnaissait.

« Madame, madame, fit l'homme, comme nous sommes heureux de vous revoir chez nous! Vous constaterez qu'ici rien n'a changé. Votre suite est prête ainsi que la chambre du général.

— Mais..., fit Virginie.

— Je sais, reprit le directeur en fermant à demi les yeux et avec un sourire large comme sa cravate. La suite, nous vous l'offrons. Ce n'est pas parce que les événements ont provisoirement réduit les moyens d'une dame de qualité que celle-ci doit, chez nous, changer ses habitudes. Et pour les vétérans confédérés c'est gratuit », ajouta-t-il en se tournant vers le général.

Puis, clignant de l'œil, il désigna des petits

groupes où l'on parlait un peu trop fort un anglais râpeux qui sentait le Nord :

« Ceux-là ont des *greenbacks* aisément gagnés ! Ils paient pour les autres. C'est notre façon de rétablir la justice..., n'est-ce pas ! »

Joyeusement, Mme de Vigors prit possession de son appartement, évaluant les améliorations apportées dans la salle de bain notamment, appréciant sa silhouette que lui renvoyait une psyché pivotante, tandis que la femme de chambre noire, manifestement heureuse de servir une « vraie dame », rangeait le linge et défroissait les vêtements. A cet instant, Virginie connut un court moment de honte. Autrefois, quand elle débarquait au Saint-Charles, la femme de chambre devait toujours partir à la recherche de cintres supplémentaires pour suspendre robes, manteaux et déshabillés. Aujourd'hui, ce n'était plus nécessaire. Quand la domestique eut déballé la modeste garde-robe de Virginie, plusieurs cintres vides se balançaient encore ironiquement sur leur tringle de cuivre, dans le dressing-room.

« Comme je ne reste qu'une semaine, j'ai pris peu de chose.

— Bien sûr, m'ame, bien sûr, c'est pas la peine de se charger pour aussi peu de temps, m'ame ! »

La domestique, à qui d'autres dames de plantation avaient déjà fait la même réflexion, pour expliquer l'absence de robes neuves dans leurs valises, eut, en quittant la chambre, un petit balancement de la tête et un soupir, signes d'une réelle commisération en même temps que d'une résignation anticipée en prévoyant la modicité du pourboire à attendre.

Le soir même, Virginie et son chevalier servant dînèrent chez Victor, un des restaurants de la bonne société, où ils retrouvèrent avec plaisir

Edouard, le cuisinier français. Ce dernier, pendant toute la guerre civile, avait servi les officiers de la 5ᵉ compagnie du 1ᵉʳ régiment de cavalerie levé en Louisiane, lequel avait participé à plus de soixante engagements.

« J'allais d'un feu à l'autre », expliqua avec humour le « maître queux » en déposant dans l'assiette de Virginie des filets de pompano au vin blanc, que personne ne réussissait comme lui.

Le lendemain soir, on vit le général Tampleton et son invitée chez Lucien Boudro[1] dont les spécialités restaient le court-bouillon et la blanquette de veau. Boudro avait été engagé autrefois par la baronne de Pontalba pour tenir les fourneaux de la cantatrice Jenny Lind, « le rossignol suédois », quand celle-ci était venue chanter à La Nouvelle-Orléans le *Messie* de Haendel, la *Création* de Haydn, le *Stabat Mater* de Rossini et l'air de Casta Diva dans *Norma.* Le cuisinier conservait un souvenir ému de cette chanteuse, si vertueuse, qui avait enflammé le cœur de Barnum et autorisé le restaurateur à donner son prénom à une saucisse !

Ainsi que Tampleton l'avait fait remarquer à Virginie, la ville, comme chaque année de mai à octobre, paraissait abandonnée par les citadins aisés qui, redoutant la fièvre jaune, s'en étaient allés avec leur famille dans leur maison de campagne à l'ouest du Mississippi ou dans leur habitation de plantation. Seuls parmi les amis de Virginie, les Pritchard, qui possédaient un des plus beaux hôtels particuliers du Garden District sur l'avenue Saint-Charles, étaient chez eux. Ils accueillirent chaleureusement la dame de Baga-

---

1. William Makepeace Thackeray, qui dîna chez Boudro en 1856 à La Nouvelle-Orléans, consacra dans *Mississippi Bubble* quelques lignes très élogieuses au restaurateur français.

telle qui leur apportait les nouvelles de « la campagne ».

Les deux plantations que possédaient les Pritchard, l'une dans la paroisse de Feliciana, l'autre dans la paroisse de Pointe-Coupée, avaient été détruites par des incendies, le premier allumé par les Nordistes pendant l'offensive de 1863, le second par les Sudistes en retraite du côté de Shreveport, au début de l'année 1865.

« Le même sort aurait pu échoir à Bagatelle, si vous n'aviez pas fait face courageusement, ma bonne Virginie, dit Mme Pritchard, sans malice.

— J'ai fait ce que j'ai cru devoir faire, mon amie, c'est tout..., et mon fils Charles qui arrive de France dans trois ou quatre jours trouvera son patrimoine, sinon intact, du moins exploitable. »

Les Pritchard, considérés comme de bons maîtres, avaient conservé tous leurs domestiques. Ils pouvaient donc encore recevoir dignement, malgré les pertes matérielles éprouvées, car la manufacture de machines à vapeur pour moulins à sucre et presses à coton qu'ils possédaient à Métairie, banlieue de La Nouvelle-Orléans, leur assurait des ressources suffisantes.

Ils avaient eu, en revanche, le chagrin de perdre deux de leurs fils pendant la guerre civile et venaient encore d'apprendre, quelque temps avant l'arrivée de Virginie, que leur troisième garçon, qui, désirant devenir armateur, s'initiait à la navigation fluviale, avait péri le 27 avril près de Memphis, sur le Mississippi, lors de l'explosion du *Sultana*. La catastrophe avait entraîné la mort de 1 450 prisonniers de guerre yankees, récemment libérés, que le bateau ramenait au Nord.

« Peut-être sont-ils les dernières victimes de la guerre fratricide entre les Etats ? dit M. Pritchard.

— Hélas ! non, observa Tampleton, j'ai appris

que le 29 juin notre dernier croiseur confédéré, le *Shenandoah,* qui naviguait dans le détroit de Béring, a détruit vingt et un bateaux qui chassaient la baleine sous le pavillon de l'Union. Ce n'est pas une victoire très honorable..., mais nos marins ignoraient sans doute la fin des hostilités.

— Plus édifiante fut l'odyssée du *Williams H. Webb,* navire à éperon qui partit le 16 avril de Shreveport, s'engagea sur le Mississippi le 23 et à toute vapeur descendit jusqu'à La Nouvelle-Orléans, traversa la flotte fédérale, qui cependant, prévenue par télégramme, était en alerte, et ne fut repéré que vingt-cinq miles plus bas, alors qu'il fonçait vers la mer, par la vigie du *Hollyhock,* de l'U.S. Navy. Lancé à la poursuite du confédéré, le navire de l'Union le força à s'échouer sur un banc de sable où son équipage le fit sauter, avant de fuir sur des barques, à travers les marécages...

— Tous ces exploits sont bien inutiles aujourd'hui », soupira Mme Pritchard en donnant l'ordre de servir le thé.

Si l'on avait peu commenté, dans les salons de La Nouvelle-Orléans, la pendaison à Washington de quatre complices de Wilkes Booth, l'assassin du président Lincoln, on discutait ferme, en revanche, de la situation politique de plus en plus confuse dans l'Etat.

Grâce au général Banks, libéral et tolérant, qui avait reçu en 1862 du président Lincoln les pleins pouvoirs « pour réorganiser la Louisiane en Etat libre dans les meilleurs délais », les affaires du pays étaient encore gérées par des modérés. Mais les républicains radicaux et les unionistes intransigeants estimaient maintenant que l'on avait fait avec l'appui des autorités d'occupation et du président Lincoln la part un peu trop belle aux anciens Confédérés. Certains voyaient pour preuve de cet abus le fait que les conservateurs unionistes, favorables à un retour à la situation d'avant 1860, ne montraient aucune hostilité à l'administration en place, issue du parti de l'Etat libre, formation composée de républicains ayant l'appui de Banks.

Quand le général Banks avait décidé d'autoriser des élections pour le début de l'année 1864, il s'était référé aux consignes données par Lincoln qui, pour faciliter une réconciliation nationale loyale, ne souhaitait priver de leurs droits de suffrage ou d'éligibilité que les fonctionnaires qui avaient abandonné le service de l'Union pour se mettre à celui du gouvernement confédéré, les officiers de haut rang des armées rebelles et les responsables politiques qui avaient suivi Jefferson Davis.

Tous les autres, même les soldats de l'armée vaincue, pouvaient rentrer en pleine possession de leurs droits civiques en signant un acte d'allégeance et de loyauté à l'Union[1].

On remettait aux signataires, en échange de cet engagement, une autorisation d'inscription sur les listes électorales.

Banks, qui désirait aller vite, avait tout fait pour faciliter en Louisiane le rassemblement des dix pour cent d'électeurs loyaux exigés par le plan Lincoln et il s'était murmuré à l'époque que le général avait réussi à trouver plus de vétérans électeurs qu'il n'y avait jamais eu de soldats de Louisiane dans l'armée confédérée !

---

1. Ces documents, délivrés et reçus par le « Provost Marshal general » du quartier général des départements du golfe placés sous l'autorité du général Banks, étaient ainsi conçus : « Je, soussigné (citoyen ou prisonnier de guerre sur parole), fais le serment solennel devant Dieu tout-puissant que, dorénavant, je respecterai, soutiendrai et défendrai la Constitution des Etats-Unis et toutes les lois faites en vertu de celle-ci. »

En acceptant la Constitution de 1852 comme toujours valable, à condition que l'on fît disparaître les articles relatifs à l'esclavage, le commandant des territoires du golfe avait brûlé une étape, ignorant les récriminations des radicaux qui eussent préféré que l'on s'en tînt au cheminement normal, en élisant d'abord des délégués capables de proposer une nouvelle Constitution. Bien que mettant la charrue avant les bœufs, Banks n'avait pas été désavoué par Lincoln et avait pu lancer la campagne pour l'élection d'un gouverneur, de six responsables des affaires publiques, des sénateurs et des représentants qui constitueraient la future législature, laquelle ferait une Constitution. Celle-ci serait alors soumise à l'agrément du Congrès, seul habilité à décider en dernier ressort de la réadmission dans l'Union des Etats sécessionnistes.

La convention ainsi désignée après les élections de février 1864 avait, au mois de juillet, doté la Louisiane d'une nouvelle Constitution aussitôt adoptée par les électeurs. Le nouveau texte confirmait l'abolition de l'esclavage, fixait à l'âge de vingt et un ans pour les « Blancs mâles » le droit de suffrage, disait que ce droit pourrait être étendu aux Noirs, « à la discrétion de la législature ». Cette Constitution ne pouvait que déplaire aux radicaux, tant en Louisiane qu'à Washington, et le Congrès la rejeta.

Les électeurs avaient alors envoyé au Sénat et à la Chambre des représentants de Louisiane quatre-vingt-six élus, dont une majorité de modérés qui avaient aussitôt désigné Michael Hahn, un Bavarois, comme gouverneur, James Madison Wells, un fils de planteur de Grand Rapides, comme lieutenant-gouverneur, un secrétaire d'Etat polonais arrivé en Louisiane en 1849, un procureur général venu d'Irlande en 1851.

Le trésorier était médecin, le superintendant à l'éducation professeur et le commissaire aux comptes dentiste. Mais tous passaient pour des Louisianais de bonne souche.

Tout le monde se souvenait, à La Nouvelle-Orléans, de l'installation, le 4 mars 1864, du gouverneur Michael Hahn.

« Ils ont dépensé ce jour-là 10 000 dollars, soutenait M. Pritchard. Il y avait six barriques de whisky à 100 dollars la barrique et les orchestres coûtèrent 250 dollars. Six mille enfants des écoles chantèrent. On tirait le canon et des feux de mousqueteries. Il y avait trente mille personnes dans les rues ; c'était la grande fête..., tout le monde croyait que la Louisiane était redevenue un Etat libre et entendre Banks prendre la parole après Hahn rassurait les plus inquiets. En réalité, si Lincoln avait reconnu Hahn comme gouverneur sous la Constitution de 1862, c'était encore les baïonnettes fédérales qui faisaient la loi, puisque la guerre n'étant pas terminée, une partie de l'Etat restait sous l'autorité de la Confédération... mourante !... et nous gardions un gouverneur militaire nanti de pouvoirs dictatoriaux. »

Puisque la nouvelle Constitution confiait le sort civique des anciens esclaves et des gens de couleur en général à la législature, celle-ci fut bien contrainte de s'y intéresser. Lors de la session d'octobre 1864, le gouverneur Hahn avait invité les élus à définir clairement le statut des Noirs. Un républicain fit aussitôt valoir que, ces citoyens étant libres comme tous les autres citoyens, ils devaient vivre sous les mêmes lois. Il se trouva des gens pour reconnaître le bien-fondé de cette affirmation, mais, quand un représentant présenta un projet de loi destiné à légaliser les mariages mixtes, le texte fut rejeté. Il apparut très vite que la grande majorité des élus était opposée au suffrage des Noirs et, quand une pétition visant à accorder au moins le droit de vote aux Noirs qui s'étaient battus pour la liberté de leurs frères dans les armées fédérales fut déposée, non seulement elle ne fut pas acceptée, mais on interdit de la lire devant l'assemblée.

Un législateur avait alors exprimé le sentiment de beaucoup d'autres en disant qu'il accepterait de considérer l'éventualité du vote des Noirs quand les Etats du Nord, qui avaient tellement soutenu les abolitionnistes, auraient donné l'exemple.

Il faut dire que le général Banks s'était totalement désintéressé, non seulement des esclaves affranchis, mais aussi des quelque 10 000 Noirs, depuis longtemps libres et installés à La Nouvelle-Orléans dans le commerce ou les affaires. Ces gens de bonne éducation, cultivés, dont les propriétés étaient évaluées à plus de 15 millions de dollars, s'attendaient à être enfin considérés comme des citoyens à part entière. Dans aucun autre Etat du Sud, en effet, on ne rencontrait des Noirs aussi dignes et aussi capables de participer aux affaires publiques et à la vie culturelle de la cité.

Les esclavagistes, devenus, depuis l'émancipation des Noirs, des ségrégationnistes méprisants, ignoraient le plus souvent, ou feignaient d'ignorer, qu'il existait depuis le premier quart du siècle à La Nouvelle-Orléans une élite noire, à laquelle appartenait notamment Victor Séjour, un quarteron libre, né en 1817, qui avait fréquenté l'académie Sainte-Barbe, rue Saint-Philippe, école fondée par un autre Noir, Michel Séligny, demi-frère de Camille Thierry, lequel passait pour l'un des meilleurs poètes du Sud. Membre d'une autre société littéraire et artistique pour Noirs libres, « l'Artisan », Victor Séjour avait pris goût à la littérature et au théâtre. Ses parents ayant les moyens de l'envoyer étudier en France, comme les fils des riches planteurs blancs, il avait publié à Paris un poème héroïque inspiré par le retour des cendres de l'Empereur, avant de se mettre à écrire pour le théâtre. Devenu l'ami d'Alexandre Dumas, avec qui il avait peut-être de lointaines affinités raciales, et d'Emile Augier, qui reconnaissait ses talents, Victor Séjour avait fait représenter avec succès un certain nombre de pièces : *L'Argent du Diable,* aux Variétés; *André Gérard,* avec Frédérick Lemaître, à l'Odéon; *La Tireuse de cartes,* à la Porte Saint-Martin. Mais pour les Louisianais de Paris, et Charles de Vigors en était, son triomphe avait été en 1862 un drame en cinq actes : *Les Volontaires de 1814,* où il exaltait l'héroïsme des Louisianais qui, à Chalmette, entraînés par Andrew Jackson, avaient sauvé La Nouvelle-Orléans.

Victor Séjour, qui continuait en France une carrière plus qu'honorable, appartenait à cette catégorie des boulevardiers qui dînaient chez Paillard et fréquentaient assidûment le Tortoni et le Napolitain.

Il n'était d'ailleurs pas le seul auteur noir à être publié bien avant la guerre civile. En 1845 avait paru à La Nouvelle-Orléans un recueil intitulé *Les Cénelles*[1], qui réunissait les œuvres de dix-sept auteurs de couleur. Tous ces poètes s'exprimaient en français avec élégance et certains créoles ne dédaignaient pas de les fréquenter et de les lire.

---

1. Réédité en 1945, sous la direction d'Edward Macco Coleman, professeur au Morgan State College, par « The Associated Publishers » (Washington).

Et puis la bonne société louisianaise, qui, au siècle précédent, avait été très satisfaite de trouver parmi les Noirs des forgerons, ferronniers d'art, pour doter les maisons du Vieux Carré de balcons ouvragés, connaissait bien ces joailliers, ces professeurs de musique, ces tailleurs, ces lithographes, ces peintres... et même ces marchands d'esclaves, qui, chacun dans sa spécialité, égalaient les Blancs.

Les citoyens les plus ouverts aux idées nouvelles et rejetant le vieux principe esclavagiste d'après lequel le Noir n'était pas perfectible souhaitaient que les Noirs libres instruits et éduqués puissent faire valoir démocratiquement les droits des anciens esclaves à l'instruction et à l'exercice de professions nouvelles. Il ne s'agissait, bien sûr, que d'une minorité de Blancs, moins égoïstes que les autres et qui se méfiaient du soutien équivoque des radicaux. Ces derniers, en se déclarant pour le suffrage des Noirs, escomptaient utiliser à leur profit un potentiel électoral qui ne pouvait pencher du côté des conservateurs.

En janvier 1864, un groupe de Noirs libres avaient présenté au général Shepley, alors gouverneur militaire, une pétition pour obtenir le droit de suffrage puisqu'ils « savaient lire, écrire, compter et payaient des impôts ». La pétition étant restée lettre morte, les Noirs libres, qui ne voulaient pas être confondus avec leurs frères de race récemment émancipés, s'étaient groupés dans une Association de l'Union radicale. Un membre de cette société, P.M. Touné, avait été envoyé à Washington, où Lincoln l'avait aimablement reçu. Quelques jours plus tard, le président des Etats-Unis avait fait savoir officieusement à Banks qu'il recommandait d'octroyer le droit de vote « aux Noirs les plus qualifiés ». Il ne fut tenu aucun compte de cette recommandation. C'est ainsi peut-être que les républicains radicaux, qui comptaient sur les voix des Noirs pour l'emporter, avaient été battus et que le parti de l'Etat libre s'était révélé assez puissant pour désigner le gouverneur Michael Hahn, lequel, ayant choisi de démissionner un an plus tard, fut remplacé, en mars 1865, par James Madison Wells.

Tandis que Virginie courait les boutiques, le général Tampleton allait à ses affaires et renouait avec cette ville de plus de 270 000 habitants qui semblait, en cette saison, livrée à la seule population noire. Celle-ci représentait, il est vrai, plus de quarante pour cent du total depuis que les esclaves émancipés s'étaient précipités dans les zones urbaines, loin des champs de coton, en espérant une vie plus facile.

A l'hôtel Saint-Louis, où les « créoles[1] » descendaient plus souvent qu'au Saint-Charles, davantage fréquenté par les Anglo-Américains, le général Tampleton retrouva quelques membres du Boston Club.

Dans un coin du fumoir, ceux-ci, tous officiers confédérés rendus à la vie civile, achevaient, cartes en mains, une partie de boston, ce jeu qui avait donné son nom au club le plus sélect et le plus fermé de La Nouvelle-Orléans. Willy Tampleton, élu membre à la veille de la guerre, n'avait pas eu l'occasion de fréquenter souvent les salons et le restaurant du club, installé dans une annexe du « Merchants Exchange », 126, rue Royale. Tous les membres, aristocrates, négociants, planteurs, médecins ou avocats, maudissaient ce 15 août 1862, jour où le colonel Stafford, de l'ar-

---

[1]. A La Nouvelle-Orléans on appelle « créoles » tous les descendants des familles françaises et espagnoles appartenant à l'aristocratie.

mée des Etats-Unis, avait fermé le club dans lequel il voyait un foyer de résistance à l'Union. La vieille institution pouvant reprendre ses activités, une assemblée des « bostoniens », parmi lesquels, en vertu des statuts, on ne pouvait admettre « ni Noirs, ni Juifs, ni Italiens, ni Sud-Américains », devait se réunir le 29 juillet à l'hôtel Saint-Charles.

« Nous aurons à élire un nouveau président, Tampleton, dit l'un des joueurs, et W.H. Avery me paraît tout indiqué pour remplacer Phoenix N. Wood... Et puis il faudra examiner la liste d'attente des candidats, car la guerre a éclairci nos rangs. Des gens proposeront sans doute qu'on augmente jusqu'à deux cents le nombre des membres, mais je crois qu'il est préférable, par les temps qui courent, de maintenir le quota à cent cinquante... Déjà, des Yankees recommandés par des anciens qui sont en affaires avec eux voudraient entrer chez nous ! »

On convint à l'unanimité, tandis que le garçon apportait le *mint julep* exactement dosé, qu'il convenait de rester au Boston Club entre gentlemen sudistes de tradition et d'interdire aux intrus nordistes la porte d'une institution fondée en 1841, « qui avait été, qui était et qui serait toujours » et dont seuls « l'Union Club de New-York », fondé en 1836, et « le Philadelphia Club », ouvert en 1834, pouvaient se targuer d'être les aînés.

« Il se pourrait qu'un jour nous ayons quelque utilité politique, fit observer un des membres. Nous ne sommes d'ailleurs pas étrangers à l'écartement des radicaux de Flanders et de sa bande, qui nous auraient amené les nègres à la législature. »

Comme souvent quand des anciens officiers de

la Confédération se trouvaient réunis, on reconstruisit le Sud sur des perspectives qui n'eussent pas plu au président Johnson et aux radicaux, tout en vidant quelques gobelets de bourbon.

Quand, à la fin de l'après-midi, Tampleton se rendit chez les frères Mertaux, les notaires jumeaux chargés de ses affaires, il avait oublié sa manche droite vide et retrouvé son allure martiale de planteur du temps où le coton était roi.

Les notaires, c'est bien connu, sont ennemis du changement et le général se sentit rajeunir de vingt ans quand il se retrouva assis dans un fauteuil de cuir au capitonnage fatigué, face aux deux juristes aux toisons blanches, aux sourcils broussailleux et qui, identiques et voûtés, ressemblaient à des santons d'un autre âge.

« Quelle misère que ces temps, général ! dit Louis en soupirant.

— Quelle tragédie que la guerre ! renchérit Alexandre.

— Nous allons nous retirer des affaires bientôt, firent-ils en chœur.

— A qui confierons-nous nos intérêts à La Nouvelle-Orléans, messieurs ? fit Tampleton. Sans vous, les propriétaires seront grugés.

— Nous n'avons pas de successeurs...

— ... et nous ne saurions vous recommander quelqu'un...

— ... en qui avoir confiance maintenant...

— ... que les nègres veulent commander...

— ... et que les aventuriers du Nord veulent tout acheter ! »

La conversation se poursuivit sur ce ton, entrecoupée de jérémiades, jusqu'au moment où les deux frères se dirigèrent vers le coffre-fort à double serrure, afin de compter à Willy Tampleton les loyers encaissés au nom de sa famille.

Avec un certain mépris pour les *greenbacks,* ces dollars verts du Nord, les jumeaux comptèrent et recomptèrent 650 dollars que le général empocha. Quand vint le moment de signer le livre de comptes et le reçu, Willy se trouva bien embarrassé.

« Je vais apprendre à écrire de la main gauche, mais ce n'est pas facile !

— J'écris votre nom et vous faites une croix..., dit Louis Mertaux.

— ... et vous touchez le porte-plume pendant que mon frère écrit..., proposa Alexandre.

— C'est ça, comme on fait pour les nègres qui ne savent pas écrire... », dit avec humeur le général en s'exécutant.

L'absence de ce bras constituait tout de même un handicap et l'euphorie ressentie une heure plus tôt disparut de l'esprit de Tampleton. Comme les deux notaires chenus, il se sentit soudain vieux, très vieux, et Virginie qu'il retrouva un moment plus tard chez Antoine, le restaurant le plus bourgeois de la ville, ne paraissait pas d'humeur à lui remonter le moral.

« J'ai assez de la ville, Willy ! J'ai envie de rentrer à Bagatelle. Si ce n'était pour accueillir Charles et son ami qui doivent maintenant avoir quitté New York, je prendrais le bateau aujourd'hui même. Rien n'est plus comme avant. Les gens sont tristes, renfrognés, inquiets et, partant, égoïstes. Il y a trop de nègres partout, qui mendient devant la cathédrale, qui chapardent aux étalages du marché français, qui s'enivrent avec du mauvais alcool et dansent dans les rues, comme à Paris les révolutionnaires dansaient la carmagnole.

— Quelques bons coups de trique !... dit Willy.

— C'est le seul moyen ! J'en ai vu qui ne voulaient pas monter dans le « wagon à étoile » qui leur est réservé sur les street-cars, sous le prétexte qu'ils étaient de l'armée de l'Union. Il a fallu que la police intervienne !... Je me faisais une telle fête de ce séjour !

— La fête est finie, Virginie, pour nous tous. Regardez autour de nous ces Yankees arrogants qui fument à table, mettent de la glace dans le vin et trouvent notre café amer. On m'a dit que les dépenses de la législature actuelle se montent à 1 162 000 dollars, alors que les recettes n'ont pas atteint 900 000 dollars... Qui paiera la différence ?... Nous, bien sûr. Et ce gouverneur Madison Wells qui essaie de se concilier nos bonnes grâces. On dit partout qu'au temps où il était percepteur à Grand Rapides il a détourné l'argent de l'Etat.

— On m'a parlé d'un certain John Davison Rockefeller dont le père était bonimenteur-colporteur de remèdes de charlatan et condamné pour viol, qui maintenant fait une fortune dans le pétrole, après avoir évincé ses associés de Cleveland, Andrews et Clark. Ce sont ces gens, les spéculateurs des chemins de fer et les politiciens véreux, qui seront bientôt les maîtres de l'Amérique.

— Notre temps est passé, je le crains, Virginie, dit Tampleton mélancoliquement.

— Le nôtre peut-être, Willy, dit Mme de Vigors en se redressant avec une lueur méchante dans le regard, mais pas celui de nos enfants et j'espère, bon sang, que Charles saura se montrer loup au milieu des chacals !... »

11

Bien que déçue par ses retrouvailles avec la ville — elle avait fort bien exprimé ces sentiments dans une longue lettre à Clarence Dandrige — Mme de Vigors faisait courses et emplettes avec l'autorité d'une maîtresse de maison qui sait choisir et acheter. On avait d'abord vu la dame de Bagatelle dans les bureaux du *Propagateur catholique*, où elle avait renouvelé son abonnement annuel pour cinq dollars à l' « Association catholique de la morale chrétienne » dont elle était membre.

Peut-être eût-elle préféré employer autrement cette somme — pour acquérir de la soie ou du shantung, par exemple — mais sa situation sociale l'obligeait à en passer par là. Elle s'était rendue aussi chez Planche et Wiltz, les facteurs de coton de la rue Carondelet, où Dandrige lui avait demandé de passer « pour voir s'il ne restait pas un petit quelque chose ». Une heureuse surprise l'attendait : les comptes apurés, on lui avait versé 230 dollars dont elle avait vite trouvé l'emploi. A plusieurs reprises au cours de son séjour, elle s'était assise sur le fauteuil intimidant de M. Roussel, le premier dentiste de la ville, car, disait-elle : « Une femme vieillit par les dents plus que par les cheveux. » Chez Holmes, le grand magasin du 125 de la rue du Canal, elle avait choisi du drap, des serviettes en tissu-éponge et une baignoire en zinc avec soupape que Charles lui avait demandé de se procurer et qui valait 24 dollars. Chez Dansereau et Feltz, on avait pris commande de vins et spiritueux à expédier d'urgence. Le pharmacien, Monteuse, lui avait délivré du phénol Babœuf, du camphre en bloc, du papier à cautère, du thé Saint-Germain, du cold-cream, de l'eau Valerian et des « pilules argentées ». Virginie avait été désagréablement surprise quand Basile Bares, l'accordeur de pianos de la rue Royale, lui avait fait part de ses tarifs : 85 dollars pour se rendre à Bagatelle, afin d'accorder le grand Pleyel.

Comme elle voulait rapporter un cadeau à Clarence Dandrige, Mme de Vigors entra un matin dans la boutique de J.J. Albert (successeur de Albert et Reinerth) chez qui l'intendant achetait ses chapeaux. Sans marquer le moindre étonnement, un vendeur en redingote gris souris et lavallière à pois tira d'un classeur une fiche de carton portant sur une silhouette de crâne les mensurations de « Monsieur C.C. Dandrige, Esquire ».

« Si Stonewall Jackson[1] nous revenait, dit l'employé, nous pourrions de la même façon lui proposer des coiffures à sa taille. »

Après avoir hésité entre un « leghorn » et un « campeachy », Virginie se rabattit finalement, au grand soulagement du chapelier, sur un feutre de laine gris clair, très léger, à larges ailes, au bord

---

1. Thomas Jonathan Jackson, surnommé « Stonewall », célèbre général sudiste formé à West Point qui donna plusieurs victoires à l'armée confédérée. Il mourut le 10 mai 1863 après avoir été amputé du bras à la bataille de Chancellorsville (Virginie).

roulé et à coiffe souple, ceinturé d'un ruban marron.

Enfin, pensant à sa toilette, Mme de Vigors acquit un de ces nouveaux corsets de Schwartz et fils et une « tournure » avant de choisir deux métrages de tissu chez Lazard, où elle dut attendre qu'on ait servi une octavone accompagnée de son amant yankee. Elle vit la belle retenir de quoi faire vingt robes. L'Américain régla sans sourciller, comme s'il se fût agi de l'achat d'un mouchoir de coton.

« *Ils* font marcher le commerce, madame la marquise », dit M. Lazard en refermant la porte sur le couple, comme s'il voulait se faire pardonner l'empressement qu'il avait manifesté envers la courtisane et son cavalier.

M. Lazard, connaissant les usages, donnait toujours à Virginie le titre qui, parmi ceux que lui avaient valus ses deux mariages, lui paraissait le plus élevé, donc le plus flatteur.

Toutes les visites que fit Mme de Vigors n'étaient pas aussi avouables. Elle se rendit à pied, une mousseline nouée sous le menton et jouant de l'inclination de son ombrelle pour dissimuler son visage quand elle craignait d'être reconnue, chez une créole qui tenait commerce de brocante à l'angle des rues de Chartres et Dumaine. Dans l'arrière-boutique, elle déballa de son sac deux sautoirs en or qui lui venaient de la tante Drouin, les timbales et gobelets en vermeil qu'avaient reçus à leur baptême ses fils Marie-Adrien et Pierre-Adrien, tragiquement décédés avant la guerre civile. Elle ajouta à cela des objets de moindre valeur et des bijoux qui avaient appartenu à la première femme du marquis de Damvilliers, Dorothée Lepas, depuis bien longtemps enterrée. Avant de quitter Bagatelle, elle avait joint à ces reliques une montre en or, cadeau fait autrefois par Dandrige à Pierre-Adrien, mais elle n'avait pas récupéré cet objet au moment de la restitution des bijoux volés à bord du *Prince-du-Delta III*. La brocanteuse, à la fois exubérante et plaintive, comme beaucoup de créoles, lui donna 100 dollars du tout, ce qui était peu payé.

Virginie fit encore une autre visite, à la nuit tombée, un soir où Tampleton dînait avec ses amis du Boston Club. Personne heureusement ne la vit entrer dans un petit cottage fait de planches disjointes, au numéro 1020 de la rue Sainte-Anne, adresse que tout le monde connaissait à La Nouvelle-Orléans pour être celle de Marie Laveau, la Reine Vaudou[1]. Cette quarteronne libre était une ancienne coiffeuse à domicile qui, connaissant les secrets des familles aussi bien que les pratiques vaudou, s'était imposée comme reine à tous les fidèles de ce culte apporté de Saint-Domingue par les esclaves venus avec les planteurs français chassés par la révolution de Toussaint Louverture. Elle laissait dire que son père était un noble qui l'avait confiée à un mulâtre nommé Charles Laveau, lequel l'aimait comme sa fille. En réalité, personne ne connaissait les origines exactes de cette femme, née aux environs de 1794, qui, par son intelligence et sa connaissance du cœur humain, avait su s'attirer les bonnes grâces aussi bien des dames de la haute société que des autorités. Sorcière patentée de la ville, elle était consultée par les politiciens et son commerce de gris-gris passait pour extrêmement florissant.

Ayant abandonné la coiffure en 1826, elle se

---

1. Morte en 1881, Marie Laveau est enterrée au cimetière Saint-Louis, à La Nouvelle-Orléans, où sa tombe reçoit de nombreuses visites.

consacrait entièrement au vaudouisme et chaque jour recevait discrètement des demoiselles dont les amours n'étaient pas partagées et des dames qui souffraient de l'indifférence de leur mari ou de leurs amants. Marie Laveau fournissait des gris-gris qui protégeaient de la fièvre jaune, des remèdes à certaines maladies et des tisanes capables de conjurer à temps les maternités importunes. Le cottage qu'elle habitait lui venait d'un riche créole dont le fils, soupçonné de viol, avait été innocenté par le tribunal. Marie Laveau, le matin du procès, avait elle-même placé sous la chaise du juge un gri-gri de sa fabrication qui, inspirant favorablement le magistrat, avait conduit celui-ci à prononcer la relaxe de l'accusé.

La consultation que sollicitait Mme de Vigors était des plus délicates. Puisque le docteur Murphy lui avait dit autrefois qu'aucun médecin ni aucune chirurgie ne pourrait rendre à Clarence Dandrige la moindre capacité sexuelle[1], elle avait pensé s'adresser à la sorcière, dont les philtres et les potions donnaient parfois d'étonnants résultats.

La vieille femme aux cheveux blancs, au nez crochu, au regard à la fois doux et pénétrant, se tenait dans un lourd rocking-chair de bois grossier, enveloppée d'un châle. Sa fille, une belle femme vêtue d'une longue robe droite qui, dans l'ombre douteuse de la pièce, parut à Virginie d'une blancheur immaculée, semblait veiller sur la reine[2]. La visiteuse remarqua les mains longues, fines et sèches de la prêtresse. Elles lui rappelèrent celles de Planche, la vieille esclave à la

---

1. Voir *Louisiane*.
2. Le dessinateur Edward W. Kemple a donné dans *Creole slave songs* un saisissant portrait de Marie Laveau et de sa fille.

peau grise, qui l'avait aidée à mettre au monde la plupart de ses enfants.

« Je voudrais vous parler seule à seule », dit Virginie.

D'un geste la sorcière congédia sa fille, ramena les pointes de son châle dans son giron et croisa les mains sur ses genoux. L'exposé de Mme de Vigors fut long, détaillé, émaillé de périphrases, car le cas n'était pas facile à expliquer et certains mots ne pouvaient être prononcés.

« Et vous aimez cet homme ? » demanda Marie Laveau.

Virginie acquiesça, mais crut utile de préciser qu'elle ne pensait guère à elle dans cette affaire. Si elle souhaitait guérir ce monsieur, c'était pour qu'il puisse retrouver la plénitude de son humanité.

« Bien sûr », fit la sorcière, avec dans les rides qui entouraient sa bouche édentée un vague mouvement traduisant peut-être un sourire.

Elle parut réfléchir, se concentrer, et la question qu'elle posa à Virginie fit rougir celle-ci jusqu'aux oreilles.

« Ce n'est pas possible, je ne puis faire ce genre de chose... Nous n'avons jamais... eu... d'intimité !

— Je vais vous donner un gri-gri, que je ferai spécialement pour vous et que vous placerez dans l'oreiller de la personne au premier quartier de la lune, et aussi une poudre, que vous mettrez dans une bouteille de porto ou de xérès...

— Ce n'est pas dangereux ?

— Du tout ; c'est de l'écorce broyée d'un arbre de la cordillère des Andes qui est toujours vert. »

Bien qu'à demi rassurée, Virginie remercia. Après tout, elle était venue pour ça. La sorcière rappela sa fille, qui l'aida à s'extraire de son rocking-chair, et les deux femmes disparurent dans une autre pièce, laissant Virginie suivre le cheminement d'une « cucaracha » sur le rond de clarté fait par une chandelle plantée dans le goulot d'une bouteille.

Au bout d'un quart d'heure, Marie Laveau revint, portant dans la coupe de ses mains noires une boule grosse comme une orange et faite, autant que Virginie pût s'en rendre compte, de plumes de coq sauvage parfaitement entrecroisées.

« Voilà, ma belle, dit la sorcière, tout ce que peut ma science. Si après une lunaison il n'y a pas eu d'effet, jetez le gri-gri dans une flambée de sassafras... sans chercher à voir ce qu'il contient... Ça vous apporterait le malheur ! »

Virginie reçut avec respect la boule de plume, la mit dans son sac et acquitta le prix de la consultation : dix dollars.

En quittant le repaire de la sorcière, Mme de Vigors fut bien aise de retrouver le cabriolet fermé qui l'avait amenée là, et davantage encore, après une course rapide, le hall illuminé de l'hôtel Saint-Charles. Elle dîna ce soir-là d'un foie de volaille sauté aux champignons et d'une meringue suisse, nappée d'un coulis de fraises.

Avant de se mettre au lit, la dame de Bagatelle entrouvrit le tiroir où elle avait déposé le gri-gri de la Reine Vaudou. Il lui parut dégager une odeur peu agréable.

Le général Tampleton étant invité à la distribution des prix de l' « Académie louisianaise », rue de l'Hôpital, école privée qu'il avait fréquentée autrefois, Mme de Vigors accepta de l'accompagner pour tromper son ennui en attendant l'arrivée du *Florida* qui amenait de New York son fils Charles et M. de Castel-Brajac.

Dirigée par le colonel Ferrier, l' « Académie louisianaise » était une de ces institutions huppées où l'on enseignait aux rejetons des grandes familles le grec, le latin, la philosophie, les mathématiques, l'histoire, la géographie, l'anglais, l'italien, l'allemand, l'espagnol, mais aussi l'escrime, la tenue des livres de comptes, la musique, le dessin et la calligraphie.

Les invités durent d'abord entendre, récités par les meilleurs élèves, des morceaux choisis en anglais et en français, puis suivirent les évolutions incertaines d'un groupe de petites filles de quatre à sept ans interprétant *Le Petit Oreiller*, une comptine tirée d'une poésie de Mme de Valmore, avant de subir les déclamations ampoulées d'acteurs amateurs dans des scènes des *Fourberies de Scapin* et du *Mariage forcé*, de Molière, de *Ruy Blas* et *Hernani*, de Victor Hugo, ainsi que trois actes en anglais de *L'Ecole buissonnière*, d'un auteur inconnu.

Chargé du discours français, un étudiant en philosophie, M. Charles Claiborne, parut au général Tampleton d'une maturité au-dessus de son âge. Parlant de l'avenir de sa génération, mais aussi de celui de la Louisiane « si profondément éprouvée », le jeune homme regretta avec une belle assurance « ces carrières perdues » faute d'une instruction supérieure.

« Ne serait-ce pas une véritable déchéance morale, dit-il, pour notre belle Louisiane, si ses enfants ne pouvaient égaler dans l'exercice de professions libérales les hommes arrivant des autres Etats, s'ils se voyaient contraints de faire l'aveu tacite de leur infériorité intellectuelle en abandonnant les places aux nouveaux venus ? »

On applaudit très fort ce défi, lancé aux gens du Nord par un enfant du Sud.

Au cours du bal qui suivit, on fit beaucoup de cas d'un officier de marine français, le capitaine de frégate Maxime Bastard, commandant de la corvette *La Mégère*, qui, disaient les gens informés, sortait tout juste d'un incident diplomatique où l'avaient entraîné son courage et son souci de faire respecter les personnes et les biens des ressortissants français.

Basée depuis un an à La Nouvelle-Orléans, *La Mégère*, une corvette mixte de l'escadre des Antilles, avait été envoyée là par le ministre de la Marine de Napoléon III, à la fois pour soutenir les intérêts des nationaux français en Louisiane et pour surveiller le secteur maritime pendant la guerre du Mexique. Polytechnicien, descendant d'une très vieille famille de fermiers généraux du bas Poitou, homme du monde brillant et cultivé, le commandant Bastard avait lié de solides amitiés avec des planteurs d'origine française. Quand, au mois de mars 1865, on avait vu camper dans un faubourg de La Nouvelle-Orléans ce que le commandant appela plus tard « dix-huit à vingt mille sacripants, parfaitement indisciplinés, venus des provinces du Nord par le Mississippi » et qui devaient constituer le noyau du corps expéditionnaire fédéral du général Canby, chargé de chasser les dernières troupes confédérées de La Mobile, on s'était attendu à des incidents. Ils ne manquèrent pas de se produire. Dans la paroisse Saint-Bernard, notamment, des vols, des maraudages et parfois des exactions plus graves furent commis par les soldats yankees, particulièrement au préjudice de fermiers, de maraîchers et de laitiers d'origine française, nommés Marc Claverie,

Isidore Maugel, Alexandre Lacoste, Bonaventure Vital, Joseph Lanusse, etc.

Ces braves gens, à demi ruinés par la soldatesque, s'étaient adressés au commandant de *La Mégère*, estimant sans doute qu'il aurait plus de poids et d'autorité que le consul de France, M. Fauconnet.

Le tempérament du commandant Bastard l'aurait sans doute poussé à quelque vigoureuse intervention auprès des autorités locales si son sens de la diplomatie ne l'avait emporté. Connaissant toutes les critiques formulées contre la France par les Fédéraux, à cause de la présence impériale au Mexique, et contre les Français résidant à La Nouvelle-Orléans qu'ils appelaient en général du sobriquet peu flatteur de « John Crapaud », Maxime Bastard avait adressé au général Canby une lettre dénonçant les méfaits des soldats de l'Union et demandant que les autorités fédérales prennent en considération le sort des spoliés. L'officier français rappelait à l'officier américain que *dans tous les pays civilisés, il est d'usage, en pareil cas, de retenir sur la solde des coupables les avances faites par l'Etat pour indemniser les victimes.*

Canby avait renvoyé une réponse aimable conseillant aux plaignants de s'adresser à un « Proper officer of the U.S. government »... que personne ne connaissait. Ne se décourageant pas, le commandant Bastard avait écrit à nouveau au général Canby, mais, celui-ci guerroyant du côté de La Mobile, la lettre du Français était parvenue au successeur de Canby, un certain général Hurlbul, qui fit, lui, une réponse assez insolente. Dans le même temps, le consul de France, bien qu'informé par Bastard des démarches qu'il entretenait, estima que le marin avait fait bon marché des prérogatives diplomatiques. Il se plaignit à M. Geoffroy, le chargé d'affaires de France à Washington, qui s'empressa de dénoncer les agissements du commandant Bastard au chef de ce dernier, le contre-amiral Bosse, commandant la division navale des Antilles et du golfe du Mexique basée à La Havane.

Contrairement à ce qu'espéraient l'agent consulaire français à La Nouvelle-Orléans et le pseudo-ambassadeur à Washington, le contre-amiral écrivit une lettre chaleureuse au commandant Bastard où il lui disait notamment : *J'ai confiance en votre zèle et en votre sagesse pour protéger jusqu'à la fin les résidents français plaçés dans la sphère de votre action.*

Entre-temps, grâce aux interventions du « pacha » de *La Mégère*, les fermiers français avaient été mis à l'abri des débordements des militaires yankees. Il ne restait qu'à les faire indemniser.

Tel était l'homme que les Français de La Nouvelle-Orléans félicitaient à chaque occasion. Virginie et Tampleton, qui lui furent présentés, ne manquèrent pas d'ajouter leurs compliments à ceux déjà décernés d'autant plus joyeusement que le fameux général Hurlbul, auteur de la réponse insolente, venait d'être jeté en prison pour concussion.

En quittant l' « Académie Louisianaise », le général Tampleton et Mme de Vigors se virent assurer d'une invitation en bonne et due forme pour la fête que les marins de *La Mégère* se promettaient de donner au printemps suivant.

« Il y a dans le caractère français, dit Tampleton, une audace de langage et une assurance dans l'attitude qui, si elles n'étaient pas confirmées par l'action, ressembleraient fort à des fanfaronnades. Nos Yankees volontiers hâbleurs, mais plus sobres dans l'expression, ne voient souvent chez le Français que le fanfaron et sont surpris quand ses agissements se révèlent conformes à ses paroles les plus osées. Le commandant Bastard a le sang rouge et vif, c'est avec de tels hommes que les femmes et les patries sont respectées... Ils n'admettent pas qu'on les bouscule sans s'excuser !

— Je reconnais bien là votre sens de la chevalerie, mon bon Willy, mais, dans le monde qui se prépare, je crains bien que les Cavaliers ne soient broyés par les tricheurs... A quoi sert un code de l'honneur face à des gens qui n'ont pas d'honneur ?...

— Il sert à rassembler ceux qui en ont encore assez pour tenir tête le plus longtemps possible... »

Ce soir-là, le dernier de leur séjour, puisque le *Florida*, annoncé par le télégraphe de la station des pilotes de La Balise, serait à quai le lendemain à huit heures, Virginie et Tampleton choisirent de dîner à l'hôtel. Le directeur les avait informés que l'enfant chéri de La Nouvelle-Orléans, le pianiste virtuose le plus fameux des Etats-Unis, compositeur charmant et coureur de jupons invétéré, Louis Moreau Gottschalk, arriverait dans la soirée et que la direction de l'hôtel comptait bien qu'il donnerait dans le salon de musique un concert imprévu.

« Si nous décidons le maître et si le concert a lieu, nous vous préviendrons, ne vous éloignez pas ! »

Ce que le manager du Saint-Charles n'avait pas dit, c'est que M. Gottschalk ne tenait pas, pour une fois, à se faire trop remarquer. S'il repassait par sa ville natale, c'était, affirmaient les initiés, pour s'embarquer discrètement à destination du Pérou où il espérait trouver un refuge. A San Francisco, où il venait de donner une série de concerts, il avait eu une aventure amoureuse très poussée avec une écolière charmante, mais beaucoup trop jeune pour qu'il n'y ait pas scandale. Louis Moreau Gottschalk, éternel célibataire, éternel amoureux, jouisseur obsédé du beau sexe, avait sur les bras une histoire qui pouvait mal tourner tant qu'il serait sous les lois fédérales, trop puritaines à son goût, mais bien gênantes dans son cas.

« Comme c'est romantique! dit Virginie à Mme Pritchard qu'on avait fait prévenir de l'aubaine probable d'un concert privé.

— Il y a des filles de douze ans, ma chère, qui cherchent déjà à aguicher les hommes, c'est une affaire de tempérament. »

Mme Pritchard parlait à voix basse, car elle avait amené sa fille Gloria, qui allait sur ses dix-huit ans, mais dont elle avait garanti la parfaite innocence. Gloria, belle brune à la peau mate, nettement plus mate que celle de ses frères et sœurs, aux narines un peu trop ouvertes — sa mère était née Gonzales et avait longtemps vécu à Cuba — ne songeait guère à écouter une conversation qui ne l'aurait peut-être pas intéressée. Elle se régalait, aussi méthodiquement qu'un joaillier démontant un diadème, d'une pièce montée où les fruits fourrés, les boules de glace, les supports meringués ruisselaient de crème au chocolat tiède, qu'elle cueillait avec des langues de chat, dont le maître d'hôtel renouvelait régulièrement le stock.

« Tu vas être malade, ma chérie; tant de crème!

— Non, maman, ça passera très bien, je t'assure. »

On devinait un peu de jalousie et d'envie dans le ton de Mme Pritchard, qui, elle, « avait un foie ».

« Pour en revenir à Gottschalk, reprit-elle mezza voce, on dit qu'il a beaucoup baissé. J'ai lu quelque part l'article d'un critique de Chicago qui écrivait à peu près : *Je n'aime pas la musique et de tous les instrumentistes ceux que je peux le moins supporter ce sont les pianistes; aussi ne me suis-je pas ennuyé au concert de M. Gottschalk, car je n'ai entendu là ni musique ni pianiste !*

— C'est méchant et injuste, lança vigoureusement Virginie; souvenez-vous du succès qu'il avait eu en mai 53 quand le maire, M. Crossman, lui a offert, en notre nom, cette médaille en or de seize onces à laquelle vous aviez vous aussi participé.

— Il s'est beaucoup fatigué depuis, à ce qu'on dit; trois ans dans les Caraïbes après un voyage avec la Patti, ses mille concerts donnés dans le Nord pendant la guerre et ses voyages incessants en train, en bateau, en diligence...

— Même s'il jouait dans le Nord, il envoyait beaucoup d'argent pour les hôpitaux et les orphelins de la Louisiane; c'est un bohème, un homme qui dévore la vie impétueusement, dont la religion est le plaisir immédiat, mais sa musique est fraîche, poétique, originale; on y retrouve le romantisme de Chopin et de Liszt porté par les sonorités et les rythmes créoles et nègres de La Nouvelle-Orléans. Quel qu'il soit et quoi qu'il fasse, je l'aime, conclut Virginie avec chaleur, et quand je suis lasse, à Bagatelle, je joue ses musiques... Ah ! si nous pouvions l'entendre ce soir, ça me consolerait de toutes les déceptions que j'ai connues ici... »

Tampleton, qui était allé aux nouvelles, revint pour apporter à Virginie la réponse à ses vœux.

Le maître était arrivé, il prenait un bain. Il avait accepté de donner un concert pour les clients de l'hôtel. Il voulait au moins cinquante personnes et demandait en s'excusant, car il avait comme toujours besoin d'argent, deux cent cinquante dollars.

« Ça met les places à cinq dollars, dit le général. J'en ai retenu quatre... »

Contrairement à ce qu'on avait pu penser, le virtuose en route pour l'exil n'était pas du tout morose ou abattu; il avait luné la femme de chambre et exigé une savonnette parfumée au lilas.

Louis Moreau Gottschalk, que les Orléanais considéraient comme l'un des leurs, était plus européen qu'américain. Né le 8 mai 1829 à La Nouvelle-Orléans, d'un négociant anglais, juif, et d'une créole issue d'une famille aristocratique française, il avait montré dès l'âge de treize ans de telles dispositions pour le piano que ses parents l'avaient expédié à Paris. Elève de Hallé, Maledan et Stamaty, il avait pour la première fois en 1845 dans un salon parisien interprété des œuvres de Thalberg, Liszt et Chopin. Ce dernier, qui assistait au concert, vint à ce gamin de seize ans et lui dit avec chaleur : « Donnez-moi vos mains, mon enfant, je prédis que vous deviendrez le roi des pianistes. » Quatre ans plus tard, lors de ses débuts publics, Louis Moreau Gottschalk jouait ses deux premières compositions, *Le Bananier* et *Bamboula*. Ce fut un succès. Le lendemain, Paris connaissait ce pianiste venu d'Amérique. Théophile Gautier et Victor Hugo écrivaient sur lui des choses du genre : *Il a sa place à côté des maîtres* ou *C'est un poète à l'imagination joyeuse.* Pour ces Parisiens, qui croyaient que le Sud des Etats-Unis était un pays de sauvages et La Nouvelle-Orléans un repaire de bandits et de prostituées, Gottschalk avait été une révélation. De Paris, il lui avait été facile de conquérir une audience européenne. A Moscou, la grande-duchesse Anna se disait son amie; à Madrid, la reine Isabelle II patronnait ses concerts. Si Wagner grinçait des dents en écoutant *Bamboula*, si Saint-Saëns, qui avait étudié la composition avec Gottschalk dans la classe de Pierre Maledan, souriait ironiquement, si Georges Bizet ne comprenait pas l'engouement de son maître, Camille Stamaty, pour ce dandy qui jouait en envoyant des œillades aux femmes, Berlioz, lui, se faisait son champion.

L'Amérique avait accueilli plus fraîchement ce pianiste-compositeur fabriqué par l'Europe. Mais le style, le ton, la sonorité de Gottschalk avaient fini par plaire et son charme avait fait le reste. Quand le compositeur-interprète s'était inspiré des airs populaires du Sud, des rythmes créoles, quand il s'était mis à broder de surprenantes variations sur des hymnes ou des chants que tout le monde pouvait fredonner, la gloire était venue et on lui avait pardonné de s'être un peu laissé aller parfois à plagier Chopin.

Quand il parut ce soir-là dans le salon de musique de l'hôtel Saint-Charles, où trônait un Steinway d'acajou, Louis Moreau Gottschalk, les cheveux rejetés en arrière, le col serré par une large cravate de soie noire, la manchette exubérante, le regard vif et fureteur, malgré les cernes bistres du viveur qui lui mangeaient les yeux, troussa vivement les basques de son habit et se mit au clavier. Il parut réfléchir, comme s'il hésitait sur le choix de la pièce à jouer, face au public si spontanément rassemblé, puis il attaqua *The Union*.

On applaudit l'interprète, surtout pour les broderies adroites qu'il mettait autour d'un hymne qui ne pouvait, dans le Sud, susciter l'enthousiasme. Aussitôt Gottschalk enchaîna avec le *Grand Scherzo* auquel succédèrent la *Mazurka en ut mineur* et *La Gallina*, sa dernière composition en forme de danse cubaine. Cette dernière pièce obtint une approbation chaleureuse et sans retenue. Bissé, le pianiste donna encore deux autres de ses plus charmantes œuvres, légères et spirituelles, comme les dames de La Nouvelle-Orléans les aimaient : *Suis-moi* et *Oh! ma charmante, épargne-moi*. Cette dernière parut une supplication assez ironique venant d'un luron qui avait été l'amant d'Adelina Patti, alors que la future cantatrice venait tout juste d'avoir quatorze ans, et dont on connaissait le goût pour ce que les journalistes du Nord appelaient pudiquement « extra curricular pleasures ».

Au lendemain de ce concert, leurs bagages étant déjà chargés à bord du *Créole*, un des nouveaux vapeurs du Mississippi, le général Tampleton et Mme de Vigors vinrent assister à l'arrivée du *Florida*. Virginie, refusant de rester à l'ombre des bureaux de l'immigration, s'était avancée sous son ombrelle dans la foule qui emplissait le quai, cherchant du regard sur le pont du navire la silhouette de l'homme qui devait être son fils.

« Je ne le vois pas, Willy, je ne le reconnais pas; ne serait-il pas sur ce bateau? »

L'anxiété de cette mère qui n'avait jamais montré dans le passé autant d'attention passionnée pour aucun de ses enfants surprit Tampleton.

« C'est un homme, que diable, il saura bien vous trouver, lui! »

Quand les passagers commencèrent à débarquer, l'agitation de Virginie redoubla. Elle dévisageait les arrivants avec des regards interrogateurs, croyait reconnaître Charles, s'efforçait d'identifier Castel-Brajac, prête à s'élancer vers des inconnus.

Aussi, quand une voix joyeuse et grave lui demanda à travers la soie de l'ombrelle qu'elle tenait rejetée sur l'épaule : « Ne seriez-vous pas madame ma mère, par hasard ? » elle sursauta, faillit éborgner Charles en faisant brusquement demi-tour et reconnut enfin son fils, qui lui parut immense, fort et incroyablement vieux.

Sans se soucier des passants, Charles prit sa mère à bras-le-corps, la souleva de terre, la couvrit de baisers, compromettant l'équilibre d'une capeline singulièrement démodée par rapport aux bibis des Parisiennes qu'il avait quittées trois semaines plus tôt.

Tampleton osa enfin s'approcher.

« Pendant les guerres, les enfants grandissent au loin sans qu'on s'en aperçoive, dit-il à Charles en lui tendant son unique main.

— Dandrige n'est pas là ? questionna immédiatement le jeune homme.

— Il y a fort à faire à la plantation, Charles, et on ne peut pas abandonner les maisons en ce moment », fit Virginie avec sérieux.

Puis, saisissant le bras que son fils lui offrait et s'y suspendant comme une amoureuse, elle ajouta :

« C'est égal, je suis contente que vous soyez là ! La Louisiane que vous avez connue enfant n'existe plus. C'est un autre monde, avec d'autres gens et d'autres mœurs... Mais où est donc votre ami ?... Il faut nous hâter, le *Créole* part à midi. »

Gustave de Castel-Brajac s'occupait des bagages. Spécialement des douze ruches. Depuis l'étape de New York, le Gascon se montrait très préoccupé de la survie des abeilles. Il s'était procuré, lors du transbordement des ruches, soixante mètres de mousseline. Chaque cône de paille avait été empaqueté, comme un doigt blessé, de tissu léger qu'on devait asperger d'eau trois fois par jour au moyen de vaporisateurs arrachés à prix d'or à un coiffeur italien de Broadway. Le Gascon comptait sur l'évaporation pour rendre quelque fraîcheur aux butineuses.

« Si nous en sauvons un tiers, nous aurons de la chance », avait-il dit à Charles.

Il fallut à ce dernier une bonne demi-heure pour retrouver son ami dans l'encombrement du quai. Ayant réquisitionné un grand chariot à quatre roues, destiné au transport des balles de coton, Gustave s'employait en vociférant à y faire charger les ruches par deux Noirs à demi terrorisés. Le Gascon s'efforçait aussi de rassembler avec l'aide de porteurs indolents les deux douzaines de caisses, malles, coffres, valises, cantines, sacs et paquets qui constituaient le bagage des deux amis.

Présenté à Virginie et à Tampleton, Castel-Brajac s'excusa avec volubilité pour cette arrivée peu protocolaire en s'épongeant le front avec un mouchoir de batiste dont Virginie remarqua la finesse. Ecarlate, mais digne, prompt, efficace, l'œil à tout et l'invective sonore, il finit par houspiller aussi Charles qui bavardait tranquillement avec sa mère.

« Les retrouvailles sont les retrouvailles, bien sûr, madame, mais si Charles voulait bien recompter nos paquets, vérifier si la caisse de ma lunette astronomique a été débarquée et si ce nègre imbécile a convenablement attaché les ruches, cela ferait gagner du temps pendant que je cherche un second chariot. »

Le général Tampleton, ayant proposé ses services, fut immédiatement embauché pour surveiller le premier attelage, qui ne manquait pas d'attirer l'attention, les douze ruches enveloppées de mousseline prenant dans la cohue l'aspect d'un chargement d'énormes choux à la crème.

Les passagers débarquant s'arrachaient les porteurs, tandis que les *rustabouts*, ces athlètes spécialisés dans le déchargement des gros colis et des balles de coton, attendaient en équipe d'être appelés par leur contremaître. Castel-Brajac finit par récupérer un Noir, robuste et assez correctement vêtu d'un tricot de marin et d'un pantalon bleu, mains sous la nuque, un béret sur les yeux, qui semblait dormir, allongé sur la plate-forme inclinée d'une charrette aux brancards dressés vers le ciel.

« Allez, ouste, par ici ! fit le Gascon en frappant la ridelle de sa canne pour ramener le portefaix aux réalités du moment.

— Hé là, hé là, doucement ! fit le Noir en se soulevant sur les coudes.

— Comment hé là, hé là ! Au travail et vite ; un dollar pour toi si tu transportes mes bagages jusqu'au *Créole*... là-bas !

— Foutez-moi la paix et portez-les vous-même, monseigneur ! »

Le fait que le Noir parlât un français étonnamment correct aurait dû inciter Castel-Brajac à plus de circonspection. Mais il avait chaud, se sentait las, respirait difficilement dans cette atmosphère d'étuve, désirait un bain tiède et un grand pot de bière fraîche. Et puis on lui avait dit qu'esclaves ou pas les Noirs dans ce pays ne devaient jamais discuter les ordres des Blancs.

« Fainéant, sac de cirage, pithécanthrope inachevé, pendard, mangeur de bananes », criat-il, libérant tous les qualificatifs que lui soufflait son imagination méridionale face à une situation neuve.

Le Noir, qui ne comprenait pas tous les termes, mais qui, fort justement, les supposait injurieux, se laissa glisser du chariot, enfonça avec un regard mauvais son béret sur sa toison bouclée et se dressa dans le soleil, poings sur les hanches, pareil au géant Atlas prêt à soulever le monde.

Déjà les badauds, voyageurs fraîchement débarqués, douaniers, porteurs, flâneurs, facteurs de coton, marins, s'étaient attroupés, subodorant l'altercation comique entre un Noir énorme et un petit Blanc rond, rose et qui, visiblement, n'était pas du pays.

Les vociférations de Gustave ayant alerté Virginie, Charles et Tampleton, ils arrivèrent juste à temps pour voir le Gascon porter un vigoureux coup de canne sur l'épaule du Noir.

Ce dernier prit très mal cette brutalité, fit un pas en avant en roulant des yeux blancs, saisit le jonc qui venait de le frapper et le tira vivement à lui. Cramponné au pommeau, Gustave eut le temps de presser le bouton qui libérait la lame contenue dans cette canne comme dans un fourreau. Le Noir, emporté par sa traction, perdit l'équilibre, s'affala sur la charrette, qui, mal calée, roula sur trois mètres juste assez loin pour détruire un échafaudage de panières que des porteurs venaient de dresser. Le public rit comme au théâtre. Quand le Noir se releva, humilié et furieux, l'épée brandie par Castel-Brajac le tint à distance.

« Alors, Bamboula, on se fâche ? Je te percerais volontiers la bedaine pour voir si ton sang est aussi noir que ta peau et ton âme. On aurait dû y regarder à deux fois avant de t'émanciper.

— J'ai jamais été esclave, moi, écuma l'autre.

Je suis le maître coq du *Bon-Père* de Bordeaux, je suis français et j'ai rien à voir avec les nègres d'ici..., mais si je vous attrape, je vous étrangle ! »

Tampleton fit un pas en avant comme pour s'interposer, car déjà d'autres Noirs approchaient, prêts à prendre parti pour leur frère, dont l'aisance de parole les étonnait.

Castel-Brajac, bombant le torse, jeta un regard circulaire sur l'assistance.

« Si j'avais su que tu n'étais pas un simple porteur, je t'aurais laissé tranquille, lança le Gascon, mais tu n'es qu'un nègre parmi les nègres, et je ne pouvais deviner que j'avais affaire à un cuisinier, profession que je respecte autant que celle d'archevêque. Aussi je vais te faire une proposition honnête, t'offrir réparation. Bien qu'il fasse diablement chaud, nous allons nous battre à mains nues... en évitant de nous étrangler tout de même. Si je gagne, tu portes mes bagages jusqu'au *Créole;* si je perds, je te porte sur mon dos jusqu'à ton bateau... C'est d'accord ? »

Au cours de ses années de mer, le Noir, philosophe à sa manière, avait déjà rencontré des capitaines maniaques ou ivrognes, des femmes folles ou hystériques, des lords qui jouaient de la trompe de chasse en passant l'équateur, des Chinois qui comptaient avec des boules, des Hindous capables de se tenir pendant trois heures en équilibre sur la tête, mais jamais, au grand jamais, il n'avait reçu pareille proposition de la part d'un petit homme dodu comme un cochon de lait et qu'il allait asseoir d'une seule gifle.

« D'accord, dit le cuisinier du *Bon-Père*, mais je ne veux pas d'ennui, hein ! Que tout le monde ici voie bien que c'est vous qui proposez la bagarre.

— Aucun ennui, Bamboula, je t'assure et ce

monsieur qui n'a qu'un bras et qui est général sera l'arbitre !

— Voyons, dit Tampleton, vous ne croyez pas...

— Ce qui est dit est dit, fit Castel-Brajac. Il faut vivre dangereusement... et puis il faut bien aussi que ce garçon, cuisinier ou pas, porte nos bagages au *Créole*. »

Virginie se tourna vers Charles :

« Ce monstre noir ne va faire qu'une bouchée de ton ami. Il faut empêcher ça, prévenir le shérif et faire arrêter ce nègre fou. On n'a jamais vu ça, un Blanc se battre avec un nègre !

— Vous ne connaissez pas encore M. de Castel-Brajac, fit Charles sans émotion. C'est un mousquetaire. Il se fera tuer plutôt que d'en démordre. Il n'avait pas à asticoter ce nègre, mais je ne me fais pas grand souci pour lui. »

Le Noir commença par jeter son béret, puis il tira par-dessus sa tête son tricot de marin à rayures blanches et bleues qu'il déposa sur la charrette. Apparut alors un torse prodigieusement musclé, luisant comme un bronze, des pectoraux galbés comme des coussins de cuir et des biceps lourds et mobiles et qu'on devinait équivalents en dureté aux gros mâts de chêne des voiliers qui se balançaient sur le fleuve.

Le dépouillement de Castel-Brajac causa moins d'impression, encore que mis à part sa bedaine, d'une émouvante rondeur, la musculature du petit homme parut loin d'être négligeable. Il confia gilet de soie, montre et papiers divers à Charles, invita Virginie à préparer de la charpie avec la chemise qu'il lui abandonna.

« Allons-y, mon gars, dit-il joyeusement en serrant les poings, comme ces écoliers bagarreurs qui dissimulent leur poltronnerie sous des attitudes de matamores.

— Ne vous laissez pas saisir à bras-le-corps, monsieur, cria Tampleton, et frappez vite et fort ! »

Sûr de sa force, le cuisinier du *Bon-Père* se jeta en avant, les deux bras tendus et écartés, mais il n'enserra que le vide : Gustave s'était laissé tomber à quatre pattes avec une promptitude surprenante. Personne ne vit d'ailleurs comment le Gascon bloqua au passage la jambe de son adversaire qui, emporté par son élan, pivota et tomba lourdement sur le sol.

Avant que le nègre, dont le crâne avait heurté le pavé avec un bruit sec, ait eu le temps de revenir de sa surprise, Castel-Brajac lui sautait à pieds joints sur le sternum, ce qui ne parut pas gêner beaucoup le costaud.

« Ce type est fou », dit à Tampleton un officier qui se présenta comme le second du *Bon-Père*.

Et il ajouta aussitôt :

« J'ai vu notre coq porter seul un piano sur ses épaules, il va écraser ce gentleman !

— Je parie deux dollars sur le nègre, dit quelqu'un.

— Et moi cinq sur M. de Castel-Brajac, rétorqua Virginie.

— Tenu », fit l'homme, un armateur de La Mobile.

Entre-temps, le Noir s'était relevé et tentait de saisir son adversaire qui tantôt tournoyait comme une toupie, tantôt roulait avec une étonnante souplesse, esquivant les coups, sautant de droite et de gauche comme si ses mollets ronds eussent renfermé des ressorts.

Le public commençait à rire au spectacle de ce curieux ballet. Lourd et pataud, le cuisinier ne pouvait employer sa force; son torse luisait de sueur et il commençait à connaître le sentiment du ridicule qu'avait dû ressentir Goliath face à David.

Décidé à en finir, le cuisinier réussit à porter un coup à l'épaule de Gustave qui, grimaçant de douleur, se laissa tomber sur le dos, replia vivement ses jambes, les genoux collés au ventre comme s'il avait été touché à l'abdomen. Croyant le Français bien atteint, le Noir, les poings pendant comme des massues au bout de ses bras, s'approcha. Virginie poussa un cri et se cacha le visage dans l'épaule de Charles; un murmure inquiet parcourut la foule.

Recroquevillé sur le dos, se tenant les genoux à deux mains, M. de Castel-Brajac manquait singulièrement de dignité. Il figurait l'animal qui, à l'abattoir, se résigne à succomber face au tueur déterminé.

Les choses allèrent si vite que, par la suite, certains spectateurs mal placés durent se faire mimer, par ceux du premier rang, la dernière phase du combat. Au moment où le géant noir se laissait tomber de tout son poids sur son adversaire, ce dernier, d'une détente rapide comme l'éclair, lui expédia dans le bas-ventre ses talons joints puis, le coup porté, se laissa rouler sur le côté droit, tandis qu'avec un gémissement sa victime s'étalait brutalement sur la terre battue.

Ayant éprouvé la résistance du cuisinier, M. de Castel-Brajac était déjà debout et, pour faire bonne mesure, frappait du bout de sa chaussure la tempe du marin, qui demeura immobile, à plat ventre, bras en croix.

« Et voilà ! » dit le Gascon, très essoufflé, maculé de poussière, mais apparemment intact.

Les Blancs applaudirent. Virginie lança au Gascon sa chemise et son gilet. Un portefaix jeta un seau d'eau sur le Noir, qui s'ébroua et finit par cligner de l'œil dans le soleil, très surpris de se retrouver le visage parmi les chaussures de gens debout, qui riaient et se moquaient de lui.

L'officier en second du *Bon-Père* s'approcha de Gustave, qui posément s'épongeait le front.

« Votre coup à la tempe aurait pu tuer, monsieur, cela m'étonne de la part d'un gentilhomme.

— Question de dosage de force, monsieur, fit l'autre, superbe; si j'avais voulu tuer ce brave nègre, je l'aurais pu. Il méritait seulement une correction. Je la lui ai donnée. Il saura désormais que la force bestiale ne triomphe pas toujours du muscle modeste, mais intelligent !... Et maintenant ce n'est pas tout, ce garçon va devoir porter nos bagages sur le *Créole* comme il s'y était engagé. »

Le Noir, qui par instants se frottait la tête comme quelqu'un dont les idées n'ont pas encore repris leur place, ne se fit pas prier. Sans un mot, il saisit les brancards de la charrette qui, une demi-heure plus tôt, lui servait de lit de repos, la poussa de quelques mètres et, spontanément aidé par quelques porteurs noirs que sa défaite avait émus, il chargea cantines et valises et se mit en route vers le quai Saint-Pierre où, parmi quantité d'autres vapeurs amarrés, se trouvait le *Créole* dont l'orgue battait sur trois notes le rappel des retardataires.

Mme de Vigors, toujours accrochée au bras de Charles, accepta les cinq dollars du Yankee, enjeu d'un pari gagné, et, Tampleton assurant Gustave que le bar du steamboat avait de quoi étancher sa soif, tout le monde embarqua pour Pointe-Coupée. Bon prince, M. de Castel-Brajac remit deux dollars à son adversaire malheureux.

« Tu es un brave gars, Bamboula, mais ton cerveau fonctionne moins bien que tes biceps et ça te jouera des tours !

— Je m'appelle pas Bamboula. Je m'appelle Fred, fit le cuisinier, et vous pouvez vous vanter, monsieur, d'être le premier qui me bat... à la lutte.

— En tout cas, maintenant nous sommes amis et serre-moi la main ! »

Surpris par le geste, Fred le cuisinier saisit dans sa grande patte la main potelée et ridiculement courte du curieux citoyen qu'il avait affronté.

12

Avec le retour de Mme de Vigors, accompagnée de son fils Charles et de M. de Castel-Brajac, Bagatelle retrouva quelque animation. La situation cependant n'était pas fameuse et Clarence Dandrige ne cacha pas que les inondations venaient compromettre une partie de la récolte de coton sur laquelle il comptait. La levée ayant cédé au nord de la paroisse de Pointe-Coupée, beaucoup de terres étaient submergées. Il en était de même plus bas sur le fleuve, à Plaquemines. Le bayou Lafourche débordait lui aussi et des lacs de trente ou cinquante miles de long s'étalaient, couvrant les champs, noyant les bestiaux, chassant les habitants.

Dans le même temps, les chenilles avaient fait leur apparition. De toutes parts, le coton était menacé par ses ennemis traditionnels.

Gustave de Castel-Brajac, à qui on avait donné deux chambres sur la galerie de derrière — celles autrefois occupées par Pierre-Adrien et Marie-Adrien de Damvilliers, les fils défunts de Virginie — s'initiait à la vie de la plantation. Ayant tout de suite sympathisé avec Clarence Dandrige, bien que les deux hommes fussent radicalement opposés, il s'efforçait de pénétrer cet univers bouleversé par la guerre et l'abolition de l'esclavage. Tout y était bien différent de la vie rustique et paisible de son Gers natal.

Virginie, comme toutes les dames de la bonne société qui fréquentaient Bagatelle, ne cessait de l'entretenir de l'heureux temps d'*antebellum*, quand les esclaves dociles travaillaient aux champs sans rechigner et que le coton, tel l'or blanc du Sud, permettait tous les luxes, tous les plaisirs, toutes les folies.

Les abeilles — sept ruches sur douze s'étaient révélées au bout du voyage contenir encore des colonies vivantes — avaient été installées dans l'un des deux grands pigeonniers qui, à quelque distance de la maison et de part et d'autre de la grande allée de chênes, dressaient leur silhouette de tours octogonales à toits pointus. Depuis longtemps les pigeons avaient disparu de ces bâtiments, soit qu'ils eussent choisi de retourner à des habitats sauvages, soit qu'ils eussent péri sous les serres des rapaces. Dans la fraîcheur relative de leurs ruches posées sur des tréteaux à l'abri des murs et de la voûte alvéolée d'un pigeonnier, les abeilles avaient repris peu à peu leur vie industrieuse. Les magnolias, les roses, les œillets sauvages, les lauriers et les mille fleurettes des champs leur offraient des sucs aux goûts nouveaux.

« Je me demande quel parfum aura notre miel avec cette végétation subtropicale », s'interrogeait Gustave, soucieux avant tout d'accélérer la reproduction de son cheptel ailé.

Afin de fêter le retour de son fils et de présenter M. de Castel-Brajac, qu'elle appelait volontiers le nouveau colon, Virginie décida d'organiser un barbecue. Ce ne fut pas l'abondance, ni le déferlement des toilettes neuves, mais, autour de cinq dindes sauvages tuées par Charles et son ami, d'une soupe d'huîtres et de quelques gâteaux de maïs cuits par Rosa, on se rassembla comme au bon vieux temps. Télémaque, grattant son banjo, convainquit quelques-uns des anciens esclaves de venir chanter leurs malheurs passés pour distraire les Blancs.

On revit donc sous les chênes de Bagatelle Clément Barrow, l'unijambiste, encadré de ses sœurs, Adèle à la langue redoutable et Louise la timide. Charles reconnut tout de suite Edward Barthew, grâce à cette indomptable mèche de cheveux — maintenant grise — qui surmontait l'œil gauche de l'avocat comme un accent. Le juriste expliqua que son cabinet aurait été des plus prospères si les clients avaient pu honorer dignement les services qu'il leur rendait. Mignette Barthew, sa femme, que la plupart des invités avaient connue autrefois suivante de Virginie, jeunette et efflanquée, avait pris, avec la cinquantaine et trop de pâtisseries, un embonpoint des plus bourgeois. Le fils des Barthew, Clarence, filleul de Dandrige, gamin de cinq ans vif et éveillé qui avait pour gouvernante Imilie, ancienne nourrice noire des enfants Damvilliers, causa bien involontairement un malaise. Jouant avec une petite pelle, il mit au jour, au pied d'un chêne, une modeste plaque de marbre indiquant la tombe de Julie de Damvilliers. Aussitôt, le destin tragique de cette jeune fille, morte au soir de ses noces, revint à la mémoire de ceux qui, alertés par les cris joyeux du gamin devant sa trouvaille, lirent l'inscription *Julie de Damvilliers, 1837-1852* et l'épitaphe dictée autrefois par Dandrige : *Tous me doivent cet ombrage.*

Virginie intervint avec sang-froid :

« Vois-tu, mon chéri, dit-elle au jeune Clarence,

il y a au pied de ce chêne ma petite fille qui dort à jamais. Cette pierre est là pour qu'on s'en souvienne. Nous allons la remettre à sa place et, si tu veux être gentil avec moi et avec ma pauvre Julie qui était si sage, tu vas bien arranger la mousse avec ta pelle comme un petit jardin pour qu'on voie mieux la pierre... et qu'on pense à Julie toutes les fois qu'on passe par là.

— Oh! oui, tante Vi, dit le gamin, qui se mit aussitôt en devoir d'arracher les mauvaises herbes au pied de l'arbre.

— Cette plaque n'aurait jamais dû porter le nom des Damvilliers, observa aigrement Adèle Barrow à l'intention de Nadia Redburn. Julie était mariée. Elle s'appelait, depuis le matin, Mme Abraham Mosley... C'est Virginie qui, se sentant responsable de ce mariage hideux et un peu de cette mort étrange, ne voulut pas qu'il restât trace du nom de l'époux.

— A quoi bon remuer toutes ces vieilles histoires, Adèle? Vous croyez que je ne me sens pas un peu responsable du destin de mon petit Walter? Si nous l'avions emmené à Halifax avec nous, il n'aurait pas pris toutes ces idées qui l'ont conduit à se battre pour une cause perdue. Il est mort, aujourd'hui, comme Julie et au même âge qu'elle.

— La mort de Walter est un honneur, Nadia; celle de Julie fut une honte. »

On vit aussi, déchiquetant à belles dents une cuisse de dinde, Percy Tampleton, puissant, sanguin et à demi chauve. Don Juan avait vieilli. Son regard qui se posait autrefois sur les femmes avec curiosité et insolence n'était plus celui du conquérant. Les yeux injectés de sang, globuleux, indiquaient que le frère du général Tampleton ne cherchait plus l'aventure que dans le whisky. Son menton carré et ses maxillaires nerveux de condottiere disparaissaient sous la graisse molle des bajoues. Monter vingt marches essoufflait ce planteur, jadis infatigable, qui maintenant ne laissait jamais passer une occasion de rosser un nègre, race qu'il rendait responsable de tous ses malheurs. Isabelle, son épouse, terne et résignée, n'avait qu'un seul souci : éviter que Percy ne trouve un prétexte à colère. Les trois filles du couple, Lucie, Clotilde et Nancy, avaient acquis, au fil des années, un art de la dissimulation, fort utile pour qui est affligé d'un père irascible. Dès le début du barbecue, elles avaient entrepris Charles et Castel-Brajac pour se faire raconter la vie parisienne et leurs rires rappelaient à Virginie le temps béni où toutes les jeunes filles riaient ainsi... en flirtant sous les magnolias.

Léonce Redburn regardait aussi du côté des jeunes gens rieurs. Il regrettait que sa propre fille, Clara, ne soit pas dans ce groupe. Pour l'heure, la cadette des Redburn, qui avait rompu avec son boy-friend, officier de l'Union, après ce qu'elle appelait « l'assassinat de son frère Walter par les sales Yankees », bavardait avec Clément Barrow assis dans un fauteuil d'osier. Clara était sèche, noiraude, acide comme une baie de genièvre et assez indifférente à sa toilette pour se satisfaire des robes dont ses deux sœurs ne voulaient plus. Elle avait cependant un regard ardent et noir et de jolis traits, mais paraissait, à cause de son caractère entier et de son intransigeance, bien difficile à marier dans un milieu où la guerre avait enlevé tant de futurs maris aux jeunes filles fortunées.

Quand M. Redburn vit Virginie prendre Clara par le bras pour la conduire à son fils, il se dit que Mme de Vigors savait, comme lui, que la fille d'un planteur qui avait vendu son coton aux Fédéraux et ne craignait pas de recevoir chez lui des hommes d'affaires de New York et de Boston pouvait être un meilleur parti pour un avocat qu'une fille Tampleton mal accoutrée et sans « espérances ».

Bien que Walter fût mort héroïquement pour le Sud, il arrivait encore que l'on traitât M. Redburn de *scallawag*. Il s'en moquait, persuadé d'avoir opté pour le bon camp, celui où l'on savait faire du dollar. Il comptait bien, le moment venu, décrocher un siège de sénateur ou de représentant, car il s'estimait capable de réunir les suffrages des conservateurs qui avaient apprécié le sacrifice de son fils et ceux des républicains que devait lui valoir sa loyauté envers l'Union.

Cette méditation, qui conduisait Redburn à envisager l'avenir avec optimisme, fut interrompue par l'arrivée du docteur Murphy. Le vieux médecin, qui avait mis au monde à peu près tous les gens de moins de trente-cinq ans réunis cet après-midi-là sous les chênes de Bagatelle, était accompagné d'un homme jeune, svelte, portant un chapeau anglais à ailes étroites et coiffe rigide. A ce couvre-chef, tout le monde reconnut un homme du Nord, et quand, présenté à Virginie, on vit le propriétaire de cette coiffure joindre les talons et s'incliner sur la main de la maîtresse de maison, quelques-uns décelèrent un militaire.

« Je vous ai amené mon jeune successeur, le docteur Horace Finks! cria Murphy en saisissant son compagnon par l'épaule. Il a étudié à Boston et à Londres et s'est fait la main dans les ambulances du 5ᵉ corps, sous les ordres du médecin-général Millot, comme médecin-opérateur. Il a coupé plus de bras et de jambes que n'importe qui avant d'aller à City Point trépaner les plus amochés. Vous allez me dire : « C'est un Yankee. »

Hein ! Eh bien, non ! C'est un médecin. A Welton ou à Mansfield il a soigné autant de Nordistes que de gars de chez nous et, comme le pays lui plaît et qu'il boit du bourbon, il a décidé, redevenu civil, de rester avec nous, voilà ! Maintenant ce discours m'a donné soif, qu'on m'apporte un verre ! »

Murphy fut abondamment abreuvé et entouré par tous ses vieux amis dont il connaissait les maux avoués, les petites misères secrètes et pour certains, même, le jour de leur mort à un ou deux mois près.

Le docteur Finks plut immédiatement aux dames et aux demoiselles. Il était jeune, blond, sérieux, sans ostentation, et s'exprimait avec courtoisie. On sut très vite qu'il était bon cavalier, aimait la musique et la danse et connaissait les noms de toutes les fleurs du Sud. Seule Adèle Barrow se montra réticente.

« Jamais je ne confierai ma santé à ce gamin, Murphy ! Vous continuerez à me soigner. Vous durerez bien autant que moi... On dit qu'il y a autant de vieux ivrognes que de vieux médecins.

— Adèle, nous avons le même âge ; j'ai failli, il y a un peu plus d'un demi-siècle de cela, vous demander en mariage...

— Vous auriez été bien reçu, tiens !... Un loustic comme vous qui soignait les angines au punch flambé ! et l'acné des filles par le flirt !

— Chaque jour, je remercie le Seigneur d'avoir rencontré sur le chemin de Barrow House le père Landry qui m'invita à « boire une goutte ». Si je ne m'étais pas soûlé ce jour-là..., je suis sûr que vous m'auriez accepté pour mari... Je vous faisais de l'effet, Adèle, à cette époque !

— Si j'avais été assez gourde pour vous accueillir, je l'aurais regretté toute ma vie.

— En somme, Adèle, nous l'avons échappé belle tous les deux... Allons arroser ça... Je vous promets de vous soigner jusqu'à votre mort, qui vous viendra par médisance accumulée..., à moins que le diable ne vous fasse avaler votre langue vipérine !

— Donnez-moi un porto, Murphy ! Vous êtes le dernier des hommes, mais, comme médecin, je sais que vous ne me raconterez pas d'histoires. Quand la fin sera proche, vous me le direz sans ambages.

— Avec plaisir, Adèle, je vous le dirai plutôt deux fois qu'une... Mais je crois bien que c'est vous qui viendrez à mon enterrement.

— Cramponnez-vous, Murphy, je ne veux pas être soignée par ce freluquet yankee, qui est sans doute aussi ivrogne que vous ! »

Le médecin tendit à la vieille fille un verre de porto, se fit verser un nouveau bourbon, puis ils trinquèrent comme deux vieux ennemis ayant chacun ses vices. Dans l'alcool ou la méchanceté, quelle rance insatisfaction dissimulaient-ils l'un et l'autre ? Eux-mêmes, peut-être, depuis le temps l'avaient oublié.

Au cours de ce barbecue, tandis que les femmes parlaient chiffons, parfums ou lotions — le Sherkis des Sultanes, de Guerlain, était à la mode cette année-là — les hommes évoquaient le cas de ces Noirs, désœuvrés et pillards, que les militaires de l'Union avaient arrêtés parce qu'ils ne pouvaient pas justifier de moyens d'existence, et qu'ils envoyaient travailler pour le gouvernement, à la réfection des routes et à la consolidation des levées.

« Un peu tard, observa Dandrige, pour les levées, le fleuve les ronge et déjà des douzaines d'acres de coton sont noyées.

— Heureusement que la récolte de céréales sera bonne, on ne mourra pas de faim, dit un planteur.

— Pour la canne, on a planté seulement le trentième des années normales... C'est comme pour le coton, fit Percy Tampleton.

— Moi, j'ai choisi d'investir à plus long terme. Je vais planter des pacaniers. Dans huit ou dix ans, j'aurai une récolte de noix qui me permettra de vivre. Savez-vous que dans le Nord, maintenant qu'ils ont découvert chez nous les noix de pécan, ils en mettent partout, dans les gâteaux, les sauces, les pralines, les boissons ? Je connais un type du Kentucky qui a planté mille pacaniers. »

On évoqua aussi la remise en route des chemins de fer, la demi-douzaine de lignes en construction dans l'Etat — celle de La Nouvelle-Orléans à Opelousas notamment — qui intéressaient les planteurs de la région et qu'on allait prolonger jusqu'à Houston, au Texas. Certains, assurant que « le pays était fini », regrettaient d'être trop âgés pour s'en aller à Matamoros, ville neuve située sur la rive mexicaine du rio Grande, à vingt-cinq miles de la mer, et qui passait pour le nouvel Eldorado des négociants. Depuis qu'un règlement de commerce avait donné aux seuls « citoyens loyaux » de La Nouvelle-Orléans le droit d'exercer des professions commerciales ou libérales, beaucoup de gens passaient à Matamoros pour traiter des affaires avec l'étranger. La ville, dont quelques alarmistes affirmaient qu'elle pourrait bientôt détrôner La Nouvelle-Orléans, grandissait de jour en jour. Cela donnait du travail à des centaines d'ouvriers, mais inquiétait les autorités louisianaises.

Aussi, prenant prétexte d'un incident entre le

général mexicain Mejia et le consul des Etats-Unis à Matamoros, les autorités venaient-elles de suspendre tous les départs de navires pour cette ville.

« Si le curage des passes du Mississippi n'avait pas été négligé, ce qui fait que les navires s'échouent souvent en remontant vers La Nouvelle-Orléans, le fort de Matamoros n'attirerait pas autant d'armateurs », observa Tampleton.

La baisse de l'or, les prix exorbitants des produits de première nécessité, la dette énorme de la ville de La Nouvelle-Orléans, les conflits répétés entre l'administration civile et les autorités militaires — qui avaient provoqué en deux mois trois changements de maire — une menace de fièvre jaune, démentie par le docteur Beugnot, directeur des services sanitaires de l'Etat, lequel affirmait qu'il ne s'agissait que de « fièvres ordinaires et intermittentes », fournissaient aussi des sujets de conversation.

Les ruches de M. de Castel-Brajac, montrées à distance aux invités de Virginie, furent appréciées par ceux-ci comme d'intéressantes curiosités plutôt que moyen nouveau de faire des piastres.

L'apiculteur amateur, dont la jovialité réjouissait ses interlocuteurs, avait aussitôt ouvert un carnet de commandes à livrer l'année suivante.

« Quand vous aurez goûté à mon miel, mesdames, vous ne pourrez plus vous en passer. Inscrivez-vous dès aujourd'hui, il n'y en aura pas pour tout le monde. »

Gustave s'était d'ailleurs installé à Bagatelle comme quelqu'un qui n'envisage pas de changer d'adresse avant longtemps. Alors que Charles de Vigors, né sur la plantation, élevé sous ces chênes centenaires jusqu'à l'âge de dix ans, semblait avoir grand mal à s'adapter au climat du pays, au confort relatif de la vieille demeure et à une rusticité de vie acceptée depuis toujours par les planteurs, mais aggravée par le manque d'argent, Gustave évoluait parfaitement à l'aise et visiblement heureux.

« Finalement, tu es un animal urbain, disait-il à Charles. La ville avec ses innombrables vies dissimulées derrière de mornes façades te manque comme les théâtres, les cafés et les rues où l'on se côtoie sans se connaître. Moi, au contraire, quand j'ouvre ma fenêtre au matin sur les grands espaces vides du fleuve ou des champs, je me sens tout ragaillardi, tout neuf, tout aéré ! »

Souvent, le soir, quand Mme de Vigors s'était retirée et que Dandrige regagnait son appartement, les deux amis prolongeaient la veillée, dans le petit salon que Gustave avait aménagé dans l'une des deux pièces que lui louait Virginie.

Avec une autorité souriante et un sens de l'organisation qui lui permettait de s'adapter aux villégiatures aussi bien qu'aux circonstances, Castel-Brajac avait promu deux Noirs plâtriers-peintres, un troisième tapissier, afin de créer un décor selon son goût.

« Le style qui convient au pays est du genre Compagnie des Indes. Je veux des murs blancs, des rideaux blancs, des meubles blancs, un miroir à cadre de laque bordeaux, des lampes en opaline et une profusion de coussins du même ton ! »

Pendant deux semaines, on avait gratté, lessivé, repeint, et quand Virginie, conviée un jour à l'heure du thé pour juger de l'effet, s'était présentée, elle avait félicité le Gascon pour son goût neuf, son imagination et son sens du confort. Instruits des principes rudimentaires de professions qu'ils ignoraient un mois plus tôt, les ouvriers noirs ne marquèrent nul empressement à retourner aux champs. Castel-Brajac, prenant leurs salaires à sa charge, les convainquit de transformer, suivant ses plans, une case abandonnée en observatoire astrologique. Il y fit également installer la baignoire achetée pour son compte à La Nouvelle-Orléans par Mme de Vigors.

C'est au cours d'une de ces soirées en tête-à-tête, cigares allumés, que Gustave voulut savoir comment avaient évolué les relations entre son ami et la jeune Suissesse désenchantée, Marie-Gabrielle. Au moment de la dispersion des passagers à New York, le Gascon avait bien remarqué un baiser envoyé du bout des doigts au beau Charles par la jeune fille, visiblement réconciliée avec la vie, mais il s'était interdit toute question et toute déduction hâtive.

Nullement gêné par la question, Charles prit un air gaillard, tira une bouffée de son havane, allongea les jambes et dit :

« Eh bien, mon cher, j'ai pu la rassurer... Son chaleureux parrain l'avait respectée... Elle était intacte !

— Tu l'as auscultée ?

— De la meilleure manière, et crois-moi, cette nymphe bourgeoise des bords du Léman ne manque pas de dispositions pour l'amour...

— Ça alors, je n'aurais jamais cru que cette jeune fille soit si facile... Les femmes sont étonnantes. Elles tremblent en imaginant qu'un homme qu'elles connaissent depuis toujours et qu'elles aiment d'une certaine façon ait pu abuser de leur abandon au cours d'une pâmoison..., puis elles se livrent au premier venu... comme ça, pour savoir si elles sont encore vierges !

— D'abord je ne suis pas le premier venu et, ensuite, j'ai dû la convaincre avec tendresse que la chose n'était pas si terrible, voire agréable, et que je pouvais la délivrer d'un doute qui l'avait conduite aux portes de la mort!

— Et le risque inhérent à ce genre d' « auscultation », elle l'a accepté?

— J'ai toujours, mon cher Gustave, dans ma trousse de voyage, quelques-uns de ces gants à un seul doigt dont tu connais l'usage... Cela m'a permis de passer quelques moments agréables... L'ennui, c'est que Marie-Gabrielle est tombée amoureuse de moi et qu'elle souhaite ardemment me revoir... Elle va m'écrire et envisage sérieusement de faire un détour avec son papa par La Nouvelle-Orléans.

— Ouille, ouille! te voilà donc à demi fiancé à une banque!

— Tu sais bien que j'aime ailleurs et que le mariage ne me tente pas... Marie-Gabrielle n'est qu'une aventure de voyage. Elle m'a donné du plaisir et je lui ai rendu sa sérénité, c'est tout!

— On en reparlera, vieux frère... Cette demoiselle me paraît assez sentimentale pour s'abandonner à nouveau à la mélancolie..., celle-ci ayant seulement changé d'objet... Tu as pris là une sacrée responsabilité! »

Charles eut un geste du bras qui renvoyait ce genre de risque à la fatalité et tira de son cigare une bouffée voluptueuse.

D'autres soirs, quand Charles de Vigors était retenu chez Edward Barthew, qui l'initiait aux mœurs et coutumes juridiques de l'Etat, Clarence Dandrige et Castel-Brajac s'attardaient sous la galerie. Se balançant dans les vieux rocking-chairs en goûtant la fraîcheur relative de la nuit peuplée de lucioles, de chauves-souris frôleuses et, dans les hautes branches des chênes, de hiboux attentifs, l'intendant et le locataire de Bagatelle abordaient tous les sujets. Une sympathie mutuelle rapprochait ces deux hommes, et le Gascon écoutait passionnément ce philosophe, qui se défendait de l'être, parler d'une civilisation que la guerre civile avait, sinon anéantie, du moins contrainte à une évolution radicale dont on ne pouvait encore apprécier toutes les conséquences.

« Avouez, monsieur Dandrige, que c'est tout de même une bonne chose que l'esclavage soit aboli. Il y a quantité de gens auxquels cette plaie interdisait d'aimer sans arrière-pensée la société intelligente et raffinée du Sud. Il n'y aura désormais plus de différence entre un enfant de race noire et un enfant de race blanche. Tous deux seront aux yeux de la loi des citoyens égaux, bénéficiant des mêmes protections et soumis aux mêmes devoirs...

— Sauf qu'en cas de désaccord entre eux, c'est le Noir qui devra céder, fit Dandrige avec ironie.

— Et pourquoi, mon Dieu ?

— Parce qu'une société ne change pas d'attitude aussi promptement qu'un individu. De la même façon que le nègre aujourd'hui déserte les champs parce que le coton est lié dans son esprit rustique à l'idée du travail forcé, le Blanc, qui a toujours traité le Noir en inférieur et l'a maintenu dans son infériorité, ne peut accepter de le considérer comme son égal.

— C'est aux abolitionnistes vainqueurs de s'entremettre pour que les deux races cohabitent. Si les Blancs reconnaissent aux nègres l'aptitude à s'instruire et à se perfectionner, les nègres trouveront au travail le même sens que les Blancs et cesseront de le mépriser.

— Les abolitionnistes, monsieur de Castel-Brajac, sont au contraire en train de creuser un fossé entre les deux races, après avoir abattu le mur de l'esclavage. Je ne veux parler que des abolitionnistes sincères, qui ne sont pas légion. Ces gens, comme tous les philanthropes, ont des œillères. Seul le sort des nègres les émeut. Les malheurs des Blancs ne les touchent guère. « Ils ont le cœur noir », disait un de vos écrivains, M. Oscar Comettant, qui, dès 1858, avait été frappé par le fanatisme des Yankees abolitionnistes. Il les comparait à ce philanthrope spécialisé dans l'aide aux forçats libérés qui éconduisait un honnête ouvrier venu lui demander du travail parce qu'il ne venait ni du bagne de Toulon, ni de celui de Brest, ni de celui de Rochefort, en lui disant : « Plus tard, si, « entraîné fatalement par la misère, vous suc- « combez et que les galères soient le châtiment « imposé à vos méfaits, venez me trouver, je me « ferai alors un véritable plaisir de vous aider ! » Cette perversion est si courante chez nos abolitionnistes louisianais qu'un certain M. Camille, de La Nouvelle-Orléans, en a fait une fable. Il est question d'un enfant qui pleure parce qu'un domestique va égorger son poulet à plumes noires. La mère intervient, on laisse la vie au chapon et le cuisinier tranche le cou d'un autre poulet, blanc celui-ci. Et le poète dit :

Cependant, rassuré sur son oiseau chéri,
Tranquille et souriant, il écouta le cri
Du volatile égorgé.
— Ne pensez-vous donc pas, lui dis-je, mon
[enfant,
Que ce poulet-ci souffre autant ?
— Oh ! ça m'est bien égal, répondit le doux
[ange.
Il faut bien qu'on en tue, il faut bien qu'on en
[mange;

Leurs vilains poulets blancs peuvent souffrir,
[vraiment.
Mon poulet noir, c'est différent !

« Vous me direz, se hâta d'ajouter Clarence Dandrige, que certains de nos Noirs ont une antériorité de souffrance qui peut justifier aux yeux des personnes sensibles une commisération plus attentive, mais, si l'on veut se livrer à la compensation rétroactive des préjudices, jamais nous n'en sortirons.

— A mon avis, tous les rapports devraient s'établir sur de nouvelles bases, franches et loyales, même s'il est difficile aux uns d'oublier leurs rancœurs, aux autres de reconnaître leurs fautes.

— Si les hommes, blancs ou noirs, étaient des saints, je souscrirais volontiers à votre utopie, mais il faut être lucide et réaliste. Les nègres ne sont pas venus en Amérique de leur plein gré et ceux qui vous affirment que la traite est depuis longtemps interdite et révolue ignorent sans doute qu'en 1857, il y a moins de dix ans, on amenait encore clandestinement des Africains dans ce pays.

— C'est une honte ! lança vivement Castel-Brajac.

— Et c'est pourquoi l'honneur du Sud est en pénitence, dit tristement Dandrige. Les arrière-petits-fils de nos esclaves reprocheront encore aux nôtres ce commerce odieux. Les nègres que nous avons transplantés de force, l'Amérique tout entière, et pas seulement le Sud, doit maintenant les adopter, comme tous les immigrants qui ont, eux, choisi librement de venir ici.

— Cela suppose un effort particulier de la part des Blancs du Sud, n'est-ce pas ?

— L'ennui, c'est qu'on le leur demande au moment où le pays compte ses morts et tente de relever ses ruines, au moment où la main-d'œuvre noire abandonne l'agriculture, au moment où les propriétaires sont accablés d'impôts et de taxes et où les populations des Etats sécessionnistes sont soumises aux exactions des troupes d'occupation et aux filouteries des *carpetbaggers*... Et cependant, conclut Dandrige après un moment de silence, c'est aux Blancs du Sud, comme vous le dites, de faire l'effort, car c'est d'eux seuls que dépend l'avenir de ce pays. Ce qui pourrait arriver de plus grave, c'est que les anciens propriétaires d'esclaves se vengent de la liberté donnée aux nègres, non pas en tentant de la leur reprendre, mais au contraire en les abandonnant à une fallacieuse indépendance. Les nègres doivent apprendre à être libres et nous à être justes... Il y faudra du temps. »

C'est au cours de conversations de ce genre que Castel-Brajac avait appris à mieux connaître Clarence Dandrige, dont l'élégance naturelle le fascinait.

Cet homme long et sec entrait dans la vieillesse, de la même démarche tranquille qu'il avait parcouru l'adolescence et l'âge mûr. Si sa santé lui avait donné des inquiétudes, personne ne l'aurait su. Seul le vieil Iléfet, qui lui préparait parfois des tisanes, aurait pu dire si M. l'Intendant reprochait à son corps quelques déficiences organiques. En tout cas, il n'y paraissait pas. Frugal, actif, montant chaque jour à cheval, M. Dandrige marchait moins qu'autrefois, non pas parce que la fatigue se faisait sentir, mais parce qu'il n'avait plus de chiens pour l'accompagner. Mic et Mac, les deux derniers dalmates d'une longue lignée, étaient morts sans descendance, et Clarence

Dandrige ne voulait pas de chiens d'une autre race.

Plus que ses goûts formels en matière canine, Gustave de Castel-Brajac admirait la sérénité foncière et communicative de l'intendant. Il appréciait aussi son égalité d'humeur et cette sorte d'indifférence sans ostentation qui était la sienne, devant le succès ou l'échec temporel d'une société à laquelle il avait, avec lucidité et clairvoyance, consacré son énergie, sans en approuver tous les choix. Leur intimité intellectuelle ayant grandi au fil des semaines, Gustave osa, un matin, quelques questions plus personnelles. Il accompagnait Dandrige dans les champs de coton où venaient d'éclater les premières capsules, quand la réflexion suivante lui vint à l'esprit :

« Vous me paraissez un homme sans passions, monsieur Dandrige. J'envie votre maîtrise et votre quiétude. »

Clarence, sans marquer de surprise, répondit par une citation de Chuang Tzen :

« " L'homme sans passions est celui qui ne per-
« met ni au bien ni au mal de troubler son écono-
« mie intérieure, mais se conforme à ce qui arrive
« et n'ajoute pas à la somme de sa moralité. "

— Le bonheur serait donc, d'après vous, la soumission au destin.

— Non pas le bonheur, mais la quiétude seulement, Gustave. Le bonheur, c'est autre chose...

— C'est du fatalisme, cela, non ?

— Le fatalisme consiste à accepter passivement, « se conformer à ce qui arrive », comme dit Chuang Tzen, c'est autre chose. C'est agir en conformité avec ce que le destin nous propose, c'est-à-dire user des moyens qu'il concède pour tenter d'infléchir les circonstances, dans l'intérêt de ce qui nous paraît, en conscience, le plus digne d'humanité. Après cela, seulement, on peut envisager la soumission au destin et aux conséquences de nos propres réactions.

— On demandait un jour à saint Ignace de Loyola quels seraient ses sentiments si le pape décidait de dissoudre la Compagnie de Jésus : « Un quart d'heure de prière, répondit-il, après je « n'y penserais plus ! » Ce serait un peu votre attitude, non, si demain Mme de Vigors décidait de vendre Bagatelle ?

— Je remplacerais le quart d'heure de prière par un quart d'heure d'action, fit Dandrige en souriant, car je n'ai jamais compté sur Dieu !

— Vous croyez que Dieu n'existe pas ? fit Castel-Brajac surpris.

— Je ne crois même pas ça, lança l'intendant en se penchant pour arracher une capsule à un cotonnier.

— N'avez-vous jamais eu envie de voyager, dit Castel-Brajac pour relancer la conversation, envie de voir le monde, de vérifier les éléments de votre culture, de satisfaire des curiosités ?

— Une ou deux fois seulement, j'ai senti le vague désir de me trouver ailleurs. Mais cela tenait à des circonstances particulières émotionnelles et ne répondait pas à un besoin réel de découverte. J'ai toujours su, même dans ces moments-là, que ma vraie place était ici, entre le fleuve et ces champs de coton. Ce que cherche le voyageur, ce ne sont ni les paysages ou les aventures, ni les impressions ou les émotions, ce sont des êtres plus malaisés à explorer que des jungles, plus difficiles à conquérir que des trésors, plus impitoyables parfois que des oiseaux déchaînés. Or les êtres que je pouvais souhaiter sont venus à moi sur ce lopin de terre où le sort m'avait jeté. Et j'ai eu la chance de savoir très vite ce qu'ils attendaient de moi : une fidélité, une référence, un ancrage. Les hommes qui furent les maîtres de cette plantation, depuis le premier marquis de Damvilliers, qui défricha ces forêts et construisit cette demeure, jusqu'à Mme de Vigors, n'ont eu qu'une pensée, maintenir le domaine et ce qu'il est peut-être pédant d'appeler l'esprit de Bagatelle. Je les ai, non seulement aidés, mais conduits sans qu'ils s'en doutent, et je dois maintenant préparer Charles à assurer la pérennité de ce petit univers, qui est plus qu'une terre et une maison... »

Jamais Clarence Dandrige ne s'était autant épanché. Castel-Brajac l'avait deviné, car il savait l'intendant économe de ses paroles. Il lui vint à l'idée que ces confidences, suscitées par des questions presque indiscrètes, Dandrige souhaitait les faire. Mais pourquoi le choisir, lui, l'étranger, le passant, l'indifférent ? Un commencement de réponse lui fut donné alors que, chevauchant côte à côte, les deux hommes revenaient vers Bagatelle par le chemin de la levée.

« Savez-vous, Gustave, que j'envie parfois votre faculté de jouissance, votre appétit et ce que l'on doit appeler votre heureux caractère, votre forte santé morale et physique ?

— Certains résument cela d'un mot : jouisseur, mais je ne me vexe pas. J'entends bien jouir de la vie et j'ai fait mienne une maxime de Ducis : « Le « grand art d'être heureux n'est que l'art de bien « vivre[1]. » Que voulez-vous, monsieur, j'ai la vocation du bonheur !

— Bravo, fit l'intendant en riant. Voilà une bonne vocation. Vous êtes un homme auquel les choses doivent réussir... Ainsi, vos ruches, je suis

---

1. J.-F. Ducis (1732-1816) : *Epître à M. Droz*.

certain que vous en tirerez de bons bénéfices dans quelques années.

— Je l'espère bien, car voyez-vous, si l'on peut toujours se procurer quelque bénéfice ou aboutir à quelques résultats en se donnant beaucoup de mal, il est, à mon avis, plus agréable d'arriver à de moins grands profits mais sans trop d'efforts. J'aime, monsieur, me laisser porter par la vie... Je ne la crois pas si mauvaise que certains le disent. »

Comme, ayant mis pied à terre, Gustave et Clarence confiaient les brides de leurs chevaux au jeune palefrenier qui assistait le vieux Bobo, des cris et des lamentations leur parvinrent des salons dont les portes-fenêtres donnant sur la galerie étaient grandes ouvertes. Les deux cavaliers échangèrent des regards interrogateurs.

« Ce n'est pas Virginie », dit Clarence Dandrige.

Mais Gustave de Castel-Brajac, en dépit de son poids et de ses courtes jambes, se trouvait déjà au milieu de l'escalier. Une femme en larmes mérite toujours qu'on se hâte !

13

La dame en pleurs n'était autre que la plus jeune des sœurs Barrow. Affalée dans un fauteuil à oreillettes, jambes tendues, ses grands pieds chaussés de robustes brodequins émergeant du bas de sa jupe en faille noire, elle pleurait à gros sanglots, comme un enfant désespéré. A l'autre bout du salon, sous le grand portrait de Virginie peint par Dubuffe, se tenaient côte à côte Mme de Vigors et Adèle Barrow. Cette dernière avait les yeux rouges, son chapeau de travers et pressait sous son nez, en reniflant, une de ces affreuses mitaines de soie, au crochet, roulée en boule. Castel-Brajac s'arrêta près du fauteuil où gisait Louise, indécis sur la conduite à tenir. A l'entrée de Clarence Dandrige, Virginie se leva et vint à la rencontre de l'intendant :

« Un collecteur d'impôts, particulièrement odieux, s'est présenté aujourd'hui chez les Barrow. Comme ils n'ont pas payé leurs taxes, cet homme venait pour mettre l'embargo sur les futures récoltes de coton et de cannes. Mais les Barrow n'ont pas ensemencé de terres cette année. L'homme a donc dit que s'il n'était pas payé demain, à onze heures, il ferait mettre Barrow House en vente judiciaire. Clément est très abattu et ses sœurs souhaitent l'assistance d'un avocat. Elles ont également fait prévenir Tampleton.

— Combien devez-vous au collecteur, Adèle ? demanda Dandrige.

— La somme incroyable de 3550 piastres. Or il nous en reste à peine 1000 pour vivre jusqu'au printemps prochain, en attendant les loyers de nos terres en métayage... Je crains qu'il n'arrive un malheur, monsieur Dandrige; ces Yankees nous poussent à bout. Clément est capable de laisser vendre la maison... »

Virginie reprit la parole :

« Si nous le pouvions, Adèle, nous vous prêterions de l'argent, mais, hélas! nous n'en avons guère, n'est-ce pas, Clarence ? »

Castel-Brajac fit un pas en avant.

« Moi, je peux vous prêter 1000 piastres, madame..., sans intérêt! »

Adèle eut un sourire minable. C'était la première fois que Virginie lui voyait cette expression humble et aimable.

« Merci, monsieur, nous ne pourrions sans doute pas vous rendre cette somme avant longtemps et nous serions déshonorés. Devoir aux Yankees est un honneur au contraire. Il faut les laisser assumer toutes leurs responsabilités en tant que malfaiteurs, vendre notre maison à vil prix, nous spolier, nous jeter nus aux buissons..., c'est une épreuve que Dieu nous envoie..., mais il nous vengera ! »

Les sanglots de la cadette redoublèrent à l'évocation que venait de faire l'aînée : les trois Barrow, l'infirme sur son fauteuil à roulettes poussé par les deux sœurs, tous fuyant nus sous l'orage, leur vieille maison livrée aux Yankees, rapaces grimaçants. L'orage paraissait de mise à Louise, en tant que symbole de la colère divine.

« Tais-toi, lança Adèle d'une voix sèche, tu es idiote. Pleurer ne sert à rien. D'ailleurs, nous allons rentrer. »

Puis, se tournant vers Clarence Dandrige :

« Si vous veniez demain avec Charles, Clément serait sûrement content, monsieur Dandrige.

— Nous irons tous, Adèle, comptez-y, et si l'on peut faire entendre raison à ce collecteur, nous nous y emploierons. »

C'était sans grande conviction que l'intendant avait prononcé cette dernière phrase. Il savait bien qu'un collecteur d'impôts soutenu par les baïonnettes fédérales se montrerait intransigeant et que les Barrow verraient leur maison et leurs terres vendues à l'encan, comme celles des Laurent et des Pilser, ou transformées en plantation du gouvernement, à moins que le Bureau des affranchis ne décide de diviser le domaine en minuscules parcelles offertes en métayage à des esclaves émancipés.

« Aux termes de la loi, dit Charles, on ne leur laissera que les vêtements qu'ils ont sur le dos, un lit par personne ou par couple, une table et autant de chaises qu'il y a d'individus, des ustensiles de cuisine, un cheval et un chariot bâché qui leur servira de maison. Tout le reste sera vendu aux enchères publiques, y compris les dessous des dames ! »

C'est exactement ce qu'annonça, le lendemain, à onze heures, M. Conrad Potter, fonctionnaire du Trésor de l'Etat, chargé du recouvrement des impôts impayés. C'était un petit homme funèbre et frêle, qui s'excusait à chaque instant pour les désagréments qu'il était bien obligé de causer. Assisté du shérif de la paroisse, d'un sergent et de deux soldats de la petite garnison de l'armée de l'Union installée à Bayou Sara, il représentait ce que le Sud exécrait le plus : l'Administration nordiste.

« Essayez de payer, monsieur Barrow, je vous en prie, c'est désolant de voir où cela va vous conduire. »

Un observateur superficiel aurait pu se laisser prendre à l'air apitoyé et compatissant du collecteur, mais Dandrige et Clément Barrow, l'un parce qu'il savait jauger les êtres avec une exceptionnelle acuité, l'autre parce que, intéressé au premier chef, il ne pouvait être dupe de telles simagrées, avaient surpris dans le regard du bonhomme une lueur de jouissance hypocrite.

Désignant le général Tampleton, Dandrige, Castel-Brajac et Charles, qui faisaient cercle autour de l'infirme, encadré par ses deux sœurs, M. Potter suggéra d'une voix mielleuse :

« C'est une assez grosse somme, bien sûr, que vous devez à l'Etat, monsieur Barrow, mais vos amis ici présents ne peuvent-ils vous aider ?

— Vous savez bien, espèce de puant rapace, que tous les gens honorables de ce pays sont ruinés », lança Tampleton.

Aussitôt, le shérif intervint :

« Vous ne devez pas insulter un fonctionnaire du Trésor dans l'exercice de ses fonctions, monsieur. Si vous récidivez, je mentionnerai vos insultes dans le procès-verbal et ce monsieur sera fondé à vous demander des dommages et intérêts ! »

Un silence pesant s'établit, les militaires s'absorbant dans la contemplation des tableaux, le shérif surveillant Tampleton, Dandrige et Castel-Brajac, Charles examinant les sommations écrites du collecteur, avec l'attention du professionnel.

« Tout cela me paraît très exagéré, dit l'avocat, nous allons demander une expertise et un arpentage de la propriété.

— Vous savez bien, monsieur l'attorney, qu'une telle demande n'est pas suspensive de paiement. Quand l'expertise aura eu lieu, le Trésor vous remboursera si le juge constate des erreurs dans l'appréciation et le calcul de l'impôt. En attendant, ou M. Barrow s'exécute ou j'appose des scellés sur la maison avec tout ce qu'elle contient. Naturellement, M. Barrow et ses sœurs pourront prendre des vêtements et leurs papiers de famille, à l'exclusion des bijoux et des valeurs. Ils seront, j'imagine, hébergés par leurs amis et, au jour de la vente aux enchères, M. Barrow aura la possibilité de se porter acquéreur à condition que son enchère soit égale à la mise à prix augmentée de deux fois le montant des impôts dus.

— Mais c'est inique! ne put se retenir de crier Charles.

— C'est une réglementation décidée par M. le collecteur général, dont je ne suis que le représentant », confessa humblement Potter.

Des scènes de ce genre, il en avait vécu des douzaines, depuis quelques mois, le collecteur Potter, et il connaissait toutes les répliques du mélodrame. La présence du shérif et des militaires le rassurait, car on avait vu des *tax payers,* comme les appelait la loi fédérale, en venir aux brutalités les plus dérisoires. Toujours, Dieu merci, force restait au Trésor et les encanteurs patentés, qui trouvaient leur profit aux ventes forcées, savaient reconnaître les courageuses interventions des fonctionnaires chargés de recouvrer l'impôt.

Adèle, qui gardait le silence depuis l'arrivée du

collecteur, prit soudain la parole avec un calme étonnant :

« Il n'y aura pas de miracle, Clément. Nous devons en passer par où veulent ces brutes. Nos bagages sont déjà prêts, qu'on amène notre calèche. Nous irons habiter Bagatelle, où Virginie m'a proposé de nous recevoir. »

Puis elle se tourna vers Potter, un peu étonné et peut-être même un peu déçu par une résignation si prompte :

« Une malédiction fondra, monsieur, sur cette maison où nous sommes nés, dès lors que vous nous en arrachez. Et, croyez-moi, je ne donne pas cher de votre avenir... »

Dandrige, à son tour, intervint et, forçant le frêle fonctionnaire à soutenir son regard, il cita Massias :

« " La justice est la vengeance de l'homme « social, comme la vengeance est la justice de « l'homme sauvage. " Le temps de la justice viendra, monsieur, et vous serez jugé avec les sauvages de notre temps ! »

Adèle et Louise, à qui sa sœur avait interdit toute démonstration de chagrin, disparurent dans les chambres pour aller quérir leurs sacs. Clément Barrow, qui longtemps s'était tenu debout sur sa jambe unique soutenu par des béquilles qu'il n'employait que rarement, se laissa tomber dans son fauteuil à roues sans un mot et sortit sur la galerie avec tout le groupe.

« Nous vous laissons un moment pour vous préparer, dit M. Potter en descendant l'escalier avec le shérif et les militaires. Nous vous attendons près des voitures. Quand vous aurez quitté la maison, je mettrai les scellés en présence de ces messieurs et de vos amis. »

Dandrige, Tampleton, Castel-Brajac et Charles

s'éloignèrent eux aussi sur la pelouse, se retournant au bout de quelques pas pour regarder cette grande demeure blanche avec sa colonnade et son fronton de temple grec, semblable à cent autres maisons de plantation opulentes et sûres.

« Ce doit être bien triste de quitter une aussi belle maison, fit le sergent, qui était né dans une cabane de rondins au pied des Smoky Mountains, dans le Tennessee.

— C'est un peu quitter la vie, sergent, dit Tampleton, et je regrette qu'une vaillante armée que j'ai combattue et qui loyalement m'a pris un bras sur le champ de bataille soit aujourd'hui associée, à travers votre personne, à ces basses besognes de pillages organisés... »

Le soldat, ne trouvant que répondre, se tut, visiblement ennuyé d'être mêlé à ce genre d'affaire. Il n'était là que pour prévenir les violences éventuelles. Il n'y en avait pas eu, donc il considérait sa mission comme à peu près terminée et s'éloigna de quelques pas, suivi de ses hommes.

C'est à cet instant que Clément Barrow, qui se trouvait maintenant seul sur la galerie où il avait roulé son fauteuil, interpella M. Potter.

« Monsieur le collecteur, j'aimerais vous dire seul à seul... un dernier mot ! »

Potter marqua un instant d'hésitation, jeta un regard au shérif, puis, l'infirme lui paraissant inoffensif et presque déférent, il s'avança sur la pelouse en direction de la maison.

Les choses allèrent si vite que même Tampleton, qui se trouvait le mieux placé à ce moment-là, ne sut dire plus tard exactement où avait pu être préalablement cachée la carabine que l'on vit soudain dans les mains de l'infirme.

Apercevant l'arme avant tous les autres, le collecteur demeura pétrifié de frayeur :

« Ne faites pas ça... », cria-t-il.

Marquant l'arrêt, il permit à Clément Barrow d'ajuster son tir. Il ne vint à l'esprit d'aucun des témoins qui connaissaient l'habileté de l'infirme, de supposer que les horribles et douloureuses blessures faites par la cartouche pour gros gibier dans le bas-ventre de Potter étaient le résultat d'une maladresse.

Tandis que le collecteur se recroquevillait sur le gazon, le shérif, sortant son revolver, fit mine de s'élancer vers la maison. Un croc-en-jambe de Castel-Brajac déséquilibra le policier, qui lâcha son arme avant de s'étaler. Dans le même temps, on entendit Tampleton lancer aux militaires qui revenaient dare-dare, leurs armes pointées :

« Ne tirez pas, nom de Dieu! Le mal est fait! »

C'est alors qu'une autre détonation retentit sur la galerie, couvrant les cris des sœurs du meurtrier. S'étant précipitées sur le seuil en entendant le premier coup de feu, elles apparurent à l'instant où Barrow, ayant placé le canon de la Spencer sous son menton, se faisait sauter la tête. Louise, éclaboussée de sang et de débris dégoûtants, s'effondra comme si une balle l'eût atteinte elle aussi. Adèle, hébétée, incrédule, contourna le fauteuil à roues que la dernière déflagration avait fait pivoter, comme si le décapité voulait soudain rentrer chez lui.

Prévenu par un militaire, Murphy vint, une heure après ce drame, se pencher sur le collecteur. L'homme respirait encore et poussait parfois un hurlement étouffé de bête écartelée. Son examen terminé, le médecin se releva avec cette grimace que Dandrige lui connaissait trop. Une certaine façon d'avancer la lèvre inférieure en serrant les mâchoires, qui annonçait l'imminence de la mort.

Les seuls devoirs que Murphy put rendre à Clément Barrow consistèrent à envelopper de serviettes ce qui restait du chef éclaté de l'infirme. Quand il fut allongé sur le grand lit d'acajou à baldaquin où Henry Clay avait dormi quelquefois lors de ses visites, le frère d'Adèle et de Louise apparut comme une de ces vieilles poupées de son dont les traits ont été effacés par les soins trop attentifs de trois générations de fillettes et dont la tête n'est plus qu'une boule de chiffons.

14

A BAGATELLE, alors que l'automne s'annonçait et que, la cueillette du coton achevée, on évaluait la médiocrité de la récolte, inférieure de moitié à ce que Dandrige avait prévu, un événement domestique mineur vint ajouter au désenchantement.

Un soir, après avoir desservi la table du dîner, Brent et Rosa se présentèrent au salon, embarrassés, comme s'ils avaient une faute à avouer.

« Que se passe-t-il ? dit nonchalamment Virginie, qui, sur le grand Pleyel, accordé aux frais de Castel-Brajac, triait des partitions.

— Eh bien, m'ame, commença Brent en s'étranglant à demi, Rosa et moi, nous allons quitter... la maison...

— Quoi ? Qu'est-ce qui vous prend à tous deux ? Quelle mouche vous a piqués ? Vous n'êtes pas bien ici ? »

Dandrige, Castel-Brajac et Charles, penchés sur un plan de la propriété, car on envisageait de reconvertir une large parcelle en prairies, afin de développer l'élevage des bovins, levèrent la tête simultanément.

« Oh ! nous n'irons pas loin, m'ame, et quand on aura besoin de nous m'ame pourra compter sur Brent et Rosa, mais v'là qu'on m'offre un bon travail dans l'administration... parce que, ajouta aussitôt le majordome en se rengorgeant, moi, je sais lire, écrire et compter et bien parler le français, le congo[1] et un peu bien l'anglais !

— Ne dis pas que tu vas remplacer l'attorney général, Brent, fit Virginie en se moquant.

— Non, m'ame, je dois remplir les papiers du Bureau des affranchis de la paroisse. Je pourrai aider les nègres à s'embaucher d'ici de là, leur expliquer pour l'école de leurs enfants et parler de tout ça avec les messieurs blancs du Bureau qui comprennent pas toujours bien nous autres !

— Mais dis donc, Brent, qui t'a appris à lire et à écrire, hein ? Qui t'a emmené en France, à Paris, où tu as vu et connu des choses que les nègres d'ici ne sauront jamais ? C'est mon fils Marie-Adrien et moi ; on ne t'a pas éduqué pour que tu ailles faire le pitre chez les Yankees. Sans nous, tu n'aurais été qu'un esclave aussi stupide que les autres. Ta place est ici, tu y restes et Rosa avec toi ! »

Rosa se mit à pleurer doucement en triturant son tablier et Brent lui jeta un regard d'une grande tendresse. Résolument, il se retourna vers sa maîtresse.

« Maintenant, m'ame, y faut penser que les nègres comme moi, qui ont eu des bons maîtres, qui les ont bien éduqués et pas souvent battus, y peuvent avoir envie de travailler à des choses plus... plus... importantes que servir le potage ou cirer les meubles. Je voudrais que Rosa soye un jour une petite dame noire et que nos petits y puissent apprendre à l'école et devenir des maîtres ou des employés aux écritures. On pourrait

---

1. Patois parlé par les Noirs ; influencé par les langues des colonisateurs et les origines africaine ou haïtienne.

dire aux autres nègres comme ça que s'ils travaillent comme nous on a travaillé, eux aussi ils pourraient sortir du coton, de la canne ou des cuisines... C'est pas un péché, m'ame, et ça empêche pas qu'on vous aime bien, Rosa et moi. Mais voilà, y faut qu'on prenne notre chance maintenant.

— Qui t'a mis ces idées dans la tête, animal ? Ces types venus du Nord, ce nouveau chef du Bureau des affranchis qui veut contrôler les gages de tous les nègres qui restent encore sur les plantations ?... Va-t'en si tu veux te mettre au service de ces olibrius, mais Rosa reste, elle, j'en ai besoin !

— Non, m'ame, elle peut pas rester si je m'en vais.

— Et pourquoi, mon Dieu ? Tu as peur qu'on te l'abîme, ta négresse ? »

Brent ferma à demi les yeux et renifla douloureusement. Vaincre l'incompréhension des Blancs n'était pas une entreprise aisée. Dandrige heureusement vint à son secours :

« La femme d'un fonctionnaire noir, Virginie, ne peut pas être domestique. C'est une question de dignité et je crois que Brent essaie de nous faire comprendre ça ! »

Le majordome acquiesça.

« Depuis qu'ils sont libres, ils veulent tout avoir, les piastres, la considération, de beaux habits et ne rien faire. Qu'ont-ils besoin de dignité, ces gens-là, ils oublient d'où ils sortent, non !

— Ils en ont plus besoin que quiconque, intervint Charles, et si nous voulons aider les meilleurs d'entre eux, ceux qui ne nous détestent pas encore, à sortir de leur condition, il faut les aider, mère !

— Les aider à nous quitter, lança Virginie vivement, voilà ce que vous proposez !

— Les aider à se séparer de nous, c'est exactement cela, Virginie, fit doucement Dandrige.

— Alors, qu'ils aillent au diable et qu'ils crèvent, cria Mme de Vigors. Qu'ils prennent leurs cliques et leurs claques et quittent la plantation tout de suite, je ne veux plus les voir... »

Rosa sanglotait, la tête dans ses mains aux longs doigts secs et spatulés. Brent baissait les yeux, malheureux, déçu, chagrin. Il avait espéré vaguement que tout se passerait bien, qu'on lui prodiguerait des encouragements, qu'on ferait des vœux pour sa réussite, et qu'un jour, bien vêtu d'une redingote qu'il aurait lui-même achetée chez un tailleur, accompagné de Rosa qui porterait un chapeau à fleurs qu'il aurait payé de ses propres piastres, il reviendrait faire une visite à Mme de Vigors pour lui montrer comme il avait bien avancé dans la vie, lui, l'esclave aimé de ses maîtres. Il découvrait au contraire qu'on ne les aimait pas assez, Rosa et lui, pour souhaiter leur élévation. La maîtresse avait seulement une affection de surface pour son majordome et sa femme de chambre en tant que tels. Brent imaginait que Mme de Vigors aurait pu montrer un peu de tristesse en voyant s'éloigner deux bons serviteurs, qui n'avaient en rien changé d'attitude depuis l'émancipation des Noirs. Elle n'éprouvait finalement que de la colère.

« Nous pourrons continuer à habiter notre case sur la plantation, m'ame ? interrogea timidement Brent.

— Ah ! ça alors ! Non ! Ce serait trop facile. Vous ne voulez pas aussi qu'on vous nourrisse avec vos gosses ? Allez demander cela à vos nouveaux maîtres... Vous partirez d'ici... »

Dandrige coupa d'un ton sec la parole à Virginie :

« Naturellement, vous continuerez à habiter la plantation, aussi longtemps que vous n'aurez pas un logement décent, Brent, et je vous réglerai vos gages dès que le coton sera vendu... Et, si les choses ne vont pas comme vous voulez dans votre nouveau métier, on vous trouvera de l'emploi ! »

Boudeuse, Virginie s'était jetée sur le canapé, tournant le dos à ses domestiques.

« Bonne chance ! » leur lança Charles quand ces derniers se retirèrent.

Rosa eut un mouvement pour s'approcher de sa maîtresse, mais Brent la retint. Alors elle dénoua calmement son tablier de cotonnade et le laissa glisser sur le tapis, où il demeura comme une dépouille... ou un symbole.

Tard dans la soirée, Mme de Vigors vint frapper à la porte de Dandrige. Il lui ouvrit et ils eurent un long tête-à-tête.

« Pourquoi m'avez-vous contredite, Clarence ? Pourquoi m'avez-vous humiliée devant des nègres ?

— Parce que je ne voulais pas que Brent et Rosa partent en vous détestant, Virginie. Ils ne peuvent vous connaître comme je vous connais, ni savoir ce qu'est la complexité des sentiments et la rigueur de l'orgueil d'une femme comme vous. Si vous regardez au fond de vous-même, mon amie, quand Brent a parlé, qu'avez-vous ressenti, indépendamment des mots que vous avez prononcés ? Dites-le-moi.

— Du chagrin, Clarence, du chagrin devant un abandon. J'ai connu Brent gamin et il a vu mourir mon fils !

— Pourquoi ne pas l'avoir montré au lieu de dire des choses blessantes ?

— Parce qu'une dame de qualité n'a pas de chagrin quand ses domestiques la quittent. Elle n'a pas à dévoiler ses sentiments, elle commande ou congédie, c'est tout ! L'émancipation ne lui laisse d'ailleurs pas d'autre alternative ! Nous ne sommes plus responsables de ces gens. Brent et Rosa me l'ont bien fait sentir. Qu'ils aillent ailleurs vivre leur vie...

— C'est exactement ce qu'ils veulent, depuis qu'on les a restitués à eux-mêmes, depuis qu'ils sont libres.

— Pftt ! Quelle liberté leur a donnée M. Lincoln, je vous le demande ?

— La liberté d'être noir, Virginie, et, croyez-moi, c'est beaucoup... dans un monde où depuis deux siècles on ne pouvait qu'être blanc... ou rien !... »

Longtemps ils supputèrent les chances de cet univers en mutation dans lequel la dernière partie de leur vie allait se dérouler. La mauvaise récolte de coton ne laisserait guère que 2 000 à 2 500 dollars quand tous les frais et les salaires seraient payés. Fort heureusement, on tirerait quelques profits de la canne à sucre et Charles, à qui Ed Barthew confiait des dossiers, commençait à se constituer une clientèle. Ses honoraires s'ajouteraient bientôt à la pension que payait M. de Castel-Brajac et à la petite participation des sœurs Barrow, hébergées en attendant la fin de leur deuil. Ces ressources réunies permettraient à Virginie de ne pas trop écorner le petit capital que son fils lui avait rapporté de France. Quant à l'avenir, on ne savait trop comment l'envisager. Planter des pacaniers, davantage de cannes et développer l'élevage paraissait sage au moment où la main-d'œuvre se raréfiait malgré les interventions des militaires qui menaçaient d'envoyer aux travaux publics tous les Noirs pris en état de vagabondage.

La vie à Bagatelle suivait son cours comme un voilier son cap. On disait dans la paroisse que la plantation passait pour la plus accueillante. Si l'on ne donnait plus de grands dîners, on organisait des veillées au cours desquelles Castel-Brajac se mettait au piano, révélant à un auditoire formé aux harmonies de Bach, de Mozart, de Beethoven, de Chopin ou de Strauss des compositeurs encore peu joués en Amérique, comme Brahms, Liszt, Schumann, César Franck.

Virginie s'asseyait parfois devant le vieux clavecin, qu'elle avait autrefois tiré d'un débarras où l'instrument sommeillait depuis un quart de siècle, alors qu'Adrien de Damvilliers, son parrain et son futur mari, régnait sur Bagatelle et ses quatre cents esclaves.

Les sons aigrelets, les mélodies ornées, les arpèges, les trilles de Couperin, les harmonies chantournées et l'ampleur polyphonique de Rameau, les langueurs mélodieuses de Siret, le lyrisme bucolique de Daquin, valaient certains soirs à Mme de Vigors de grandes ovations de la part d'un public qui voyait déjà dans le clavecin un instrument d'un autre âge que personne ne savait plus « toucher ».

La poste, qui fonctionnait à peu près normalement, apportait régulièrement les journaux, donc les nouvelles du Nord et du reste du monde. On apprit ainsi que le général Robert Lee avait accepté au mois de septembre la présidence du Washington College à Lexington (Virginie) et qu'une colonne de l'armée du général Connor, commandée par le colonel Cole, avait infligé une sévère défaite à un parti de 3 000 Indiens, Sioux, Cherokees et Arapahos, rassemblés dans l'Idaho.

La bataille avait duré trois jours et fait des centaines de victimes.

Ces événements rendirent Tampleton morose. Le retour à une activité civile et officielle de son idole, le grand Robert Lee, qui venait de signer un acte d'allégeance, le décevait. Et c'était encore de l'amertume que lui causait l'évocation d'une expédition contre les Indiens à laquelle il n'avait pas pris part.

« Je suis bien convaincu que l'armée des Etats-Unis fera appel à vous, général, pour régler un de ces jours le compte de quelques Peaux-Rouges rebelles! avait lancé Dandrige.

— J'aimerais mieux me faire trancher le bras qui me reste avec une hache plutôt qu'endosser un uniforme bleu! »

A Bagatelle, comme dans beaucoup de familles sudistes, on commenta avec indignation un éditorial publié par le *New York Times* le 4 septembre 1865, exigeant que Jefferson Davis soit traduit devant la Cour suprême pour répondre de l'accusation de trahison déjà formulée contre l'ancien président de la Confédération. *Il faut faire savoir à tous les citoyens,* disait l'éditorialiste, *que l'incitation à la sécession n'a pas été seulement une erreur, mais un crime!*

Ce sentiment s'estompa rapidement, toutefois, devant la honte que ressentirent tous les anciens officiers confédérés en apprenant, un mois plus tard, qu'un des leurs, le capitaine Henry Wirz, commandant le camp de prisonniers d'Andersonville (Georgie), avait été condamné à mort par un tribunal militaire fédéral et pendu. Cet officier n'avait pu nier les atrocités commises sous sa responsabilité à l'encontre de nombreux prisonniers nordistes.

Les journaux n'apportaient pas cependant que

des informations tragiques. Ainsi, on avait pu lire dans le *Saturday Press* de New York, que recevaient régulièrement les Redburn, une très amusante histoire écrite par un jeune reporter de San Francisco, qui signait Mark Twain. Sous le titre *La célèbre grenouille sauteuse du comté de Calaveras*, le journaliste racontait comment un parieur roublard avait floué un vaniteux, propriétaire d'une grenouille sauteuse, en faisant avaler à cette dernière quelques cuillerées de petit plomb. L'histoire, donnée pour véridique, paraissait un peu grosse et les gens informés soutenaient qu'elle n'avait pas plus d'authenticité que le nom de son auteur. Derrière le pseudonyme de Mark Twain, inspiré par la litanie codée des sondeurs de rivière, se cachait, affirmait-on, un ancien pilote du Mississippi nommé Samuel Clemens. Ce garçon s'était engagé comme sous-lieutenant en 1861, dans les « Marion Rangers » du Missouri, groupe improvisé de jeunes Confédérés. Mais, ayant récolté une entorse au cours d'une marche de nuit, il s'était converti à la cause de l'Union. Et cela d'autant plus aisément que, n'étant pas un foudre de guerre, il avait préféré rejoindre son frère Orion Clemens, nommé secrétaire du territoire du Nevada.

De France, Mme de Castel-Brajac envoyait à son fils des lettres fort spirituelles et parfois un peu imprudentes, car elle ne ménageait guère ses critiques à l'égard du pouvoir impérial. C'est ainsi qu'on avait su à Pointe-Coupée la mort survenue à Paris, au mois d'août, de Miss Howard, la maîtresse de Napoléon III, que Charles et son ami avaient rencontrée plusieurs fois et qu'ils nommaient comme tous les Parisiens informés « la Chaîne anglaise ».

Quand, à la fin de l'année, on sut que vingt-sept

Etats avaient adopté le XIII⁰ amendement à la Constitution des Etats-Unis, lequel déclarait l'esclavage illégal sur l'ensemble du territoire, personne n'en fut étonné. Les citoyens louisianais étaient plus attentifs aux déclarations qu'avait faites en novembre, devant l'assemblée générale de la législature de l'Etat, le gouverneur Madison Wells.

« La législature, avait expliqué ce dernier, qui devra assurer à celui qui a son travail à vendre une juste protection et une rémunération équitable, et au capital, qui achètera le travail, une sécurité absolue et un profit raisonnable, sera aussi difficile qu'embarrassante. Depuis la création du monde, aucune relation fixe n'a jamais été établie entre le capital et le travail et aucun sage, ni aucun homme d'Etat, n'a jamais esquissé un plan par lequel les différends qui ont toujours existé entre eux puissent être efficacement conciliés. Les gens éclairés paraissent avoir acquis la conviction que plus le travail et le capital peuvent être liés d'une façon directe et intime, moins il y aura d'obstacles à une entente réciproque, et que moins il y aura d'interventions législatives ou autres entre ceux qui ont leur travail à vendre et ceux qui ont le capital pour l'acheter, mieux cela vaudra pour les parties intéressées et pour la société en général. En d'autres termes, la véritable sagesse consiste à donner à chaque individu un contrôle sur le marché qu'il doit faire, aussi étendu que le supportent la bonne foi et l'intérêt public. »

Ce discours prononcé devant les sénateurs et les représentants issus des élections de 1864, plut assez, et Madison Wells obtint, ce jour-là, un beau succès. Un certain nombre de discussions en découlèrent, qui firent naître une bouffée d'espoir. La législature recommanda la création d'une milice d'Etat pour remplacer les troupes fédérales qui devraient bien s'en aller un jour ou l'autre ! Les élus proposèrent aussi des moyens pour faciliter l'immigration et allèrent jusqu'à suggérer l'abandon du nègre à lui-même et le recrutement en Chine de coolies pour remplacer sur les chantiers des chemins de fer et dans les champs les anciens esclaves qui, « trompés et excités par des démagogues fanatiques et sans préjugés, se montraient plus enclins au vagabondage qu'au travail et même parfois tout disposés à la révolte et à l'insurrection ».

La nomination au Bureau des affranchis d'un nouveau responsable, le général Baird, permit aussi de clarifier les choses. A peine installé, le haut fonctionnaire fit savoir aux Noirs qu'il n'y aurait pas de distribution de terres, comme certains le leur avaient fait croire, et qu'ils devaient se mettre au travail. Les règles nouvelles prévoyaient pour les Noirs vingt-huit jours de travail par mois : dix heures par jour en été, neuf heures en hiver. Les salaires étaient à débattre, mais une somme pouvait être retenue pour l'entretien des écoles noires, et tout travailleur ayant manqué de respect à son employeur pouvait être renvoyé. Enfin, toute absence non motivée valait au coupable une perte du double du salaire qu'il aurait touché pour la période intéressée. Les planteurs, de leur côté, se voyaient imposer une nouvelle taxe d'un dollar par travailleur et par an, pour l'entretien des anciens esclaves trop âgés pour travailler.

Ces décisions ne satisfirent pas complètement les grands planteurs que l'on appelait volontiers « les bourbons » et indisposèrent carrément les radicaux, qui sentaient bien que le but recherché était le maintien des privilèges ancestraux d'une certaine classe.

Plus qu'à ces combinaisons politiques et administratives, les dames de la ville, comme celles des plantations, furent sensibles à la vente aux enchères du théâtre Saint-Charles organisée à la demande expresse du directeur de la Compagnie du Gaz de La Nouvelle-Orléans. Ce dernier détenait assez de notes impayées pour obliger Noah Ludlow et Sol Smith, les propriétaires, à passer la main. Il faut dire qu'avec ses trois cents becs, ses lustres suspendus et ses torchères à potences accrochées aux colonnes qui soutenaient le balcon et la première galerie, le théâtre Saint-Charles était le plus gros consommateur de gaz de la ville.

Ouvert en 1843, ce théâtre avait succédé à l'inoubliable salle qui portait le même nom et qui, sur le même site, avait été détruite par un incendie en 1842. Le Saint-Charles, premier du nom, construit en 1835 par l'architecte Mondelli pour le compte d'un certain Caldwell, avait coûté 350 000 dollars et pouvait contenir 4 100 spectateurs. C'était, affirmaient tous les amateurs, le plus beau théâtre des Etats-Unis. Le grand lustre de 36 pieds de diamètre et 12 pieds de haut ne comportait pas moins de 250 chandeliers à gaz et 23 300 pendeloques de cristal...

Moins somptueuse, la nouvelle salle à l'italienne de Ludlow et Smith était cependant fort prisée des acteurs et des chanteurs, qui en appréciaient les qualités acoustiques.

« Ce théâtre finira, comme le précédent, dans un incendie, diagnostiquait Virginie. Le gaz, quoi qu'en disent nos Parisiens — c'est ainsi qu'elle appelait encore Charles et Gustave — a parfois des sautes d'humeur, capables d'enflammer à distance un voile ou un chapeau...

— Il n'est point besoin de fréquenter les théâtres, soutenait Adèle Barrow qui assimilait encore les actrices aux prostituées. Le fait que bien souvent ces lieux soient détruits par le feu prouve assez leur vocation infernale... »

Depuis la mort tragique de Clément, les deux sœurs Barrow s'étaient installées à Bagatelle et participaient quelquefois aux veillées. Vierge endurcie et acide, Adèle suffoquait parfois d'indignation en entendant, complaisamment développées par Gustave et Charles, les joyeusetés de la vie parisienne. Louise, dont la raison fragile n'avait pas résisté au drame vécu à Barrow House, tricotait mécaniquement d'interminables écharpes en souriant, inquiète seulement de savoir si la maison de famille était vendue et les impôts payés. Quand ces formalités furent accomplies et qu'une somme de quelques milliers de dollars revint aux deux sœurs, Adèle déclara qu'elle allait se mettre en quête d'une maison à louer. Elle préférait, disait-elle, se perdre dans l'anonymat de La Nouvelle-Orléans, où sa sœur et elle-même pourraient finir paisiblement leurs jours en priant pour le salut de l'âme de Clément.

Si Charles de Vigors acceptait souvent des invitations à dîner chez les Redburn, les Tiercelin, les Tampleton ou même chez des Cajuns aisés, clients de l'étude « Barthew et Vigors », Castel-Brajac, lui, ne sortait que rarement. S'occupant activement de ses abeilles, secondant volontiers Dandrige dans l'administration de la plantation, il préférait, aux heures de loisirs, l'ambiance de Bagatelle et surtout la cuisine de la vieille Anna.

« Charles aime à dîner partout où il y a de jolies filles, dit-il un jour à Virginie ; moi, je préfère l'atmosphère familiale de votre maison, votre aimable compagnie et le gombo d'Anna ! »

La cuisinière, affligée par le départ un peu tumultueux de sa fille et de son gendre, avait tout de suite reconnu dans la personne du gros Gascon réjoui un amateur de bonne chère.

Souvent, à l'heure où tout le monde se retirait pour aller dormir, Gustave, muni d'un pot de café qu'il pouvait réchauffer sur une veilleuse à alcool et d'une provision de cigares, s'isolait dans ce qu'il appelait pompeusement son observatoire. Il s'agissait de cette case à esclaves abandonnée, qu'il avait fait surélever suffisamment pour disposer d'un local assez spacieux et dominant la forêt environnante. Du haut de cette tour, le regard parcourait l'horizon sur 360 degrés et ne rencontrait nul écran ou obstacle pour observer la calotte céleste. Grâce à un système de panneaux à glissières, mis au point par Castel-Brajac et construit sous ses ordres par « ses ouvriers », l'ami de Charles passait là-haut des nuits enchanteresses. Le Gascon y avait fait monter, sur un lourd pied de fonte, la lunette astronomique de quatre pouces, fabriquée par M. Bardou, 55, rue de Chabrol, à Paris, pour le prix déjà élevé de 600 francs.

L'instrument, de longueur focale 1,60 m, muni d'une petite lunette chercheuse pour amener plus aisément l'étoile à étudier dans le champ de la grosse, possédait trois oculaires célestes grossissant 100, 160 et 250 fois, plus un oculaire terrestre grossissant 80 fois.

« Cet engin — identique à celui que l'empereur Napoléon Ier avait fait fabriquer quand il rassemblait le camp de Boulogne et projetait un débarquement en Angleterre — me permet de pénétrer le ciel jusqu'aux étoiles de douzième grandeur, soutenait Castel-Brajac.

— J'ai bien peur qu'un jour de grand vent la tour, la lunette et l'astronome ne finissent écrasés sur le sol ! » s'était inquiété Clarence Dandrige.

Castel-Brajac, brandissant des feuillets couverts de calculs trigonométriques, avait aussitôt rassuré l'intendant : « l'observatoire » n'avait pas été construit à la légère. Il résisterait aux ouragans, grâce à des haubans d'acier tendus aux bons endroits.

Pour prouver sa confiance à Gustave, Dandrige avait gravi les escaliers intérieurs, surpris de découvrir là canapé, guéridon, table à cartes et sur les cloisons quelques portraits de savants dont celui de Galilée.

« J'ai aussi encadré le plus beau monument jamais élevé à la bêtise humaine, dit Gustave, la sentence prononcée contre Galileo Galilei et l'abjuration que dut prononcer ce dernier, le 22 juin 1633, à l'âge de soixante-dix ans devant « les éminentissimes et révérendissimes cardinaux de la République universelle chrétienne, inquisiteurs généraux contre la malice hérétique ».

Dandrige lut le texte de la sentence des illustres ministres de l'époque : *L'opinion que le soleil est au centre du monde et immobile est absurde, fausse en philosophie et formellement hérétique parce qu'elle est expressément contraire à la Sainte Ecriture.*

« Pauvre Galilée ! conclut l'intendant.

— Heureux Galilée, au contraire, heureux de savoir qu'il avait raison seul contre tous et qu'un jour le Saint-Office tomberait pour l'éternité dans le ridicule où s'abîment toujours les sectaires.

— Est-ce en contemplant la lune et les étoiles que le grand scepticisme vous est venu, Gustave?

Est-ce ainsi que vous avez remis Dieu en question ?

— Pas du tout ! Le magistral équilibre de la création ne peut être nommé « hasard » seulement parce que l'intelligence originelle qui dut y présider échappe à toute identification. Je ne sais pas si Dieu existe ni s'il est bon ou mauvais. Tout ce que je crois, c'est que Dieu n'est certainement pas un père fouettard barbu qui guette nos manquements à des lois fixées par des types du genre de ceux qui ont condamné Galilée ! Dieu, pour moi, c'est tout simplement l'Inexplicable.

— Mais, puisque la science explique un peu plus chaque jour, admettez-vous, Gustave, que Dieu, peu à peu, voit sa substance grignotée ?

— Au contraire, Dandrige, l'Inexplicable croît, chaque jour, puisque chaque découverte n'est qu'une nouvelle constatation d'ignorance. L'homme, finalement, ne trouve que des questions même s'il a la vanité de croire que ce sont des réponses !

— Alors qu'est-ce que le progrès, d'après vous ? Et ne peut-on imaginer l'homme capable de répondre un jour aux trois questions élémentaires : Qui sommes-nous ? D'où venons-nous ? Où allons-nous ?

— Je crois l'homme doué d'une capacité d'imagination et de création immense pour améliorer le confort, la sécurité et l'agrément de la vie. Je crois aussi à la manifestation, de temps en temps, de quelques génies comme Platon, Galilée, Michel-Ange ou Fulton, capables de faire faire au progrès un grand pas dans un domaine donné. Mais les choses intéressantes ne commenceront pour l'homo sapiens que le jour où il aura fait son plein de progrès matériels, où il ne pourra plus imaginer de désirs insatisfaits.

— Pourquoi ? Parce qu'il sera rendu à l'humilité ?

— Parce qu'il ne lui restera plus alors qu'une seule aventure à tenter : l'aventure spirituelle !

— Un univers de contemplatifs serait rapidement voué à l'anéantissement par renoncement à la vie, les peuples en extase mourraient d'inanition !

— Ce serait de toutes les fins possibles pour ce monde sans doute la plus sage..., n'est-ce pas ? » conclut le Gascon qui, l'œil à l'oculaire, invita ce soir-là Dandrige à contempler Antarès.

C'est au cours d'une nuit particulièrement claire du mois de janvier 1866 que l'attention de l'astronome fut attirée par un phénomène qui n'avait rien de céleste. Alors qu'il procédait, vers deux heures du matin, à la fermeture des panneaux à glissières de son observatoire, après quelques heures passées en tête-à-tête avec la lune, il vit par-dessus la laque sombre de la forêt, du côté de Fausse-Rivière, mais au-delà du bras mort du fleuve qui portait ce nom romantique, les lueurs d'un incendie.

Dandrige, alerté, gravit les marches de l'observatoire et se repéra aisément :

« C'est au sud du village de Waterloo, dit-il, du côté de Barrow House... Si nous y allions ? »

Galoper au clair de lune a toujours été pour les bons cavaliers... et les bons chevaux un plaisir sans mélange. Botte à botte, Gustave de Castel-Brajac et Clarence Dandrige traversèrent Sainte-Marie endormie, faisant aboyer les chiens et fuir les chats en conversation aux carrefours. Puis ils longèrent, en file indienne, à cause des branches basses des saules, le bras nord de Fausse-Rivière, troublant le concert des grenouilles, tirant de leur sommeil vertical les échassiers repus, obligeant les rats musqués à plonger entre les roseaux, suscitant la curiosité des hiboux aux yeux jaunes.

A Waterloo, tous les villageois étaient debout. Les pompiers, depuis belle lurette sur les lieux du sinistre, avaient envoyé un émissaire chercher le curé. Il y avait des morts à ensevelir et des mourants à assister. La grande maison de plantation des Barrow, devenue depuis trois semaines la propriété d'un banquier de Chicago, investisseur dans les chemins de fer, achevait de brûler.

Dandrige et Castel-Brajac arrivèrent pour assister à l'effondrement de l'habitation principale dans un jaillissement d'étincelles. Quand les flammes faiblirent et que l'âcre fumée se dissipa, ils virent, dressées vers le ciel, les quatre grosses colonnes à chapiteaux corinthiens qui supportaient quelques instants auparavant le fronton triangulaire sculpté, où l'on voyait Zeus et sa seconde épouse, Mnémosyne, entourée de ses filles, les neuf Muses.

Ils apprirent très vite d'un nègre hébété, qui soutenait de sa main droite son avant-bras gauche brisé, que toute la famille Goldsmith avait péri dans l'incendie, le feu ayant pris aux quatre coins du rez-de-chaussée et sous le grand escalier ciré.

Castel-Brajac et Dandrige, qui eurent au même moment la même pensée, échangèrent des regards éloquents et se remirent en selle.

L'incendie, après ce qu'ils venaient d'apprendre, ne pouvait avoir pour origine la chute d'une lampe à pétrole près d'un rideau, comme l'expliquait le capitaine des pompiers avec l'assurance de l'expert. Ce feu avait été allumé par quelqu'un connaissant bien les lieux et qui savait qu'en enflammant d'abord l'unique escalier, il condamnaît à une mort quasi certaine les gens endormis au premier étage.

« La croyez-vous capable d'un tel geste ? demanda Gustave à Clarence, tandis que leurs chevaux trottaient vers Bagatelle.

— C'est une pauvre folle, vous le savez bien, et souvenez-vous comme elle a suivi attentivement la conversation quand quelqu'un racontait l'autre jour l'incendie du théâtre Saint-Charles. »

Les cavaliers regagnèrent la plantation avant le jour, mais ils décidèrent d'attendre ensemble le réveil de la maisonnée. Castel-Brajac mit la cuisine sens dessus dessous pour préparer du café. Il venait à peine de le servir quand Adèle Barrow apparut dans le salon. Elle sursauta à la vue des deux hommes.

« Je me croyais la plus matinale, mais je me suis trompée... N'avez-vous pas vu Louise ? Nous avons l'habitude, depuis toujours, de dire le chapelet ensemble à cinq heures et demie. Elle n'est pas dans sa chambre et je me demande où elle est passée !

— Nous ne savons pas où elle est actuellement, Adèle, mais nous savons peut-être où elle est allée cette nuit. Votre maison, Barrow House, a complètement brûlé. Votre sœur serait-elle capable d'allumer un incendie ? demanda Dandrige.

— Mais il y a plus de cinq miles d'ici à chez nous et Louise n'a pas monté un cheval depuis vingt ans !

— C'est très faisable à pied en deux heures, dit Castel-Brajac, surtout quand il y a le clair de lune et que l'on connaît bien les chemins ! »

Adèle Barrow se laissa tomber dans un fauteuil.

« Donnez-moi un peu de café, s'il vous plaît, dit-elle d'un ton las. Il va falloir la retrouver, la pauvre créature. Je la crois bien capable d'un tel geste. Elle me disait souvent ces temps-ci que notre pauvre frère pourrait, avec notre aide, chasser les intrus... Mais parle-t-on déjà, là-bas, d'un incendie criminel ?

— Non, les pompiers et le shérif avaient l'air de croire à un accident... et comme il n'y a pas eu de survivants, sauf un nègre que personne n'écoutera, Louise, si elle est coupable, ne sera peut-être pas mise en cause, expliqua Castel-Brajac.

— C'est égal, quelle tragédie, tous ces morts ! Combien, cinq, six ?

— Huit ! dit Dandrige : le père, la mère, quatre enfants, une institutrice anglaise et le secrétaire du banquier.

— Ces pauvres gens n'étaient pour rien dans nos malheurs. Certes, ils avaient eu la maison pour une bouchée de pain après s'être acoquinés avec le collecteur des impôts, mais enfin, comme disait Mme de La Sablière, " la vengeance procède « toujours d'une âme qui n'est pas capable de « supporter les injures " ».

Dès que tous les habitants de Bagatelle furent sur pied, on se mit à la recherche de la cadette des Barrow, les uns optant pour la forêt, d'autres pour les bords du Mississippi. Finalement, peu avant l'heure du déjeuner, ce fut le docteur Murphy qui la ramena dans son buggy.

« J'ai trouvé Louise chez Criquet, le boulanger de Sainte-Marie. Elle s'empiffrait de petites brioches et déclarait à qui voulait l'entendre qu'on ne lui donnait rien à manger et que sa sœur Adèle dépensait tout l'argent de la famille en fanfreluches et en chapeaux ! Elle m'a suivi sans difficulté, ajouta le médecin, et m'a offert, pour le prix de la course et d'une consultation que je ne lui ai pas donnée, un jeu de cartes dans un étui de cuir. Le voilà ! J'imagine qu'il vous appartient ! »

Adèle prit l'étui de maroquin patiné, puis elle se tourna vers Dandrige :

« C'est ce jeu que Clément utilisait pour faire des réussites. Il le rangeait toujours dans le placard sous l'escalier. C'est là que Louise a dû le trouver... cette nuit !

— Non, pas cette nuit, minauda la vieille fille, pas cette nuit. Une autre nuit, avant Noël... Cette nuit, j'ai apporté ça ! »

Elle ouvrit la main, et sur sa mitaine noire apparurent deux dominos, le double-six et le double-blanc.

« Et il ne s'est rien passé cette nuit... là-bas, Louise ? dit doucement Virginie.

— Oh ! si. J'ai vu Clément qui m'a dit de ne plus revenir, car il allait mettre le feu à la maison avant de prendre le bateau. Il a dit aussi que dans une semaine il viendrait nous chercher, Adèle et moi, pour habiter à La Nouvelle-Orléans une belle maison neuve.

— Et crois-tu vraiment que la maison a brûlé, Louise ? fit Adèle en s'efforçant au naturel.

— Bien sûr qu'elle a brûlé..., tiens ! J'ai aidé Clément à mettre le feu partout et puis on est parti tous les deux. Mais sur la route de Sainte-Marie il m'a laissée ! Alors, comme j'avais faim, je suis entrée chez Criquet où j'avais rendez-vous avec Murphy ! Voilà... Je suis bien contente et je boirais bien une tasse de thé...

— Que vais-je devenir, mon Dieu, avec ma sœur folle, et sans argent ! » gémit Adèle dès qu'on eut emmené Louise dans sa chambre.

Murphy fit immédiatement une proposition qui fut agréée :

« La pauvre Louise peut devenir dangereuse,

bien malgré elle. Aussi faut-il la surveiller en permanence. Si Adèle y consent, je puis la faire admettre à l'hôpital de charité à La Nouvelle-Orléans.

— Et je pourrais prendre un logement à proximité pour aller la voir tous les jours, approuva Adèle Barrow, à moins que les clarisses ne veuillent m'admettre chez elles...

— Qu'avez-vous besoin d'aller vous enterrer dans un couvent! lança Murphy. Il y a mieux à faire de vos forces, Adèle. Que diable, vous ne trouvez pas que la dose de renoncement est suffisante pour vous?

— Mon bon Murphy, dit la vieille fille, je connais depuis trop longtemps votre gentillesse et votre générosité — d'ailleurs les ivrognes sont toujours généreux, ne put-elle s'empêcher d'ajouter — mais, voyez-vous, enterrée, je le suis déjà!... Je suis morte avec notre vieux Sud et, si Dieu me porte quelque intérêt, qu'il me rappelle à Lui le plus vite possible, ainsi que Louise... »

Le médecin haussa les épaules et se tourna résolument vers Virginie.

« Moi qui suis encore coupablement attaché aux jouissances terrestres, je boirais volontiers un verre de liquide alcoolisé, dit-il. Ensuite, j'irai soigner mes malades, accoucher quelque jeune femme ou réparer un tour de reins. C'est évidemment moins agréable à Dieu que de se réfugier dans les pans de son manteau, quand tout va mal pour vos petites affaires, à la fin d'une vie au cours de laquelle on n'a manqué de rien et qu'on a passée à dire du mal de ses semblables en croquant des macarons!

— C'est pour moi que vous dites ça, Murphy? lança Adèle Barrow en se redressant.

— Ouais, c'est pour vous, ma belle, pour vous

qui vouez à l'enfer celui qui boit un verre de trop et la fille de ferme qui se fait trousser par un berger. En fait de pécher, hein! les Barrow, vous vous défendez pas mal ces temps-ci; entre Clément et Louise, ça fait neuf morts et un suicide sur la conscience de la famille... Mais naturellement, comme vous êtes bien avec le Ciel, tout ça s'arrangera!

— Taisez-vous, Murphy! intervint Virginie en voyant Adèle sangloter, vous êtes injuste! »

Le médecin but une gorgée du bourbon qu'on venait de lui servir, reposa son verre, s'approcha d'Adèle et, au grand étonnement de l'assemblée, lui mit la main sur l'épaule :

« Mon jeune ami le docteur Horace Finks, qui prendra ma suite avant qu'il ne soit longtemps, va ouvrir un dispensaire — c'est un maniaque de l'hygiène, de la vaccination et de la surveillance médicale. Il a besoin d'une femme... autoritaire... pour tenir la boutique... Ça serait autrement plus utile que vous alliez travailler avec lui plutôt que vous enfermer dans un couvent mal aéré!... Peut-être découvrirez-vous, pendant qu'il en est encore temps, que le bon Dieu a une fâcheuse propension à se désintéresser des pauvres! »

Adèle Barrow se redressa :

« Ce n'est pas un parpaillot doublé d'un ivrogne qui dictera sa conduite à une Barrow, Murphy. Je ne veux plus jamais vous voir... Pour moi, vous êtes déjà mort!

— *Requiescat in pace!* dit le médecin en vidant son verre. Surveillez tout de même étroitement la douce Louise, ajouta-t-il en se dirigeant vers la porte... Elle pourrait tous vous expédier en fumée vers le ciel serein!...

— Quel mufle! Venir m'accabler de sarcasmes, alors que je me débats dans d'incroyables ennuis, que je suis ruinée, que mon frère est mort, ma sœur folle et que je n'ai plus de toit! » cria la vieille fille indignée.

Dandrige sortit avec le médecin et accompagna ce dernier jusqu'à son cabriolet.

« Vous ne trouvez pas que vous êtes allé un peu fort avec Adèle?

— J'ai horreur de voir les gens en bonne santé gaspiller leur vie. Adèle n'a jamais rien fait pour ses semblables, que dire des patenôtres et tenir des ouvroirs. Il serait temps qu'elle se mette au travail, afin de payer sa quote-part sociale, ne croyez-vous pas? »

Affectueusement, Dandrige pressa l'épaule de Murphy.

« Des gens comme Adèle constituaient le superflu de notre Vieux Sud... Vous et moi n'avons jamais considéré que le nécessaire... et croyez-moi, toubib, nous avons été plus heureux.

— La peste soit tout de même des vierges rances et des incendiaires demeurées, Dandrige! »

15

Le vieil Iléfet, qui allait sur ses soixante-douze ans, n'avait jamais eu, au cours de sa carrière de valet de chambre — dont une quarantaine d'années au service de M. Clarence Dandrige — à résoudre pareil problème. Que doit faire un domestique de confiance quand il découvre, en changeant la taie d'oreiller de son maître, un gri-gri de sorcière caché dans le duvet? Le brave homme à toison blanche en savait assez sur la symbolique vaudou pour ne pas s'inquiéter outre mesure. Le fait que l'étui du gri-gri soit fait de plumes rouges indiquait qu'on voulait plutôt du bien à son maître. Si les plumes eussent été noires, il se serait affolé. La vraie question était de savoir s'il devait ou non prévenir M. Dandrige de sa découverte. Pour soutenir sa réflexion, Iléfet réchauffa le reste de café du matin, en versa une partie dans une tasse de porcelaine, ajouta une dose convenable de sucre brun dit « à la ficelle » que son maître faisait venir d'Angleterre, puis il agita le mélange avec une cuillère d'argent en prenant garde de ne pas faire de bruit et en s'efforçant de tenir l'auriculaire soudé aux autres doigts, comme le faisait M. Dandrige. Le breuvage agréablement dégusté se révéla sans effet immédiat.

Si Brent avait été encore là, lui qui savait lire et qui connaissait des drôles de choses que lui avait apprises M. Marie-Adrien, son défunt maître, Iléfet aurait pu le consulter. Mais Brent était parti à Sainte-Marie, où il devait gagner des mille et des cents. S'il s'adressait au vieux Bobo, qui, entre parenthèses, n'allait pas fort, il ne recueillerait que des hennissements intraduisibles. S'il questionnait Anna, il se ferait moquer. Quant à Télémaque, comme il était lui-même un peu sorcier, mieux valait ne lui faire aucune confidence. Mme Maîtresse, M. Charles et l'ami de ce dernier, qui parlait fort en ajoutant partout des *r* comme s'il n'en existait pas déjà trop dans les mots, il ne pouvait être question de les approcher.

Une seconde tasse de café déclencha opportunément le processus mystérieux de l'inspiration chez Iléfet. Il poserait le problème à M. Dandrige, son maître bien-aimé, sans lui dire qui était en cause. Et, suivant la réponse de l'intendant, il l'informerait ou ne l'informerait pas de ce qui se trouvait dans son oreiller.

Quand, de retour des champs, où les labours venaient de commencer, Dandrige passa par son appartement pour changer de bottes, Iléfet l'accueillit avec un large sourire.

« Dites-moi un peu, monsieur Dandrige, si un valet, un bon valet, hein, qui aime bien son maître, trouve dans le lit, là où son maître pose sa tête, un gri-gri de sorcier, est-ce qu'il doit dire ou pas dire ?

— Pourquoi, tu as trouvé quelque chose dans mon lit, Iléfet ?

— Ben, c'est-à-dire, je voudrais d'abord, monsieur Dandrige, savoir si un valet qui trouve quelque chose y doit dire ou pas dire !

— Il doit tout dire à son maître, Iléfet !

— Alors voilà ça que j'ai trouvé dans l'oreiller », dit le domestique, soulagé, en tendant à l'intendant une boule de plumes rouges et jaunes.

Dandrige soupesa l'objet.

« C'est bien un gri-gri, mais un gri-gri bénéfique, Iléfet !

— Oui, oui, et je peux vous dire, m'sieur Dandrige, que c'est un gri-gri pour le bien, pas pour le mal !

— Et qui a pu le mettre dans mon lit d'après toi ?

— Ça alors, on peut pas savoir, votre porte elle est jamais fermée... C'est peut-être une demoiselle qui voudrait que vous l'aimiez ! »

Le Noir avait un large sourire, révélant une regrettable absence de dents, mais une satisfaction sincère à l'évocation du bonheur qui pouvait échoir à son maître.

« Va me chercher le vieux Télémaque, il sait le vaudou.

— Il sait trop peut-être, m'sieur Dandrige !

— T'occupe, va le chercher ! »

Clarence Dandrige n'était pas superstitieux, mais il souhaitait connaître l'exacte signification du gri-gri. Comme il ne tenait pas à se ridiculiser, il décida de questionner Télémaque comme s'il entendait consulter pour le compte d'un ami.

Le vieux nègre, qui jouissait d'une autorité morale incontestable sur tous les travailleurs de la plantation, identique à celle que lui reconnaissaient autrefois les esclaves dont il avait été longtemps le délégué, prit la boule de plumes avec un grand respect.

« Qu'est-ce que c'est, Télémaque ?
— Un beau gri-gri, m'sieur Dandrige !
— Mais encore !
— C'est un gri-gri de Reine Vaudou, ça, un gri-gri à dix dollars comme seule sait en faire la Marie Laveau de La Nouvelle-Orléans ! Vous avez trouvé ça chez vous ? demanda Télémaque en reniflant la boule de plumes.
— Non !... C'est un ami qui l'a découvert dans son oreiller... Il aimerait savoir ce qu'on veut provoquer avec ça ! »

Iléfet, qui, posté sur la galerie, près de la fenêtre entrouverte, ne perdait pas un mot de la conversation, eut un sourire satisfait. Le maître utilisait la même méthode que lui et se cachait, pour savoir, derrière un personnage imaginaire.

« Je ne peux pas ouvrir le gri-gri, m'sieur, ça porterait le malheur à vous, à moi, à votre ami, à tous ceux qui l'ont touché..., mais peut-être je peux penser, avec ces plumes de coq et ce que ça sent là..., que votre ami c'est un homme déjà un peu vieux qui a une femme ou une bonne amie plus jeune et qui a pas assez de quoi... au lit... Vous comprenez ça que je voudrais dire, m'sieur Dandrige !
— Oh ! oui, très bien, Télémaque !... Et ce gri-gri peut suffire à... donner des forces à mon ami ?
— Souvent les sorciers vaudou y donnent en plus des médecines qu'on met dans le manger ou le boire..., paraît que ça aide le gri-gri..., mais maintenant qu'on l'a trouvé y sert plus à rien... Y faut le brûler sur un feu de sassafras..., pas le jeter comme ça n'importe où, parce qu'il en sortirait plein des bêtes malfaisantes et aussi des vilaines maladies...

— Je le brûlerai sur du sassafras, Télémaque, je te le promets. »

Congédié avec un quart de piastre, le vieux Noir s'en fut en se demandant quelle dame ou quelle demoiselle de plantation pouvait bien trouver M. Dandrige... fatigué. Car, bien sûr, il n'avait pas été dupe de l'ami fictif introduit par l'intendant dans un débat aussi intime.

A l'heure du dîner, Clarence Dandrige parut à tous d'excellente humeur. Ce soir-là, Virginie avait convié le docteur Murphy, son jeune assistant, les Barthew et le général Tampleton à partager les cuissots d'un chevreuil tué par Castel-Brajac.

Comme dans toutes les vieilles plantations, on commentait avec satisfaction une nouvelle, venue du Congrès de Washington. Le président Johnson, réagissant contre les exigences des radicaux, venait d'opposer son veto à la prolongation définitive du Bureau des affranchis, exigée par les politiciens du Nord, et à l'extension des attributions de cet organisme, déjà mal supporté par les Etats autrefois esclavagistes. Ce danger écarté, un autre menaçait, puisque le Congrès voulait exiger maintenant l'introduction d'un XIVe amendement à la Constitution, qui garantirait aux Noirs les mêmes droits civiques qu'aux Blancs.

« Etant donné qu'on a émancipé dans le Sud plus de quatre millions de nègres, observa Tampleton, autant dire, si une telle décision est adoptée, qu'ils seront les maîtres dans plusieurs Etats.

— Johnson, qui n'est pas fou, opposera encore son veto, dit Virginie.

— Il sait bien que la résistance à la reconstruction se développe dans le Sud et j'imagine qu'après une guerre gagnée il ne souhaite pas voir se développer une révolution, ajouta Charles de Vigors.

— D'ailleurs, si j'en crois un auteur français, qui me paraît avoir des vues très originales sur l'avenir de la race noire aux Etats-Unis, nos problèmes raciaux seront terminés dans trois ou quatre générations ! »

Des exclamations diverses accueillirent cette déclaration de Murphy.

« Je prouve ce que j'avance, dit le médecin en brandissant un petit volume qu'il ouvrit aux dernières pages. Ecoutez ce qu'écrit M. Auguste Laugel[1] dans cet ouvrage que j'ai reçu avant-hier. *Les représentants des Etats-Unis, qui se réorganisent actuellement dans le Sud sous la protection des armes fédérales, dans la confusion de tous les pouvoirs, au milieu d'une sorte d'anarchie morale et politique, n'espèrent pas sans doute rentrer en triomphateurs dans ces salles du Congrès où depuis quatre ans leurs sièges restent vides. Le Congrès vérifiera leurs pouvoirs et pourra les renvoyer dans leurs provinces, s'ils représentent la rébellion au lieu de l'Union, le privilège au lieu de la justice. Si pourtant on ne peut amener les Etats à détruire une à une dans leur constitution nouvelle les distinctions fondées sur la couleur, il ne reste qu'une ressource : c'est celle d'un amendement à la Constitution semblable à celui qui a consacré l'acte d'émancipation. Sans s'ingérer dans le détail des lois organiques des divers Etats, il suffirait de voter un article ainsi conçu :* « *Aucun Etat ne pourra, dans ses lois, introduire de distinctions fondées sur la race ou sur la couleur.* » *Cela suffirait pour sauvegarder l'avenir*

---

1. *Les Etats-Unis pendant la guerre* (Germer Baillière, libraire-éditeur, Paris, 1866).

de la race affranchie. Cet amendement serait le digne couronnement de la grande œuvre qui s'est accomplie depuis cinq ans aux Etats-Unis.

— Il en parle à son aise, ce Français. Il n'y a que les étrangers pour venir ainsi nous donner des leçons... On voit qu'il ne connaît pas les nègres, commenta Virginie, pendant que le lecteur vidait un verre de porto.

— Attendez, ce n'est pas fini, vous allez voir que tout ne va pas aussi bien que l'on croit pour les pauvres nègres. Ecoutez notre auteur : *L'avenir de la race noire serait trop affreux si la justice des Etats-Unis ne devait point s'étendre sur elle comme une protection et une espérance. Tant que le nègre était esclave, l'homme du Sud le méprisait sans le haïr; libre, il le haïra en même temps qu'il le méprisera. On doit d'autant plus une tardive justice à la race noire qu'elle est destinée à disparaître assez promptement dans le Sud : l'esclavage lui soufflait une vitalité factice et monstrueuse, la population dans les haras humains des Etats frontières s'accroissait avec une vitesse anormale. Librement mêlée à la race blanche, la race noire, sous l'influence des lois naturelles et fatales, perdra graduellement sa force reproductive. Le sang noir se perdra dans le sang blanc, comme un grand fleuve dans la mer. Il n'en restera sans doute qu'assez de traces pour préparer dans les Etats du Sud l'avènement d'une race mieux disposée à en subir le climat sans s'énerver et sans perdre le goût du travail. Puisque les jours de la race noire sont comptés et que des lois fatales la condamnent à mourir ou plutôt à se transformer, qu'on lui épargne au moins de nouveaux outrages et de nouvelles injustices. Si la liberté la condamne à la stérilité, qu'elle lui donne au moins le repos.*

« Et voilà, dit Murphy, nos nègres devenus blancs et enterrés en quelques décennies. Ce philosophe français me paraît tout à fait digne d'inspirer de bons discours aux *carpetbaggers*...

— Je crois en tout cas qu'il a fortement tort sur un point, observa Tampleton. Il est patent que les minorités évoluant dans un milieu qui, sans être hostile, n'est pas particulièrement chaleureux prolifèrent anormalement pour se renforcer. Je crains donc que la race noire, au contraire de ce que prévoit ce M. Laugel, ne se développe considérablement chez nous...

— Eh bien, je ne suis pas de votre avis, Willy, intervint Dandrige, et si j'étais noir je prendrais plus au sérieux les considérations de M. Laugel. En 1840, si j'ai bonne mémoire, nous étions en Louisiane environ 150 000 Blancs pour 200 000 Noirs. Or, d'après les derniers chiffres fournis à la législature, nous serions maintenant environ 340 000 Blancs pour 360 000 Noirs. La proportion a donc baissé et, d'après les experts, elle baissera encore. La fin du siècle devrait marquer une nouvelle diminution du nombre des Noirs.

— On ne peut raisonner sur la situation actuelle, Dandrige, trop de Noirs ont quitté le Sud pour le Nord. Sachant la race prolifique, je ne doute pas que Tampleton ait raison et notre philosophe français tort ! fit remarquer Murphy.

— En attendant, on leur construit déjà des écoles supérieures. A Nashville, dans le Tennessee, vient d'ouvrir, dans une ancienne caserne, le premier collège pour nègres et c'est le général Clinton Fisk qui en prend la direction, annonça avec humeur Mme de Vigors.

— C'est sans aucun doute l'éducation qui facilitera la cohabitation des deux communautés et permettra aux nègres de se sentir américains... dans quelques décennies. »

Horace Finks, le jeune médecin venu du Nord et choisi par Murphy comme successeur, n'était encore admis que dans peu de familles de la paroisse. Il s'attira avec cette considération un haussement d'épaules de la part de la maîtresse de maison.

« Vous êtes un de ces défenseurs utopistes du principe d'égalité des races. Si vous connaissiez les nègres, comme nous les connaissons, avec leur insolence et leurs superstitions, vous ne seriez pas aussi confiant dans leurs capacités !

— A propos de superstitions, intervint brusquement Dandrige, je voudrais vous montrer à tous quelque chose. »

Les invités, qui, pour déguster le porto d'après dîner, faisaient cercle autour de la cheminée où crépitait un feu de bois justifié par la fraîcheur de la saison, se penchèrent vers l'intendant.

« Voici, dit Dandrige, un gri-gri vaudou qu'un gentleman, que je connais bien, a trouvé ce matin même dans son oreiller. »

La boule de plumes de coq circula de main en main jusqu'à Virginie, qui la reçut avec réticence de Willy Tampleton.

« Curieux objet, n'est-ce pas ? » fit Clarence en allongeant ses longues jambes vers le foyer, mains croisées sous le menton, le regard ironique rendu plus pétillant par les reflets sautillants des flammes.

Personne, excepté l'intendant, ne remarqua la pâleur soudaine de Mme de Vigors.

« On dit, balbutia-t-elle, que ce genre de talisman doit être brûlé... après... usage, sinon le malheur arrive.

— Et à quoi sert-il ? questionna Horace Finks...

— A ranimer les amours défaillantes, à rappeler les infidèles ou peut-être à rendre aux jeunes filles la vertu qu'elles ont perdue, répondit Murphy en riant. J'en ai même vu qui étaient censés protéger de la fièvre jaune, de l'incendie et de la petite vérole !

— On m'a assuré qu'il ne fallait pas plaisanter avec ces choses-là, dit gravement Mignette Barthew... On devrait jeter ce... cette chose dans le feu, non ?

— Pas dans n'importe quel feu..., se hâta de dire Virginie, dont la nervosité amusait Dandrige.

— En effet, il faut que ce soit un feu de branches de sassafras..., n'est-ce pas, Virginie ? » coupa l'intendant en fixant Mme de Vigors d'un regard amusé.

« Ainsi, pensa-t-elle, il a tout découvert ! » Et, bien qu'à demi rassurée par la manière souriante dont Dandrige semblait prendre la chose, elle redouta à partir de cet instant le moment du tête-à-tête.

Mais, déjà, Citoyen, appelé par Mignette, attendait les ordres.

« Va chercher de l'écorce de sassafras ! commanda Dandrige. Tu en trouveras sous l'appentis.

— Si c'est pour la tisane, on en a plein un pot à la cuisine, répliqua le jeune maître d'hôtel, très fier d'arborer pour la première fois une veste blanche abandonnée par Brent.

— C'est pour le feu, Citoyen. Prends un panier et fais ce qu'on te dit, ajouta Mme de Vigors.

— ... Cérémonie vaudou hautement significative, plaisanta Murphy, quand Tampleton jeta quelques poignées d'écorce odorante sur les braises du foyer.

— Peut-être allons-nous voir le diable s'enfuir

par la cheminée ! avertit Barthew en rejetant la mèche de cheveux qui, toujours, lui barrait le front.

— Allez, Virginie ! déposez le gri-gri avant que le sassafras soit consumé... Qu'on purifie l'atmosphère de cette maison », insista Dandrige.

Mme de Vigors s'exécuta vivement puis, d'un geste machinal, essuya ses paumes à sa robe, comme si le contact de la boule de plumes avait souillé ses mains.

Tous les assistants silencieux regardèrent l'objet magique s'ouvrir sous l'action des flammes courtes comme une fleur vénéneuse, puis se recroqueviller en dégageant une fumée noire dont la puanteur submergea un instant l'odeur suave des écorces parfumées. Il ne subsista plus bientôt qu'une sorte de boulette charbonneuse que l'intendant écrasa d'un coup de tisonnier au grand soulagement de Virginie.

« " La superstition obéit à l'orgueil comme à son père " », conclut Dandrige, citant Stobée, en souriant à celle qui toujours serait pardonnée.

Comme chaque fois qu'une séquelle de malentendu pouvait subsister entre eux, Mme de Vigors, quand tous les invités se dispersèrent et que Bagatelle s'enfonça dans le sommeil, vint gratter discrètement à la porte de Dandrige. Ce dernier attendait sa visite. Avant qu'un seul mot eût été prononcé, il attira Virginie sur son épaule où, encore penaude, elle s'abandonna puis se mit à pleurer doucement, épanchant avec sa honte l'humiliation d'avoir été découverte.

Vieux amoureux, joignant leurs têtes grises, s'étreignant sans voir les rides de leurs visages soudés par un flux de tendresse intense et grave, parce que libéré des banales exigences des sens, ils demeurèrent un instant confondus et muets.

Puis, lentement, ils se séparèrent et, s'éloignant d'un pas, se scrutèrent au profond des yeux, souriants et ravis de leur inexprimable connivence. Enfin, ils redevinrent mobiles et humains comme des adolescents après l'amour.

« Si vous avez encore, pour augmenter les effets escomptés du gri-gri vaudou, versé quelque philtre dans mon vin, Virginie, sachez que je ne lui ai trouvé aucun goût spécial et que je n'ai ressenti aucun... malaise !

— Taisez-vous, Clarence, ne m'accablez pas ! supplia Virginie.

— Je devine ce que vous souhaitiez réveiller en moi par ce procédé douteux et, j'en suis sûr, tout à fait inoffensif. Mais vous savez trop, Virginie, reprit Dandrige en s'animant, que cette particulière incapacité des sens qui est mon lot fut sans doute notre chance. Sans cela, nous eussions été des amants ordinaires, qui se prennent et se déprennent..., fatalement.

— Savez-vous, Clarence, que certaines nuits j'ai regretté que nous ne soyons pas des amants ordinaires ? Combien de fois ai-je vu dans ce qui vous différencie des autres hommes une pénitence imposée par Dieu pour mes péchés anciens et à venir, que vous connaissez et que vous connaîtrez inévitablement.

— Je n'ai guère la notion du péché, Virginie, et moins encore celle de la pénitence.

— N'est-ce pas cruel de ne pouvoir appartenir charnellement au seul être auquel on aurait voulu se donner ?

— Imaginons que cela fut... Notre âge nous offre ce souvenir factice... et c'est une félicité merveilleuse de posséder de vous plus que vous n'auriez jamais pu m'offrir : l'être vrai !

*Pour moi, je me suis fait à cette amour austère
Qui dans les seuls regards trouve à se
[satisfaire*[1]. »

Se sachant totalement pardonnée, Virginie osa rire. Puis elle souhaita le bonsoir à Dandrige, qui lui baisa la main et l'accompagna jusqu'au bout de la galerie. En regagnant son appartement, il vit au-dessus des arbres un carré de lumière jaune plaqué sur le ciel étoilé. M. de Castel-Brajac avait rendez-vous avec Bételgeuse ou Astarté.

---

1. Dandrige parodie ici deux vers de Molière, l'exacte citation étant :
   *Pour moi, je suis peu fait à cette amour austère
   Qui dans les seuls regards trouve à se satisfaire.*

16

Les débordements du Mississippi, au cours du printemps de 1866, ne dérangèrent pas que les vivants. Les morts eux-mêmes ne furent pas épargnés, et l'on vit dans certains cimetières, proches des rives du fleuve, des tombes inondées, des caveaux crevés et des cercueils disjoints livrant des ossements aux flaques.

Grâce aux travaux et à la surveillance constante des levées ordonnés par Clarence Dandrige, le domaine de Bagatelle, où l'on venait de confier à la terre gorgée d'eau les graines de cotonniers, semblait à l'abri de l'inondation. Mais à Sainte-Marie, où le bras de Fausse-Rivière avait grossi démesurément, quand le Père des Eaux, s'efforçant de réoccuper son ancien lit, avait franchi les vieilles digues qui fermaient le lac artificiel, on voyait l'eau dans les rues et les sépultures étaient menacées.

Craignant que le tombeau des Damvilliers, monument imposant proche de l'entrée du cimetière, ne soit abîmé, Mme de Vigors avait demandé à l'intendant d'y faire une visite.

En passant le portail du champ de repos, Clarence sut tout de suite que le monument ne courait aucun danger. Il s'en approcha néanmoins en pataugeant dans la boue pour voir s'il n'était pas nécessaire de jointoyer en quelque endroit la maçonnerie. C'est alors qu'il aperçut, suspendu à l'un des pitons qui, aux jours de funérailles, servaient à maintenir les couronnes sur la face verticale du tombeau, un bouquet de fleurs fraîchement cueillies, serrées par un ruban blanc sur lequel il lut, tracé à l'encre : *A Pierre-Adrien, mon maître et mon ami.* Intrigué, Dandrige se mit à la recherche du fossoyeur, qui avait fort à faire pour prévenir les dégâts de l'inondation.

« Sais-tu qui a déposé ce bouquet ? »

Le Noir, son bonnet à la main, ne se fit guère prier pour répondre :

« Ce matin, bonne heure, une belle négresse est venue qu'elle a croché ces fleurs-là, m'sieur. Elle m'a parlé pour savoir comment étaient les gens de Bagatelle. J'ai répondu que c'était tout mort, qui restait plus que Mme Maîtresse et son garçon Vigors, mais que la grande maison tenait toujours debout. »

L'intendant s'éloigna, perplexe, passant mentalement en revue celles des anciennes nourrices, domestiques ou esclaves qui auraient pu connaître et aimer assez Pierre-Adrien pour accomplir ce geste pieux et inattendu. Peut-être aurait-il la réponse en rentrant à Bagatelle..., à moins que la demoiselle au bouquet ne soit cette Ivy que le second fils de Virginie avait quittée peu avant de tomber dans la mare où il s'était noyé une nuit de l'automne 1850[1].

Jamais, après ce qui s'était passé cette nuit-là, elle n'oserait affronter le regard de Mme de Vigors. Une inspiration subite poussa l'intendant

---

1. Voir *Louisiane*.

à entrer chez le docteur Murphy, que l'on savait souffrant.

« Nous avons de la visite, Dandrige, cria le médecin. Entrez vite, c'est une surprise ! »

Avant même qu'il ait eu le temps d'ôter son chapeau, l'intendant vit deux bras noirs et lisses lui enlacer le cou et reçut sur les joues deux baisers mouillés de larmes.

« Je vous prie de m'excuser, monsieur Dandrige, ça ne se fait pas, bien sûr, mais vous m'avez autrefois, non seulement sauvé la vie, mais apporté la vie et j'attendais le moment de vous le dire depuis si longtemps ! »

L'intendant recula d'un pas pour admirer la belle fille qui venait ainsi de le ramener au jour lointain où il avait confié une esclave, gamine de quatorze ou quinze ans, à Harriet Tubman, dans une clairière des environs de Gallatin, pour la faire passer au Nord par le fameux chemin de fer souterrain des « marrons ».

Depuis plus de quarante ans qu'il côtoyait des Noirs, Clarence Dandrige n'avait jamais vu pareille beauté de cette race. Strictement vêtue d'une robe rose à col et poignets blancs, coiffée d'un petit chapeau de paille orné d'un simple ruban dans le ton de sa robe et non pas d'un parterre de fleurs comme les « dames » noires les aimaient, Ivy, grande et mince, le buste haut et ferme, la taille assez fine pour être encerclée par deux mains masculines, le profil aquilin, la peau mate, l'œil en amande sous l'arc parfait des sourcils, apparaissait telle une Vénus noire, capable de faire tourner la tête à plus d'un aristocrate difficile.

« J'ai plaisir à vous voir, si belle, si épanouie, Ivy...

— *Thank you, Mister Dandrige*, fit la jeune

femme, sacrifiant à la mode yankee qui voulait qu'une dame remercie pour un compliment et cela du même ton qu'elle aurait employé quand on lui passait le sel ou le sucre.

— Vous avez oublié votre français ?

— Oh ! certes non, bien au contraire, fit Ivy qui s'exprimait avec aisance et distinction. J'ai appris le français de France aussi bien que l'anglais pour pouvoir enseigner... C'est d'ailleurs pourquoi je suis ici, pour ouvrir la première école noire de la paroisse.

— Quelle chance auront tes élèves ! Ne pourrais-je pas m'inscrire ? plaisanta Murphy, tutoyant l'institutrice comme autrefois l'esclave de l'hôpital de Bagatelle qui vidait les seaux et lavait les draps.

— Et où se tiendra cette école ?

— De l'autre côté de la rue, près du tribunal. Il faudra que les pères des élèves viennent réparer la case que me donne le Bureau des affranchis, mais on commencera avec ce qu'on aura et le surintendant à l'éducation m'a promis des bancs, des tables, un tableau et de la craie. »

Ivy rayonnait d'optimisme et de joie de vivre. Son enthousiasme plut à Dandrige.

« Je vous souhaite réussite et bonheur, Ivy, et, si je puis vous aider, vous savez où me trouver... Vous aurez sans doute les enfants de Brent et de Rosa parmi vos élèves.

— Brent s'est marié... et il a des enfants ! Mon Dieu, monsieur Dandrige, comme j'ai vieilli à Boston !

— Nous avons encore plus vieilli par ici, Ivy, fit Murphy, et nous sommes un certain nombre qui touchons au bout du chemin..., mais je me demande si vous n'auriez pas été plus heureuse dans le Massachusetts. En Louisiane, ça ne va pas fort pour les... nèg... affranchis !

— C'est moi qui ai voulu venir ici. C'est mon pays, docteur, et quand j'ai vu du bateau les vieux moulins à cannes de Bayou Sara mon cœur a battu très fort. »

Dandrige échangea avec le médecin des regards amusés. Que représentait aujourd'hui la lointaine Afrique de leurs ancêtres pour les Noirs comme Ivy, instruits, appréciant la civilisation des Blancs et décidés à s'y faire une place ? L'étonnement des deux hommes n'avait pas échappé à l'institutrice.

« Oui, je sais, mon pays ce devrait être l'Afrique ! Nous avons été enlevés de force à notre terre, à nos mœurs primitives, à nos parents. Si j'avais eu un grand-père, si je n'avais pas été séparée de mon père et de ma mère par un encanteur de l'hôtel Saint-Louis, j'aurais appris, comme tous les esclaves vivant en famille, la légende du vieux pays africain, où tout était bon, où personne ne voulait de mal à personne, où l'on travaillait juste assez pour subsister. Mais j'ai eu à la fois le chagrin et la chance d'être seule, lancée au milieu des Blancs, et tout ce que je sais, tout ce que je pense, c'est d'eux que je le tiens. Et d'abord de Pierre-Adrien de Damvilliers, qui m'apprit à lire et à écrire. Je sais aujourd'hui que les ancêtres des maîtres blancs n'étaient, eux aussi, que d'anciens sauvages, que certains de ceux-ci avaient été des esclaves à Athènes, à Rome et en Turquie. Nous autres nègres, nous avons seulement un grand retard sur le monde blanc. Mais, maintenant que nous sommes américains et égaux, nous allons apprendre et vous rattraper... »

Ivy avait dit cela d'un ton posé avec foi et chaleur, sans cette agressivité que l'on percevait trop souvent dans les propos des affranchis, quand ils évaluaient leurs chances pour l'avenir.

« Je ne sais pas si les choses iront aussi simplement que cela, Ivy, fit Dandrige, ému par la force sereine qu'il devinait chez l'ancienne esclave.

— Il y aura toujours cette couleur de peau et les siècles d'esclavage, ma petite, dit Murphy. Les nègres d'ici ne veulent plus travailler, ils ont cru que l'émancipation c'était « quarante acres et une mule », comme le leur avaient promis des inconscients. Les anciens esclaves ont trop de reproches à formuler à notre société... et, chez les Blancs, les négrophobes et les négrophiles s'affrontent pour des raisons auxquelles les nègres n'ont parfois rien à voir.

— Le reproche le plus grave que l'on peut faire aux Blancs, qu'aucun nègre n'ose faire à vous les Blancs qui fûtes nos maîtres et le serez encore longtemps, c'est de nous avoir fait détester notre peau noire... Le jour viendra où un nègre pourra voter, faire des études supérieures, traiter des affaires et même devenir riche, mais jamais il ne parviendra à être semblable aux Blancs et toujours ceux-ci l'approcheront d'une façon particulière..., car on peut tout dissimuler aux yeux des autres, sauf la couleur de sa peau !

— La jolie formule suivant laquelle « chacun est noir jusqu'à ce qu'il ait fait la preuve qu'il est blanc » est une boutade de journaliste flagorneur, n'est-ce pas ? fit remarquer Clarence.

— Exactement, monsieur Dandrige ! c'est une de ces phrases qui sonnent comme une cloche et qui, comme une cloche, sont vides... Pour que les Blancs nous acceptent en tant que citoyens égaux, il faut d'abord que nous-mêmes nous nous acceptions en tant que Noirs... égaux aux Blancs..., mais je pense qu'il faudra du temps.

— Soyez patiente, Ivy, vous êtes sur la seule voie possible », dit Dandrige en prenant congé.

En descendant l'escalier, il prit soudain conscience que, pour la première fois de sa vie, il venait de bavarder avec une négresse exactement comme il l'aurait fait avec une fille de planteur. Il en conclut que l'inégalité naturelle des races pouvait être compensée par l'égalité de l'éducation et du savoir... et que, finalement, l'intelligence et la sensibilité n'avaient pas de couleur, comme trop de gens dans le Sud le croyaient encore.

Quelques semaines après le retour inopiné d'Ivy, l'ancienne esclave de Bagatelle, que les Noirs de la paroisse et ses élèves appelaient Miss Ivy Barnett, du nom de sa bienfaitrice quaker de Boston, qui l'avait légalement adoptée, une autre surprise de taille attendait Dandrige un soir où il rentrait harassé de fatigue à la plantation.

En gravissant l'escalier de la galerie, il entendit une voix sonore et voilée comme celle du basson et un gros rire qui ne lui parurent pas inconnus.

Quand il pénétra dans le salon, il vit de dos, faisant face à Virginie et à Charles de Vigors, assis côte à côte sur le canapé, un homme de forte carrure haut et droit, à la tignasse argentée et bouclée. Quand le visiteur se mit debout et se retourna vers Dandrige avec un sourire engageant en forme de question — « Alors, me reconnaissez-vous ? » — l'intendant mit trente secondes à retrouver sous cette chevelure de vieux berger d'Arcadie et à travers l'écran de la peau ridée, sombre comme un cuir de Cordoue, les traits, autrefois mobiles et vulgaires, de l'ordonnance du général de Vigors.

« Mallibert !... lança Clarence en saisissant aux biceps le vieux soldat... On vous croyait mort et enterré... depuis longtemps !

— Plus d'une fois, Dandrige — tout le monde nota que le grognard avait négligé de dire « monsieur », comme si son âge ét son aventure le dispensaient maintenant de cette marque de respect — j'ai failli périr par la malignité des hommes ou les caprices des circonstances. Mais me voilà encore solide, malgré mes soixante-cinq ans sonnés ! »

C'était un Mallibert beaucoup plus loquace et sûr de lui qui resurgissait du passé. Un homme à l'aise dans son personnage de voyageur intrépide. Il poursuivit :

« J'ai voulu revenir à Bagatelle pour rapporter à Mme de Vigors, veuve du meilleur homme que j'aie jamais rencontré dans ma vie, que j'aimais comme un père et qui m'a fait connaître le monde, la lettre qu'il rédigea la veille de sa mort..., car il aimait à prendre ses précautions. »

Avant que Dandrige arrive, Virginie avait déjà pris connaissance du dernier message de son mari, cacheté quatre ans plus tôt au Mexique. Il était tendre et banal, bref et chaleureux. *Quoi qu'il arrive, Virginie*, disait le général, *et même si nous ne devions jamais nous revoir, sachez que vous demeurerez dans la forêt de mes souvenirs un arbre à feuilles persistantes...* Le général-baron puisait dans une poétique personnelle des comparaisons toujours surprenantes. Il avait été simple, bon, courageux, mais sa veuve en repliant la lettre eut du mal à retrouver dans sa mémoire les traits de son visage. L'enveloppe dans laquelle elle glissa le papier était fripée, maculée de taches, et des brins de tabac brun y restaient incrustés. Elle était passée de poche en poche, de havresac en portefeuille au cours des vagabondages continentaux du maréchal des logis Mallibert.

Sitôt son général enterré, le 6 mai 1862, au flanc de la montagne des Cumbres, près de Puebla où les soldats de Juarez avaient tué plus de cinq cents Français, l'ordonnance s'était repliée avec l'armée sur Orizaba.

Au soir de son retour à Bagatelle, encore vêtu de sa veste de daim à longues franges comme en portaient les aventuriers de la Frontière, Mallibert fit le récit que tout le monde attendait.

« A Orizaba, je compris tout de suite, commença-t-il, que cette conquête du Mexique était mal engagée. Moi qui me serais volontiers fait tuer pour le général de Vigors dont j'avais dû abandonner la dépouille ensevelie sous six pieds de rocaille afin d'éviter que les coyotes ne la dévorent, je me souciais comme d'une guigne de me faire tuer pour Badinguet, dont le règne tourne aujourd'hui à la cabriole !

« Comme je n'appartenais pas au corps expéditionnaire, puisque la mission du général de Vigors était particulière, plus espionnage que déploiement de forces, je décidai de prendre congé. Non sans mal, sur un cheval confisqué à un Mexicain auquel j'empruntai aussi son sombrero, ses bottes et ses jambières de cuir, histoire de faciliter aux choucas la dégustation de sa carcasse, j'arrivai à La Vera Cruz. Ayant appris qu'à quelques lieues de là le village de San Rafael était peuplé de colons français qui prudemment restaient en dehors du conflit ouvert par un lointain empereur qu'ils ne connaissaient pas, je m'y rendis.

« J'y fus bien accueilli et une veuve toute fraîche m'offrit le gîte, le couvert... et tout ce qu'elle attendait impatiemment de donner à un homme ! Elle m'aurait même offert le mariage si, au lendemain du 14 juillet, que l'on fêtait là-bas avec une ferveur tropicale et néanmoins républicaine, je n'avais vu poindre sous l'aimable maîtresse l'épouse contrôleuse. Ma cuite patriotique lui ayant trop rappelé son défunt mari, je décidai de m'embarquer illico pour Matamoros, dont on affirmait à La Vera Cruz que ça deviendrait promptement un nouvel Eldorado depuis que La Nouvelle-Orléans pâtissait de l'occupation yankee. Et puis je me disais que ce déplacement me rapprocherait de la Louisiane, où vivait la veuve de mon bon maître. Une fois à Matamoros, je traversais le Texas et hop ! j'étais chez vous !

« A Matamoros, vraie ville-chantier qui croyait à son destin, j'appris trois choses : premièrement, que les gens enferment dans les mots des illusions que rien ne justifie ; deuxièmement, que les banquiers mexicains sont des filous ; troisièmement, que la Louisiane, moitié confédérée, moitié sous contrôle nordiste, ne valait pas une visite immédiate. Je me joignis donc à un groupe de fougueux coureurs de fortune en partance pour le Nevada où, paraît-il, on ramassait les pépites d'argent comme à Perros-Guirec les coquillages ! Le type qui me décida à sacrifier mes derniers dollars pour payer mon passage avait reçu le matin même une lettre de son frère déjà sur place. Ce dernier affirmait avoir attrapé un tour de reins et assurait son cadet que dorénavant il ne se baisserait plus que pour ramasser des morceaux pesant au moins la livre !

« En sept semaines riches en tribulations, lors du passage de l'isthme de Panama, nous fûmes à San Francisco. De là, je me transportai dans les monts Washoes, à Virginia City, ville de mineurs construite à flanc de montagne sur les taupinières creusées par des pauvres types payés quatre dollars par jour et récoltant le minerai d'où leurs employeurs tiraient, paraît-il, de l'argent! Tous les tenanciers des bars à dix *cents* ou à un dollar la consommation, les patrons des beuglants comme les filles des saloons, théâtreuses ratées venues sur des chariots avec leur miroir et leur boîte à maquillage, ne pensaient qu'à s'emparer des salaires des uns et des magots des autres, car le chercheur solitaire égaré dans les Comstock venait lui aussi se faire plumer dans cette cité qui se nourrissait de sa propre substance. La fortune souriait aux boutiquiers plus qu'aux ramasseurs d'argent. Quant au frère de mon compagnon de voyage, si doué pour la littérature épistolaire, il surveillait un groupe de portefaix chinois, chargés de livrer aux mines les madriers coupés dans les forêts voisines par des bûcherons indiens au service d'un Juif venu de Denver. Cet aimable affabulateur n'avait jamais vu de sa vie une pépite d'argent, le métal précieux se cachant d'ailleurs au cœur des rocs enfouis où il n'était pas question d'aller le chercher à la pointe d'un couteau. Je laissai les deux frères à leurs explications et j'achetai, pour une bouchée de pain, une mine abandonnée dont je restaurai l'entrée, afin d'attirer l'attention des chalands. J'embauchai quatre Chinois dont personne ne voulait, exigeant seulement qu'ils entrent et sortent de la mine à intervalles réguliers en poussant le même wagonnet, histoire de prouver l'intense activité de l'entreprise. Grâce à une putain française, j'entrai aussi en possession d'une flatteuse analyse de minerai révélant une teneur en argent digne de l'Ophir[1]. J'arrangeai le document à mon goût et j'allai mettre ma mine en vente, faisant courir le bruit à Virginia City que, bien nanti et atteint d'une

---

1. Le plus riche gisement des Comstock.

maladie incurable, je ne souhaitais plus qu'aller déposer une fleur sur la tombe de Lola Montès et mourir ! Dans le flot des nouveaux arrivants, prêts à gober tous les hameçons, mon histoire plut beaucoup et je tirai, sur présentation de l'analyse truquée d'un minerai extrait d'une mine où je n'étais pas descendu, la somme étonnante de 10 000 dollars... Une place retenue dans la diligence de la Wells Fargo me permit de quitter les monts Washoes avant que le nouveau propriétaire de la Mallibert Mining Limited ait chargé ses pistolets et allumé son cigare avec un certificat qui, dans son genre, pouvait être considéré comme une œuvre d'art.

— Ce n'était pas très honnête, tout cela, monsieur Mallibert, observa Virginie, et je suis certaine que le général aurait désapprouvé une telle conduite.

— Dans certains cas, madame, la vie de l'honnête homme isolé au milieu des coquins de tout acabit est insupportable. Dans l'Ouest, voyez-vous, les définitions ne sont pas les mêmes que dans la société policée où vous avez toujours vécu. Ainsi est reconnu comme honnête homme, pardonnez-moi l'expression, tout fils de putain qui, une fois acheté, ne se dédit pas !

— Continuez, je vous prie, Mallibert », dit Charles après un regard sur le visage éberlué de sa mère.

L'ordonnance du général de Vigors reprit son récit :

« Je comptais donc revenir chez vous par la voie de terre. Comme tous les gens qui se bercent d'illusions, je fis un détour par la montagne au Trésor, dans le Colorado, histoire d'essayer de retrouver quelques-uns des lingots d'or qu'y auraient cachés, en 1791, les membres d'une expédition française après la découverte d'un prodigieux filon. Naturellement, je ne trouvai pas plus de trace du trésor que ne le firent les deux détachements envoyés en 1802 par Napoléon, qui ne voulait pas courir le risque de céder la Louisiane aux Américains pour quinze millions de dollars en leur laissant une fortune enterrée. Si le cœur vous en dit, je tiens l'adresse à votre disposition ! »

Citoyen, qui avait regardé Mallibert comme un phénomène et s'efforçait, l'oreille collée à la porte séparant le salon de la salle à manger, de ne rien perdre de ses aventures, sursauta quand retentit la clochette agitée par sa maîtresse, le convoquant pour le service des rafraîchissements.

Ayant ajouté à une forte rasade de bourbon deux cuillerées de glace pilée, le maréchal des logis prit le temps de déguster une gorgée du breuvage avant de poursuivre :

« Je dois maintenant aborder le récit d'un des meilleurs moments de mon existence, et, quoi qu'il m'advienne, je ne regretterai jamais le temps que j'ai passé dans la cité du lac Salé, chez les mormons.

— Ça alors, ne put s'empêcher de dire Castel-Brajac, c'est une expérience passionnante, vous devriez écrire cela.

— Un jour peut-être, répondit négligemment Mallibert avant de vider son verre.

« Il y a bien longtemps que les mormons m'intriguaient, reprit-il. J'avais même eu à une époque une longue discussion à leur sujet avec le général. C'est pourquoi je décidai d'aller voir de près et chez eux ces gens dont les chefs se disaient prophètes et se révélaient capables de constituer en Utah un territoire quasiment autonome. On n'entrait pas dans la cité du lac Salé comme à Virginia City. Les mormons, en conflit avec les autorités fédérales, se montraient méfiants, mais, comme j'avais assez de dollars pour habiter le meilleur hôtel de la ville, on ne fit aucune difficulté pour m'admettre dans la catégorie des gentils, c'est-à-dire des résidents non mormons.

« Bientôt je connus tout de cette ville étonnante, ses rues, ses temples, ses magasins, son théâtre et la fameuse résidence des Lions où vivait le prophète Brigham Young[1] avec son harem de vingt-six épouses. Les autorités fédérales s'étaient prononcées contre la polygamie, mais les Saints des Derniers Jours s'en moquaient. Ils n'ajoutaient foi qu'aux révélations que leur prophète recevait directement de Dieu le Père qui m'a toujours paru être de l'avis de Brigham Young ! Quoique ce barbu pédant et palabreur soit un vieux libidineux qui justifie tous les adultères, un faux-monnayeur, un homme d'affaires retors et même un criminel qui fit tuer par ses Danites, ou Anges Exécuteurs, quantité de gens qui le gênaient, son peuple le vénère, l'admire et lui obéit au doigt et à l'œil.

« Ayant eu une bagarre avec un malotru que je rossai à coups de bâton, je fus remarqué par un dignitaire de l'Eglise mormone qui voulut me connaître. Ayant appris mon passé militaire, il me proposa le poste de conseiller aux armes si je me convertissais au mormonisme. Baptisé à la manière mormone, je fus le même jour « scellé », c'est ainsi que disent les mormons, à ma première épouse, une des veuves d'un grand prêtre qui laissait quatorze femmes et vingt-neuf enfants. On m'avait présenté ce mariage comme un service à rendre à la communauté. Ma femme,

---

1. Successeur de Joseph Smith, fondateur de la secte.

douce et mélancolique, vivait à l'autre bout de la ville dans une maison qu'elle partageait avec une demi-douzaine d'autres veuves du même bonhomme. Elle venait chaque matin faire le ménage et la cuisine, puis elle retournait chez elle. L'idée ne me vint pas un instant de consommer une union pareillement conclue. La veuve était laide et ressemblait plutôt à une bonne sœur qu'à une concubine élue ! Et puis les belles filles ne manquaient pas dans ce pays ! Je dois dire que le commerce des armes se révéla lucratif. Je touchais des commissions des fabricants, des négociants, des transporteurs et je facturais aux mormons le prix qui me convenait. En six mois, j'avais gagné 3 000 dollars et je comptais faire un magot pour peu que l'armée fédérale vienne, comme elle le laissait entendre, saisir le stock de fusils et de canons que j'avais constitué. Tous ces engins se trouvaient bien sûr à l'abri dans des caches, mais j'avais prévu de faire connaître discrètement aux Fédéraux les emplacements de celles-ci. Une telle saisie obligerait les mormons désarmés à renouveler leur arsenal en passant par mon intermédiaire.

« Les autorités de Washington n'exigèrent jamais, hélas ! le désarmement de la milice mormone et je dus me reconvertir dans l'importation des tissus français, ce qui me laissa de bons bénéfices, les mormones devant toujours rivaliser d'élégance pour s'assurer une bonne position dans les harems de leurs époux. Ayant donc les moyens d'entretenir des épouses, je demandai à être scellé à deux jumelles quasiment interchangeables, ce qui me fut accordé. Après le dîner, je jouais à deviner laquelle de Marthe ou de Mathilde occupait mon lit. En cas d'erreur, celle que j'avais désignée comme étant présente et qui ne l'était pas rejoignait sa sœur. Nous passions ainsi de bons moments, car je me trompais souvent.

— Hum... Hum..., fit Virginie pour enrayer les confidences de Mallibert, qui menaçaient de devenir scabreuses.

— Eh bien, lança Charles, les mormones me plaisent. Trouver des femmes qui ne soient pas jalouses est une chose plaisante.

— Mais elles sont jalouses comme des tigresses. Mes deux jumelles constituaient une exception! Dans certains harems, on se crêpe le chignon et les épouses négligées tourmentent leurs maris jusqu'à ce qu'ils remplissent les devoirs qu'ils ont eux-mêmes multipliés! Un médecin de Lac Salé m'a cité plusieurs cas de polygames scrupuleux morts d'épuisement, mais j'ai connu en revanche des époux moins doués qui, lassés des querelles domestiques, avaient renoncé à la polygamie pour retrouver la quiétude!

— Et peut-on savoir pourquoi vous avez vous-même quitté cet heureux pays où la fornication est quasiment sacramentale?

— Tout simplement parce que j'ai refusé de prendre deux nouvelles épouses! Les polygames chargés d'enfants ne pensent qu'à marier leurs filles au plus vite par mesure d'économie. Un grand prêtre, père entre autres de jumelles charmantes, me croyant un goût particulier pour ces êtres dont chacun est le duplicata de l'autre, me convia à ajouter à ma collection Cléo et Cléa, qui se déclaraient prêtes à me partager conjointement avec mes épouses jumelles et aussi entre elles deux si certains soirs je préférais le duo au quatuor!

« Comme je déclinais une si flatteuse proposition, le grand prêtre, qui remplissait les fonctions de trésorier de la communauté, me donna clairement à entendre que, si l'on m'avait permis de gagner quelque argent, on attendait de moi un peu de reconnaissance et une participation à l'entretien des grandes familles.

« Avec Marthe et Mathilde et ma toute première épouse, dont le nom m'a échappé, excellente ménagère sans exigences d'aucune sorte, j'étais le plus heureux des polygames, car je n'avais pas le sentiment de l'être. Les deux sœurs apparaissaient si semblables que je ne disposais en fait que d'une seule femme tirée à deux exemplaires. Introduire à mon foyer une nouvelle épouse double m'aurait gêné considérablement. Je me serais trouvé dans la situation du mari de Marthe-Mathilde trompant celle-ci avec Cléo-Cléa ! Bref, je ne me sentais pas fait pour la polygamie intégrale. Et puis je supportais de plus en plus difficilement les hypocrisies locales, les prêches fallacieux et la naïveté flagorneuse d'un peuple que M. Brigham Young menait par le bout du nez.

« La cité de Lac Salé m'apparut soudain comme le plus grand lupanar des Etats-Unis et l'envie me prit d'en sortir avant d'être gâteux ou contraint à faire, sous la menace des Danites, des choses que ma conscience eût réprouvées.

« Discrètement, je me mis donc en route, abandonnant mes femmes. Un convoi de l'armée que je suivis me ramena par Fort Bridger, Scottsbluff, la Platte River et Onxana, jusqu'au Missouri par lequel je rejoignis Saint Louis. Là je m'embarquai sur un vapeur du Mississippi à destination de Memphis et de La Nouvelle-Orléans. Me voici plus vieux de cent ans, le cœur et les reins solides et toujours confiant dans mon étoile. Si vous voulez de ma compagnie, je me réinstalle demain sur la plantation de Feliciana Garden que le général avait achetée pour M. Charles près de Saint-Francisville et je me mets au travail.

— Je n'ai pas mis les pieds à Feliciana Garden depuis mon retour, mon pauvre Mallibert, dit Charles de Vigors, et la maison a dû être pillée par les militaires ou par les nègres. J'ai bien peur que la forêt et la brousse n'aient repris possession des terres que vous aviez défrichées. Je me demande où vous trouverez des travailleurs. Et je dois vous dire encore que je n'ai pas d'argent...

— Chaque chose en son temps, monsieur. Je ne suis pas pauvre. Je vais là-bas, j'évalue les possibilités, j'investis ce qu'il faut et nous signons un bon contrat qui me permette de me rembourser avec un honnête intérêt et d'assurer le confort de mes vieux jours..., car je n'irai pas mourir ailleurs !

— C'est une assez bonne idée, intervint Dandrige. Toutes les volontés, toutes les compétences sont les bienvenues dans ce pays et Charles ne peut pas refuser de voir mettre en exploitation une partie de son patrimoine, n'est-ce pas ? »

Charles de Vigors acquiesça chaleureusement.

« En attendant que vous puissiez vous installer à Feliciana Garden, on vous logera ici, ajouta Virginie. Les sœurs Barrow ayant quitté Bagatelle, nous avons une bonne chambre pour vous ! »

Les yeux du vieux maréchal des logis, au physique de dur-à-cuire de la Prairie, s'embuèrent de larmes.

« C'est comme si je retrouvais une famille, dit-il d'une voix voilée. A Bagatelle, on respire un air différent de celui qui baigne le reste du monde. C'est un endroit particulier, ce que le général, mon maître, appelait « un lieu de préférence », où le corps et l'esprit paraissent avoir plus d'aisance, où l'on se sent à couvert des forces mauvaises. Un bon endroit, en vérité, pour accepter que finisse la vie ! »

Ainsi, en ce printemps, où l'on escomptait pour la Louisiane une future récolte de 1 200 000 balles de coton, alors que les Cavaliers constataient que les anciens esclaves reprenaient peu à peu le chemin des champs, Bagatelle retrouvait les siens.

Sous les chênes tutélaires, plantés un siècle plus tôt par le premier marquis de Damvilliers, les réchappés de la grande débâcle du Sud, ceux de la diaspora qui venaient de rejoindre la vieille terre et les nouveaux venus, chaleureusement admis au partage de ce que Castel-Brajac appelait déjà « la mémoire bagatellienne », se trouvaient rassemblés pour restaurer la majesté de cet univers borné qui avait nom : plantation.

Bonifiée par la légende, l'Histoire en ces lieux privilégiés virait au mythe irréfutable et chacun subissait à son insu le pouvoir sacré de celui-ci, en tirait des règles de conduite et se sentait tout naturellement porté à le servir et à l'accroître.

Quelques initiés pressentaient, quoi qu'il advienne sur ces dix mille acres de terre à coton entre le Mississippi et Fausse-Rivière, que Bagatelle vivrait comme vit une idée.

Deuxième époque

LA RELÈVE

1

Il ne faisait aucun doute pour les gens éclairés, comme Clarence Dandrige, Charles de Vigors ou Edward Barthew, que la situation en Louisiane se détériorait de mois en mois. Le gouvernement d'Etat mis en place par Madison Wells, après les élections de 1864, auxquelles avaient participé douze mille électeurs, ayant fait plus ou moins sincèrement acte d'allégeance à l'Union, ne pouvait satisfaire les républicains radicaux, ni conduire convenablement les affaires. Les radicaux, les unionistes, les affranchis, les gens venus du Nord, aventuriers ou idéalistes, voyaient sans plaisir les ex-Confédérés relever la tête, s'emparer peu à peu de tous les leviers de l'administration et préparer, parfois ouvertement, de nouveaux codes noirs, afin de reprendre en main leurs anciens esclaves. Le fait que le très sélect et très conservateur Boston Club ait pu réouvrir dans un immeuble situé à l'angle des rues Royale et de la Douane était un signe qui ne trompait pas. Quand les deux chambres du Congrès eurent voté, le 16 juin 1866, malgré le veto du président Johnson, ce fameux XIVe amendement à la Constitution des Etats-Unis redouté par les Sudistes, et qui donnait aux Noirs une pleine citoyenneté en déniant à tous les Etats la possibilité de priver du droit de vote tout « mâle de plus de vingt et un ans », les radicaux louisianais et leurs supporters exigèrent la convocation d'une convention capable de doter l'Etat d'une nouvelle Constitution. Celle-ci se révélait d'ailleurs indispensable puisque le Congrès des Etats-Unis avait invalidé la Constitution de 1864, acceptée par le général Banks, et refusait aux élus de la Louisiane la permission de siéger à Washington. Il était regrettable, en effet, comme l'avait remarqué le président Johnson, que dix Etats du Sud soient encore sans voix au Congrès, puisque cinquante sièges restaient vacants à la Chambre des représentants et vingt au Sénat.

Une émeute survenue après un meeting électoral à l'hôtel Saint-Charles, le 10 juillet 1866 à La Nouvelle-Orléans, fit prendre conscience aux plus indifférents de la gravité de la situation. Cet après-midi-là, trente-huit personnes — des Noirs pour la plupart — furent tuées et cent quarante-sept blessées. Les témoins soutinrent que l'intervention tardive des troupes fédérales, envoyées pour soutenir une police débordée, avait laissé le temps aux *carpetbaggers* et aux *scallawags*, qui orchestraient la manifestation, de régler quelques comptes. Cet affrontement spectaculaire n'était pas le premier. Dans tout le pays, la tension montait et l'on ne comptait plus les incidents qui mettaient aux prises Blancs et Noirs. A Iberia, des soldats noirs ivres avaient tiré sur des passants blancs. Une grève dans une plantation de Natchitoches avait dégénéré et, des affranchis « en état d'insurrection » refusant d'entendre raison, la police était intervenue. Cette bagarre avait fait un mort et des blessés, tous noirs évidemment.

A Algiers, sur la rive droite du Mississippi, en

face de La Nouvelle-Orléans, des Noirs constitués en milice tout à fait irrégulière pillaient les plantations et molestaient les gens. A Baton Rouge, les Blancs n'osaient plus sortir la nuit depuis que les agressions se multipliaient. Dans les paroisses de Caddo, de Tensas, ou à Shreveport, les journaux locaux faisaient état chaque jour de meurtres, de vols et parfois de viols perpétrés par d'anciens esclaves. Une statistique indiquait, à la fin de l'été 1866, que soixante-dix Noirs avaient été tués par des Blancs en état de légitime défense et que deux cent soixante-dix agressions avaient été commises par des Noirs contre des Blancs ou les biens de ceux-ci.

Les citoyens, estimant les autorités trop indulgentes et incapables, avaient de plus en plus tendance à faire justice eux-mêmes. C'est ainsi que huit voleurs, arrêtés dans la paroisse de Caldwell, avaient été interceptés par des inconnus sur le chemin du tribunal où ils devaient être jugés. Les « justiciers », soupçonnés d'appartenir à la Black Horse Cavalry, avaient tué sur place deux des accusés avant d'emmener les autres que personne n'avait plus revus ! Les policiers de l'escorte s'étaient prudemment abstenus de toute intervention.

Tous ces événements, quand les élections législatives de 1866 donnèrent la victoire aux radicaux, incitèrent le Congrès des Etats-Unis à se convoquer lui-même en session extraordinaire au mois de mars 1867, ce qui constituait une nouvelle usurpation des droits du président.

Dès le 2 mars, les élus fédéraux adoptèrent le premier acte législatif pour la Reconstruction du Sud malgré le veto présidentiel. Le Congrès établit ainsi la loi martiale dans dix Etats sudistes qui n'avaient pas, comme le Tennessee, ratifié le

XIVe amendement. Ces Etats, répartis en cinq districts militaires, furent aussitôt placés sous l'autorité de généraux de l'armée des Etats-Unis, véritables proconsuls détenant tous les pouvoirs civils, judiciaires et de police, et chargés de réunir des conventions, afin de faire adopter de nouvelles Constitutions garantissant le droit de vote aux Noirs. Les Etats ex-rebelles, qui d'après Charles Sumner « avaient cessé d'exister en faisant sécession », devaient être rabaissés au rang de « territoires », c'est-à-dire placés sous la tutelle du Congrès tant que leurs gouvernements, où ne devrait figurer aucun ancien responsable confédéré, n'auraient pas ratifié le XIVe amendement.

On avait bien compris, à Bagatelle comme ailleurs, que le retour au pouvoir de l'aristocratie de plantation ou des riches créoles citadins était compromis.

Quand on sut que le général Philip Sheridan, qui commandait l'une des divisions de Mac Cook, à Appomatox, était nommé avec les pleins pouvoirs en Louisiane, la consternation s'étendit sur les rives du Mississippi. On redoutait avant qu'il ne parût ce petit homme au teint bilieux, moustachu et si coléreux, que ses camarades de West Point l'avaient tenu pendant un an à l'écart de leurs réceptions. Ayant commencé la guerre avec les galons de capitaine, il s'était retrouvé major-général à trente-deux ans. Seule une réputation de cavalier émérite aurait pu le faire supporter par les Sudistes si les officiers confédérés n'avaient pas rappelé la terreur que Sheridan avait répandue en octobre 1863 dans la vallée de la Shenandoah où ses hommes avaient systématiquement détruit tout ce qui pouvait servir au ravitaillement des Confédérés : les voies de chemin de fer, les ponts, les moulins, les stocks de paille.

Le général avait réussi du même coup à une population de femmes et d'enfants, et l'on s'en souvenait.

En apprenant de la bouche de Charles de Vigors, à son retour d'un voyage à La Nouvelle-Orléans, les menaces proférées par Sheridan qui paraissait décidé à appliquer sans nuance les diktats du Congrès, Tampleton frémit d'indignation et le jeune docteur Finks, lui-même, dit son étonnement de voir les Nordistes en venir à de pareils procédés.

« Je me souviens des paroles de Lincoln, dit-il, prononcées le 11 avril 1865, trois jours avant sa mort. Le président disait : « Nous sommes d'ac-« cord sur ce point que les Etats séparés ne se « trouvent pas dans une situation normale vis-à-« vis de l'Union et le but du gouvernement est de « les placer dans une situation régulière », et il ajoutait, en considérant ce qu'était le premier gouvernement élu de la Louisiane que l'on vient de balayer d'un revers de main pour rendre toute autorité à l'armée : « Admettons que le gouverne-« ment de la Louisiane ne soit qu'un œuf : ne « vaut-il pas mieux le couver que de le briser ! »

— C'est tout de même un comble que nous en venions à regretter Lincoln, dit Virginie avec amertume.

— Nous n'avons pas fini de le regretter, mon amie », répondit Tampleton.

Au milieu de toutes ces préoccupations, les nouvelles du « monde extérieur », comme disait Castel-Brajac, ne distrayaient pas longtemps les gens de Bagatelle. Que 1500 maisons aient été détruites à Portland par un incendie, que la « National Labour Union », groupant 60 000 ouvriers dans treize Etats, ait obtenu à Baltimore la journée de huit heures, que le Nebraska soit admis dans l'Union comme trente-septième Etat, que le gouvernement fédéral ait acheté pour 7 200 000 dollars l'Alaska aux Russes, que les cordonniers du Milwaukee et du Wisconsin aient décidé de se grouper dans un « Ordre des Chevaliers de Saint-Crépin » pour défendre leur profession face aux industriels de la chaussure, et même que le *Evening Star* allant de New York à La Nouvelle-Orléans ait sombré avec des émigrants à bord, ne donnait pas lieu à longs commentaires.

Bien plus importante paraissait l'information suivant laquelle Sheridan, comme tous les commandants militaires envoyés dans le Sud, serait qualifié pour décider ou non de l'éligibilité des candidats.

« Charles, tu dois te présenter ! lança brusquement Virginie.

— Voyons ! mère, y songez-vous sérieusement ?

— Tu feras un excellent candidat... On ne pourra pas dire que tu as porté les armes contre l'Union.

— C'est peut-être un peu prématuré, intervint Dandrige. Charles doit d'abord se faire une bonne position professionnelle. Laissons passer cette législature, Virginie.

— Je te verrais bien sénateur, ironisa Castel-Brajac, et qui sait... ministre ! »

La position de Charles à laquelle Dandrige faisait allusion s'améliorait de mois en mois. Ayant appris sans difficulté de Barthew, avec qui il s'était associé, les rares particularités du droit louisianais calqué sur le code Napoléon, le jeune avocat traitait maintenant des dossiers importants et allait souvent plaider devant les hautes juridictions de l'Etat à La Nouvelle-Orléans. Les frères Mertaux, qui souhaitaient se retirer, avaient vu avec plaisir débarquer ce juriste plein d'allant, posé, travailleur, raisonnablement ambitieux, dont ils connaissaient la famille. Quand Charles de Vigors réussit à obtenir de la cour une indemnité de 3 306 dollars pour le propriétaire d'une plantation de Saint-Bernard, dont la demeure avait été endommagée et les récoltes compromises par une brigade de cavalerie du 13ᵉ Indiana commandé par le colonel Pepper, les frères Mertaux ne cachèrent pas leur admiration.

« On peut dire que vous êtes un as...

— ... et un maître, monsieur !

— Tirer de l'argent des Fédéraux, c'est un exploit, dit Alexandre...

— ... qui mérite compliments... et honoraires ! » compléta Louis.

Tandis que la gêne s'aggravait à Bagatelle du fait des mauvaises récoltes, de la défection de la main-d'œuvre et des inondations, Charles, sans nager dans l'opulence, commençait à vivre plus largement. Quand Castel-Brajac eut vendu son miel — ce qui lui laissa net, la deuxième année, près de 1 000 dollars — les deux amis décidèrent un séjour à La Nouvelle-Orléans et emmenèrent Virginie. Celle-ci y prit davantage plaisir que lors de son voyage avec Tampleton.

Au cours de l'été 1866, le choléra avait fait vingt-sept morts en une seule journée et dès l'arrivée des radicaux au pouvoir les prix avaient monté jusqu'à faire tripler les loyers des boutiques. Mais Virginie, entre « ses deux Parisiens », goûta, l'hiver suivant, un moment de la saison en assistant à la création de *Faust* et à de nombreux concerts.

Cependant, elle se lassait plus vite qu'autrefois d'une ville qui ne cessait de croître. Dans le quartier des jardins, où se cachaient derrière de beaux arbres et des barrières ouvragées les vieilles demeures des créoles ayant depuis longtemps passé la rue du Canal pour émigrer dans la zone résidentielle, dite encore « des Américains », on créait sans cesse de nouveaux lotissements entre des rues tracées au cordeau et se coupant à angle droit.

« C'est là qu'un jour je me ferai construire une belle maison, disait Charles; vous viendrez y passer l'hiver, mère !

— Quelques jours peut-être, je ne dis pas non, mais vois-tu, Charles, la foule me donne le vertige et j'ai l'impression ici de manquer d'air et d'espace. Tu as une vieille maman maintenant et loin de Bagatelle je ne saurais vivre longtemps », minauda Virginie.

Mme de Vigors n'osait pas dire à son fils que l'absence de Dandrige lui était douloureuse. Quand on atteint l'âge où les années vous paraissent plus inéluctablement comptées, quand on franchit l'équinoxe d'automne, quand on conçoit d'une façon tangible que « les régions enchantées de la jeunesse » sont loin derrière soi, chaque minute hors de la présence de l'être aimé est une perte sensible. Sous les bandeaux sages de ses cheveux blancs, Virginie s'examinait avec beaucoup de lucidité. « Surtout, se disait-elle, ne pas ressembler à ces femmes que je voyais chez ma tante Drouin, prêtes à tout pour se donner l'illusion de freiner la déchéance de leur corps. Je dois simplement être une autre femme. Ne pas repousser son âge, c'est le dominer. »

Depuis quelques semaines, elle ajoutait à l'eau de rinçage de ses shampooings une de ces boules de bleu que les lingères jetaient dans leur lessive pour faire les chemises plus blanches. C'était une recette de Nadia Redburn. Du coup, la masse argentée de son chignon prenait des reflets d'azur qu'on remarquait sous les lumières et cela mettait en valeur l'ovale d'un visage à peine marqué de rides. Le cou serré par un ruban de velours noir orné d'un camée et qui tendait la peau, une pâleur étudiée pour agrandir le regard et aviver le rose des lèvres, une écharpe de Chantilly, mousseuse et fluide comme un brouillard, conféraient à Mme de Vigors une séduction purement esthétique, certes, mais indéniable.

« Comme elle a dû être belle !... dit un soir une voix de jeune fille dans le promenoir de l'Opéra, et comme je voudrais lui ressembler quand je serai vieille ! »

Virginie, nullement peinée, mais agacée, se retourna pour jeter derrière son éventail un regard à cette demoiselle qui parlait trop haut. Elle vit une gentille boulotte, trottinant sur de courtes jambes, les bras poilus comme l'échine d'un fox-terrier. Elle sourit et ne put se retenir de lancer :

« La beauté ne vient pas avec l'âge, mademoiselle, et permettez-moi de vous dire qu'ayant mal commencé vous finirez sans doute encore plus mal !...

— Vous ne serez pas là pour le constater, madame ! » fit l'effrontée, qui avait aussi de la couperose aux pommettes.

Cette réplique atteignit Virginie comme un coup de fouet, et quand Charles revint du fumoir, prodigieusement élégant dans un habit qui sentait la coupe parisienne à vingt pas, il regarda attentivement sa mère, inquiet de lui voir un visage bouleversé.

« N'êtes-vous pas souffrante ?

— Non, Charles, mais je pense qu'un jour, bientôt, demain peut-être, tout cela continuera sans moi ! »

Elle désigna la scène, la salle, la foule murmurante de l'entracte et là-bas, près du buffet, la jeune dinde insolente qui s'empiffrait de fruits confits.

« Voyons, mère, quelle idée absurde, votre vie sera longue, très longue et très heureuse, j'en réponds. Nous viendrons ici l'hiver prochain et chaque hiver si vous voulez... »

Elle sourit, prit le bras de son fils dans sa main gantée...

« Un hiver aussi viendra, Charles, où tu seras là avec près de toi une autre femme, heureuse, ardente, belle, et tu te souviendras de cet hiver 66 où tout allait si mal dans le pays, tandis que nous applaudissions à la folie de Faust troquant son éternité pour un moment de jeunesse !

— Je me souviendrai », dit Charles avec tendresse, et tout à fait bêtement comme le font les gens de vingt-cinq ans qui ne savent pas que promettre la fidélité du souvenir à ceux que le profil de leur mort importune, c'est les rejeter doucement de l'avenir des vivants !

La musique annonçant le deuxième acte vint à propos interrompre cette conversation.

Il arrivait souvent que Charles se rende seul à La Nouvelle-Orléans. Pour éviter les frais d'hôtel, qu'il comptait néanmoins à ses clients, l'avocat avait pris l'habitude de descendre chez les Pritchard. La table était bonne, la conversation intéressante et l'on rencontrait chez cet industriel revenu des plantations et tristement privé de ses fils, des gens aisés, hommes d'affaires ou hauts fonctionnaires qui pourraient un jour ou l'autre avoir recours à un juriste compétent et dynamique. Et puis il y avait la belle Gloria Pritchard, jeune, capiteuse, aimable, paresseuse et nonchalante, véritable Louisianaise issue de cette heureuse *miscegenation* locale qui fait les créoles plus femmes que toutes les autres femmes.

Quand Charles séjournait à La Nouvelle-Orléans, il devenait le cavalier attitré de Gloria, toujours prête à l'accompagner au concert, au théâtre ou à un dîner en ville. M. et Mme Pritchard voyaient ces relations d'un assez bon œil. Charles passait pour un parti enviable et dans les milieux d'affaires on promettait au jeune avocat un avenir brillant.

Discrètement, Mme Pritchard avait sondé sa fille.

« Il ne m'a rien demandé, dit Gloria tout uniment, et, tu sais, je ne suis pas pressée de me marier.

— Mais enfin, il ne t'est pas indifférent, ma chérie, et il se montre gentil avec toi?...

— Oui, il m'embrasse souvent, confessa Gloria d'un ton détaché, mais tu sais, avec les garçons, ça ne veut rien dire!

— Comment, il t'embrasse souvent... et ça ne veut rien dire...? Quand ton père m'a embrassée... nous étions déjà fiancés!

— Mais, maman, c'était avant la guerre, maintenant tout a changé, les garçons ne s'engagent plus à la légère... et puis Charles a peut-être laissé en France une jeune fille qu'il aime. Il m'a parlé d'une certaine Gratianne et aussi d'une jeune fille rencontrée sur le bateau qui est suisse et riche.

— Ça alors!... D'abord, Gratianne, c'est sa demi-sœur; quant aux flirts de croisière, ça s'oublie arrivé au port... Mais je ne vois pas pourquoi tu te laisses embrasser...

— Parce que ça me fait plaisir, maman!

— Tu devras t'en confesser!

— Eh bien, je m'en confesserai... Le gros péché que voilà! »

Castel-Brajac, qui venait lui aussi, de temps en temps, chez les Pritchard, mais s'intéressait davantage à la cuisinière, dont il notait avec soin les recettes, avait bien remarqué les attitudes de Gloria et de son ami.

« Alors, coquin, tu cultives ton jardin orléanais ? Elle est gentille et pas contrariante, cette petite... Tu as renoncé à attendre la Suissesse, ou s'est-elle noyée pour de bon ?

— Ah ! mon pauvre vieux, Marie-Gabrielle m'a envoyé une lettre bouleversante... Son père est tombé paralysé à Chicago... Le caillot dans le cerveau, quoi ! Gâteux et impotent, voilà comment est le plus grand banquier de la Confédération helvétique !

— Pourrait justement avoir besoin d'un gendre, non ?... Et le consentement serait facile à obtenir ! »

Sans aucune charité, le Gascon mima le banquier paraplégique et balbutia : « Je vous donne ma fille... avec ma banque en prime...

— Tu es idiot. Marie-Gabrielle a repris le bateau avec son père et sa tante, nous ne la verrons pas de sitôt... Elle me dit qu'elle a fait le vœu de se consacrer à l'infirme jusqu'à sa mort.

— Tu sais que des êtres dans cet état peuvent durer des siècles, mon vieux.

— Eh ! dit Charles, que veux-tu que j'y fasse ! On ne peut pas le tuer, non ?

— J'ai l'impression que tu prends la chose assez allégrement. Faut-il voir là une compensation qui s'appelle Gloria ?

— En effet, si tu savais que cette petite, qui a l'air comme ça tout engourdie, tout irrésolue, tout... stagnante, est en réalité une ardente ! Elle est capable de s'enflammer comme une allumette et de flamber comme une torche... Je dois la calmer, mon vieux, l'apaiser, modérer ses ardeurs... Elle serait capable de me violer.

— M'um, m'um, que ça doit être bon, ça !

— Oui, mais je vois, après le viol, la maman Pritchard avec un contrat de mariage sous le bras et... crac ! l'archevêque qui s'avance sur les pas du notaire !... Et puis tu n'as peut-être pas remarqué que Gloria est la seule de sa famille à avoir une peau... aussi... aussi peu laiteuse !

— Mate, quoi, dis-le... C'est ce qui la rend encore plus belle.

— As-tu vu aussi les ailes de son joli nez ? C'est la seule aussi qui soit née à Cuba et ma mère m'a dit que la gentille Mme Pritchard, pendant que son mari comptait les cannes à sucre, faisait de l'ethnologie appliquée !

— Ainsi, Gloria ne serait pas... blanc-bleu, comme disent les diamantaires... Qu'est-ce que ça peut faire ? Je te trouve bêtement misogyne pour des raisons raciales, toi, un esprit formé par les encyclopédistes !

— Pas misogyne, « misogame » seulement, mon vieux », conclut Charles.

Castel-Brajac savait aussi que le beau Charles, encore plus séduisant depuis qu'il avait perdu un peu d'embonpoint, gagné un teint hâlé au grand soleil et nettement amélioré sa musculature en chassant dans les bayous et en galopant sur les chemins, avait d'autres fers au feu. Clara Redburn, petite et nerveuse, sèche et sombre comme un pruneau, ne manquait jamais une occasion de venir le relancer à Bagatelle. Nancy Tampleton, la plus jeune des filles de Percy, une blonde au teint de magnolia, à la poitrine déjà molle, mais au regard tendre et soumis, se consumait pour l'avocat, affirmait Mme de Vigors. Tout cela faisait beaucoup de demoiselles avec qui Charles se montrait également aimable, prévenant, charmeur, n'oubliant pas une fête, pas un anniversaire, distribuant des flacons de Guerlain à profusion : eau de toilette, lavande musquée, eau des Alpes et même, parfois, « baume essentiel de violette » à quinze dollars l'once.

Tout autre homme se comportant ainsi eût été qualifié de coureur de jupons par les mères de famille inquiètes. Charles, grâce à son sourire épanoui, son visage ouvert, sa gaieté franche et sa prodigieuse adresse à mener de front une demi-douzaine d'intrigues avec une sincérité démultipliée, était la coqueluche des familles.

« Ce qui fait ta force, finalement, c'est que tu ne te sens jamais engagé et que partout où un autre se montrerait hypocrite pour convaincre, toi, tu domines par ta désinvolture, lui dit un jour Gustave.

— Ce n'est pas calculé, crois-moi, fit Charles. Je ne promets jamais rien et je minimise toujours l'importance des choses. Le flirt, c'est tout de même pas tragique, non ?

— Parce que ce n'est pas l'amour, dit doucement Castel-Brajac... Mais tu peux causer des dégâts.

— Chez moi, les dégâts sont faits, reprit gravement Charles, tu es le seul au monde à le savoir et personne plus que moi peut-être ne perçoit le tragique du véritable amour !

— Toujours Gratianne..., hein ?

— Toujours !...

— Je me demande tout de même si tu n'es pas comme ces gens qui, ayant choisi une religion, s'y tiennent encore alors qu'ils ont perdu la foi, par commodité, par orgueil ou par besoin d'une mystique refuge !

— Je n'ai pas perdu la foi, Gustave, et je ne

crois pas être le seul dans ce cas. Il y a près de nous des êtres qui vivent, je commence à le deviner, un amour pathétique.

— Tu veux parler de Dandrige et de ta mère ?

— Oui, c'est à eux que je pense.

— Alors là, mon vieux, je crois que nous sommes de trop petits garçons pour comprendre. Je pressens très vaguement que nous avons affaire à des sentiments d'une qualité exceptionnelle, à peine humains..., des essences trop volatiles pour nos gros nez, des constructions d'une telle subtilité qu'on les abîmerait rien qu'en essayant de les poser sur des mots ! Quelque chose comme le soleil ou une épée chauffée à blanc qu'on ne peut pas regarder sans y perdre la vue. »

L'occasion avait été donnée à Castel-Brajac de voir ensemble dans une manifestation publique ces deux « êtres accordés » hors du cadre familier de Bagatelle. Pour répondre à l'invitation du capitaine de frégate Bastard, commandant de la corvette à vapeur *La Mégère*, Virginie avait convaincu Clarence Dandrige de l'accompagner à La Nouvelle-Orléans et le Gascon s'était joint à eux. A bord du navire de guerre de la marine impériale, le commandant Bastard fit les honneurs à ceux qu'il avait aimablement conviés à assister à une soirée théâtrale donnée par l'équipage.

Le compte rendu enthousiaste que publia, le 23 mai 1866, un journaliste du *Sanet Thoemas Tidende* prouva qu'on ne s'était pas ennuyé : *La salle est le pont du navire*, écrivit le reporter. *La voûte à laquelle pend un lustre formé de sabres, de baguettes à fusil et de pistolets, et les murailles sont voilées avec des drapeaux ornés de branches de verdure. Le rideau est un vrai rideau très artistiquement brossé qui s'entrouvre pour lais-*

ser passer la figure narquoise et rieuse d'un matelot.

Dans la lumière déclinante du soir sur le Mississippi, sous un ciel d'un bleu dense irradié comme un dôme par les couleurs frisantes et exténuées du couchant, Dandrige en costume blanc, Virginie en noir, ne portant pour tous bijoux qu'un double rang de perles, apparurent à tous les assistants comme le modèle du couple aristocratique du Vieux Sud. Après avoir applaudi trois pièces : *La Rue de la lune, Edgard et sa bonne* et *Un tigre du Bengale*, jouées par les marins qui assurèrent les rôles féminins avec « entrain et naturel », observa le chroniqueur, les invités du commandant Bastard apprécièrent des rafraîchissements variés. Castel-Brajac, tout en devisant avec des officiers sur la plage arrière, observa longtemps Clarence et Mme de Vigors très entourés, parfaitement à l'aise. « Ils ressemblent à deux jeunes époux recevant au soir de leur mariage », pensa-t-il. Quand les canots de *La Mégère* ramenèrent au quai du Roi les invités du commandant Bastard, Gustave, qui avait entrepris une dame créole dont le mari, ayant fait grand honneur au buffet, somnolait, vit Dandrige et sa compagne s'éclipser discrètement.

Dans le hall du Saint-Charles, où il les retrouva pour un souper léger, ils lui parurent gais et sereins.

« Pardonnez-nous de vous avoir abandonné lors du débarquement, mon cher Gustave, dit Virginie, mais M. Dandrige et moi faisions un pèlerinage sur le quai. Savez-vous qu'il y a aujourd'hui exactement trente-six ans que j'ai retrouvé la Louisiane... et que M. Dandrige, envoyé à ma rencontre par mon parrain, m'a accueillie ! J'ai la curieuse sensation d'avoir depuis ce temps-là vécu plusieurs vies sans pour autant me sentir sage et expérimentée !

— La jeunesse du cœur, madame, est une grâce qui vous fait voir le monde toujours neuf et chargé d'espérances », répliqua Gustave.

Clarence Dandrige, qui venait de choisir un cigare dans le coffret présenté par le maître d'hôtel, approcha le havane long et mince de son oreille, le serrant juste assez pour faire crisser les feuilles de tabac entre le pouce et le bout de l'index, afin d'en évaluer l'exact degré de fraîcheur. Avant de se tourner vers le domestique prêt à allumer à la flamme d'une chandelle rose le bâtonnet de cèdre qui porterait le feu à la pointe du cigare, il se tourna vers Castel-Brajac :

« Seuls se retrouvent catalogués au moment du bilan solitaire, mon cher Gustave, les moments heureux ou pénibles de nos vies. La mémoire industrieuse les a enfilés comme les perles d'un collier. Il y a des perles blanches et des perles noires...

— Je ne veux porter, voyez-vous, que des perles blanches... », fit Virginie en mettant la main à son cou...

2

Quand on apprit à Bagatelle que le général Philip Sheridan, « horrifié par les émeutes de juillet 1866 », révolté par l'assassinat de plusieurs leaders radicaux, avait déplacé l'attorney général Andrew S. Herron et le juge de district, Edmund Abell, avant de destituer le maire, M. John T. Monroë, l'opinion prévalut qu'on allait revenir en Louisiane aux jours les plus sombres du règne de Butler. L'indignation devint de la colère quand, quelques jours plus tard, on sut que les listes électorales, dressées sous le contrôle de l'autorité militaire, indiquaient qu'il y aurait 78 239 électeurs noirs pour seulement 48 000 électeurs blancs.

Plus de 40 000 Blancs, qui comptaient se faire inscrire, avaient été écartés des futurs scrutins en raison de leurs activités au service de la Confédération ou de la sympathie qu'ils avaient manifestée au mouvement sécessionniste.

Dès la première consultation organisée, les 27 et 28 septembre 1867, afin de décider s'il y avait lieu ou non de réunir une convention constitutionnelle, les conservateurs rangés sous la bannière des démocrates furent largement battus.

75083 votants se prononcèrent pour la convention et 4006 contre.

« Nous allons avoir un pouvoir noir, observa Tampleton. Heureusement que les nègres ne trouveront pas grand-chose à nous prendre. Nous n'aurons plus bientôt que nos vies à défendre !

— Nous n'avons qu'à abandonner l'exploitation des terres, organiser une grève générale des planteurs. Quand ils n'auront plus ni travail ni nourriture, les nègres viendront bien à résipiscence ! » lança furieusement Virginie.

Dandrige, Castel-Brajac et Charles de Vigors, bien qu'assez pessimistes quant à l'avenir du pays, se gardaient de tout emportement. Ils trouvaient cependant que la presse des deux factions, loin de jouer le jeu de l'information loyale et apaisante, excitait des passions que l'on aurait peut-être, un jour, bien du mal à contenir.

DeBow's Review, organe démocrate, écrivait : *Cette sale conspiration contre la nature humaine ne fera bientôt plus de doute pour personne. Les nègres benêts et furieux sont déjà prêts à écrire son histoire dans les ligues secrètes, les réunions tumultueuses et les prescriptions cruelles. Ils commenceront bientôt à l'écrire aussi en lettres de sang, comme le laissent prévoir leurs menaces quotidiennes et ouvertes d'incendie, de viol, de meurtre, de révolte, de guerre civile et d'extermination des Blancs !*

Le journal *Républicain*, soutenant le point de vue des radicaux, n'était pas en reste : *Nous préférerions voir une autre guerre civile, une autre révolution ; nous préférerions voir tous les rebelles du Potomac au golfe proscrits, déchus de leurs droits, privés de leurs biens et tous les fils de salopes mis à poil et jetés à la rue plutôt que de voir reprendre le droit de vote au peuple loyal du Sud.*

Paradoxalement, les Noirs paraissaient les moins excités et leur journal *La Tribune*, qui semblait croire à l'avènement d'une société où régneraient justice et égalité, publiait : *Le temps est venu pour chaque citoyen de jouir de ses pleins droits comme tous les autres citoyens, sans écoles réservées à l'élite, sans jurys partiaux, sans milice privilégiée et sans témoins plus écoutés que d'autres devant les cours de justice.*

Aux illusions des uns répondait, comme toujours en période d'incertitude politique, le défaitisme des autres.

La nouvelle Constitution qui devait sortir de la convention de 1867-1868 fut immédiatement considérée comme la plus radicale de toutes les Constitutions d'Etat nées de la Reconstruction imposée par le Nord. Elle fut adoptée les 16 et 17 avril 1868 par 66 152 voix contre 48 739.

Sur les quarante-huit paroisses de l'Etat, vingt avaient réuni des majorités hostiles à la nouvelle Constitution. C'était le cas de Pointe-Coupée et d'autres petites paroisses, où certains Noirs, encore respectueux des consignes données par leurs anciens maîtres, avaient voté contre un ensemble de principes destinés à leur garantir une pleine et entière citoyenneté. Le nouveau texte constitutionnel, qui comportait vingt-deux pages, déclarait l'esclavage hors la loi, garantissait la liberté de réunion et de pétition, la liberté de la presse, la liberté de parole et de religion, le droit pour tous les justiciables de verser caution et d'être jugés par un jury. Un article garantissait la propriété privée et un autre déclarait nuls et non avenus les codes noirs, quels qu'ils soient. Faisant référence à la Déclaration de l'Indépendance, la Constitution rappelait que tous les hommes naissent libres et égaux en droits et rendait les fonctions publiques ou privées accessibles à tous, sans distinction de race ou de couleur.

Charles de Vigors apprit avec plaisir que la nouvelle Constitution confirmait aussi sa nationalité américaine, puisqu'il était dit que toute personne née aux Etats-Unis et résidant ou non en Louisiane bénéficiait du statut de citoyen.

« Tu pourras donc être sénateur quand tu le voudras », plaisanta Gustave.

Si tous les habitants de Bagatelle avaient été inscrits sur la liste électorale de la paroisse, il n'en avait pas été de même pour Willy Tampleton. Enregistré comme « ennemi de l'Union », à cause de son haut grade dans l'armée de la Confédération, il n'avait pas pu voter, non plus que son frère Percy, qui figurait, lui, dans une autre catégorie de parias : ceux qui avaient préféré brûler leur coton plutôt que de le livrer aux Nordistes.

« Maintenant, dit Virginie pour consoler Tampleton, on saura que les meilleurs se trouvaient parmi les « déchus », ainsi distingués par nos nouveaux maîtres : « Ceux qui ont travaillé un an « ou plus dans un service de la Confédération, « ceux qui ont aidé les francs-tireurs qui conti« nuèrent les combats après Appomatox, ceux qui « ont écrit des ouvrages ou des articles prônant « la sécession, la rébellion, ou montrant de la « sympathie pour ces causes, ceux qui ont édité « des livres ou des journaux publiant ce genre de « textes, ceux qui ont signé l'ordonnance de « sécession, etc. »

— J'imagine qu'en signant la déclaration sous serment, par laquelle certains ont reconnu que « la rébellion avait été moralement mauvaise » et se sont « repentis pour l'aide et l'assistance qu'ils avaient pu apporter à la cause de la Confédération », beaucoup se sont assuré la prime du parjure sous la forme d'un bulletin de vote, fit remarquer Charles.

— L'important, c'est que nous soyons tout de même assez nombreux à conserver nos droits civiques. Peu importe le moyen, dit Mme de Vigors..., un jour, ce sera utile. Il faut combattre les radicaux avec leurs propres armes. Trichons s'ils trichent ! »

Quand, fin avril 1868, les élections portèrent, comme c'était inévitable, des radicaux aux leviers de l'Etat, on s'estima encore heureux dans les plantations que le « ticket » proposé par les républicains noirs n'ait pas gagné. Henry Clay Warmoth, le nouveau gouverneur, un avocat de l'Illinois, ancien officier de l'armée fédérale, installé à La Nouvelle-Orléans, était blanc, Dieu merci !

Ce beau garçon de vingt-six ans, ambitieux, ardent et se croyant investi d'une mission de réconciliation capitale pour l'avenir de la Louisiane, avait battu de justesse un Noir, le major Francis E. Dumas, auquel il proposa aussitôt le poste de lieutenant-gouverneur. Mécontent d'être coiffé au poteau par 45 voix contre 43, Dumas déclina la proposition de Warmoth qu'accepta un autre Noir, Oscar J. Dunn. On vit bientôt entrer dans l'administration quantité de Noirs dont la plupart, quoi qu'aient pu dire plus tard les conservateurs, remplirent exactement leurs fonctions.

Les électeurs avaient donc envoyé une majorité de républicains à la Chambre des représentants et au Sénat. Soixante-six républicains et trente-six démocrates à la chambre basse. Trente-cinq des élus républicains étaient noirs. On ne comptait aucun homme de couleur chez les démocrates. Au Sénat, sept élus républicains sur vingt-trois étaient noirs. Les treize sénateurs démocrates étaient blancs.

La nouvelle législature adopta immédiatement le XIVe amendement à la Constitution des Etats-Unis et quarante-huit heures plus tard le Congrès de Washington put ainsi saluer le retour dans l'Union de l'Etat des Bayous ! Ainsi, le 29 juin 1868, la sécession de la Louisiane prit fin. Personne ne pavoisa dans les plantations.

Dès lors que fut en place l'administration radicale, on vit ceux que les Sudistes appelaient *carpetbaggers* et *scallawags* prendre de l'importance. Dans le même temps, l'opposition au nouveau régime se renforçait. On discutait ferme dans les clubs de La Nouvelle-Orléans où les démocrates ne comptaient que des amis. Au club des 298, au club des « Chevaliers de Seymour », à celui des « Blair Guards » dont les membres portaient ostensiblement des armes, à l'organisation dite des « Innocents », composée de 2 000 Siciliens particulièrement redoutés des Noirs, on pouvait ajouter des formations paramilitaires comme le « Crescent City Democratic Club » présidé par Fred N. Ogden, un ancien colonel confédéré, et la « Légion de Seymour », qui rassemblaient l'un et l'autre plusieurs centaines de vétérans de la guerre civile.

Quand, un matin d'automne, Dandrige rencontra le docteur Finks avec une balafre en travers de la joue, il comprit que le tranquille pays de Fausse-Rivière pouvait être lui aussi le théâtre d'attentats perpétrés contre des gens classés, à tort ou à raison, comme ennemis du Sud et alliés des Noirs.

« Que vous est-il arrivé, monsieur Finks ?

— Pas grand-chose, monsieur Dandrige. J'ai été appelé l'autre nuit sous ma fenêtre par quelqu'un qui réclamait d'urgence un médecin. Je suis descendu et trois inconnus masqués me sont tombés dessus. Je ne m'en serais pas sorti aussi aisément si un grand rouquin, arrivé la veille, et qui est, paraît-il, le nouveau commissaire-délégué du Bureau des affranchis de la paroisse, n'était intervenu vigoureusement. Mes agresseurs m'ont reproché de trop m'intéresser à l'école des Noirs et à Mlle Ivy qui est, je crois, une ancienne esclave de Bagatelle !

— On m'a dit qu'elle rencontrait pas mal de difficultés à Sainte-Marie.

— Elle a un courage, cette fille..., extraordinaire ! Savez-vous qu'on l'insulte, que les élèves de l'école catholique la traitent, chaque fois qu'ils la voient, de « sacrée garce », de « négresse yankee », que les dames qui la croisent touchent le ruban noir de leur chapeau, qu'elle a reçu quantité de menaces, qu'on a tenté de mettre le feu à son école et que Criquet, le boulanger, ne voulait pas lui vendre de pain ?... »

Dandrige haussa les épaules.

« Et ce n'est pas tout, monsieur Dandrige. Sa propriétaire lui a donné congé, il y a un mois. Elle a dû aller vivre dans la famille d'un de ses élèves... Cette fille, si intelligente et raffinée, se trouve depuis dans une promiscuité peu reluisante !

— Dites-moi, vous me paraissez bien soucieux du sort de cette belle négresse...

— De son sort vous vous êtes soucié avant moi et sans arrière-pensée, monsieur Dandrige. Elle m'a dit ce qu'elle vous devait.

— Les femmes, blanches ou noires, sont toujours trop bavardes, monsieur Finks. Vous avez raison de veiller sur elle. On dit que cette société secrète du Tennessee, le Ku Klux Klan, a des ramifications en Louisiane et que ses membres qui se déguisent en fantômes sont capables d'assez vilaines choses.

— Le vieux Murphy n'a même pas un fusil à me prêter... Il dit qu'il n'y a rien d'aussi peu rassurant qu'une arme.

— Passez me voir un de ces matins à Bagatelle, je vous donnerai de quoi vous défendre... et protéger à l'occasion la belle Ivy à laquelle ne manquez pas, je vous prie, de faire mes salutations... »

Dandrige n'avait pas voulu effrayer le jeune médecin, dont tout le monde dans la paroisse se plaisait à reconnaître les compétences et le dévouement, mais il en savait assez long sur le Ku Klux Klan pour estimer Ivy en danger, comme toutes les institutrices et instituteurs noirs ou blancs venus du Nord pour alphabétiser les enfants des affranchis. Car les gens du Sud, anciens propriétaires d'esclaves notamment, qui soutenaient que le Noir appartenait à une race inférieure, dotée d'instincts sauvages, percluse de vices et rigoureusement imperfectible, avaient bien compris que l'école risquait un jour ou l'autre de démontrer qu'ils se trompaient.

Déjà, on rapportait que des enfants noirs apprenaient à lire et à compter plus vite que certains Blancs, dessinaient tout aussi bien et faisaient preuve au base-ball d'autant sinon de plus de force et d'adresse. Par Brent, qu'il rencontrait parfois, l'intendant savait combien la jeune Ivy dépensait d'imagination pour éveiller les esprits craintifs qu'on lui confiait.

Les élus noirs avaient si bien admis eux-mêmes que l'infériorité naît d'abord de l'ignorance qu'ils s'étaient, avant tout, préoccupés, au Sénat comme à la Chambre des représentants, de doter les filles et fils d'affranchis d'écoles suffisantes. Ils avaient même accepté que les employeurs retiennent sur les gages, cependant peu élevés, des travailleurs noirs une piastre par mois pour l'entretien des écoles où l'on instruisait leurs enfants.

Cette grande entreprise d'éducation, qui intéressait des centaines de milliers d'enfants nés de parents esclaves et privés par les codes noirs de la possibilité d'apprendre à lire et à écrire, ne pouvait que déplaire aux conservateurs, aux « bourbons », aux nostalgiques du « Beau Sud » d'avant-guerre.

Toutes et tous ceux qui pouvaient aider les Noirs à émerger de leur triste condition, et notamment à s'instruire, devenaient des cibles pour les plus fanatiques négrophobes, groupés au sein du Ku Klux Klan.

Cependant, quand la veille de Noël 1865, à Pulaski, une petite ville du Tennessee méridional, six jeunes gens qui s'ennuyaient avaient fondé un club, l'idée que cette organisation grandirait au cours des mois suivants, jusqu'à couvrir le Sud de ses ramifications secrètes, ne leur était sans doute pas venue. Ils avaient lu *La Chanson de Roland*, les chroniques de Froissart, les romans de chevalerie, et dans l'armée confédérée tous s'étaient comportés vaillamment. La défaite les avait rejetés tristes et désœuvrés dans un monde inconnu où les riches devenaient pauvres, où les esclaves n'obéissaient plus, où l'argent ne tombait plus aussi généreusement des presses à coton et des moulins à cannes. Se souvenant des fraternités étudiantes, ils avaient trouvé un nom pour leur association prouvant que certains d'entre eux connaissaient un peu de grec : « Ku Klos », qu'ils traduisaient par « anneau » ou « cercle ». En jouant avec ce vocable et en se souvenant que tous descendaient d'émigrants écossais, ils arrivèrent à Ku Klux Klan, dont la sonorité et le diminutif « K.K.K. » leur parurent contenir une force magique. Naturellement, il fallait que le Klan soit une société secrète dont les nobles buts relèveraient des obligations de la chevalerie : défendre l'honneur du drapeau, le foyer, la femme, les faibles et surtout les veuves et les orphelins des soldats confédérés. On choisit le blanc et le rouge, couleurs de la Confédération, mais aussi symboles de la pureté mystique et du sang versé. On tomba d'accord pour estimer qu'un Noir, quels que soient son sexe, son âge ou sa condition, ne pouvait entrer dans la catégorie des faibles à secourir éventuellement ! Un soir de réunion où ces garçons échafaudaient sans doute de grandioses projets pour la restauration de l'honneur du Sud, l'un d'eux eut l'idée de se couvrir d'un drap de lit et de se coiffer d'une taie d'oreiller percée de trous pour les yeux. Les autres l'imitèrent et tous se mirent en selle après avoir caparaçonné leur monture de tentures ou de nappes blanches.

A Pulaski, où les distractions étaient rares, leur parade silencieuse et compassée eut un vif succès, notamment quand on vit s'enfuir les Noirs auxquels on ne manqua pas d'expliquer que ces cavaliers blancs sans visage étaient les fantômes des officiers confédérés morts glorieusement à Antietam ou à Gettysburg.

Dès lors, on joua à faire peur aux affranchis, à les menacer pour les inciter à se mettre au travail, à molester les récalcitrants pour asseoir l'autorité des fantômes montés. Deux ans plus tard, à Nashville, alors que le Congrès des Etats-

Unis venait de voter la loi sur la Reconstruction, les filiales du premier Klan se réunissaient pour proposer à Robert E. Lee, le héros malheureux du Sud, le commandement d'une armée de fantômes bien portants, décidée à combattre sournoisement pour « le maintien de la suprématie de la race blanche dans cette république ». Robert Lee avait décliné une offre qui ne pouvait flatter un Cavalier authentique habitué à se battre à visage découvert, mais quantité d'officiers de la défunte armée confédérée s'enrôlèrent, acceptant des titres aussi grotesques que « grand sorcier », « grand titan », « grand géant » ou « grand scribe ».

Bientôt, on entendit parler des expéditions du Klan en Georgie, en Virginie, en Floride, en Caroline du Sud, dans le Tennessee. La Louisiane devait bien avoir aussi sa filiale du Ku Klux Klan, mais, à Pointe-Coupée, sa première intervention semblait être celle dont le docteur Finks avait été victime.

Dandrige estima que si quelqu'un dans la paroisse avait pu être sollicité pour cautionner une cellule secrète du Klan, ce ne pouvait être que le général Tampleton. Il entreprit celui-ci un soir où les deux hommes, revenant bredouilles de la chasse, s'étaient assis sur une souche.

En bon militaire qui ne s'embarque jamais dans une expédition, fût-elle cynégétique, sans quelque chose à boire, Willy tira de sa poche une flasque d'argent galbée, dont le bouchon vissé pouvait faire office de gobelet, et la proposa à l'intendant.

« Un peu de bourbon, Clarence ? »

Dandrige acquiesça, se servit, but et rendit le flacon à son propriétaire. Puis il extirpa un papier froissé de sa poche.

« Notre ami le docteur Finks a reçu ces jours-ci cet étrange message. Qu'en pensez-vous, Willy ? »

Le général tendit son unique main pour recevoir le document.

« Avant que vous ne lisiez ce texte, je voudrais que vous sachiez que le docteur Finks a été rossé par des inconnus portant des cagoules rouges, il y a un mois, et que cette lettre n'est donc pas une plaisanterie. »

Tampleton fit une grimace, déplia le papier et lut à haute voix :

Horace Finks, vous feriez mieux de retourner d'où vous venez. Nous ne voulons pas de damnés Yanks dans nos villages. Dans moins de dix jours, nous viendrons voir si vous avez obéi. Sinon, attendez-vous au pire, car, sacré nom de Dieu, nous vous montrerons que vous ne pouvez pas rester dans ce village où vous a amené l'esprit de lucre et de vengeance. Vous avez abusé de la crédulité de ce vieil ivrogne de Murphy, mais nous ne sommes pas dupes. C'est notre second avertissement. Ce sera le dernier !

K.W.C.

« Il y a au moins une chose exacte là-dedans, Dandrige..., c'est que Murphy est un ivrogne !

— Cette signature vous dit quelque chose, Willy ? Ce doit être quelqu'un de ce Ku Klux Klan...

— Non. K.W.C. signifie « Knights White Camelia », autrement dit : « Chevaliers du Camélia Blanc ».

— A quoi jouent-ils, ceux-là ? Aux mêmes jeux que ceux du K.K.K., je suppose ?

— A peu près, mais ils n'ont encore assassiné personne, à ma connaissance !

— Parce qu'ils vous rendent des comptes, général ?

— Non, bien sûr, mais j'en ai entendu parler... quelquefois. Ils ont même essayé de m'enrôler, mais, Robert Lee ayant refusé le commandement suprême du Ku Klux Klan, je ne vais pas me mettre à la tête de gens qui se couvrent de draps de lit pour faire peur aux vieilles négresses !

— Si vous avez le moyen de leur faire passer un message, comme ça sans en avoir l'air, dites-leur donc que le docteur Finks a reçu la semaine dernière une carabine à répétition et deux cents cartouches, et aussi que, pour un type qui n'a jamais tenu une arme, il se défend plutôt bien.

— Ah ! là, là ! tout ça est bien ennuyeux, Dandrige. J'ai l'impression que la vie pourrit autour de nous. On voit de drôles de choses. Ainsi, nous n'avons pas été foutus de trouver un médecin de chez nous et Murphy, cette vieille éponge à bourbon, nous a ramené un type du Nord, gentil, oui, et bon toubib à ce qu'on dit, mais dont la présence va peut-être troubler l'ordre public !

— Dites donc, Willy, qui trouble l'ordre ? J'ai plutôt l'impression que ce sont vos amis, les Chevaliers du Camélia... Finks n'a menacé personne... Il soigne les gens sans leur demander s'ils sont radicaux ou démocrates... Ne déraillez pas, Willy, pas vous, pas un héros de votre trempe ! »

Le général coinça la flasque entre ses genoux serrés, dévissa le bouchon et ingurgita à même le goulot une appréciable rasade d'alcool. Une goutte de liqueur roula sur sa barbe et demeura suspendue comme une perle d'ambre.

« Voyez-vous, Dandrige, il y a des jours où je ne sais plus que faire ni que penser. Je me dis que c'est lâcheté que d'accepter d'être mené par un gouvernement de nègres et de Yankees associés et que, si les meilleurs ne font rien, ce pays va retourner à la barbarie primitive.

— J'imagine que l'on a dû dire cela lors de tous les changements de sociétés, mais il ne faut pas être aussi pessimiste. Après les abus d'une réaction à l'esclavage, le Sud trouvera sans doute un nouvel équilibre social et économique. C'est l'affaire d'une génération et ce n'est pas en tuant des nègres et en roulant dans la plume et le goudron des *carpetbaggers* que l'on fera beaucoup avancer les choses. Il faut accepter le changement et s'y adapter...

— Alors Virginie aurait raison : jouer l'assentiment hypocrite pour reprendre les rênes, être plus yankee que les Yankees, en somme.

— Sans aller jusque-là, on peut, en utilisant les lois imposées par la nouvelle majorité, faire respecter des droits que la Constitution ne supprime pas.

— Qu'importe, Dandrige ! j'ai la sensation de vivre dans un tout autre pays que celui où je suis né et où j'ai grandi : nos champs abandonnés par les travailleurs, nos familles de pionniers méprisées, notre sens de l'honneur tourné en dérision, la terre elle-même, fondement de toute fortune honnête, détournée de sa fonction nourricière par les spéculateurs des chemins de fer, que reste-t-il de notre cher Vieux Sud, dites-le-moi ?

— Et de nos jeunesses, que reste-t-il, Willy ? Les pays sont jusqu'à un certain point comme les êtres humains, ils naissent, grandissent, ont des maladies, vieillissent, évoluent, se transforment, mais ne succombent que si la nature s'en mêle.

— Il y a des jours où j'aimerais voir le vieux Mississippi grossir démesurément et balayer tout le Sud, comme un raz de marée qui ferait place nette et rendrait la Louisiane à ses marécages. Ce serait mieux que de voir notre civilisation dépecée encore vivante par ces corbeaux venus du Nord !

— Holà ! holà ! Je vous ai connu plus positif et plus combatif, général !

— Ce qui me fait défaut aujourd'hui, Clarence, c'est l'espérance. Longtemps, vous le savez mieux que personne, ma vie a été portée par un amour que je croyais possible. Or, chaque fois que les circonstances m'ont rendu accessible celle que vous savez, elle m'a été dérobée... — et par vous, mon ami, la dernière fois ! »

Dandrige se tut, un peu désarmé par la naïveté de Tampleton qui parlait de Virginie comme s'il se fût agi d'un objet précieux, plusieurs fois mis aux enchères et qui toujours lui avait échappé par la faute d'enchérisseurs plus fortunés ou plus habiles.

« Aujourd'hui, cela n'a plus grande importance, Clarence, et je pourrais même être heureux dans votre cercle, mais vous comprenez bien que je ressens un profond sentiment d'inutilité. Je ne puis plus rien faire d'honnête pour mon pays et je suis trop vieux pour jouer les amoureux. Je suis comme un vieux champignon qui se dessèche... »

Comme toujours lorsque la mélancolie le gagnait, le général eut recours à la bouteille. Il but une gorgée et, le regard perdu sur l'horizon des champs, abandonna la conversation. Dandrige le revit plus jeune de trente ans, imberbe et rose, avec cette moue de gros bébé déçu qu'il avait eue la première fois que Virginie l'avait éconduit.

« Allons, Willy, il y a toujours moyen de se rendre utile à tout âge et ceux qui vous aiment ne vous voient pas comme un vieux champignon desséché... Ainsi, je crois que si vous pouviez empêcher les Chevaliers du Camélia Blanc de faire trop de bêtises, vous rendriez service à notre pays. L'ennemi à combattre, c'est la haine, et vous pouvez aider les gens lucides dans cette guerre des esprits. »

Peu de temps après cette conversation, un deuil frappa tous les Cavaliers de Louisiane. Bernard de Marigny, qui, à quatre-vingt-trois ans, semblait avoir encore bon pied bon œil, fit une chute dans son jardin et fut enlevé en quelques jours. Cet homme de petite taille portant jabot de dentelle et cravate blanche, ce qui passait pour élégance surannée, avait été, du temps de sa folle jeunesse et pendant son âge mûr, le modèle indiscutable de tous les fils de famille soucieux de montrer la qualité de leur sang et le raffinement de leurs mœurs. A la fin de sa vie, le marquis de Marigny restait le représentant le plus typique d'une race qui s'étiolait, celle des Cavaliers créoles descendants d'aristocrates français, conçus et mis au monde dans ces maisons de plantation ceintes de galeries sans prétention, construites jadis par les premiers esclaves avec des planches rigoureusement ajustées provenant des cyprès chauves abattus dans les forêts marécageuses du delta.

Célèbre pour ses innombrables duels – il en avait eu au moins un par semaine pendant sa période la plus fougueuse – par ses calembours, ses dîners fins, son adresse au billard et la désinvolture avec laquelle il avait perdu au jeu la majeure partie de sa fortune, Bernard de Marigny portait orgueilleusement le titre de « Grand Seigneur du Nouveau Monde » que lui avait décerné un jour un chroniqueur mondain enthousiaste.

Descendant d'une illustre famille, il avait pu se permettre de tutoyer le duc d'Orléans, futur roi Louis-Philippe, lors du passage de celui-ci en Louisiane. C'est lui qui avait eu l'insigne honneur, en avril 1825, de guider dans les salons de La Nouvelle-Orléans le général de La Fayette, l'illustre ami de George Washington, invité officiel des Etats-Unis.

« C'était une relique de l'âge d'or ! observa Dandrige qui ne l'aimait guère.

— C'était tout de même le mainteneur des grandes traditions chevaleresques du Vieux Sud français, répliqua Virginie, qui se souvenait des soirées au Bal d'Orléans sous les dix-sept lustres à pendeloques de cristal et les guirlandes de roses.

— Je n'ai jamais rencontré pareil escrimeur, renchérit Tampleton, se remémorant ces petits matins lumineux où il allait sous les chênes de la plantation de Louis Allard, au bord du bayou Saint-Jean, voir le prodigieux spectacle offert aux jeunes gens béats par l'intrépide marquis corrigeant un gentleman ayant manqué à l'honneur. Toutes les qualités, tous les défauts, tous les vices même se retrouvaient chez cet homme, à la fois arrogant et sensible, violent et raffiné, maniaque de l'étiquette, mais toujours prêt à suivre, au mépris des autres, la voie de son bon plaisir. »

Fils de Pierre-Philippe Enguerrand de Marigny de Mandeville, chevalier de Saint-Louis, mousquetaire de Sa Majesté Très Chrétienne, colonel du régiment de la Louisiane, Bernard-Xavier-Philippe, marquis de Marigny, était né le 25 octobre 1785 à La Nouvelle-Orléans. Il avait épousé d'abord une demoiselle Jones, puis, après son veuvage, une demoiselle Anne de Morales, décédée en 1865. Trois fils étaient nés du premier mariage, dont un avait été tué, jeune encore, au cours d'un duel et dont un autre, général pendant la guerre civile, avait assumé par deux fois les fonctions de shérif de la paroisse d'Orléans.

Du second lit étaient nés quatre enfants.

Les funérailles de Bernard de Marigny donnèrent lieu, à La Nouvelle-Orléans, à une importante cérémonie à laquelle assistèrent tous les représentants de cette aristocratie qui venait de perdre le pouvoir, mais dont les *carpetbaggers*, *scallawags* et autres Yankees enviaient l'aisance, la distinction et ce que certaines belles de la rue des Remparts appelaient déjà « la classe ».

Sous le blason familial « d'azur au chevron d'or, accompagné en chef d'un croissant d'argent à dextre, d'une étoile à senestre et, en pointe, d'un cygne aussi d'argent », le tout surmonté d'une couronne de marquis, les créoles eurent le sentiment qu'ils enterraient avec Bernard de Marigny la société plaisante et distinguée qui avait fait la douceur de vivre en Louisiane.

Il faut reconnaître qu'en cette période la situation n'était guère prometteuse. La Banque nationale venait de fermer ses guichets par ordre du gouvernement et la Banque de Commerce avait suspendu ses paiements. La première avouait un déficit d'un million de dollars et la seconde ne disposait plus de numéraire.

Quant à la City National Bank, on la disait « embarrassée ».

Les passagers arrivant de France soutenaient que la vie y était au moins deux ou trois fois moins chère qu'à La Nouvelle-Orléans. Cette grave crise financière n'était certes pas la première que connaissaient les Orléanais. Mais les possédants, n'ayant pas intérêt à faciliter la vie d'un régime qu'ils détestaient, ne songeaient qu'à limiter les dégâts occasionnés dans leurs affaires. Les contribuables n'ayant pas payé d'impôts locaux pendant la guerre, la ville avait dû émettre pour quatre millions de billets de un à cinq dollars. Ceux-ci valaient officiellement les *greenbacks* des Etats-Unis, mais, en fait, ne trouvaient preneurs qu'à 80 p. 100 de leur valeur.

Des citoyens venaient de déposer une plainte pour mauvaise gestion contre le Conseil de Ville composé de radicaux et comprenant des Noirs. La baisse des cotons, revenus aux prix d'avant-guerre après une flambée de deux saisons, privait non seulement les planteurs de bénéfices, mais les empêchait de rembourser les avances obtenues. La récolte de canne, plus modeste que prévu, ne compensait pas les déficits du coton et les loyers en ville atteignaient des prix pharamineux. En papier-monnaie, les changeurs offraient le dollar-papier contre 3,45 F alors que le dollar-or se maintenait à 5,20 F. Les grands marchands de la ville organisaient un mouvement pour obtenir des propriétaires une baisse de 50 p. 100 du prix des loyers et tout le monde comptait sur des arrangements dans ce domaine, l'intérêt des affaires commandant un tel rééquilibrage.

Beaucoup de planteurs renonçaient à l'agriculture et mettaient les affranchis au chômage. Pour pallier cette menace de débauchage généralisé, le Bureau des affranchis venait d'accepter de fournir des provisions pour nourrir les travailleurs des plantations, à condition que les exploitants consignent leurs récoltes chez des négociants de la ville désignés par l'administration. Quoique la mesure fût libérale, puisque le Bureau des affranchis, organisme d'Etat, ne pouvait pas prendre d'intérêt, les planteurs l'accueillaient avec méfiance, estimant que l'administration ne faisait que se substituer aux facteurs de coton et de sucre.

Bien que le général Philip Sheridan eût été remplacé à la tête du cinquième district militaire par le major-général R.C. Buchanan, peu de temps avant que la Louisiane soit officiellement réadmise dans l'Union, on soutenait que cet officier mis en place par Grant se montrerait aussi intraitable que ses prédécesseurs.

A Bagatelle, Castel-Brajac, apiculteur, faisait figure de riche. Non seulement les abeilles apportées de France s'étaient parfaitement acclimatées, trouvant dans la flore subtropicale des sucs qui leur convenaient, mais l'essaimage s'opérait spontanément. Le développement de la colonie conduisait le Gascon à des acrobaties dans les branches des arbres pour capturer les essaims, à la grande frayeur de Virginie, qui redoutait les piqûres.

« Bientôt, affirmait Gustave en se frottant les mains, je pourrai me lancer dans l'élevage artificiel des reines, et alors, mes enfants, nous multiplierons les ruches et nous construirons un atelier de conditionnement pour vendre du miel à tout le pays ! »

En attendant, les sommes provenant de la vente des petits pots de miel que les deux Noirs au service du Gascon allaient livrer dans la paroisse fournissaient des ressources que très généreusement l'apiculteur versait dans ce qu'on appelait la caisse de la maison.

Charles, de son côté, touchait des honoraires qui eussent paru dérisoires à Boston ou à Chicago, mais qui, à Pointe-Coupée comme à La Nouvelle-Orléans, le classaient déjà parmi les avocats renommés.

Malgré l'assurance qu'on avait acquise maintenant de ne pas être privé du nécessaire, Virginie s'affligeait de la mélancolie de Dandrige. Elle savait que l'intendant, qui conduisait l'exploitation sans accepter d'autre salaire que le gîte et le couvert, souffrait de devoir sa subsistance aux petits dividendes que touchait Mme de Vigors, aux abeilles de Castel-Brajac et à la somme, chaque mois plus importante, que Charles remettait à sa mère.

Deux des quatre contremaîtres avaient quitté la plantation pour se mettre au service d'une compagnie qui construisait des chemins de fer. Si les cases de l'ancien village des esclaves étaient pleines d'affranchis, dont il était difficile de contrôler la situation, on ne comptait guère qu'une vingtaine de travailleurs, que le vieux Télémaque avait bien du mal à rassembler.

Exténué et couvert d'ecchymoses, le Noir resté fidèle à Bagatelle, et dont l'épouse était morte et les fils dispersés, vint un matin se présenter à l'intendant.

« J'en peux plus, m'sieur Dand'ige, les nègr', y veulent plus aller au coton. Le soir y volent des poules et y trouvent du *spirit* je sais pas où. Ce matin y m'ont battu... Je sais pu quoi faut fai', m'sieur Dand'ige, je voudrais un aut' travail !

— Mon pauvre Télémaque, moi non plus, je ne sais pas ce qu'il faut faire.

— Faut prendre les bâtons et taper dessus jusqu'à ce qu'ils travaillent, tiens, comme j'ai vu faire m'sieur Damvilliers, une fois !

— C'est fini, tout ça, Télémaque, c'est défendu. Si un nègre veut pas travailler, on le paie pas, c'est tout...

— Mais c'est pas des nègres de chez nous, tous y viennent là parce que les cases elles sont bonnes et que l'eau y rentre pas par le toit. Et puis, on est pas regardant pour le maïs et le porc séché... Faut changer ça, m'sieur Dand'ige... Faut trouver des bons et brav' nègres, y en a ! Y en a qui demandent qu'à travailler. Brent y m'a dit !... Et y faut pousser dehors les mauvais qu'on sait pas qui c'est cette racaille !

— Je vais réfléchir à tout cela, Télémaque. Demande à Iléfet de te donner du café et des vêtements propres et apporte ton lit dans la case des nègres de la maison..., il y a de la place maintenant ! »

Télémaque remercia et s'en fut chercher ses maigres trésors. Il n'était pas mécontent de changer de domicile, de s'éloigner de ses frères de race dont les propos choquaient ses oreilles d'ancien esclave trop longtemps satisfait de son sort. Ces affranchis-là, pour avoir servi l'armée, buvaient comme des Yankees, ne parlaient que de posséder des fusils et des filles et surtout se faisaient bêtement gloire de ne pas travailler.

A sa manière aussi, Télémaque trouvait que son univers familier basculait vers l'inconnu. Comme le général Tampleton, comme les six gars du Tennessee qui avaient fondé le Ku Klux Klan, comme Mme de Vigors, comme ceux et celles qui venaient d'accompagner Bernard de Marigny au cimetière avec une tristesse hautaine, le vieux Noir souffrait d'une rupture des habitudes. Son destin et celui de tous les autres au-dessus et au-dessous de lui, qui paraissait fixé de longue date et pour une sorte d'éternité, semblait remis en question. L'émancipation des esclaves, une guerre perdue, la volonté nordiste de punir le Sud de sa splendeur, autant que de ses errements, posaient à tous des questions inédites auxquelles on ne pouvait encore imaginer de réponses.

Clarence Dandrige se donna plusieurs jours de réflexion avant d'envisager la décision que les circonstances exigeaient. Les Noirs employés sur la plantation, ayant touché leurs gages, ne répondirent plus, le lendemain de la paie, à l'appel de la cloche. Au crépuscule, la nuit suivante, on en vit d'autres que ni Télémaque ni les contremaîtres ne connaissaient s'approcher de la grande maison, louchant du côté des poulaillers et des celliers.

Ils prirent des airs de flâneurs égarés en se voyant repérés et répondirent narquoisement quand on les interpella qu'ils venaient rendre visite à des amis travaillant à Bagatelle. On sut par Citoyen, dont la sœur avait épousé un jardinier, que ces squatters, sortis on ne sait d'où, s'étaient emparés de l'argent gagné par les ouvriers et avaient interdit à ceux-ci, sous peine de sévices, de retourner au travail. Citoyen affirma que sa sœur et son beau-frère, qui occupaient avec leurs enfants une case située sur le chemin des berges, se barricadaient chez eux chaque soir, depuis qu'ils avaient vu de l'argenterie volée aux mains des affranchis.

Après une promenade à cheval qui lui permit de faire le tour de l'ancien quartier des esclaves, de voir l'hôpital occupé par des couples noirs qui avaient tiré litières et matelas de mousse sous les auvents pour prendre le frais plus confortablement, d'apprécier l'importance de cette population dépenaillée, sale, braillarde, Dandrige, au début du déjeuner, annonça sa détermination.

« Je vais, cet après-midi, à l'heure de la sieste, régler le problème des squatters. J'irai au village des esclaves. Je ferai l'appel des travailleurs légalement inscrits sur le rôle des gages. Je leur demanderai de reprendre le travail dans le respect du contrat signé sous le contrôle du Bureau des affranchis. Je donnerai aux autres, qu'ils soient ou non anciens de Bagatelle, trois jours pour déguerpir. Suivant le nombre des travailleurs sérieux qui resteront, je réserverai une, deux ou trois cases pour les loger avec leurs familles s'ils en ont et je ferai fermer les autres.

— Bravo ! clama Mme de Vigors, l'œil pétillant.

— Non ! pas bravo, Virginie. C'est une triste décision que je viens de prendre et aucun homme ne pourrait en être fier. Non seulement elle s'impose pour notre sécurité et celle de la plantation, mais l'intérêt des Noirs le commande. Nous leur avons offert du travail rémunéré au plus haut tarif proposé par la loi, tout en leur laissant les garanties qui rendaient autrefois à Bagatelle la condition d'esclave moins dure qu'ailleurs : des cases avec jardins, des soins gratuits et la certitude qu'aucun mauvais traitement ne leur serait infligé. Je pensais que c'était leur donner l'occasion de faire un bon apprentissage d'une liberté que j'ai personnellement souhaité leur voir attribuer. Il faut qu'ils sachent aujourd'hui que la fainéantise, le pillage et l'exploitation des bons sentiments des autres ne figurent pas dans l'acte d'émancipation. Ma décision pourra paraître critiquable aux yeux des bien-pensants de la nouvelle religion, mais j'accepte l'incompréhension. J'ai les épaules encore assez solides pour porter ce péché-là ! »

Ni Charles de Vigors ni Gustave de Castel-Brajac ne protestèrent. Quant à Mallibert, il approuva chaleureusement, expliquant qu'il comptait bien remettre de l'ordre aussi à Feliciana Garden où d'autres Noirs avaient élu domicile sans y être invités. L'ancienne ordonnance du général de Vigors insista même pour accompagner Dandrige et ce dernier, qui avait décliné des offres semblables de la part de Charles et de Gustave, accepta le concours de Mallibert.

A deux heures de l'après-midi, sous le soleil implacable de juillet, les deux hommes se mirent en selle. Clarence Dandrige, haute silhouette blanche dressée sur les étriers de sa jument baie, salua Virginie d'un large coup de panama.

« Pourquoi ne prenez-vous pas d'arme, Clarence ?... Et vous, Mallibert ? dit Mme de Vigors.

— Parce qu'on se présente sans fusil devant des gens désarmés, fussent-ils noirs..., ma chère », fit l'intendant, un peu sarcastique.

Mallibert n'approuvait guère ce dénuement et, si l'intendant ne l'en avait pas dissuadé, il eût emporté au moins une carabine.

Les deux cavaliers se rendirent d'abord devant l'hôpital. En entendant approcher des chevaux, certains Noirs s'étaient levés, d'autres se contentant de s'accouder sur les litières ou de s'y asseoir. Plusieurs, qui lutinaient des femmes, comprirent qu'il se passait quelque chose quand l'intendant prit la parole :

« Y a-t-il des malades ici ?

— Nous sommes tous un peu malades, patron ! lança un grand nègre à demi ivre.

— Y en a trois qui sont pas bien, fit une femme âgée, y ont la fièvre...

— C'est pas vrai, l'écoutez pas, c'est une folle, ils sont seulement un peu soûls, patron, c'est tout.

— Bon ! Y a-t-il des travailleurs inscrits sur le rôle de la plantation ? S'il y en a parmi vous, qu'ils sortent et se fassent connaître ! »

On entendit deux ou trois rires étouffés sur la galerie, mais personne ne bougea.

« Nous aut', patron, déjà trop travaillé, on se repose maintenant.

— C'est votre droit, fit l'intendant d'une voix nette, seulement vous êtes ici sur une plantation où vous n'avez rien à faire, alors il faut aller vous reposer ailleurs... »

Des murmures s'élevèrent et aussi des petits cris de femmes auxquelles on avait fait boire de l'alcool et qui trouvaient le spectacle réjouissant.

« Dans trois jours, dit Dandrige, vous devrez être partis d'ici. »

Puis il fit pivoter son cheval, laissant les Noirs commenter cette déclaration, mais étonnés qu'elle n'ait pas été assortie d'une quelconque menace.

L'intendant et Mallibert parcoururent au petit trot les trois cents mètres qui séparaient l'hôpital de ce qui avait été pendant des années le village des esclaves. Leur arrivée était déjà signalée. Une bonne centaine de Noirs, la plupart en haillons, quelques-uns portant des pantalons de l'armée fédérale et coiffés de casquettes sans chiffre ni ornement, se rassemblèrent rapidement entre les maisons de bois sur l'allée principale. D'autres, méfiants ou ayant des raisons particulières pour ne pas se montrer, restèrent dans les cases avec les femmes. On entrevoyait leur tête aux angles des fenêtres ou leur silhouette immobile plantée au seuil des portes dans l'ombre des auvents.

Sans préambule, Dandrige fit l'appel des vingt et un travailleurs inscrits et qui trois jours plus tôt avaient reçu leurs gages. Six sortirent des rangs.

« Je suis venu voir si vous voulez encore travailler ! »

Tous dirent oui.

« Alors pourquoi ne vous a-t-on pas vus au travail depuis trois jours ? »

Les Noirs se regardèrent entre eux, manifestement gênés.

« Eh bien, répondez ! »

Tandis qu'il insistait ainsi, l'intendant surprit le coup d'œil que plusieurs des travailleurs muets lancèrent en direction d'un de leurs congénères. C'était un grand mulâtre ventru, coiffé d'un bonnet rouge et qui se balançait sur un vieux rocking-chair. Il était entouré d'une demi-douzaine d'affranchis des deux sexes, hilares et nettement mieux vêtus que tous les autres.

« Il vous fait peur, ce gros type là-bas ? demanda Dandrige en désignant l'homme assis.

— C'est le chef du village, dit timidement l'un des ouvriers.

— Il n'y a pas de chef de village ici, fit sèchement l'intendant d'une voix forte. Il n'y a même pas de village. Ces cases sont réservées aux travailleurs de la plantation. Les autres, tous les autres doivent partir ! »

Puis Dandrige se pencha vers les six ouvriers qui se dandinaient d'un pied sur l'autre.

« Avec vos femmes et vos enfants, vous allez habiter les deux grandes cases des jardiniers. Vous pourrez y rester tant que vous travaillerez à

Bagatelle. Quant à vous tous, reprit l'intendant en se redressant, vous avez trois jours pour quitter la plantation. Ces cases vont être démolies, on va amener du bétail par ici ! »

L'homme au bonnet rouge quitta vivement son rocking-chair et s'avança, suivi de sa petite cour. Il s'efforçait à une dignité comique, destinée à impressionner la foule attentive.

« Tous ces nègres m'obéissent parce qu'ils sont des ignorants et des peureux, m'sieur l'intendant, dit aimablement le mulâtre après avoir ôté son bonnet. Vous et moi, on peut s'arranger très bien. Vous me donnez par exemple, disons 1 p. 100 du coton et du sucre et je vous promets une belle récolte... On reste tous ici dans ce joli village et toutes les histoires qui peut y avoir avec ces nègres on en parle ensemble et j'arrange tout ça ! »

Depuis l'émancipation, on connaissait dans le Sud cette nouvelle catégorie d'affranchis, composée de mulâtres ou de griffes futés et autoritaires, qui jouaient volontiers les intermédiaires entre les travailleurs et les employeurs. Bien que payés au tarif des contremaîtres et recevant en sous-main un pourcentage sur les récoltes, ils exploitaient leurs frères de race, confisquaient une partie des salaires de ces derniers, les brutalisaient à l'occasion et faisaient renvoyer des plantations ceux qui se montraient indociles.

Certains propriétaires acceptaient le concours de ces « intendants nègres », véritables gardes-chiourme qui faisaient parfois regretter à ceux tombés sous leur coupe le temps de l'esclavage. Pour asseoir leur autorité, ces roitelets, ayant quelquefois reçu un semblant d'éducation par des maîtres libéraux, se donnaient à l'occasion pour descendants de chefs ou sorciers africains, arrachés autrefois à leur village par les négriers. Ils commençaient ainsi à reconstituer une organisation tribale, tout en empochant sans effort des piastres gagnées par les autres.

Clarence Dandrige considéra l'homme qui, la tête levée, clignait de l'œil, peut-être à cause du soleil, peut-être pour sonder l'éventuelle complicité de l'intendant.

« Comment t'appelles-tu ?

— George Washington Rupert, mais on m'appelle plutôt « chef Geo », fit le mulâtre fièrement.

— Eh bien, chef Geo, il faut que tu saches que M. Lincoln a voulu qu'il n'y ait plus d'esclaves dans ce pays, mais seulement des nègres qui travaillent librement. Aussi, tu n'as plus qu'à remettre ton bonnet et à t'en aller avec ceux qui veulent te suivre chercher ailleurs un planteur qui veuille bien de tes services. »

Le mulâtre renifla bruyamment et changea d'attitude.

« Si on reste tous ici dans les maisons, vous pourrez pas les démolir, pas vrai ? Si un seul petit Noir il était battu, les Yankees y seraient pas contents et le Bureau des affranchis y vous ferait un vrai procès de malheur..., pour sûr ! »

Mallibert toucha le coude de Dandrige et désigna la ceinture du « chef Geo » ; un gros colt Army y pendait, ainsi qu'un étui de cartouches.

Dandrige abaissa sur le mulâtre, qui attendait bouche entrouverte et l'air insolent, son regard de reptile vert et glacé.

« Dans trois jours..., tout le monde parti, compris..., Rupert ?... avec armes et bagages ! »

Et les deux cavaliers prirent le chemin de la grande maison. La jument de Dandrige, comme si elle eût voulu marquer son mépris pour « chef

Geo », balançait sa croupe luisante d'une façon particulièrement insolente.

« Ce gros nègre suintant de graisse, je lui aurais bien cassé la tête... Il va tout compliquer, dit plus tard Mallibert alors que Dandrige venait de sortir après avoir fait pour Virginie le compte rendu de l'expédition.

— A moins qu'il ne nous facilite les choses, Mallibert », fit Mme de Vigors, les lèvres pincées et l'œil mi-clos.

3

Quand Philémon, le mitron du père Criquet, pénétra avec circonspection dans l'ancienne demeure de l'encanteur, où s'était longtemps tenu le marché aux esclaves, et qui abritait maintenant le Bureau des affranchis de la paroisse, il trouva Brent occupé par une addition d'au moins cinq lignes. Il en fut ébahi comme lorsqu'il voyait sa patronne calculer le prix d'un kilo et demi de levure rien qu'en regardant le fléau gradué de sa balance romaine. Avant que le visiteur ait eu le temps d'ouvrir la bouche, Brent, sans lever le nez de ses comptes, avait eu un geste impératif de la main, signifiant qu'il ne voulait pas être distrait.

Pendant que l'ancien majordome de Mme de Vigors se débattait avec des décimales, Philémon, les cheveux et les cils empesés de farine, ce qui le faisait ressembler au vieil oncle Tom de Mme Beecher-Stowe, dont il avait vu une image dans un livre, essayait de comprendre à quoi pouvaient bien servir ces piles de papiers serrés dans des chemises de carton bleu, jaune et rouge. « Tout ça, pensa-t-il, c'est ce qui doit expliquer comment et pourquoi les nègres sont devenus libres... », enfin certains... parce que lui, Philémon, était toujours mitron chez Criquet, sciait du bois pour le feu, charriait les sacs de farine, empilait les grosses miches brûlantes, nettoyait le fournil, grattait les paniers où l'on faisait lever les pains de fantaisie. Comme avant l'émancipation, il recevait sa demi-douzaine de taloches par jour quand il ne défournait pas assez vite ou bourrait trop le foyer et, au moins une fois par semaine, un seau d'eau dans les jambes ou en pleine figure quand le père Criquet tenait sa cuite.

Mme Criquet lui avait expliqué que maintenant on ne pouvait plus le vendre et que chaque mois on lui donnerait cinq dollars, qu'on mettrait dans une vieille boîte de raisins secs et que garderait pour lui la boulangère. Quand il aurait besoin d'un pantalon, d'une paire de chaussures ou d'un chapeau, c'est là que Mme Criquet prendrait l'argent. Ainsi Philémon ne porterait plus des vêtements et des souliers donnés. Il les paierait avec l'argent qu'il gagnait comme travailleur libre. Le mitron ne voyait pas ses piastres, mais il savait qu'elles étaient en sécurité dans la boîte de raisins secs, laquelle se trouvait dans la chambre de Mme Criquet. Comme il avait émis un soir la prétention de jeter un coup d'œil sur ses économies, le père Criquet lui avait retourné une gifle en donnant les mêmes signes d'indignation que le jour où il avait surpris son mitron debout sur un tabouret en train de lorgner, par-dessus un drap tendu en guise de paravent, Mlle Fanny occupée à prendre ce qu'elle appelait « son tube ».

Mlle Ivy, l'institutrice, à laquelle aucun Noir de la domesticité du boulanger ne devait adresser la parole, avait conseillé à Philémon, un jour où ils s'étaient rencontrés sur le chemin du cimetière, hors de la vue des Criquet, de se faire inscrire à l'école du dimanche de Waterloo où un pasteur apprenait à lire aux travailleurs noirs ayant dépassé l'âge scolaire.

« J'ai pas besoin de savoir lire pour faire ça que je fais, mamselle, et si le père Criquet savait que je vais à l'école du dimanche, y me calotterait encore !

— Mais tu es libre d'aller où tu veux, quand tu as fait ton travail, Philémon, et tu n'as pas de compte à rendre à Criquet.

— Ouais ! Eh bien, venez y voir un peu... Maintenant qu'on est affranchi et que les maîtres y peuvent plus nous vendre et qu'y sont obligés de nous garder, c'est plus le moment d'aller leur faire des coups en dessous... On se trouverait à la rue avec personne pour nous acheter ! »

Philémon se remémorait cette rencontre avec la belle Ivy qui donnait d'aussi pendables conseils, quand il fut rappelé aux réalités du moment par un soupir de satisfaction sorti de la vaste poitrine de Brent.

« Qu'est-ce que tu veux, Philémon ?

— Rien, m'sieur Brent. J'ai simplement à vous dire que Anna, de Bagatelle, elle a envoyé Bobo chez nous — pas exprès, il venait chez le maréchal avec une jument blanche — pour dire que la madame de Bagatelle où que vous étiez avant, elle veut vous parler demain à dix heures dans le matin !

— Bobo n'a pas dit pourquoi ?

— Si, il a dit que la madame de Bagatelle, elle veut parler à vous demain dans le matin, à dix heures, voilà !

— Merci, Philémon, t'es un bon nègre et les Criquet m'ont dit qu'ils étaient bien satisfaits avec toi.

— Satisfaits ?

— Contents de toi, si tu veux, c'est pareil.

— Ah! bon! eh ben..., moi aussi..., pas! » fit le mitron, qui trouvait qu'il était plus simple d'être du même avis que son maître.

Puis il s'enhardit jusqu'à questionner Brent :

« Qu'est-ce qu'il y a dans tous ces papiers, m'sieur Brent ?

— Ce sont des litiges, Philémon !

— Ah! oui, tiens, des litiges... Au revoir, m'sieur Brent! »

Mme Criquet, sur le pas de sa porte, vit venir son commis dégingandé et sifflotant : « Quel brave garçon! » pensa-t-elle, mais elle cria :

« Alors, tu as été bien long, mon gars, tu serais pas allé au lavoir voir les négresses par hasard ?

— Oh! non, m'ame Criquet, j'ai vu que Brent et des litiges, des tas de litiges, des bleus, des jaunes et des rouges, c'est très joli... M'sieur Brent, c'est le gardien des litiges! »

Le secrétaire du Bureau des affranchis fut ponctuel au rendez-vous fixé. A dix heures moins cinq, il passait le portail de Bagatelle. Ayant eu la chance de trouver un attelage qui allait de ce côté-là, il avait même dû attendre un bon quart d'heure au bord de la rivière pour ne pas arriver en avance. Son maître, l'étrange Marie-Adrien de Damvilliers, pestait toujours à Paris contre les gens qui se présentaient avant l'heure aux rendez-vous. Aussi, sans oser s'asseoir dans l'herbe pour ne pas gâcher son pantalon neuf et sa redingote grise, il avait regardé le fleuve et allumé un cigare. Brent était, ce matin-là, assez content de lui. M. Oswald, le nouveau délégué du Bureau des affranchis, était toujours par monts et par vaux. Il faisait confiance à son secrétaire noir, dont il avait vite apprécié la compétence et le sérieux.

« Tu travailles comme un Blanc, lui avait dit le

rouquin... Ne fais pas de bêtises et tout ira bien. J'ai des cigares et du whisky, quand ça te dit, tu te sers... Te soûle pas pendant le service et fous pas le feu à la baraque... »

Brent ne buvait jamais d'alcool, sauf un demi-verre de porto à l'occasion, mais il aimait les cigares. S'il ne profitait pas des largesses de M. Oswald pour le whisky, il prenait sans se cacher un ou deux cigares par jour. Depuis qu'il occupait un logement à Sainte-Marie — car, étant donné l'incident avec Mme de Vigors au jour de leur départ, Rosa avait tenu à ce qu'ils quittassent Bagatelle au plus vite — Brent s'estimait vraiment heureux.

Quand, le soir, sur la galerie de sa case repeinte à neuf, il faisait réciter les leçons de ses deux aînés, élèves de Mlle Ivy, en se balançant dans son rocking-chair et en tirant avec application sur un havane à deux dollars les cinquante, Brent se voyait sous les traits d'un planteur sans soucis. Aussi, quand pour répondre à la convocation de son ancienne maîtresse, bien vêtu, à l'aise dans ses bottines cirées et pétunant comme un clubman, il remonta l'allée de chênes, son cœur se mit à battre plus fort. C'était un peu comme s'il appartenait maintenant à la classe de ceux qu'on invitait à Bagatelle. La maison lui parut moins blanche qu'autrefois, moins grande aussi. Il repéra du premier coup d'œil une colonnette fendue, un peu de mousse sur la toiture, une incurvation des marches de l'escalier et d'autres signes du manque d'entretien, donc du manque d'argent chez ces gens qui en avaient tant possédé. N'eussent été ce col trop serré et ces manchettes empesées par Rosa et qui ne devaient jamais dépasser de plus de trois centimètres de la manche, comme le lui avait expliqué Marie-Adrien, il y avait bien longtemps, Brent aurait affronté Mme de Vigors sans émotion.

Il gravit le perron de bois et le bruit de ses pas fit apparaître Citoyen. A la vue de l'ancien majordome devenu quasiment un dandy, le griffe recula de deux pas, médusé, la main devant la bouche comme pour étouffer un cri et écarquillant ses yeux blancs.

« Ça alors, Brent! Ce que vous êtes beau, on dirait le lieutenant-gouverneur Dunn, pareil[1]!

— Ça va, ça va, fit Brent, agacé, va dire à Mme Virginie que je suis là. »

Il avait dit « Mme Virginie » et non pas « m'ame », ou « m'ame Maîtresse », comme autrefois, pour bien montrer au jeune freluquet qui avait endossé sa veste de toile blanche que lui, Brent, n'appartenait plus à la catégorie des domestiques.

Citoyen disparut au galop, mais il dut prendre le temps de passer aux cuisines pour avertir Anna, car la face réjouie de la vieille cuisinière apparut entre les rideaux d'une fenêtre du salon. A la vue de son gendre, elle pouffa de rire comme quelqu'un qui, le 1er avril, aperçoit un notaire avec un poisson de papier épinglé dans le dos.

« Madame Maîtresse a dit que vous attendiez à l'office..., elle va descendre, dit Citoyen.

— A l'office? répéta Brent, incrédule.

— A l'office, quoi. Elle l'a dit. »

Par la galerie, Brent fit le tour de la maison, traversa le cellier et retrouva l'office qui avait été son domaine pendant tant d'années. Machinalement, il rectifia l'empilage des plats, rabattit la lame du tranchet à pain, ferma un tiroir entrouvert.

---

1. C'était un Noir très élégant.

Malgré les leçons énergiques dispensées à Citoyen, ce dernier semblait manquer d'ordre. Il s'assit sur le tabouret où il avait fait de longues stations dans les intervalles du service, les soirs de dîners, puis, ne sachant où jeter la cendre de son cigare, il finit par se relever pour aller s'en débarrasser sur la galerie. Quand il se retourna, la silhouette familière de Mme de Vigors s'inscrivait dans l'encadrement de la porte. Rigide comme une lame noire, la taille bien serrée dans son corset, son face-à-main lui battant la poitrine, elle ne parut pas remarquer les changements considérables intervenus chez son ancien maître d'hôtel. Le regard de la dame de Bagatelle avait cette particularité qu'il pouvait aisément traverser un être comme une vitre, sans le voir, pour observer un nuage sur l'horizon, une fleur dans le jardin ou un tableau accroché au mur du salon. Brent sentit qu'à travers lui Mme de Vigors devait suivre le balancement de la mousse espagnole aux branches basses des chênes ou l'ascension d'une araignée sur une colonne de la véranda.

« Jette ce cigare qui pue, Brent, et réponds à mes questions ! »

Brent s'exécuta et retrouva tout naturellement l'attitude du majordome venu prendre les ordres, les talons joints, les bras souples le long du corps.

« Le nouveau délégué des affranchis, le Yankee pour qui tu travailles maintenant, il s'appelle Oswald ?

— Oui, m'ame, Oliver Oscar Oswald !

— Bon ! et il a les cheveux rouges et frisés ?

— On dit rouquin, m'ame, mais c'est ça !

— Bon, tu vas lui dire que Mme de Vigors viendra le voir cet après-midi à cinq heures à son

bureau. Dis-lui aussi que c'est la dame qui chantait *Beautiful Dreamer* sur le *Prince-du-Delta III,* il y a deux ans... Il comprendra !
— Bien, m'ame.
— Voilà, c'est tout. Adieu, Brent ! »

Avant même que le brave Noir ait eu le temps de la saluer, Mme de Vigors avait disparu dans l'office et claqué la porte. Lentement Brent se détourna, balançant son chapeau. Il fut tenté de ramasser le demi-cigare qui fumait encore sur le plancher de cyprès rouge de la galerie, mais il se retint et l'écrasa du bout de sa bottine. Puis, la gorge serrée, comme un homme qu'on viendrait d'insulter, il descendit lentement les marches du perron. Cette maison avait été la sienne, car il y était né esclave privilégié. Enfant, il avait été associé aux jeux des enfants des maîtres, puis il avait servi l'un d'eux jusqu'à sa mort tragique. Or cette maison le rejetait comme un déchet. Lui, venu ici fièrement se montrer, non pas pour narguer son ancienne maîtresse, mais, au contraire, pour qu'elle apprécie l'heureux aboutissement d'une éducation communiquée comme par osmose au cours des années de servitude, se sentait maintenant méprisé, exclu.

Comme il posait le pied sur la dernière marche, celle qui toujours grinçait plus que les autres par temps sec et qu'on arrosait abondamment les jours de réception, le secrétaire du Bureau des affranchis entendit crier son nom d'une voix émue presque implorante.

Venue sur la galerie par la grande porte du salon, Mme de Vigors, appuyée à la balustrade, se penchait vers l'ancien esclave.

« Brent, Brent, remonte, viens me parler de Rosa... et des enfants !... J'ai quelque chose pour eux que tu vas leur porter ! »

En trois enjambées il fut sur la galerie et, pour la première fois de sa vie, lui qui, esclave, n'avait jamais indignement courbé l'échine comme tant d'autres, il mit un genou à terre et baisa les mains de Virginie. Il venait de lui voir enfin dans les yeux ces larmes que l'on réserve aux parents les plus chers quand on les retrouve après les avoir crus perdus.

Ils parlèrent un grand moment, debout face à face sur la galerie. Mme de Vigors voulut tout savoir de son travail, de sa maison nouvelle, des problèmes qu'il avait à résoudre, de ses espoirs aussi. C'est par Brent qu'elle apprit le retour d'Ivy, qu'elle avait tant détestée au moment de la mort de Pierre-Adrien. Brent expliqua qu'aux vingt dollars de son salaire s'ajoutaient les petites sommes offertes par ceux qui, ne sachant pas écrire, faisaient appel à lui pour remplir les imprimés ou rédiger des lettres, afin de retrouver des membres de leur famille ou un employeur. Les planteurs aussi, pour lesquels il recrutait des travailleurs, savaient reconnaître ses services.

« J'ai demandé la permission... C'est pas défendu, m'ame !

— Il faudra que tu nous trouves une cinquantaine de nègres pour la saison prochaine, Brent. M. Dandrige a bien du mal à en recruter.

— Je ferai tout ce que je pourrai, m'ame », dit Brent en s'en allant.

Il emportait des pralines pour les enfants, une demi-douzaine de bons cigares de M. Dandrige et, ce qui le comblait de bonheur, une belle ombrelle à manche d'ivoire pour Rosa.

« Je l'avais achetée à La Nouvelle-Orléans, il y a plus de vingt ans, dit Virginie, et je sais qu'elle plaisait beaucoup à Rosa. Embrasse-la pour moi et dis-lui de m'amener les enfants, un de ces jours..., quand elle viendra voir sa mère. »

Comme elle traversait le salon après le départ de Brent, Mme de Vigors rencontra Anna.

« Eh ben, il a pas fini de s'en croire maintenant, le Brent, vous l'avez vu comment qu'il est accoutré... C'est pas une tenue pour un nègre, ça, m'ame, et quand je pense que vous avez donné l'ombrelle de m'amselle Pom Pom[1] à Rosa! C'est trop, m'ame!

— Chut! Anna. Brent et votre fille méritent d'être heureux et de réussir.

— Les nègres, y seront toujours les nègres, m'ame, le bon Dieu il a voulu comme ça et c'est pas Brent qui changera rien à ça! Brent, y sera jamais blanc, non!

— Je vais te dire, Anna, je crois de plus en plus qu'être blanc ou noir c'est pas tellement une question de couleur de peau...

— ...

— Je crois que c'est une question d'âme, Anna! »

Virginie déjeuna en tête-à-tête avec Castel-Brajac, Dandrige et Mallibert s'étant rendus à Saint-Martinville pour choisir des pacaniers et Charles se trouvant à La Nouvelle-Orléans pour affaires. Au café, Willy Tampleton se joignit aux deux convives, annonçant qu'il devait assister à la convention démocrate de La Nouvelle-Orléans, chargée de désigner les candidats du parti à la présidence et à la vice-présidence des Etats-Unis. La date des élections était fixée au 3 novembre et la campagne promettait d'être chaude. Il faut dire que les Louisianais, plus attentivement peut-être que les autres Sudistes, avaient suivi les péripé-

---

1. Julie, défunte fille de Virginie. Voir *Louisiane*.

ties qui marquaient la dernière année du mandat d'Andrew Johnson. Un conflit entre le Congrès et le successeur de Lincoln, un autre entre les radicaux et les modérés, animaient depuis des mois la vie politique de la capitale fédérale. Johnson, qui, à plusieurs reprises, mais sans succès, avait opposé son veto à des décisions inspirées par les radicaux, passait déjà chez les Sudistes pour un homme maladroit mais soucieux de limiter les manœuvres de vengeance contre les Etats sécessionnistes. Cependant, quand, le 21 février, le président avait révoqué le secrétaire à la Guerre, Stanton, à qui il avait depuis plusieurs mois retiré sa confiance et qu'il venait de remplacer par Grant, la Chambre des représentants exigea que soit engagée contre Johnson la procédure dite *d'impeachment*[1]. En plus de la révocation de Stanton, les représentants reprochaient officiellement à Johnson ses discours, ses atermoiements pour limiter les rigueurs de la Reconstruction et, de bouche à oreille, quantité de turpitudes relevant de la pure calomnie comme l'entretien de plusieurs maîtresses à la Maison-Blanche et même une vague participation à l'assassinat de Lincoln.

Johnson, qui avait fait preuve d'une grande dignité, refusa de comparaître en personne devant le Sénat réuni en Haute Cour. L'homme qui désirait le plus abattre le président, Thaddeus Stevens, un vieillard rageur, encouragea les accu-

1. L'*impeachment*, procédure qui vise à empêcher le président des Etats-Unis ou le vice-président, ou n'importe quel titulaire de postes officiels, y compris les magistrats, d'exercer leurs fonctions, a été utilisée à l'encontre du président Nixon. La mise en accusation est décidée par la Chambre des représentants à la majorité simple. Le Sénat siège en Haute Cour sous la présidence du plus haut magistrat de la Cour suprême. Une majorité des deux tiers est nécessaire pour qu'une condamnation soit prononcée.

sateurs venus de la chambre basse, mais, le 16 mai, Andrew Johnson échappa au déshonneur de l'*impeachment*, dix-neuf sénateurs l'ayant déclaré « non coupable » alors que trente-cinq votaient la culpabilité. A une voix près, la majorité des deux tiers étant nécessaire pour que soit prononcée la sentence, le président des Etats-Unis s'était vu ainsi maintenu dans ses fonctions.

« Comme il n'a pas l'intention de demander le renouvellement de son mandat, dit Tampleton, Ulysses Grant sera le candidat des républicains. C'est un grand soldat, un homme qui n'a pas de haine contre le Sud, mais dont le sens politique serait, dit-on, bien faible.

— Les bons généraux ne font pas toujours de bons sénateurs, pourquoi voulez-vous qu'ils fassent de bons présidents, Willy! dit Virginie en pensant à quelques militaires entrés en politique.

— Oh! mais rien n'est joué, rétorqua vivement Tampleton, nous allons proposer Horatio Seymour, ancien gouverneur de l'Etat de New York, qui a beaucoup de sympathisants dans le Nord. »

Castel-Brajac intervint dans la conversation :

« Moi qui n'aurai pas à voter, puisque je suis étranger, je dois dire que Grant ne me déplaît pas; il a du panache, du courage et, s'il se contente d'être un drapeau en choisissant bien ses collaborateurs, peut-être peut-il faire mieux que Johnson qui n'avait pas d'auréole patriotique. Si vous m'y autorisez, général, j'irai volontiers assister à votre convention à La Nouvelle-Orléans. Je serais curieux de voir comment fonctionne à cette occasion la démocratie, chère à Tocqueville.

— Vous serez le bienvenu... et il y a les à-côtés de la convention, pas désagréables, je vous assure, dîners fins, soirées mondaines, etc.

— Vive les démocrates! cria, toujours exubérant, le joyeux Gascon, et, foi de mousquetaire, je bourrerai les urnes à leur service s'il le faut! »

Au milieu de l'après-midi, Castel-Brajac et Tampleton partis pour une promenade en barque sur le lac de Fausse-Rivière, Mme de Vigors fit atteler à quatre le landau des Damvilliers. Ayant passé une robe de soie gorge-de-pigeon agrémentée dans l'échancrure du corsage d'un bouillon de chantilly blanche et coiffée d'un petit chapeau à voilette flanqué de deux plumes d'un gris tendre, arrachées autrefois aux ailes d'une jeune perdrix, la marquise se mit en route pour Sainte-Marie.

Tout au long du chemin, l'attelage conduit par Bobo, qui, par fierté, trouvait la force de se redresser sur son siège, fut salué aussi bien par les Noirs que par les Blancs. Sous son ombrelle, rose de plaisir, Mme de Vigors pouvait se croire revenue aux heureux jours d'avant-guerre, quand, pimpante et si prodigieusement désirable, elle se rendait à un thé ou à un barbecue.

M. Oswald, affalé dans son bureau, derrière les jalousies baissées, souffrait dans la pénombre de cette chaleur moite et débilitante qui laissait les gens du Nord sans force. Il vit, entre les lames de bois, arriver le grand landau laqué noir et admira en connaisseur l'allure racée des chevaux. Il s'empressa de resserrer son col et d'endosser sa redingote pour accueillir sa visiteuse, que Brent introduisit aussitôt.

« Mon Dieu, vous vivez dans l'obscurité, monsieur Oswald, on ne voit goutte chez vous! »

Le délégué du Bureau des affranchis s'empressa de relever les jalousies, prenant en pleine face le soleil qui lui parut, tout exprès pour son désagrément, posé comme un disque de feu sur le toit d'en face.

« Je comprends pourquoi les habitants de ce pays ont toujours confié le travail de la terre aux nègres, madame; quelle canicule!

— Vous trouvez qu'il fait chaud, monsieur? Vraiment..., c'est une année plutôt fraîche, dit avec un sourire teinté d'ironie Mme de Vigors.

— Que me vaut l'honneur de votre visite, chère madame? Je n'osais pas faire déposer une carte chez vous.

— J'ai un grand service à vous demander, monsieur, commença Virginie en baissant les yeux, comme s'il se fût agi d'une sollicitation peu avouable.

— Dites, je vous en prie!

— Brent, votre secrétaire..., un ancien de Bagatelle et que nous considérons comme de la famille, m'a dit que vous êtes très soucieux du bon fonctionnement de votre service. C'est pourquoi je fais appel à vous..., car j'ai gardé un excellent souvenir de notre rencontre sur le *Prince-du-Delta.* »

En disant ces mots, Virginie jouait négligemment avec son collier de perles, rescapé d'un vol que M. Oswald ne pouvait avoir oublié.

« Et moi, dit le rouquin, comprenant parfaitement le geste allusif, mais nullement ému, je vous garde une profonde reconnaissance. J'avais besoin à cette époque de beaucoup de... compréhension. Vous n'en avez pas manqué à mon égard. »

Les choses étant claires et situées sur le plan où elle entendait les amener, Mme de Vigors expliqua qu'elle souhaitait être débarrassée des squatters noirs qui occupaient les cases et l'hôpital de l'ancien village des esclaves de Bagatelle.

« C'est le meilleur moyen, conclut-elle, de prévenir des incidents du genre de ceux qu'on a connus sur d'autres plantations. L'autorité du délégué du Bureau des affranchis suffira certainement à faire respecter une loi qui, par ailleurs, n'est pas toujours favorable aux planteurs. Et puis je souhaite récupérer le terrain pour créer un élevage.

— Je comprends tout cela parfaitement, répondit aimablement Oswald, et que vous vouliez parquer vos bestiaux aussi près de votre maison... pour mieux les surveiller me paraît logique; le domaine de Bagatelle est si vaste qu'ils pourraient s'égarer ! »

Virginie perçut l'ironie de la considération, mais, comme elle savait par Brent qu'Oliver Oscar Oswald s'était porté acquéreur de la plantation du vieil ivrogne de O'Neil décédé sans héritiers, qui jouxtait Bagatelle, elle répliqua sur le même ton :

« Il serait en effet bien dommage que mes bovins aillent folâtrer chez les voisins et peut-être commettre des dégâts.

— Demain matin, quand ce sacré soleil se lèvera sur Bagatelle, tout sera réglé, croyez-moi, chère madame ! »

Virginie quitta sa chaise, tendit sa main à baiser et, comme Oswald la raccompagnait :

« Pouvez-vous me dire l'heure, monsieur le délégué, s'il vous plaît ?

— Bientôt six heures, madame, fit l'autre en consultant son oignon.

— Merci. Mais, dites-moi, vous avez là une bien belle montre, monsieur Oswald ?... Mon pauvre petit Pierre-Adrien en avait reçu autrefois une toute semblable en cadeau. Elle avait appartenu à un caballero qui s'est suicidé, un nommé Ramón Ramirez y Rorba... Je ne sais pas ce qu'elle est devenue.

— Et pourquoi ce caballero s'est-il suicidé, madame ?

— Parce qu'il n'avait pas pu payer ses dettes, monsieur Oswald... Une bien triste histoire. »

Dans un frou-frou de soie, Mme de Vigors quitta le bureau ensoleillé du délégué, fit un petit signe de la main à Brent qui, dans la pièce attenante, transpirait sur ses dossiers et franchit la porte donnant sur la chaussée. M. Oliver Oscar Oswald accompagna la visiteuse jusqu'à sa voiture et verrouilla lui-même la portière quand Virginie se fut installée, son ombrelle déployée, sur la banquette capitonnée. Elle le remercia d'un sourire. Oswald, avant que la voiture ne démarre, eut le temps de lire sur le blason des Damvilliers, finement peint sur la laque noire, une devise qu'il aurait pu faire sienne : *Passer outre.*

Un instant, il suivit la progression de l'attelage, puis il se hâta de se mettre à l'ombre. Déjà en manches de chemise et le col ouvert, il se planta devant Brent.

« Sacrée bonne femme, ton ancienne patronne !... Il y a vingt ans, ça devait faire une belle garce.

— Oh ! oui, monsieur le délégué », approuva le Noir pour qui, dans le parler cajun ignoré de M. Oswald, une belle garce n'était rien d'autre qu'une jolie femme.

De retour dans son bureau, Oliver Oscar tira la montre de son gousset, fit jouer le mécanisme qui commandait l'ouverture du boîtier et relut les lettres gravées en écriture ronde dans l'épaisseur de l'or : « *R.R.R.* Ramón Ramirez y Rorba, murmura-t-il, un caballero qui ne payait pas ses dettes... Nous allons payer les nôtres ! »

Le soir même, M. Oswald tint parole. Au crépuscule, on le vit se diriger à cheval vers l'ancienne maison du passeur, dont la cheminée depuis quelque temps fumait régulièrement à l'heure des repas. Un peu plus tard, on revit le délégué accompagné de trois cavaliers qui filait vers la plantation de Bagatelle. Tous ces hommes étaient armés de carabines Spencer à répétition, calibre 56, et de revolvers Remington, calibre 44, que les vétérans de la guerre civile connaissaient bien.

Evitant l'entrée principale, les cavaliers, muets et rapides comme des hommes qui savent ce qu'ils ont à faire, pénétrèrent sur le domaine des Damvilliers par l'est et s'arrêtèrent à la corne d'un bois pour allumer des torches de résine. Ce sont les lumières tressautantes de ces flambeaux que virent tout d'abord s'avancer les Noirs assis sous la galerie de l'hôpital. Instinctivement, devant une menace venue de la nuit, car certains d'entre eux connaissaient les apparitions des fantômes montés du Ku Klux Klan, ils se retranchèrent dans le bâtiment, abandonnant rocking-chairs, litières et même les bouteilles de mauvais alcool volées sur les docks de Baton Rouge ou de Bayou Sara, et que des trafiquants leur vendaient au prix du meilleur bourbon du Kentucky. Tous furent soulagés en constatant que les cavaliers avaient toutes les apparences de la simple humanité et mettaient pied à terre sans façon.

« C'est le docteur qui vient voir les malades », cria l'un d'eux, dont la chevelure prit des reflets de cuivre à la lueur des torches, quand il ôta son chapeau pour s'éponger le front.

Les Noirs s'écartèrent respectueusement et celui qui avait parlé, suivi de deux autres gaillards, s'avança dans la salle principale.

Les flammes odorantes jetaient sur cette assemblée de visages immobiles et luisants une clarté tantôt vive, tantôt douce, qui transformait les grimaces en sourires éclatants et les regards inquiets en éclairs de curiosité ou de convoitise, devant ces Blancs bien vêtus et bien armés.

« Où sont les malades ? dit le rouquin d'une voix forte.

— Par là, m'sieur le docteur ! » dit une femme en haillons.

Le « docteur » se pencha sur une litière où gisait un squelette recouvert d'un cuir noir que les os paraissaient près de percer.

« C'est mon mari; il vomit tous les jours, peut rien garder, comme les deux autres là-bas, dit la femme.

— C'est noir ce qu'il vomit ?

— Ben, on voit pas bien.

— Oui, c'est noir, m'sieur le docteur, assura un témoin.

— Alors c'est le vomito negro, fit Oswald d'un ton tragique; il faut tout de suite l'emmener à l'hôpital de Sainte-Marie, lui et les deux autres. »

De cinquante poitrines sortit en même temps le même gémissement de crainte. La fièvre jaune, la vieille ennemie qui revenait chaque été rôder dans le delta du Mississippi, mais n'atteignait que rarement la paroisse de Pointe-Coupée, était là, prête à saisir l'une après l'autre des victimes de hasard. Et tout le monde savait que plus cette maladie tuait et plus elle semblait vouloir tuer...

« Si vous restez ici, vous serez tous malades, lança Oswald d'une voix forte; il faut partir et tout de suite, le vomito negro est dans ces murs; cette maison est infestée, on va la brûler... »

Un court instant, les visages noirs apparurent, à la lueur des torches, incrédules et stupides. Puis la terreur s'empara des regards que l'on vit rouler et cligner comme si déjà ces hommes et ces femmes ressentaient les premiers symptômes de la maladie. Un enfant se mit à vomir et tout le monde, y compris sa mère, s'en écarta en murmurant.

« Allez, ouste, dehors, tous!... Emmenez les malades sur leurs litières à Sainte-Marie », cria le « docteur », qui invita du geste ses acolytes à pousser les Noirs vers la sortie.

Il ne fallut pas longtemps à ces pauvres gens pour rassembler leurs hardes et leur famille. Dans la nuit, ce fut la débandade. Déjà les hommes d'Oswald mettaient le feu à des litières désertées aux quatre coins de ce qui avait été, au temps de l'esclavage, l'hôpital du docteur Murphy.

Dans la pharmacie, un des cavaliers enflamma le fauteuil de dentiste que les Noirs avaient respecté comme s'il s'agissait d'un meuble vénérable et rituel. La paille crépita et bientôt les flammes léchèrent les vitrines, qui éclatèrent.

D'un coup de crosse de carabine, l'homme jeta à terre, où ils se brisèrent, les flacons aux étiquettes dorées portant, en lettres bleues, des noms latins de remèdes, depuis longtemps éventés.

La petite population en exode se replia vers les cases du village des esclaves, où déjà l'on connaissait la nouvelle et d'où l'on observait distinctement les lueurs de l'incendie.

« Le docteur » et ses hommes y arrivèrent avant les fuyards.

« Où est le chef Geo ? » dit Oswald au premier Noir qu'il aperçut au seuil d'une case.

L'homme désigna une autre maisonnette, d'où parvenaient des bruits de voix et un air de banjo.

« Allons-y, les gars ! lança le délégué des Affranchis à ses hommes, on va lui expliquer ce qui se passe ! »

« Chef Geo », qui avait réuni quelques amis autour de deux poulets volés l'après-midi chez le jardinier, beau-frère de Citoyen, ne put cacher sa surprise, quand il reconnut M. Oswald, une carabine sous le bras.

L'autre ne lui laissa pas le temps de s'informer :

« Viens par ici, j'ai à te parler ! »

Le Noir suivit docilement le rouquin sur la petite estrade qui, devant les cases d'esclaves, tenait lieu de galerie. Toute la population du village était en effervescence. On avait commencé par se porter au-devant de ceux qui venaient de l'ancien hôpital, déjà aux trois quarts incendié, puis, quand on avait su la raison de cette évacuation brutale, on avait pris quelque distance avec les sans-abri.

« Y a pas de place ici, tout est plein ! Allez plus loin vers Sainte-Marie et Fausse-Rivière ! »

Tels étaient les conseils hypocrites que la peur commandait de donner et que l'on donnait.

Oswald commença pas se saisir du vieux colt que « chef Geo » portait à la ceinture.

« Tu sais que je pourrais t'envoyer en prison pour ça ; les nègres n'ont pas le droit d'avoir des armes !

— Non, je savais pas, fit le Noir d'un ton

piteux... Mais qu'est-ce qui se passe, m'sieur Oswald ?

— Il se passe que tu n'as rien à faire ici. Tu vas dire à tous ces morceaux de bois noir de plier bagage. Dans dix minutes, je fous le feu partout !

— Et pourquoi, m'sieur Oswald ?

— Parce que c'est un ordre que j'ai reçu du général Grant ! »

Que le général Grant pût donner des ordres aussi désagréables pour les pauvres Noirs ne surprit pas George Washington Rupert, dit « chef Geo ». Les Blancs, qu'ils soient du Nord ou du Sud, qu'ils soient républicains ou démocrates, qu'ils soient militaires ou civils, n'avaient aucune considération pour les Noirs. Il en avait toujours été ainsi, et il n'y avait pas de raison pour que ça change. La sagesse et l'habileté consistaient, pour un Noir, à faire ce que les Blancs ne voulaient pas faire, en s'efforçant d'en tirer le maximum de profit.

« Et moi, m'sieur Oswald, qu'est-ce que je deviens ?

— Si demain matin, au lever du soleil, il n'y a plus l'ombre d'un de ces foutus fils de négresse pourrie sur cette plantation, je t'embauche sur la plantation de O'Neil que je viens d'acheter... Tu seras mon intendant.

— Mais qu'est-ce que je vais faire d'eux tous ? fit « chef Geo » en désignant la foule hagarde.

— Tu prends les meilleurs, vingt, pas plus, et tu les emmènes camper sur la terre de O'Neil... J'aurai besoin de bras... Les autres, tu les noies !

— Je me débrouillerai, fit « chef Geo », rasséréné.

— Pour ceux que tu garderas avec toi, j'enverrai des rations militaires... Mais attention, je veux plus voir un de ces nègres à Bagatelle, hein!... Compris ?

— Compris, m'sieur Oswald. Vous me rendez mon revolver maintenant ?

— Je te le rendrai demain, si tout a bien marché, sinon, fils de chien, je ne te rendrai qu'une seule balle, mais, crois-moi, tu pourras la garder jusqu'en enfer ! »

Une demi-heure plus tard, toutes les cases, les unes après les autres, s'embrasèrent. Bientôt la vaste clairière, où plusieurs générations d'esclaves avaient vécu leurs rares moments de repos et de loisirs, ne fut qu'un brasier dont les lueurs montaient à l'assaut de l'horizon, au-dessus des sombres festons de la forêt. Quand les gens de Bagatelle, prévenus par Télémaque de ce qui se passait, se précipitèrent derrière Dandrige de retour de voyage pour aller constater l'étendue du sinistre, ils ne purent approcher de l'incendie.

Au petit matin, il ne restait, alignés dans la clairière, qu'une série de tas de cendres, comme on en voit à la fin de l'hiver dans les champs où l'on a rassemblé, puis brûlé, les cotonniers morts et les mauvaises herbes.

« Curieux, ces incendies, vous ne trouvez pas, Virginie ? demanda Dandrige avec un rien de suspicion dans la voix.

— On m'a rapporté que des nègres ivres avaient cru malin d'allumer le feu dans une maison et que d'autres nègres ivres les avaient imités dans d'autres cases.

— Cette ivresse multiple à conséquence unique, mais répétée, me paraît tout de même un peu bizarre.

— En tout cas, dit Mme de Vigors, nous voilà débarrassés de ces nègres dont vous ne saviez que faire... On va pouvoir, à la place de ce village, bien inutile aujourd'hui, faire une bonne prairie.

— Il est bien connu dans le Gers, ajouta Castel-Brajac sans malice, que la cendre de bois est un engrais fameux ! »

A la fin de la matinée, la dame de Bagatelle fit porter par Bobo un mot à M. Oliver Oscar Oswald. Il était ainsi conçu : *Votre dette est payée; vous pouvez conserver la montre d'un moins malin que vous!* Signé : « Baronne de Vigors. »

4

A La Nouvelle-Orléans, où le général Tampleton et Castel-Brajac allèrent passer une huitaine, la ratification par la convention démocrate de New York de la candidature du gouverneur Seymour à la présidence des Etats-Unis − le général Blair étant proposé comme vice-président − donna lieu, le 18 juillet 1868, à une imposante manifestation. Toute la population blanche était dans les rues et, malgré les rumeurs qui circulaient depuis le matin, suivant lesquelles les radicaux noirs pourraient fomenter des troubles, les femmes étaient nombreuses pour voir passer la procession des démocrates. *La ville*, écrivit le lendemain un journaliste, *semblait ressusciter d'une longue léthargie. A 8 heures du soir, toutes les rues que devait emprunter la procession démocratique, en revenant du grand meeting de la place La Fayette, s'illuminaient comme par enchantement. Les rues du Canal, de Chartres, Royale, du Camp et Saint-Charles étaient étincelantes de lumières de toutes couleurs. A peu près tous les magasins avaient éclairé leurs vitrines. Il y avait foule aux balcons et sur les trottoirs. On voyait sur des calicots les noms de Horatio Seymour et de Franck Blair. Le salut de la répu-*

blique, compromis par les mesures usurpatrices et anarchiques du parti radical, paraissait certain à tous ceux qui considéraient l'élection de Seymour et de Blair comme assurée. Ceux qui en doutaient étaient en petit nombre.

Tampleton et Castel-Brajac, bien placés, avaient assisté au meeting qui réunissait plus de trente mille personnes. Les membres des comités d'arrondissement, avec torches, bannières, lanternes vénitiennes, se relayaient pour pousser des hourras, d'autres faisaient partir des fusées, des pétards et des feux d'artifice. On avait même lâché une montgolfière, qui s'élevait au-dessus de la foule, rappelant aux vétérans de la guerre civile ces ballons espions que les Nordistes utilisaient pour inspecter l'horizon. On riait, on s'interpellait par euphorie collective. Des slogans germaient çà et là, proposés par des gens imaginatifs. La plupart s'étiolaient avant d'être repris, mais d'autres s'épanouissaient, couraient de bouche à oreille, de chœur en chœur et finalement s'imposaient comme cris de ralliement à toute l'assemblée. Quelque part dans la foule anonyme, l'auteur inconnu de la phrase acceptée savourait cet engouement unanime pour sa trouvaille et sentait monter en lui la griserie du pouvoir verbeux, qui est déjà le pouvoir politique.

Reconnu, le général Tampleton fut hissé, presque de force, sur l'estrade où péroraient les orateurs, dont M. M.L. Macon, président du comité central exécutif du parti démocrate, qu'assistaient le colonel J.B. Walton et M. Alfred Mouton. Le président fit approuver à main levée une résolution qui parut à Castel-Brajac une véritable déclaration de guerre. « La sécession est morte et l'esclavage est mort. Il n'est au pouvoir ni dans la pensée d'aucun homme sain d'esprit de les ressusciter », proclamait le préambule, mais la conclusion était d'un tout autre ton : « Dans l'effort qu'ils font tous pour rétablir les principes de la Constitution, les démocrates de tout le pays luttent pour ressusciter la liberté républicaine et le peuple de la Louisiane s'engage ici à donner à la grande œuvre de délivrance et de restauration toute l'assistance qu'il leur est permis de donner sous l'empire des égoïstes prescriptions des tyrans. »

« Eh bien, fit observer Castel-Brajac, voilà au moins qui est clair !

— Que voulez-vous, monsieur, fit un délégué d'arrondissement, les radicaux monopolisent tous les emplois et toutes les fonctions. Leur parti ne prend des lois que pour son bénéfice. La législature, à son instigation, ne fait que créer des dépenses qu'il faut ensuite assumer par ce qu'elle appelle des « ressources autorisées ». Ainsi a-t-elle lancé un emprunt d'Etat de deux millions de piastres dans le même temps qu'elle vend les obligations émises pour l'entretien des levées ! On vient encore de permettre à la ville de La Nouvelle-Orléans d'emprunter un million de dollars pour qu'elle puisse faire face à ses dettes les plus criardes. Naturellement, personne ne veut de cet emprunt et la ville va à la banqueroute. Alors, on crée de nouveaux impôts. Ainsi, dans ma paroisse d'Opelousas, savez-vous que, pour fournir un revenu à la ville, les autorités radicales ont décidé une série de taxes : vingt-cinq piastres sur les commissionnaires, les marchands en gros et les marchands au détail, cinquante piastres sur les possesseurs de billards, mille piastres sur les cabarets, cinq cents piastres sur les détaillants en liqueurs, vingt-cinq piastres encore sur les écuries publiques, les joailliers, les théâtres, les cirques, les ménageries ? Croyez-moi, monsieur, le Sud aurait maintenant plus de raisons qu'il n'en avait en 1860 de faire sécession ! »

Malgré ces jérémiades fréquemment entendues, Gustave de Castel-Brajac n'eut à aucun moment l'impression pendant son séjour que le beau monde, soi-disant ruiné, se privait vraiment. Le commerce ne devait pas être si hasardeux pour que la Compagnie générale transatlantique ait mis en service entre La Nouvelle-Orléans et Saint-Nazaire le paquebot *La Guyane* qui, chaque mois, reliait la Louisiane à la France via La Havane. Les passages à bord de ce navire de 325 tonnes mû par la vapeur et des roues à aubes coûtaient 220 dollars en première classe, 195 en deuxième classe et 100 si l'on se contentait de l'entrepont.

Les Anglais, de leur côté, assuraient depuis 1866 par la « Liverpool Southern Steamships Co. » des liaisons mensuelles à dates fixes entre Liverpool et La Nouvelle-Orléans. Leurs navires *Fine Queen*, *Alice*, *Alhambra*, *Gladiator*, *Acropolis* et *Amazone* jaugeaient de 1 100 à 1 300 tonneaux et ne proposaient qu'une classe unique à 125 dollars.

L'Allemagne, qui souhaitait de plus en plus commercer avec le sud des Etats-Unis et dont les ressortissants constituaient une partie appréciable des émigrants, avait de son côté mis en service, sur la ligne Hambourg-La Nouvelle-Orléans, via Southampton, le *Bavarois* et le *Fentonia*, navires de 2 400 tonneaux qui assuraient en vingt-cinq jours la traversée de l'estuaire de l'Elbe au delta du Mississippi.

On achevait dans les faubourgs de la ville, que tous les gens du Nord appelaient « Crescent City », un élévateur à grains d'une capacité de

750 000 boisseaux. On espérait que ce silo inciterait les fermiers de l'Ouest à faire transiter leur blé par La Nouvelle-Orléans. Depuis qu'on cerclait les balles de coton avec des cordes d'emballage en fer et que les toiles en provenance des Indes concurrençaient les toiles du Kentucky, les fabricants de cordes et d'emballages essayaient de s'adapter. Certains d'entre eux s'étaient déjà reconvertis dans la distillation d'un alcool qu'ils appelaient parfois abusivement « whisky ».

Les devantures regorgeaient de produits de luxe. L'estampille française, dans ce domaine, semblait être une garantie. Bijouterie, mercerie, verrerie, fleurs artificielles, lingerie, gants, jouets, parfumerie, parapluies, fusils, peignes, porcelaine, chapeaux s'enlevaient à chaque arrivage, comme dans les épiceries fines le foie gras, les truffes, le chocolat et les eaux minérales dont la mode, partie d'Europe, avait traversé l'Atlantique, pour aboutir chez Solaris, à l'angle des rues Royale et d'Iberville.

« Que voulez-vous, disait Tampleton, il s'agit de gagner de l'argent pour jouir de la vie. L'honneur était le dieu de nos aïeux, maintenant c'est Crésus. »

On s'amusait avec autant d'entrain que l'on vilipendait les radicaux. « Venez chez moi, disait telle dame de la bonne société au général et à son ami gascon, il y aura assez de jambes pour faire au moins deux quadrilles. »

« Venez plutôt à l'hippodrome de Métairie où le Jockey Club organise des courses. Vous y verrez le général de Beauregard et peut-être un cheval battre le record de Lexington, qui courut en 1855 les quatre miles en 7 minutes 19 secondes trois quarts », disait une autre.

Et puis il y avait dans la rue Gallatin, près du

marché français, des saloons et des pubs où l'on pouvait rencontrer d'aimables danseuses, prêtes à donner des leçons à domicile. On risquait d'y perdre son portefeuille si celui-ci n'avait été rendu exsangue par un séjour dans une maison de jeux, comme celle que John Davis exploitait dans une dépendance du théâtre d'Orléans.

Chaque matin, sur le plateau du petit déjeuner, à l'hôtel Saint-Charles, M. de Castel-Brajac trouvait des cartons d'invitation ainsi conçus :

Mr. and Miss Fronval request the pleasure of your company on wednesday evening july 23rd 1868.
P.S. — Fancy costume particularly requested.

ou d'autres du genre :

Bals de l'hôtel Saint-Louis.

Les dames patronnesses des bals de l'hôtel Saint-Louis vous prient d'assister au deuxième bal qu'elles donneront dans les salons de l'hôtel, le mercredi 24 juillet 1868 à 9 heures.

Secrétaire : Madame Marie de Lupsay.

Quand ils comparaient leurs invitations, Tampleton et Castel-Brajac constataient qu'ils étaient sollicités par les mêmes personnes.

« Nous appartenons tous deux à des catégories d'hommes que l'on invite, mon cher, disait Willy. Vous êtes jeune, vous avez un nom, vous êtes français et célibataire. Peut-être même vous croit-on riche ! De mon côté, je n'ai plus qu'un bras, je passe pour un héros de la guerre civile, je suis général et j'appartiens à l'une des plus vieilles familles du pays. Vous êtes invité pour l'agrément, moi pour le décor ! »

Et Tampleton avait ajouté ce conseil :

« N'oubliez pas d'envoyer quelque madrigal à la fille de la maîtresse de maison, c'est galant, ça remplace la lettre de château et ça n'engage à rien. Mais attention, ne servez pas deux fois le même plat, les demoiselles se les montrent et les collectionnent. Le grand spécialiste du genre est un homme charmant qui s'appelle Victor Grima. Il vient de rentrer de Paris à bord du *Pereire* et m'en a montré d'excellents dont celui-ci, duquel j'ai gardé le souvenir, dédié à une coquette, sous le titre : *A quelques amis qui réclamaient son portrait :*

> *Pour obtenir une copie,*
> *S'il faut se donner tant de mal,*
> *Ma foi, bien fol est qui se fie*
> *D'avoir jamais l'original !*

Pendant leur escapade orléanaise, les deux amis allèrent applaudir une tragédienne en renom, Mme Bistari, qui jouait, hélas ! en italien. Révélée au public au cours des fêtes du Mardi gras de 1866, l'actrice déplaçait les foules malgré le prix relativement élevé des places : cinq dollars.

Autre indice d'un moindre marasme que celui proclamé par les démocrates : le prix des terrains. Willy Tampleton, qui avait emmené Castel-Brajac prendre le lunch au Boston Club, présenta au Gascon un homme réjoui qui, manifestement, cherchait des partenaires pour un whist et pour arroser un heureux événement. M. Cléton, c'était son nom, venait de vendre un terrain 90 000 dollars; Maître Félix Grima, notaire, avait enregistré la vente en présence de MM. Lavaudri, Soulé, Gaillard et Roman.

« Par les temps qui courent, c'est une bonne affaire que j'ai faite là, général. Aussi permettez que je vous régale avec votre ami français. »

Castel-Brajac se prit à penser que, dans le Gers, un vendeur n'irait jamais se vanter d'avoir fait une affaire et s'abstiendrait dans tous les cas de révéler le montant de la transaction. Comme, un peu plus tard, il faisait part de ces considérations à Tampleton, celui-ci lui fit observer qu'aux Etats-Unis, en Louisiane spécialement, où l'on avait hérité la fierté des défricheurs, les hommes d'affaires étaient considérés à proportion de leur réussite et du volume d'argent brassé, comme autrefois les planteurs l'étaient à proportion du nombre de leurs esclaves.

« Nous n'avons pas les mêmes critères que la vieille Europe. Il n'est point ici de chance honteuse à saisir. Nous autres, descendants des aristocrates pionniers, sommes les derniers à considérer qu'il n'y a de profits honorables que ceux fournis par la terre. Charles, par exemple, héritier à la fois des Trégan, des Vigors et des Damvilliers, saura faire sa fortune sans le secours du coton ou de la canne !

— Vous pensez peut-être que c'est un peu dommage, non ?

— Je le pense, mais j'ai tort. Le Vieux Sud, comme Troie, a été détruit et ce sont les hommes comme Charles qui rebâtiront sur ses ruines. Ils entreront en concurrence avec les Yankees, qui, eux, attendent tout de l'industrie, du commerce, de la banque et, comme ce M. Rockefeller, du pétrole ! »

Avant de quitter La Nouvelle-Orléans et de

regagner Bagatelle, via Bayou Sara, par le train, Castel-Brajac tint à envoyer à sa mère un télégramme intercontinental pour lui annoncer son arrivée en fin d'année.

Depuis la mise en service du câble transatlantique dont la pose, commencée en 1866, avait été achevée grâce au *Great Eastern,* on pouvait envoyer des messages télégraphiques d'un continent à l'autre.

Tampleton, comme beaucoup d'Américains, ne laissait jamais passer l'occasion de commenter la triste destinée du plus grand paquebot transatlantique construit par les Anglais, dont on reconnaissait aussi qu'il constituait « l'échec le plus retentissant de toute la construction navale ».

Ce léviathan, qui devait révolutionner le transport maritime intercontinental, avec son système de propulsion à hélices ajouté à celui par roues à aubes et dont les aménagements intérieurs dépassaient, par le luxe et le confort, tout ce qu'on pouvait imaginer, s'était révélé en effet un outil inexploitable.

Avec ses 210 mètres de long et ses 25 mètres de large, ce monstre de 22 500 tonnes, qui consommait trois cents tonneaux de charbon par jour et filait ses 14 nœuds, faillit périr lors de son troisième voyage. La tige du gouvernail s'étant rompue, le bateau devint le jouet des vagues. Les rayons des roues à aubes furent arrachés et cinq des vingt embarcations de sauvetage furent emportées par la mer.

« 25 millions gaspillés, disait le général, auquel cette déconvenue anglaise n'était pas pour déplaire.

— Cependant, c'est lui que M. Victor Hugo a chanté, souvenez-vous :

> *... Le siècle a vu, sur la Tamise*
> *Croître un monstre, à qui l'eau sans bornes fut*
> [*promise,*
> *Et qui longtemps, Babel des mers, eut Londres*
> [*entier*
> *Levant les yeux dans l'ombre au pied de son*
> [*chantier.*

— Tout le monde sait qu'aux chantiers de Milwall la construction du navire de M. Isambard Kingdon Brunel fit grosse impression, mais à partir du lancement, en janvier 1858, on commença à déchanter.

— Pas Victor Hugo, en tout cas, monsieur Tampleton, il disait encore :

Les flots se le passaient comme des piédestaux
Où, calme, ondulerait un triomphal colosse;
L'abîme s'abrégeait sous sa lourdeur véloce.

— Ce ne sont pas les meilleurs vers de votre poète national, ironisa Tampleton. Quand on renonça à confier au *Great Eastern* mille vies humaines et qu'on le transforma en poseur de câbles sous-marins, ce fut une sage décision. Et pour cela M. Victor Hugo n'a pas trouvé de rimes ! »

Chez les Pritchard, où Gustave de Castel-Brajac prit quelques dîners les soirs où Tampleton se rendait au Boston Club, le Gascon était fort apprécié. Il aimait bavarder avec Gloria, dont il connaissait le penchant pour Charles. La jeune fille, contrairement à bon nombre d'amoureuses, qui ont toujours le prénom de l'être aimé à la bouche, soit pour vanter ses rares mérites, soit pour inciter leurs interlocuteurs à chanter les louanges de l'absent, était très capable de parler musique, littérature ou botanique, comme si personne n'occupait ses pensées. Quelquefois, Gustave se mettait au piano et jouait pour elle et ses parents une série de préludes de Chopin ou l'adagio du *Concerto N° 1* de Brahms, qu'elle aimait particulièrement.

Sous des dehors primesautiers et au-delà des préoccupations futiles propres à toutes les jeunes héritières créoles qu'une domesticité dévouée servait princièrement et que des parents fortunés déchargeaient de tous soucis matériels, Gloria, mûrie plus qu'il ne paraissait par les deuils familiaux, s'intéressait discrètement à beaucoup de choses. Sa bibiothèque révélait notamment un goût certain pour l'Histoire et les aventures des grands mystiques. Gustave avait de la sympathie pour Gloria Pritchard. Sachant Charles volage et toujours entiché d'un nouveau jupon, en même temps que lié sentimentalement par l'amour impossible qu'il portait à sa demi-sœur, le Gascon augurait mal d'un flirt que la jeune fille prendrait peut-être pour un engagement. Gloria, sereine et enjouée, lui paraissait vulnérable et offerte aux tourments du cœur. Quand, de retour à Bagatelle, il aborda franchement ce sujet avec Charles, ce dernier se mit à rire.

« Je vais te rassurer, mon bon Gustave, Gloria n'est pas du tout celle que tu imagines. C'est une femme très avertie des choses de l'amour. Elle a fait moins de manières qu'une soubrette pour m'ouvrir sa chambre. Seule la crainte de peiner son père la retient de me garder jusqu'au matin dans son lit quand je loge chez les Pritchard, car elle n'a pas grand respect pour sa mère, qui fit, paraît-il, porter de gigantesques cornes à son mari!

— Eh bien, elle trompe son monde, cette petite !... N'empêche que si tu n'as pas l'intention de l'épouser, tu devrais le lui dire.

— Mais c'est une jeune fille moderne, mon vieux ! Les créoles ont l'amour dans le sang et tu sais bien que je ne parle jamais mariage. Aucune femme ne peut se vanter de m'avoir entendu prononcer le « je t'aime » niais que l'on croit nécessaire aux conquêtes. Je propose un jeu agréable, de la tendresse, de joyeux ébats, mais jamais je ne fais de graves promesses. Je suis loyal comme un règlement de club ! Vous voulez jouer ? On joue. Si vous tenez à accompagner ça de grands sentiments, de serments, d'anneaux échangés, de jalousies et même d'obligations épistolaires ou de visites, je ne joue pas. En échange, je ne demande ni fidélité ni patience. De la même façon que je suis pour le vote des femmes, je suis pour qu'elles aient la libre disposition de leur corps ! Voilà ! Il suffit qu'un homme et une femme se plaisent, se trouvent bien ensemble et s'accordent pour valser, rire et... le reste. Ma mère est comme toi, elle voit le mariage partout !

— Bon, bon, dit Castel-Brajac, si tu amènes les jeunes filles à partager ton point de vue, c'est parfait !

— Mais toi, vieux cochon, fais-tu autrement ?

— Je ne touche pas aux jeunes filles. Elles ont une fragilité que tu veux méconnaître. Il y a assez de veuves et de femmes qui s'ennuient dans le pays pour qu'on n'aille pas moissonner des virginités ignorantes !

— Hou là ! hou là ! Mousquetaire, je t'ai connu moins scrupuleux avec les Parisiennes. Et, dis-moi, n'as-tu connu que des nuits solitaires à La Nouvelle-Orléans ?

— Pas du tout. J'ai même une maîtresse attitrée, femme de banquier en fuite. Elle est grasse, blanche et parfumée, dispose d'une bonne cuisinière et d'un patio frais. Je lui rends d'hygiéniques visites. Elle me joue de la mandoline... avant, je lui joue du piano... après. Comme elle est très soucieuse de sa réputation, nous dînons « at home » et nous nous saluons au théâtre et dans les salons comme de simples connaissances.

— Je n'aime que la chair fraîche, mon vieux !

— J'imagine qu'il en est de même pour Clara Redburn et Nancy Tampleton que pour Gloria Pritchard.

— Rien à faire avec Mlle Tampleton avant le mariage... J'ai renoncé. Mais la petite Clara, un vrai tourbillon... Elle griffe, elle mord, elle crie, une insatiable qui veut l'amour pour l'amour... Un autre me remplacerait entre deux assauts, qu'elle ne s'en apercevrait même pas ! Voilà une petite femme séduisante mais sans histoire... Elle m'a dit qu'elle ne se souvenait même plus où et comment elle avait envoyé pour la première fois son bonnet par-dessus les moulins !

— Je serais à ta place, je ne me fierais pas à ses allures de femme libre... Que veux-tu, Clara me fait penser à une panthère noire...

— Eh, eh ! Ce n'est pas toujours désagréable ! »

Si Gustave de Castel-Brajac recevait sans restriction les confidences de Charles de Vigors, Virginie, qui voyait papillonner son fils, ne connaissait de la vie amoureuse de celui-ci que ce qu'il voulait bien lui en dire. Nadia Redburn comme Isabelle Tampleton avaient bien tenté, séparément bien sûr, de sonder leur amie sur les intentions de l'avocat, mais la dame de Bagatelle riait malicieusement de la sollicitude de ces mères soucieuses de caser leurs filles.

« Je lâche mon coq, surveillez vos poules », disait-elle allégrement.

Et les dames s'en retournaient avec le sentiment que l'éducation parisienne de Charles n'avait peut-être pas préparé le garçon au mariage précoce.

« Peut-être a-t-il laissé à Paris quelque héritière que nous verrons débarquer un de ces jours, pensait Mme Redburn.

— Je me demande si ce garçon n'a pas un fil à la patte... Il est toujours fourré à La Nouvelle-Orléans », s'inquiétait Mme Tampleton.

Les pères, auxquels on se gardait bien de parler de ces perspectives en trompe l'œil, appréciaient Charles de Vigors pour ses compétences juridiques, sa stratégie au whist et son audace au poker. Percy Tampleton, dont l'irascibilité s'accentuait avec l'âge, trouvait ses filles trop gourdes pour épouser qui que ce soit. Léonce Redburn craignait les remarques insolentes de Clara, dont il lisait le mépris qu'elle portait à son géniteur dans les regards indifférents qu'elle posait sur lui et sur tous les êtres insignifiants.

Grâce aux travailleurs envoyés par Brent à Bagatelle, la cueillette du coton put commencer au bon moment. Elle fut relativement abondante comme dans toute la Louisiane, qui produisit cette saison-là 2 550 000 balles. A 100 dollars la balle — le middling atteignit 32 *cents* la livre — les planteurs qui avaient pu conserver de la main-d'œuvre firent quelques profits. On était loin, bien sûr, des bénéfices d'avant-guerre, mais on put payer les gages des ouvriers et, en leur proposant quelques avantages, renouveler les contrats. A 20 dollars par mois, ils s'engagèrent à

Bagatelle où Charles de Vigors avait suggéré de créer un « commissary », magasin de produits alimentaires accessible aux seuls ouvriers, employés et domestiques de la plantation. Grâce à un système de jetons marqués aux chiffres de Bagatelle et que l'on comptait, au lieu de la monnaie officielle, aux Noirs qui demandaient des avances sur leur salaire, les gens pouvaient s'approvisionner en porc salé, boissons non alcoolisées, tabac à chiquer, sucre, café, maïs et patates, ainsi qu'en ustensiles de première nécessité. Ces jetons n'avaient cours nulle part ailleurs que sur la plantation et les boutiquiers des villages ne les acceptaient pas. Ce système empêchait les Noirs de dilapider leurs avances sur gages en whisky ou en bière ou de toute autre façon. Les « commissaries » ayant tendance à se généraliser sur les plantations de quelque importance, il se trouva des reporters envoyés par les journaux du Nord pour écrire que les anciens esclavagistes payaient aujourd'hui les malheureux Noirs en fausse monnaie. Ces attaques calomnieuses contre les planteurs n'amélioraient guère les relations entre les anciens Confédérés et les unionistes. Alors qu'un grand nombre de Sudistes réalistes et loyaux acceptaient, peu à peu, l'inévitable évolution des mœurs et s'habituaient à payer et à traiter les Noirs comme les règlements du travail des affranchis l'exigeaient, les maladresses des intellectuels du Nord ou des gens qui se prenaient pour tels ravivaient les blessures d'amour-propre. Ainsi, quand au mois d'août on avait appris la mort, à Washington, de Thaddeus Stevens, leader des républicains radicaux, âgé de soixante-seize ans, personne dans les plantations n'avait émis le moindre regret.

Cet homme, qui détestait la société sudiste, fut

même moqué *post mortem*, quand on sut qu'il avait tenu à être inhumé au milieu des Noirs dans le cimetière de Lancaster, en Pennsylvanie. Il avait rédigé lui-même une épitaphe, qui fut aussitôt gravée sur sa tombe : *I have chosen this that I might illustrate in my death the principles which I advocated through a long life : Equality of Man Before His Creator*[1].

« Il y a ainsi des gens, dit Tampleton, qui trahissent tout, y compris leur race !

— Et d'autres qui proposent qu'on offre des médailles aux veuves des assassins, renchérit Virginie.

— Que voulez-vous dire ? demanda Charles.

— Voyons, rappelez-vous, l'an dernier, M. Victor Hugo a envoyé sa participation pour offrir une médaille à la veuve de John Brown !

— Je m'en souviens, coupa Castel-Brajac. Dans une lettre expédiée de l'exil de Guernesey, le grand homme écrivait : *Une médaille à Lincoln appelle une médaille à John Brown. Acquittons cette dette avant que l'Amérique acquitte la sienne. L'Amérique doit à John Brown une statue aussi haute que celle de Washington. Washington a fondé la République, John Brown a promulgué la liberté.*

— Il avait déjà envoyé en 1864 à la commission sanitaire du Nord un dessin qu'il avait fait de la maison occupée à Passy par Franklin pendant son séjour à Paris, et qui fut vendu fort cher au bénéfice des blessés yankees ! »

Quand, le 5 novembre 1868, Gustave de Castel-Brajac s'embarqua à La Nouvelle-Orléans sur un paquebot de la « Liverpool Southern Company »

---

1. « J'ai choisi ceci afin de pouvoir illustrer dans ma mort les principes que j'ai soutenus au cours d'une longue vie : l'égalité de l'homme devant son Créateur. »

pour aller en France rendre à sa mère la visite promise, on savait déjà, depuis quarante-huit heures, que le général Ulysses Grant avait été élu dix-huitième président des Etats-Unis.

Les électeurs lui avaient accordé 3 013 421 voix dont, estimait-on, celles de 500 000 Noirs, alors que Seymour ne recueillait que 2 706 829 suffrages populaires. La victoire du candidat républicain était encore plus nette au niveau des grands électeurs : 214 votes contre 80 à Seymour. Seules la Louisiane et la Georgie avaient pu réunir une majorité hostile au vainqueur d'Appomatox.

Tampleton essaya de convaincre ses amis, déçus par un scrutin qui confirmait le pouvoir des radicaux dans le Sud, de l'honnêteté foncière de Grant et du respect qu'il ne manquerait pas de manifester aux vétérans de l'armée confédérée, mais il n'obtint pas beaucoup d'approbation hormis celle de Dandrige. Son frère Percy pesta une fois de plus contre « les traîneurs de sabre » qui se mêlaient de gouverner et souhaita que les politiciens fassent souffrir Grant, comme ils avaient malmené Johnson.

Ce dernier, au matin de Noël, eut un geste spectaculaire, de nature à faire regretter son départ : il proclama une amnistie générale et un pardon inconditionnel pour tous ceux qui avaient été accusés de trahison pendant la guerre civile.

« Mon pauvre Walter ne peut, hélas ! être ressuscité », commenta Nadia Redburn.

Les fêtes de fin d'année furent marquées cette année-là à Sainte-Marie par un événement qui eut des répercussions à Bagatelle.

Brent, qui se chargeait toujours des commissions et rendait, dans la mesure de son autorité au Bureau des Affranchis, les services que sollicitait Dandrige, vint transmettre à l'intendant une invitation en bonne et due forme de Mlle Ivy Barnett, l'institutrice. Il s'agissait d'une petite fête que l'école noire entendait donner aux parents des élèves et à leurs amis. Après avoir évalué l'embarras que pourrait causer à Clarence Dandrige une telle demande, la jeune femme s'était décidée à la formuler, sur le conseil du docteur Finks. Ce dernier avait promis de se rendre à la sauterie en compagnie du docteur Murphy.

« A cette fête on ne verra que des nègres, des radicaux et des *carpetbaggers*... Vous n'irez pas, Clarence ? interrogea Virginie sur le ton de l'affirmation.

— Je crois que je vais m'y rendre, Virginie ! Nous allions bien autrefois aux fêtes de nos esclaves quand ils nous conviaient. Pourquoi négliger aujourd'hui l'invitation de leurs enfants... — libres ? »

Au début de l'après-midi du 23 décembre, Dandrige fit donc atteler le buggy. Il arborait sa meilleure redingote et le chapeau que Mme de Vigors lui avait rapporté trois ans plus tôt de La Nouvelle-Orléans. Il emportait un gros sac de pralines aux noix de pécan confectionnées sur sa demande par Anna pour les élèves de la belle Ivy, au nombre desquels figuraient d'ailleurs les petits-enfants de la cuisinière. Son arrivée à l'école de Sainte-Marie fit sensation. L'unique salle de classe avait été décorée de guirlandes, de lanternes en papier ouvragées par des élèves, et sur le tableau noir Mlle Barnett avait tracé à la craie, en grandes lettres, d'une écriture ferme et ronde : *Merry Christmas* et *Joyeux Noël*. L'institutrice, radieuse, vint au-devant de l'intendant.

« Quel plaisir vous me faites ! dit-elle. Je sais qu'il faut aujourd'hui du courage aux anciens maîtres pour rendre visite à leurs anciens esclaves.

— Pierre-Adrien était mon filleul, Ivy, et je pense qu'il serait venu à votre fête. C'est pourquoi je suis là. »

La jeune femme conduisit Dandrige au premier rang où se trouvaient déjà assis le docteur Murphy, son jeune confrère Horace Finks et un grand rouquin, aux mains puissantes et velues, qu'on lui présenta comme étant le délégué du commissaire du Bureau des affranchis : M. Oliver Oscar Oswald.

« Nous l'appelons « Triple Zéro », dit Murphy, qui aimait à donner aux gens des sobriquets à la mode acadienne.

Dandrige observa l'homme, qui riait bruyamment en bavardant avec le shérif, le juge et le maire, tous trois élus républicains qui se devaient d'être présents. Il trouva au délégué une bonne tête de Yankee hâbleur, bagarreur, sûr de lui et rusé comme un paysan irlandais. Quand « Triple Zéro » se tourna de son côté, il eut le sentiment que l'homme cherchait à entrer dans ses bonnes grâces.

« Il y a bien longtemps, dit-il, que je souhaitais vous rencontrer, monsieur Dandrige, car Bagatelle est, on peut le dire, la plus belle plantation de la paroisse. Et puis j'ai été présenté à Mme de Vigors alors que je n'avais pas encore de fonctions officielles. C'était sur un bateau qui se rendait à La Nouvelle-Orléans. J'ai connu aussi ce jour-là le général Tampleton..., qui, soit dit entre nous, aurait dû être invité. Un général dans une fête, ça fait toujours bien, pas vrai ? »

M. Oswald rit très fort, puis il enchaîna :

« Comment s'organise votre élevage maintenant que cet incendie a bien à propos nettoyé le terrain de ces vieilles baraques... et aussi fait déménager quelques nègres malades et beaucoup d'autres nègres paresseux ?

— Cet incendie, monsieur Oswald, répliqua l'intendant en fixant le Yankee, ne s'est pas allumé tout seul et j'aurais volontiers fait rechercher le ou les coupables si je ne m'étais pas dit qu'après tout la disparition du village d'esclaves de Bagatelle était une bonne chose. Ces cases rappelaient aux nègres trop de souvenirs de leur servitude et l'on continuait à dire en parlant de ces maisons : le village des esclaves, ce qui choquait les voyageurs venus du Nord... Vous-même peut-être, monsieur Oswald ?

— Rien de ce qui touche les nègres ne peut me choquer, monsieur Dandrige..., et je vous dirai même que je comprends de mieux en mieux les gens du Sud. Les nègres sont tout juste bons par leurs bras, monsieur. Il faut les faire travailler aux champs, aux chemins de fer, aux usines, dans les mines. Mais, comme ils sont aussi naturellement paresseux, il est nécessaire de les encadrer sérieusement et d'être assez ferme quand ils se conduisent mal, car le raisonnement, hein, n'est pas leur fort !

— Nous autres Sudistes, anciens esclavagistes, nous gardons bien de généraliser, monsieur le délégué. Ainsi Brent qui naquit esclave à Bagatelle est pour vous, m'a-t-on dit, un excellent auxiliaire.

— Oh ! mais ce n'est pas un nègre ordinaire. Savez-vous qu'il sait mieux l'orthographe que moi, le bougre ! A Bagatelle, vous lui avez fait une vie dorée... Moi, je n'ai jamais mis les pieds en Europe, je ne connais pas Paris. Brent, c'est comme qui dirait un Blanc qui a la peau noire.

— Ce qu'a appris Brent, d'autres peuvent l'apprendre et les enfants que nous accueillons ici feront dans quelques années de bons secrétaires et, qui sait, des médecins, des avocats, des professeurs...

— Vous croyez ça, fit Oswald, dubitatif, vous croyez qu'ils pourraient un jour prendre les places des Blancs ?

— La nouvelle Constitution ne fait pas mention de places réservées aux Blancs et de places abandonnées aux Noirs, n'est-ce pas ? Les places devraient plus tard revenir aux meilleurs, aux plus compétents, sans distinction de couleur.

— Mais enfin, dit le rouquin en s'animant, vous savez bien, en aristocrate de la vieille école, que ces histoires d'égalité des races sont des extravagances... La nature n'est pas pour l'égalité. J'ai même lu quelque part qu'un Français, un certain Gerdy, je crois, dit : « L'égalité n'existe ni chez les animaux ni chez les végétaux ! »

— Je vous concède, dit Dandrige, que pour nos affranchis égalité est encore synonyme d'envie, mais dans une génération il n'y paraîtra plus. Il faut leur laisser le temps de comprendre que l'égalité des droits suppose aussi celle des devoirs et que, blanc ou noir, l'homme n'obtient rien sans efforts.

— Tout ça, c'est de la philosophie, monsieur l'intendant... D'ailleurs, ces nègres ne sont même pas capables d'être à l'heure, ils devaient commencer à trois heures... et il va être quatre heures », fit le rouquin après un coup d'œil à sa montre.

Clarence Dandrige avait eu le temps de voir le bijou.

« C'est une bien belle montre que vous avez là. Puis-je la voir de plus près ? »

La phrase de l'intendant lui en rappela une,

identique, prononcée par Mme de Vigors. Malgré son inquiétude, il dégrafa le mousqueton de sa chaîne et tendit l'objet à Clarence.

Après un vague coup d'œil jeté au cadran, ce dernier fit jouer le mécanisme d'ouverture du boîtier et lut les initiales *R.R.R.* qu'il s'attendait d'ailleurs à y trouver. Quand il releva la tête et se retourna vers le délégué du Bureau des affranchis, son regard vert reflétait une sorte de férocité, et, sous la peau fine des joues, les muscles maxillaires noués étaient pareils à ceux du fauve prêt à mordre. Oswald sentit la sueur lui sourdre des tempes. Jamais aucun homme ne l'avait fixé ainsi.

« Pouvez-vous me dire comment cette montre est venue entre vos mains ? souffla Dandrige.

— C'est moi qui l'ai offert à M. Oswald, Clarence », dit rapidement dans le dos des deux hommes une voix à la fois mélodieuse et nette.

Absorbés par leur conversation, aucun des deux hommes n'avait vu entrer dans la salle Mme de Vigors, dont l'arrivée avait cependant été saluée chez les Noirs de l'assistance par un murmure d'étonnement. Tous les hommes assis au premier rang s'étaient levés. Murphy fut le seul à traduire la surprise de tous :

« Eh bien, on peut dire qu'il y a quelque chose de changé dans le Vieux Sud, mes amis ! »

Sur les talons de Virginie, on vit s'approcher Charles de Vigors, toujours souriant et aussi à l'aise dans cette salle de classe assez misérable que dans les travées de la Comédie-Française. Sa mère l'avait décidé à l'accompagner, soutenant qu'il était bon qu'il se montrât pour prouver aux Noirs, maintenant électeurs, que M. de Vigors, qu'on verrait peut-être un jour briguer quelque mandat politique, ne méprisait pas leurs enfants.

Les présentations empêchèrent Dandrige de demander à Virginie les explications qu'il souhaitait entendre. Oswald, enchanté du remue-ménage provoqué par l'apparition de la dame de Bagatelle, céda sa place à celle-ci près de l'intendant et s'en fut s'asseoir à l'autre bout du rang. Quant à Ivy, elle était si émue de voir l'ancienne et inaccessible maîtresse dans « son » école qu'elle fit à Mme de Vigors une profonde révérence.

« Comme tu es belle, Ivy, c'est du théâtre que tu devrais faire, pas de l'enseignement... »

Puis, avec un rien de condescendance :

« Les enfants de Brent m'ont dit que tu leur donnes à copier le nom de Bagatelle pour apprendre à former leurs lettres, est-ce vrai ?

— C'est le premier mot que j'ai su lire et écrire, madame, et c'est M. Pierre-Adrien qui me l'avait donné pour modèle, fit l'institutrice fièrement.

— Eh bien, voyons ce que savent faire tes élèves, Ivy », coupa Mme de Vigors en contenant son émotion.

A l'appel de l'institutrice, une vingtaine d'enfants se rassemblèrent en arc de cercle sur la petite estrade. Tous avaient fait toilette et, intimidés autant par la présence de Blancs au premier rang que par celle de leurs parents, ils se dandinaient mains au dos, s'appliquant à se tenir bien droits comme Mlle Ivy le leur avait recommandé. Ils échangeaient de furtifs regards inquiets, chacun s'efforçant, les yeux écarquillés, de repérer sa mère parmi les dames, qui, pour l'occasion, arboraient des chapeaux abondamment garnis de fruits et de fleurs. Ces femmes avaient savonné leurs garçons et leurs filles jusqu'à leur rendre la peau luisante comme ces meubles d'acajou qu'elles avaient longtemps encaustiqués dans les plantations. Elles les avaient ensuite peignés et parés au mieux. On ne voyait que collerettes empesées, cravates jaunes à pois, robes roses ou vert tendre cerclées de volants ondoyants. Beaucoup de pères avaient sacrifié quelques piastres pour chausser leurs rejetons de souliers neufs, trop grands d'au moins une pointure, afin qu'ils tiennent deux saisons. C'est pourquoi l'entrée de la charmante chorale s'était effectuée dans un concert de crissements dus aux semelles qu'un trop bref usage n'avait pas encore assouplies.

Sur un signe de Mlle Barnett, le silence se fit et les enfants entonnèrent : *L'Opossum sur une souche d'eucalyptus,* vieille chanson d'esclave dont Ira Aldridge, du Grove Theatre de New York, mort en 1867, avait fait une rengaine célèbre :

> *L'opossum y rampe tout lentement,*
> *Le raton laveur y bouge pas*
> *Le tire par sa longue queue*
> *Et l'opossum dégringole.*
>
> *Jin Kum, jan kum beaugash,*
> *Tords-le par sa longue queue,*
> *Oh! le pauvre opossum.*
> *Oh! le rusé raton!*

On applaudit les voix claires chaleureusement et les parents tirèrent vanité du fait que les Blancs, la dame de Bagatelle, notamment, et son fils l'avocat, se montrèrent les plus enthousiastes. Dans le plaisir de Charles entrait aussi l'emballement qu'il ressentait pour la belle institutrice dont la croupe haute et ferme avait, tandis qu'elle battait la mesure, des ondulations qu'il était le seul à croire lascives.

« Un fameux morceau, mère, cette demoiselle noire. On dit que c'est une ancienne esclave de Bagatelle, vous eussiez été bien inspirée de la garder à votre service ! Je lui dirais volontiers deux mots !

— Vous ne feriez qu'imiter votre demi-frère Damvilliers, mort à quinze ans. Ce précoce garçon l'avait comme tisanière... Dandrige soutient qu'il ne faisait que lui apprendre à lire, mais j'espère qu'elle lui avait enseigné d'autres jeux !

— On dit que l'enseignement est une vocation ! »

Déjà les enfants se préparaient à interpréter *Je vais en Alabama*, une autre chanson où les syllabes étaient chantées sur plusieurs notes et dont chaque vers se terminait par une exclamation à laquelle garçonnets et fillettes mettaient beaucoup d'entrain :

Je vais en Alabama, Oh !
Pour voir ma maman, Ah !
Elle venait de la vieille Virginie, Oh !
Et j'étais son gamin, Ah !
Elle habite sur le Tombigbee, Oh !
Je voudrais qu'elle soit avec moi, Ah !
Maintenant je suis un bon grand nègre, Oh !
Je crois pas que je grandirai encore, Ah !
Mais je voudrais revoir ma maman, Oh !
Qui habite en Alabama, Ah !

Après deux autres comptines et une fable de La Fontaine mise en musique, dans laquelle Charles découvrit que les Américains avaient fait du simple fromage tenu par le corbeau « un fromage glacé », Mlle Barnett, chaudement félicitée, convia les invités à déguster les gâteaux cuits par les mamans de ses élèves et les tasses de chocolat préparées par la cuisinière du docteur Murphy.

Les enfants de Rosa et de Brent vinrent embrasser Mme de Vigors qui, laissant Charles en conversation avec le docteur Finks, décida de rentrer dans le buggy de Dandrige. Dès qu'ils furent seuls, l'intendant posa la question qui lui brûlait les lèvres depuis deux heures :

« Pourquoi avez-vous donné cette montre à cet homme qui m'a tout l'air d'un aventurier, s'il vous plaît ?

— En fait, je ne la lui ai pas donnée..., il l'a volée.

— Et vous acceptez ça ? »

Virginie, avec beaucoup d'humilité, se lança dans le récit détaillé du vol commis à bord du *Prince-du-Delta* et des circonstances de l'incendie qui avait ravagé le village des esclaves à Bagatelle. Quand Dandrige la tenait sous son regard de jade, elle ne pouvait garder aucun secret, fût-il honteux. Elle ne le pouvait ni ne le souhaitait, sachant que leur étrange amour ne se nourrissait que de vérité.

Quand elle eut achevé, Clarence resta silencieux un long moment. Il mit la jument au pas, tenant mollement les rênes de ses mains gantées. Virginie, emmitouflée dans une écharpe de petit-gris, car la température hivernale justifiait cette parure élégante, observait l'Unique, attendant la sentence.

Enfin il parla :

« Pourquoi vous êtes-vous chargée, Virginie, de la liquidation du village des esclaves ? C'était une décision qui me revenait, une décision d'homme. Ces nègres, bien sûr, ne l'auraient pas évacué aisément, mais si quelqu'un devait se compromettre, prendre le risque d'une intervention violente, c'était moi, pas vous !

— C'est justement parce que je ne voulais pas que vous ayez à vous contraindre à un geste qu'au fond de vous-même vous ne souhaitiez pas accomplir que je suis intervenue pendant votre absence. Vous aviez parlé de péché nécessaire. Je l'ai pris à mon compte, c'est tout !... Il faut bien que moi aussi je fasse quelque chose pour vous !

— J'ai bien compris les choses ainsi, Virginie, mais, maintenant, nous voilà à la merci de cet homme qui, de plus, est devenu notre voisin puisqu'il a acheté la plantation O'Neil.

— Je n'ai jamais été à la merci de personne, Clarence, vous le savez bien ; Triple Zéro filera doux, croyez-moi. J'en sais assez sur son compte pour le faire pendre quand il m'en prendra fantaisie... Je crois d'ailleurs que ce n'est pas un mauvais bougre. Il a compris que, dans cette paroisse, l'appui des radicaux et des nègres ne lui suffirait pas pour arriver à quelque chose !

— Il veut être sénateur, dit-on.

— C'est Charles qui sera sénateur, Clarence. Nous laisserons à Triple Zéro un fauteuil dans la chambre basse... s'il se conduit bien. »

5

Gustave de Castel-Brajac réapparut à Bagatelle à la fin du mois de mars 1869, alors qu'à Washington le général Ulysses Grant venait de prendre officiellement possession de la Maison-Blanche et mettait en place son administration. A quarante-six ans, c'était le plus jeune président jamais élu par les Américains. Il confessait d'ailleurs son manque de familiarité avec la politique en disant à qui voulait l'entendre : « Le pouvoir m'est tombé dessus sans que je l'aie cherché; je commence à en assumer la charge sans entraves. » Dans les Etats ex-sécessionnistes, on avait, un moment, espéré qu'au bout d'une période de quatre années d'incertitude, puis de brimades politiques et économiques, allait enfin s'ouvrir l'ère de la réconciliation Nord-Sud à travers une Reconstruction loyale et équitable. On déchanta en découvrant que le nouveau président, militaire glorieux, maintenant porté à la magistrature suprême de la Fédération, paraissait un peu grisé par une aussi complète réussite. Les courtisans les plus flatteurs enlevèrent les postes à responsabilité. C'étaient, hélas ! des ambitieux, étrangers à la chose publique et bien souvent dénués de moralité. Seul le secrétaire d'Etat, Hamilton Fish, paraissait digne de confiance et d'estime. Quand, au mois de janvier, le Congrès avait adopté le XVᵉ amendement à la Constitution, assurant le droit de vote à tous les Noirs de sexe masculin, et décidé que seuls seraient définitivement réintégrés dans l'Union les Etats qui ratifieraient ce nouvel article, les Sudistes avaient fait grise mine.

« Ainsi, dit Tampleton, quand il plaira aux gens du Nord de nous faire avaler une nouvelle couleuvre, ils décideront à la majorité des deux tiers que nous ne sommes pas vraiment des citoyens estimables, tant que nous n'aurons pas accepté encore ceci ou encore cela !

— Voir sans cesse remettre en cause l'appartenance à l'Union des Etats du Sud a, en effet, quelque chose de vexatoire, concédait Dandrige.

— Jamais nous ne retrouverons notre autonomie interne tant que les troupes fédérales occuperont nos villes, renchérit Charles. Désormais, il faut admettre que tous les moyens sont bons contre les arrogants du Nord.

— Bravo ! Charles, s'exclama Virginie, il est temps que tu t'engages dans la politique ! »

Tombant dans cette nouvelle période d'exaspération, Gustave de Castel-Brajac apporta une heureuse diversion. Pendant une bonne semaine, le Gascon se montra intarissable. Il racontait la décadence du Second Empire comme s'il se fût agi du déclin de l'Empire romain. Car, après un séjour dans son Gers natal, au cours duquel il avait vainement tenté de décider sa mère à le suivre en Louisiane, le Gascon s'était offert quelques semaines de vie parisienne.

« Croyez-moi, disait le conteur, l'Empire est comme un vêtement usé dont toutes les coutures craquent. La fin du règne de Badinguet approche.

Je l'ai rencontré au Bois, bouffi de mauvaise graisse, la peau fanée, la moustache terne... Personne ne l'acclame. Il persécute les républicains sans parvenir à les faire taire, mais les fonctionnaires commencent à se montrer moins intransigeants envers les gens de l'opposition. C'est un signe qui ne trompe pas. Le régime a vécu et M. Victor Hugo, le proscrit de Guernesey, n'attend que l'occasion favorable pour faire la traversée sur le dos de la République... C'est peut-être bien le marquis de Rochefort-Lucey, plus connu comme journaliste sous le nom de Henri de Rochefort, qui a le mieux résumé la situation dans *La Lanterne* par une formule lapidaire et qui fait florès : *La France compte trente-six millions de sujets sans compter les sujets de mécontentement.* »

Tout le monde s'esclaffa.

« Mais Paris, interrogeait Charles, les cafés, les théâtres, les plaisirs n'ont pas changé ? »

Castel-Brajac se faisait alors le barde de la plus éblouissante ville du monde.

« Ah ! Dieu merci, non ! Jamais la capitale n'a été aussi belle. On construit, sur de nouveaux lotissements, de jolis hôtels, on dessine des squares, on perce des boulevards et des promenades, on plante des arbres, on dresse des fontaines. Dans les beaux quartiers, c'est un luxe inouï et, tudieu ! que les femmes sont belles depuis que M. Worth les oblige à réduire l'ampleur de leurs robes à crinolines ! Savez-vous que cet Anglais, dont on ignore les tarifs, mais que consultent l'impératrice, la princesse de Metternich et la comtesse Walewska, a un concurrent ? Un certain Maugas qui, pour trois robes, a demandé à la duchesse de Persigny la somme fabuleuse de 3 050 francs-or !

— A-t-elle payé ? demanda Virginie.

— Non, madame, elle a fait un procès très parisien, au cours duquel l'avocat du couturier a révélé que de tels « honoraires » n'étaient pas exagérés puisqu'une reine et une impératrice avaient dépensé l'une 3 400 F pour une simple robe de soirée et l'autre 38 000 pour une robe de cour.

— Et au théâtre, qu'as-tu vu ? interrogeait Charles, l'œil brillant, la lèvre gourmande.

— Juste avant d'embarquer pour venir vous retrouver, j'ai assisté, le 3 mars, à l'Opéra, à la reprise du *Faust* de Gounod avec Christine Nilsson dans le rôle de Marguerite, Colin dans celui de Faust et Faure dans celui de Méphisto... On joue à guichet fermé, et cependant une avant-scène coûte douze francs.

— Et sur les boulevards, que joue-t-on ?

— Aux Variétés, *La Périchole*, de Meilhac et Halévy, sur une divine musique d'Offenbach. Au Gymnase, *Les Idées de Madame Aubray*, de M. Alexandre Dumas fils, et j'ai vu aux Menus-Plaisirs une revue de fin d'année d'une effronterie qui m'interdit d'en commenter les tableaux devant une dame. »

Quand Gustave offrit à Mme de Vigors un éventail de Duvelleroy, du passage des Panoramas, enveloppé dans un papier de soie, la mère de Charles respira le léger emballage.

« Ah ! Paris a une odeur particulière, tout ce qui en vient est bon à respirer comme la poussière des Champs-Elysées ou le sillage d'une cocotte... »

Puis elle ajouta tristement :

« Jamais je ne reverrai ce paradis de la femme élégante...

— Et puis il y a une mode nouvelle : c'est le

vélocipède, reprit avec entrain le Gascon. Depuis qu'un type, dont j'ai oublié le nom, a inventé la chaîne de transmission, l'engin à deux roues fait fureur. Quelques femmes audacieuses le chevauchent avec aisance au mépris des lois de l'équilibre. En pédalant, certaines montrent leurs mollets et quand elles tombent de leur monture, ce qui arrive quelquefois, ah! mes amis! quel charmant spectacle! Un vélocipède coûte de 150 à 300 F et, croyez-moi, c'est le cadeau moderne à faire à sa petite amie! En décembre, j'ai vu au théâtre Molière la revue *Paris-Vélocipède*, de Marot et Gobert, où le chœur chantait ce rondeau que tout Paris fredonne :

> *Le vélocipède est commode,*
> *Il détrônera le cheval.*
> *Comme le bœuf, il est à la mode,*
> *Pour la course il n'a pas d'égal.*

Virginie réclamait des détails sur la mode, les soirées mondaines, et Gustave se faisait un plaisir d'en donner, expliquant comment, après la chute de la crinoline, les femmes, passant d'une extrême ampleur à une extrême minceur, parvenaient à se glisser dans des fourreaux de soie collants, qui ne laissaient plus rien ignorer de leurs formes.

« Elles s'émancipent, croyez-moi, elles bousculent les préjugés et même les convenances. On refuse parfois l'entrée des Tuileries aux dames qui se présentent avec des toilettes trop excentriques. Enfin, depuis la guerre du Mexique, certaines élégantes pensent atteindre au raffinement suprême en remplaçant dans leur chevelure les diamants par de gros insectes secs et dorés qu'ont rapportés les soldats du pauvre Maximilien et qu'on nomme, paraît-il, « cu-cu-jos ».

— Les Parisiennes auront toujours des idées qu'aucune femme au monde n'aura et leurs maris accepteront toujours leurs coquetteries avec le sourire. Si nous allions dans le Sud nous accoutrer ainsi, on nous montrerait du doigt », soupira Virginie.

En tête-à-tête, Charles de Vigors avait voulu avoir des nouvelles des deux maîtresses laissées à Paris et auxquelles, depuis longtemps, il avait non seulement cessé d'écrire, mais de penser.

« Eh bien, mon cher, Mme de Grémillon est devenue veuve ! Son gros mari a fait une apoplexie alors qu'il dînait aux « Frères Provençaux » avec une jolie vendeuse de chez Dufayel. Cette mort en cabinet particulier a fait un beau scandale et l'homme le plus trompé de Paris a, du coup, paré sa femme de toutes les vertus qu'elle n'a pas ! Elle s'est consolée avec un lord, propriétaire de la moitié du Sussex. Elle chasse le renard en attendant d'être présentée à Buckingham !

— Et Fantine ? demanda Charles.

— Fantine a failli périr dans l'incendie de sa mansarde. Les pompiers sont arrivés à temps, un surtout, qu'elle a épousé et qui lui a déjà fait un petit pompier. Elle est, m'a dit son ancienne patronne, heureuse d'avoir trouvé un brave garçon qui ne lui a pas fait grief de son passé galant.

— Eh ! conclut Charles, je suis bien content d'apprendre que ces dames vont bien et que le sort leur est favorable ! »

Plus discrètement, Charles s'enquit de Gratianne.

« Toujours classée parmi les plus jolies femmes de Paris, toujours vive, toujours épanouie, toujours heureuse à ce qu'il m'a semblé, répondit Gustave.

— L'as-tu rencontrée ? fit impatiemment l'avocat.

— Deux fois, chez Paillard d'abord, où elle dînait avec son mari et deux autres couples gais comme des croque-morts. Au Gymnase ensuite, pendant l'entracte. Chez Paillard, nous n'avons échangé qu'un salut à distance, mais au théâtre nous avons bavardé deux minutes pendant que ton beau-frère se rendait au vestiaire.

— Que t'a-t-elle dit ?

— Qu'elle comptait venir voir sa chère maman et son cher demi-frère, une de ces prochaines années, pour Mardi gras..., mais j'imagine que tu es informé... Elle t'écrit souvent... à ton cabinet de Sainte-Marie, non ? »

Charles eut un bref signe d'acquiescement et insista :

« Et c'est tout ce qu'elle t'a dit ?

— Elle m'a dit de t'embrasser, mon vieux, mais je considère la chose comme faite, d'autant plus que ce baiser à transmettre je ne l'ai pas reçu..., ce que j'ai regretté, car il n'eût peut-être pas été aussi fraternel que monsieur ton beau-frère le croyait ! Mais où en es-tu dans tes amours autochtones et multiples ? J'aimerais être informé pour ne pas faire de bévue !

— La petite Clara devient de plus en plus exigeante, Nancy Tampleton pleure parce que je ne la demande pas en mariage !

— Et Gloria Pritchard ?

— Toujours aussi gentille, mais je commence à me lasser de tant de facilité !

— Tu as de nouveaux fers au feu, peut-être ?

— Eh, eh ! Ça se pourrait... Si tu m'accompagnes dimanche à une chasse au dindon sauvage chez les Dubard du bayou Tèche, peut-être verras-tu une personne qui ne manque pas de charme... et qui a, dit-on, beaucoup d'argent. »

La jeune personne à laquelle Charles avait fait allusion répondait au prénom romantique de Liponne. Fille de Louis Dubard, dit « le Fils », grand propriétaire à Vermilionville et dans les paroisses de Lafayette et de Saint-Martinville, elle était aussi la nièce de Paul Dubard, l'ami du général Tampleton à qui Mme de Vigors avait été présentée quelques années plus tôt, sur le *Prince-du-Delta III.* C'était d'ailleurs par Willy Tampleton que Charles avait été mis en relation avec Louis Dubard, lequel recherchait un avocat « qui ne soit pas vendu aux Yankees » !

Depuis que les planteurs capables de payer des impôts, même exorbitants, relançaient leurs exploitations, les fonctionnaires corrompus de l'administration radicale s'ingéniaient à trouver des procédures pour exproprier les Louisianais dont leurs amis *carpetbaggers* convoitaient les terres. C'est ainsi qu'une des dernières méthodes consistait à faire intervenir l'administration des Travaux publics, chargée de prévenir les débordements du Mississippi. La société « Mississippi and Mexican Gulf Canal », dont le directeur était un certain M. Noyès, pouvait exproprier les gens au nom de l'intérêt public qui commandait les travaux de canalisation de certains bayous ou la rectification de certaines berges du fleuve.

Il suffisait d'ailleurs de faire courir le bruit que telle plantation allait être amputée d'une partie de son territoire pour que la valeur de celle-ci dégringole et que son propriétaire se voie contraint de la vendre à bon marché, soit à l'administration, qui aussitôt la rétrocédait à un ami du régime, soit directement à un amateur bien informé. On avait vu brader à 50 000 dollars des domaines qui en valaient 120 000.

Les Dubard, menacés d'expropriation sur une de leurs plantations en bordure du bayou Tèche aux environs de Saint-Martinville, étaient bien décidés à résister. Charles de Vigors et Edward Barthew avaient été chargés de défendre les intérêts de ces Cajuns qui refusaient de s'en laisser conter.

Les Dubard, comme les Mouton ou les Landry, appartenaient à cette catégorie de gens qui avaient longtemps suscité le mépris des grands propriétaires aristocrates. En choisissant son avocat parmi les descendants des « bourbons[1] », Louis Dubard dit « le Fils » s'offrait aussi le plaisir de réduire un noble orgueilleux au rang de salarié. Charles, élevé loin des intrigues et des jalousies locales, ne s'était nullement senti humilié. Louis Dubard lui versait les honoraires qu'il demandait comme tous ses autres clients, dont il se souciait peu de connaître l'origine.

Accueillant et chaleureux, appréciant le robuste appétit de Charles, son goût pour la chasse, sa façon d'être aimable et prévenant avec les femmes de sa maison, le Cajun avait trouvé en son avocat ce qu'il appelait un « bon compagnon » en même temps qu'un très habile procédurier. La menace d'expropriation ayant été détournée par les soins du cabinet Barthew et Vigors, M. Dubard donnait une chasse pour fêter l'événement. Castel-Brajac accepta de s'y rendre, en compagnie de Charles et de Barthew. Les trois hommes, dans le cabriolet à roues caoutchoutées, dernière conquête des carrossiers et que le fils de Virginie venait d'acquérir, effectuèrent en devi-

---

1. Riches planteurs appartenant à la noblesse ou à l'aristocratie.

sant le trajet de Sainte-Marie à Saint-Martinville. Comme Charles s'était montré peu loquace sur cette demoiselle Liponne Dubard à peine évoquée, Gustave voulut en savoir davantage. Ce fut Ed Barthew qui répondit :

« Si notre ami Charles compte sur une conquête facile, il se trompe. Les demoiselles cajuns tiennent à parvenir vierges au mariage. Comme leurs parents, elles sont pratiquantes et je connais bon nombre de familles où chaque matin, sur le coup de cinq heures, toute la maisonnée, y compris les domestiques, se rassemble pour dire le chapelet. Et puis ce sont des gens qui ont hérité des ancêtres pionniers le sens de l'économie. Qu'un godelureau vienne tourner autour des jupons de leurs filles, attiré par la dot, il sera éconduit aussi sûrement que s'il avait tenté de la culbuter dans les maïs. »

Quand, au seuil de son habitation — les Cajuns laissaient le terme « plantation » aux aristocrates du bord du Mississippi — M. Dubard vint au-devant de ses hôtes, aucune femme ne se montra. Heureux père de sept garçons et de deux filles, il présenta à ses invités cinq d'entre eux qui logeaient encore sous le toit paternel et l'on se mit en route, sans façon, pour aller prendre les barques qui, par les bayous, conduiraient les chasseurs dans la forêt. M. Dubard portait de vieux vêtements, de fortes chaussures, des jambières de toile grossière. Son chapeau de cuir parut à Castel-Brajac aussi culotté que la bouffarde dont le planteur tirait une fumée piquante comme celle qu'exhale la paille humide. Si le nemrod n'était pas élégant, son fusil anglais lui parut, en revanche, d'un grand prix. Deux mulâtres, auxquels le maître des lieux serra la main sans façon, enlevèrent le bateau au bout des avirons et bientôt, dans le clapotis sec et régulier de la vague, l'esquif s'engagea sous les frondaisons dont les reflets teintaient de vert livide l'eau argileuse du bayou.

« Il y a quelquefois des serpents pendus aux branches, prévint en passant M. Dubard. Le mieux est de ne pas les déranger.

— Sont-ils venimeux ? interrogea Gustave, inquiet.

— Tous, plus ou moins, bien sûr, les serpents à sonnettes surtout, et parmi ces derniers le serpent des champs de cannes à sucre... »

Les petites tortues couleur anthracite qui, de temps à autre, risquaient au passage des bateaux à fond plat une tête hors de l'eau étaient, en revanche, plus inoffensives que les alligators que l'on pouvait confondre, quand ils sommeillaient, la tête reposant mollement dans la vase des berges, avec des troncs pourris.

« Avec Johnny, l'aîné de mes garçons, nous tuons une demi-douzaine d'alligators à la fin du printemps. On fait fondre leur graisse et l'on obtient ainsi une huile souveraine pour les maux de gorge ! »

Charles, Ed Barthew et Castel-Brajac firent des grimaces identiques pour marquer leur dégoût.

« Ah ! bien sûr, reprit « le Fils », ça n'a pas le goût du *mint julep* et quand on transpire, après avoir bu cette huile, on pue comme un putois, mais il n'y a pas meilleur remède. »

Rien de ce qui touchait la vie sauvage des bayous, des cyprières et des forêts n'était étranger au Cajun. Tandis que la barque à fond plat glissait sous la chevelure verte des saules, ses invités l'écoutaient parler de ce monde étrange où les eaux, mortes en apparence, comme celles des étangs, se meuvent en fait sournoisement sous l'impulsion de courants indécelables. Des rivières, dont le lit et les berges sont des masses liquides immobiles, traversent les marécages, glissent comme des reptiles entre des îles spongieuses puis se lovent exténuées autour des squelettes des cyprès chauves, agenouillés sur leurs hideuses racines à demi immergées. Ces arbres, que le profane croit morts et à demi pourris, tirent leur nourriture de la vase noyée dans laquelle s'abattent, chaque hiver, les plus vieux d'entre eux. Ainsi le magma marécageux, tour à tour, les pousse et les absorbe, comme un fumier. Dans le silence aquatique et végétal, que seuls troublaient les cris équivoques des grues et des sternes ou le plouf sonore d'un rat musqué en partance, la voix du Cajun montait, rassurante comme celle d'un guide qui sait les embûches du parcours et ses beautés cachées.

Dubard montrait à ses invités les grands massifs de jacinthes d'eau qui, en moins d'une saison, recouvrent une douzaine d'acres d'un parterre mauve, tapis fallacieux posé sur le marais. Il désignait aux regards des promeneurs une touffe d'orchidées, un chou de Saint-Jean, du jasmin jaune, des iris blancs géants, des lis dorés, des buissons d'hibiscus. Il cueillait au passage une tige de menthe sauvage bien feuillée qu'il broyait dans sa large main et donnait à renifler à la petite troupe, ou moissonnait une poignée de clochettes-d'argent ou de fausse digitale.

Il parlait des arbres comme s'il s'agissait de gens auxquels il convient d'être présenté.

« Nous avons en Acadie louisianaise, disait-il, quinze espèces de chênes, cinq de noyers et autant de pins. Nos magnolias sont plus beaux que ceux de toutes les colonies anglaises. »

Quand on abandonna le bateau pour s'avancer

dans la forêt, le sol devenant sous le pied de plus en plus sec, il caressa des troncs en les nommant : frêne, érable, orme, hêtre, peuplier jaune, sycomore, acacia. De temps en temps, par une trouée, il désignait au loin dans un champ ou au bord d'un chemin un pacanier rond comme une boule, un sassafras à la silhouette dissymétrique de sémaphore empanaché.

Géologue empirique, il connaissait aussi le sous-sol. Il était sourcier à ses heures et à l'occasion vétérinaire. C'était un homme de la nature, puissant, viril, qui avançait d'une démarche souple, sachant poser le pied où il fallait et éviter les coups de griffes des branches basses. Charles et Castel-Brajac avaient du mal à le suivre; seul Barthew paraissait familier de ces randonnées. Dans une clairière, Louis Dubard proposa une halte.

« Quand je suis avec des « pas mariés », dit-il, toujours je passe par cette trouée. C'est là que mon grand-père a trouvé sa femme qui devint ma grand-mère. »

Et, pour laisser souffler ses invités, il se mit à raconter :

« Dubard avait vingt-deux ans et revenait de la chasse. A cette époque, il y avait encore des ours bruns et des couguars dans les forêts. Il portait la veste en peau de bouc des coureurs de bois et son carnier était plein d'oies sauvages et de lapins. C'était par une fin d'après-midi d'automne. En arrivant dans cette clairière, il vit une jeune fille, jolie comme un cœur, en robe de mérinos et tablier de soie noire, coiffée de la kichenotte des Acadiennes. Il remarqua tout de suite, car il avait l'œil, que la petite portait des boucles d'argent à ses souliers, preuve que son père devait avoir quelques moyens.

« Les filles de par chez nous ne sont pas peureuses. Quand celle-ci vit Dubard, qui avait une bonne tête rieuse, elle ne se troubla point. Elle continua à faire marcher ses aiguilles en serrant sous son bras une grosse pelote de laine. Même un Dubard réputé lent peut être visité par l'inspiration. Notre chasseur salua la belle, prit sans façon la pelote de laine, la lança en l'air le plus haut qu'il put, épaula sa carabine et tira. La boule toute fumante retomba aux pieds de la tricoteuse. Dubard la ramassa et la mit lui-même dans la poche du joli tablier de soie.

« — Vous tirez bien, monsieur, dit la belle.

« — Aussi sûr que j'ai touché cette pelote, « Cupidon pourrait toucher votre cœur, « madame ! » fit Dubard.

« Tout en devisant, il raccompagna la jeune fille à l'habitation de ses parents. Il n'en dormit pas de la nuit et, au matin, sa mère stupéfaite le vit mettre ses habits du dimanche. Il s'en fut tout tranquillement demander la main de la fée de la clairière. On la lui accorda. Ils eurent quatorze enfants, dont mon père... Mais aujourd'hui, les jeunes, vous n'avez pas de chance, il n'y a pas de filles à marier par ici... C'est le premier dindon qu'on va rencontrer qui dira si vous auriez été assez adroit pour « shooter » la pelote à grand-mère.

— Mais il y a toujours de chamantes jeunes filles dans les familles acadiennes, monsieur Dubard.

— Bien sûr qu'il y en a, mais elles font plus de manières aujourd'hui, et je ne suis pas sûr qu'elles laisseraient tirer leur pelote sans crier au loup ! »

A l'heure du déjeuner, les mulâtres, de rameurs, se firent cuisiniers. Un feu fut allumé au bord du bayou. Un gros fait-tout de cuivre apparut, et bientôt l'odeur du jambalaya excita les appétits. Castel-Brajac trouva que le boudin acadien bourré de riz et de chair à saucisse était un mets rustique et sain, même s'il n'y avait que de l'eau claire pour l'accompagner.

Comme toujours lorsqu'un Cajun se trouvait au milieu d'aristocrates parlant français, la discussion vint sur la langue.

« Notre français, il n'est pas pareil à celui de France, encore que, moi, je ne parle plus le vrai cajun. Mais il y a des vieilles gens par nos paroisses que vous aurez du mal à comprendre. Elles ne parlent pas un mot d'anglais, sauf ceux qui servent à désigner des choses modernes qui n'existaient pas au temps du Grand Dérangement. Par exemple, on dit pas vapeur, on dit *steam*; on dit pas bureau, on dit *office*; on dit pas freins, on dit *brakes*. Tout ça, faut s'y faire et je crois bien qu'on sera dans les bayous les derniers à parler français jusqu'à ce que les écoles aient mis tout le monde à l'anglais. Mais c'est dommage que dans les grandes familles où l'on parlait un français si bon on n'entende plus aujourd'hui que parler english !

— A Bagatelle, nous parlons toujours français, monsieur, fit Castel-Brajac, et je ne suis pas beaucoup dépaysé chez les Acadiens, mon accent ressemble un peu au vôtre en plus chantant, paraît-il.

— Y vous faut donc marier une Cadienne, monsieur Gustave », dit en riant Dubard.

La chasse fut relativement bonne : deux dindons, dont l'un de seize kilos, plusieurs bécasses et des lapins.

« Ça suffit, dit Dubard, c'est pas la peine de tuer plus qu'il ne faut... On va rentrer donner tout ça à la cuisine et, ce soir, vous aurez un régal. »

Ce fut un régal. Dans la salle à manger claire et spacieuse, la famille réunie autour de l'immense table en bois d'érable absorba les trois invités aussi aisément que s'il se fût agi d'habitués ayant leur place marquée.

Mme Dubard, une petite femme ronde et rieuse, à la peau duveteuse et remarquablement alerte, semblait avoir franchi ses neuf maternités sans dommages. Son chignon gris bien coiffé, sa robe de soie bleue, l'unique diamant de sa bague de fiançailles lui donnaient l'allure d'une petite bourgeoise heureuse. Elle dit le bénédicité et l'on attaqua le repas, arrosé de vins français, par un gombo d'écrevisses qui fit les délices de Castel-Brajac. Ce dernier se trouvait assis entre Liponne Dubard et le plus jeune frère de celle-ci, un géant taciturne d'à peine dix-huit ans qui, à la demande du père, débouchait les bouteilles avec une facilité qui en disait long sur sa force musculaire. Charles, à la droite de la maîtresse de maison, enviait peut-être la situation de Gustave qui pouvait converser avec la jeune fille.

Liponne n'était pas une beauté, et cependant on ne trouvait rien à reprocher à ses traits réguliers, à ses yeux bleus, à une carnation lumineuse que cette blonde devait tenir de sa mère. Un léger nuage de poudre de riz constituait son seul maquillage. Elle avait peut-être hérité de son arrière-grand-mère, tricoteuse de plein air, des doigts fuselés. Elle confia tout de suite à Castel-Brajac sa grande ignorance sur beaucoup de sujets, les dames du Sacré-Cœur de Grand-Coteau chez lesquelles on l'avait mise en pension entre dix et seize ans n'enseignant que les matières utiles aux jeunes personnes se destinant au mariage ou au couvent. Elle savait un peu de latin, l'anglais et le français parfaitement, assez de géométrie pour s'y retrouver dans les angles complémentaires, ce qu'il fallait d'algèbre pour résoudre une équation du second degré. Elle avait été souvent première en leçon de choses, mais assez médiocre en géographie et en histoire, disciplines qui, d'après elle, exigeaient plus de mémoire que de discernement. Naturellement, elle pianotait, brodait finement, connaissait toutes les formules de correspondance, savait placer des convives autour d'une table et composer un menu. Elle n'hésitait pas non plus sur la toilette à choisir pour chaque circonstance.

C'était ce qu'on appelait chez les Cajuns riches une jeune fille accomplie et préparée avec scrupule et affection à son futur rôle d'épouse et de mère de famille. Elle s'enquit des circonstances de la mort de Lamartine, survenue à peine un mois plus tôt, le 28 février, et dit son admiration pour l'auteur du *Lac*.

« Quelle femme n'a pas rêvé d'être aimée comme Elvire, monsieur !

— Mon Dieu, mademoiselle ! fit le Gascon, qui ne renonçait pas aisément à un calembour, on peut dire qu'il l'a bien menée en bateau !... »

Et il ajouta, car il ne portait pas grande estime au poète qui avait été l'un des fondateurs de la Deuxième République :

« Il a eu plusieurs Elvire dans sa vie, dont la dernière fut sa jolie nièce Valentine. Il disait en avoir fait sa fille adoptive, mais on murmure à Paris qu'un mariage secret était intervenu en 1867.

— Comme vous me décevez, monsieur, fit Mlle Dubard.

— Un autre poète est mort il y a deux ans, qui fut le traducteur du grand Américain Edgar Poe, je veux parler de Charles Baudelaire. Ne l'aimez-vous pas ? *Les Fleurs du mal*, croyez-moi, c'est autre chose que les *Méditations poétiques* de l'amant d'Elvire.

— Je ne connais pas ses œuvres, mais je ne crois pas qu'elles puissent me plaire, monsieur... On m'a dit qu'en France, certains de ses poèmes ayant été jugés trop licencieux, M. Baudelaire avait eu affaire aux tribunaux... et qu'il avait été condamné.

— Par un tribunal composé d'analphabètes hypocrites et amateurs de vers de mirliton, c'est exact, mademoiselle... »

Puis il ajouta mezza voce, avec un rien de satanisme dans le regard, pour sonder la candeur de Liponne :

« La poésie de Baudelaire, c'est une liqueur forte, mademoiselle, tout le monde n'est pas capable de la supporter. Il faut savoir tout ce qui peut exciter l'esprit d'un homme torturé... »

Contre toute attente, Mlle Dubard se mit à rire comme si Gustave venait de lui conter une anecdote savoureuse.

« Voyez-vous, monsieur de Castel-Brajac, ici nous ne sommes pas des tourmentés. Nous craignons Dieu, nous respectons nos parents, nous croyons à la vertu et au travail, et l'amour, quand il se présente, a toujours un visage clair et un franc sourire. Nous ne prenons pas les ivrognes et les paresseux pour des philosophes, ni les dépravés pour des génies égarés. Nous ne sommes pas plus prudes qu'ailleurs, mais, chez nous, une fille non mariée est vierge... et inversement ! »

Castel-Brajac jeta un bref regard à Charles en se disant que le séduisant avocat, qui trouvait les créoles trop faciles, découvrirait peut-être à ses dépens que les Acadiennes savaient tenir la dragée haute aux don Juan parisiens. Puis, revenant à sa voisine, il reconnut :

« Tout cela me semble être signe d'une bonne santé morale, mademoiselle. Je me suis aussi laissé dire que Saint-Martinville avait accueilli autrefois une Acadienne qui devint le parangon de la fidélité... Si je n'étais pas célibataire de vocation, c'est par ici qu'il me faudrait choisir une épouse.

— On vous fera changer d'avis, monsieur le Gascon... Mon père a deux frères qui se disaient ennemis du mariage... Ils m'ont donné ensemble dix-sept cousins et cousines... »

Les tartes aux fraises achevèrent de réconcilier Gustave avec les vertus acadiennes et il demanda à Mlle Dubard de lui conter l'histoire de cette Evangéline immortalisée par Longfellow. Dickens, un des auteurs favoris du Français, avait rendu visite à Boston, en novembre 1867, au poète américain dont l'épouse avait péri dans l'incendie de leur maison.

« Longfellow a un peu romancé l'histoire. Elle est cependant assez belle. Vous savez que pendant le Grand Dérangement bon nombre de familles acadiennes, issues des mêmes villages, furent dispersées. Et il y eut des fiancés qui se perdirent de vue. Ce fut le cas pour Emmeline Labiche et Louis Arceneaux, dont Longfellow fit Evangéline et Gabriel. Ces deux-là embarquèrent à la Grand'Prée sur des bateaux différents. Aucun ne savait où se trouvait l'autre, mais tous deux, conduits par un hasard heureux, finirent par arriver dans ce pays qu'on appelait alors « la porte des Attakapas ». Louis débarqua le premier et se mit au travail. Emmeline ne put le rejoindre que trois ans plus tard, tenant toujours serrée dans un coffre sa robe de mariée. Hélas ! le garçon qui l'avait crue morte venait d'épouser une jeune fille du pays. La déception fut si forte que la pauvre Emmeline en perdit la raison. Le cœur brisé, elle vécut quelque temps chez la veuve Borda puis mourut. On l'a enterrée derrière l'église Saint-Martin-de-Tours où vous pourrez voir sa tombe.

— Mais le fameux chêne, au bord du bayou Tèche, sous lequel la jeune fille est censée avoir tant attendu son fiancé ?

— En vérité, elle n'eut pas à attendre, puisque c'est à l'ombre de cet arbre, le jour même où elle débarqua, que Louis, venu assister à l'arrivée d'une péniche d'exilés, la reconnut et lui avoua qu'il n'était plus libre.

— Je préfère l'histoire telle que la raconte Longfellow, qui a fait d'Evangéline une Pénélope active, dit Castel-Brajac.

— Moi aussi », confessa Mlle Dubard.

Et la jeune fille se mit à réciter avec sentiment :

Ainsi s'écoulèrent de longues et tristes années
et pendant bien des saisons et dans les lieux
les plus divers et les plus éloignés
on aperçut la jeune errante,
tantôt dans les tentes de prières des humbles
  [missions moraves,
tantôt dans les camps bruyants et sur les champs
  [de bataille,
tantôt encore dans les hameaux retirés,
dans des villages ou dans des cités populeuses.
Comme un fantôme elle arrivait
puis disparaissait au loin, oubliée.

Autour de la table, les conversations s'étaient tues dès que Liponne avait commencé à déclamer avec aisance et simplicité. Sa mère la regardait avec tendresse comme si cet hommage rendu à toutes les amoureuses acadiennes dont les espérances furent brisées par le Grand Dérangement relevait du rituel familial.

« Les Arceneaux sont nos cousins, savez-vous ? » lança Louis Dubard.

Et il ajouta le commentaire qu'il faisait toujours quand on évoquait l'histoire d'Emmeline et de Louis :

« C'est pas des gens patients, les Arceneaux, ça m'étonne guère qu'il ait pas attendu sa bonne amie, le gars Louis. »

Après les cigares, on vit arriver chez les Dubard, à la nuit tombée, des jeunes gens et des jeunes filles, la plupart fort bien vêtus et certains d'une élégance tout à fait digne des soirées de La Nouvelle-Orléans.

« C'est la surprise, dit la maîtresse de maison, jouissant de l'étonnement de ses invités. On va vous donner un « fais dodo », comme on dit par ici, c'est-à-dire un petit bal entre amis. »

Ed Barthew, qui connaissait les mœurs et les traditions du pays acadien, expliqua à ses amis qu'on appelait « fais dodo » ce genre de réunion parce que les couples modestes qui se réunissaient pour danser le samedi soir dans une grange se voyaient contraints d'emmener avec eux leurs jeunes enfants. Ces derniers, surveillés par une grand-mère, étaient couchés dans la paille. Comme le son du crincrin et de l'accordéon les tenait éveillés, la bonne vieille devait souvent dire à l'un ou à l'autre : « Fais dodo ! »

« Quelquefois, ajouta Louis Dubard, quand le bal s'est prolongé, qu'on a eu un peu chaud et qu'on a étanché sa soif au « filet » de vin, il arrive que l'on découvre le lendemain qu'on a ramené à la maison le baby d'un voisin. On fait l'échange sans histoire... si l'on peut ! »

Les présentations des arrivants avaient de quoi semer la confusion dans les esprits de Gustave et de Charles. Tous ces jeunes gens et jeunes filles qui débarquaient joyeux des charrettes anglaises ou des buggies se révélaient être parents ou alliés. Liponne et ses frères se démenaient pour que personne n'échappe aux gens de Bagatelle.

« Voici mon cousin germain et sa femme, les Landry, de Cottonport.

— Ces deux-là sont Agnès et Livie Mouton, nos alliées par la tante Léa, la sœur du général mort à Mansfield.

— Voilà qu'arrivent les Trochin, nos petits-cousins de Bordelonville.

— Je vous présente Annie Pouchet, c'est la belle-sœur de notre frère Jean.

— Marcelline, qui a une si belle robe, est la petite-fille de l'oncle « Rondin », vous savez, Paul Dubard, l'ami du général Tampleton. Et voilà le fiancé de Marcelline, un Grémillon, Edwin, des Avoyelles.

— Philibert Décuir, notre cousin de Houma, qui va entrer à West Point.

— Louisette Gontard, la plus jolie de nos petites cousines du côté de l'oncle « Fraise ». Elle va épouser un journaliste.

— Tiens, voici un Arceneaux, Jean-Pierre, qui étudie la botanique. Lui n'a pas comme son ancêtre laissé perdre sa promise, Catherine. Ils vont se marier au mois de mai. »

Le défilé se prolongea avec embrassades pour Liponne, poignées de main pour Gustave et Charles.

Quand les deux amis purent prendre un peu de champ, tandis que les musiciens — trois violons, un accordéon, un triangle et une caisse — se mettaient en place, Castel-Brajac dit à Charles son étonnement.

« Quelle famille ! Il faudrait étiqueter tout ce monde pour s'y retrouver. Et dire que tous ces jeunes gens vont former des couples qui nous feront, l'un dans l'autre, si j'ose dire, une douzaine d'enfants chacun !

— Sais-tu qu'il existe une grand-mère Dubard, la maman de notre hôtesse, qui a, paraît-il, cent cinquante-trois petits enfants et arrière-petits-enfants... Une ruine pour Noël ! »

Ed Barthew s'approcha.

« Et les Dubard se réunissent une fois par an... pour un gigantesque barbecue. Il paraît que ce jour-là on tue un bœuf, deux cochons et on vide un demi-muid de bordeaux.

— Que penses-tu de la jeune Liponne ? demanda Charles à Castel-Brajac.

— *Elle a d'assez beaux yeux, pour des yeux de province*[1] *!* cita le Gascon.

— Mais encore ?

— Intelligente, réaliste et romanesque à la fois, sage sans pudibonderie, comme une vraie Acadienne. Capable de décider un homme à l'épouser si l'envie lui prend.

— Tu connais le montant de sa dot ?

— Dis toujours !

— 50 000 dollars et 1 000 acres de canne à sucre.

— Pas de doute, elle est charmante ! »

---

1. J.-B. Gresset (1709-1777). *Le Méchant* (acte IV, scène 5).

6

Louise Barrow, la démente, eut la bonne fortune d'être emportée par une fièvre intermittente au printemps de 1869. Sa sœur Adèle la fit enterrer à La Nouvelle-Orléans dans le cimetière des religieuses, avec discrétion, puis elle regagna Pointe-Coupée, et un beau matin le docteur Murphy la vit entrer chez lui à Sainte-Marie, le chapeau à voilette posé droit sur le chignon avec mitaines au crochet et un sac de voyage en tapisserie.

« Sacrebleu ! une *carpetbagger* ! » fit le médecin en remarquant le bagage.

Adèle renifla, jeta un coup d'œil circulaire dans le salon où régnait un désordre sédimentaire de journaux, de livres, de bouteilles et de vêtements divers. Elle choisit un fauteuil aux accoudoirs luisants de crasse et dont le rembourrage de mousse espagnole émergeait, par touffes grises, du siège crevé.

« Alors, ce dispensaire, votre jeune complice l'a-t-il ouvert, oui ou non, et a-t-on toujours besoin d'une gouvernante pour y maintenir l'hygiène ?

— On vous attendait, Adèle. Mon ami Horace Finks a déjà le local près de chez Criquet, juste derrière l'église... Il a pensé que vous perdriez moins de temps pour aller faire vos dévotions.

— Si vous recommencez à dire du mal du bon Dieu, je m'en retourne, Murphy. D'abord, je ne suis pas venue pour palabrer avec vous. Si Finks veut bien de moi pour tenir sa pharmacie, je suis prête... Mais il faudra que je trouve où coucher.

— Si vous aviez moins de barbe au menton et si vous ne sentiez pas l'eau bénite, je vous proposerais bien mon lit, Adèle...

— Taisez-vous, vieux cochon ! »

Murphy se leva péniblement, car la goutte le tenait depuis un mois et son cœur n'allait pas fort. Du tiroir d'un bahut il sortit de la ficelle embrouillée, un vieux forceps qui lui servait de chausse-pied, des papiers et finalement une grosse clef.

« Tenez, voici peut-être la clef de votre paradis, Adèle. Allez voir les lieux. Il y a, je crois, une chambre pour vous. Ce n'est pas net et blanc comme un couvent, hein ! mais je suis certain que ma négresse et son fils qui tient le pinceau à l'occasion pourront en faire quelque chose d'habitable. Avec un bon lait de chaux...

— La seule chose que je crains, ce sont les punaises.

— Le fauteuil sur lequel vous êtes assise en est plein. »

Adèle se leva brusquement et secoua ses jupes comme si les parasites montaient déjà à l'assaut de sa personne.

« J'y vais de ce pas », dit-elle en ramassant son sac de tapisserie.

Avant de passer la porte, elle se retourna.

« Et ce n'est pas pour vous faire plaisir que je suis revenue... »

Un mois plus tard, le dispensaire du docteur

Finks fonctionnait. Le jeune médecin avait dépensé plus d'argent qu'il n'en possédait pour mettre les locaux en état, mais il considérait qu'avoir des dettes donnait de l'importance. Adèle Barrow, pourvue d'un grand tablier blanc, présidait à la distribution des remèdes qu'elle ne délivrait que sur présentation d'un bon signé de Finks ou de Murphy. Les patients blancs devaient payer les produits, les Noirs s'ils le pouvaient. Au début, Mlle Barrow avait montré quelque répugnance à saupoudrer les eczémas et à panser les bras ou les pieds des gens de couleur, puis elle avait accepté les impératifs de la profession. Son autorité faisait merveille et, par ses soins, la salle de consultation fut tenue dans une propreté que Murphy qualifia de « conventuelle ». Mme de Vigors avait fait porter à Adèle quelques meubles inutilisés à la plantation, pour assurer à sa vieille amie un semblant de confort, et souvent, le soir, elle l'envoyait chercher pour le dîner. Ayant trouvé une occupation pour le temps qui lui restait à passer sur la terre, la vieille fille se montrait relativement aimable. Et puis, le dispensaire étant un lieu de passage, elle y glanait par les domestiques, noirs ou blancs, employés dans les plantations, quantité de ragots dont elle faisait ses délices. C'est ainsi qu'en recoupant des informations sur plusieurs cas d'embarras gastriques constatés chez de jeunes Blancs elle put faire part à Horace Finks de ses conclusions.

« Tous vos petits malades ont quelque chose en commun, docteur, l'avez-vous remarqué ?

— Dites, mademoiselle.

— Eh bien, ils fréquentent tous la petite école de M. Berton.

— Leur maladie n'est pas contagieuse et ils apportent leurs repas de chez eux.

— Je ne sais pas, mais ils boivent tous la même eau.

— Ah ! je vais la faire analyser... pour vous rassurer. »

L'analyse révéla la présence de potasse dans l'eau du puits de M. Berton.

« Il y a peut-être un gisement de potasse dans le secteur et la source souterraine peut s'en charger au passage, observa le médecin.

— Dans les plantations, on utilise aussi de la potasse comme engrais, remarqua Adèle.

— Mais les champs sont loin de l'école, il ne peut s'agir d'infiltrations.

— Justement, fit Adèle, on a peut-être mis de l'engrais dans le puits... exprès.

— Et qui aurait fait cela, Adèle ? S'attaquer à la santé des enfants serait criminel et dégoûtant !

— Les nègres sont capables de tout. Vous savez bien que les élèves de votre amie Mlle Barnett se querellent sans cesse avec les petits de l'école blanche.

— Vous voulez dire que les élèves de M. Berton, encouragés par leurs parents et peut-être par leurs maîtres, insultent quotidiennement Iv... Mlle Barnett et jettent des pierres aux petits Noirs ?

— Avec vous, docteur, les Noirs ont toujours raison ; moi, je les connais mieux que vous... et ce sont eux qui répandent l'engrais sur les terres à coton... et toujours les maîtres leur disent que c'est du poison, qu'il ne faut pas porter les mains à la bouche quand on en a touché et qu'après le travail il faut bien se laver. »

Murphy, qui assistait à la conversation, intervint :

« Il se pourrait aussi qu'on veuille faire croire que les nègres ont pu empoisonner le puits de l'école blanche... car on a dosé la potasse très convenablement... Les gosses ont des diarrhées, sans plus ; un nègre aurait versé un sac carrément et les dégâts auraient été plus graves. »

Horace Finks, très perplexe, interdit à M. Berton d'utiliser l'eau de son puits jusqu'à nouvel ordre. On sut bientôt dans le pays qu'on avait tenté d'empoisonner les enfants blancs des familles les plus modestes. En trois jours, le shérif reçut une douzaine de lettres anonymes soutenant que l'empoisonneur était un Noir. Les Chevaliers du Camélia Blanc s'en mêlèrent et leur message envoyé au *Courrier* de Bayou Sara fut intégralement reproduit par le journal.

Nous menons notre enquête, annonçait le secrétaire du K.W.C., *et nous châtierons le ou les coupables.*

Clarence Dandrige fut immédiatement de l'avis de Murphy. Cet empoisonnement, bénin au demeurant, lui parut un coup monté pour exciter les Blancs de Sainte-Marie contre les affranchis.

« Les nègres en sont bien capables aussi, observa Virginie, et, tant que le coupable ne sera pas trouvé, le doute subsistera, pour moi en tout cas. »

Le développement des écoles noires indisposait de plus en plus les Blancs du Sud. A la fin de l'année précédente, le rapport du secrétaire d'Etat donnait des chiffres éloquents. On comptait, dans les écoles noires ouvertes dans le Sud aux enfants des émancipés, 2 295 instituteurs ou institutrices, dont 990 étaient, comme Ivy, des affranchis revenus dans les régions où ils avaient été esclaves. Quelques Blancs acceptaient d'enseigner dans les 1 831 écoles pour Noirs. Parmi ces dernières, 518 étaient installées dans des bâtiments ou des églises appartenant à des communautés noires.

Dans la plupart des cas, les anciens esclaves entretenaient, au moins partiellement, de leurs deniers les écoles réservées à leurs enfants. A Washington, on estimait qu'un instituteur coûtait 500 dollars par an, et pour les écoles noires du Sud le Trésor fédéral avait engagé un million de dollars environ. Les Eglises du Nord et les associations de soutien aux affranchis avaient donné 700 000 dollars. A ces sommes, les anciens esclaves, groupés au sein de l'Union des affranchis, avaient ajouté 360 000 dollars.

Si les affranchis faisaient savoir aux missionnaires du Nord de toutes obédiences, arrivant dans les écoles du Sud pour éduquer les petits Noirs, tout en espérant « pêcher des âmes », qu'ils souhaitaient qu'on ne parlât pas de religion, les instituteurs noirs ne se privaient pas, en revanche, de faire de la propagande politique. Celle-ci profitait tout naturellement aux républicains, présentés comme les gens qui s'intéressaient le plus aux affranchis, lesquels leur devaient, à travers Abraham Lincoln, leur tardive liberté. Dans les paroisses de Louisiane à forte majorité démocrate, une telle publicité exaspérait les Blancs. Mlle Barnett s'interdisait toute allusion de ce genre, mais de nombreux instituteurs et institutrices estimaient que cela faisait partie de leur mission. Dans la plupart des écoles noires, la journée commençait par une prière, la lecture d'un extrait de l'Ancien Testament et l'un de ces chants popularisés par les armées nordistes comme *John Brown's Body* ou *Marching through Georgia*. Les instituteurs ne manquaient jamais de rappeler à leurs élèves, entre un cours d'arithmétique et une leçon de géographie, que « l'établissement de l'égalité sociale est le premier but de l'école ». Et les enfants chantaient à pleins poumons, pour que les dames et les messieurs blancs qui passaient à proximité de la classe entendent bien :

Libres! nous sommes libres! Avec un cri de foi.
Nous, les petits, chantons notre joie.
Libres! nous sommes libres! Que cette nouvelle
[*s'envole loin.*
Nous sommes libres, aujourd'hui et demain[1].

L'école d'Ivy n'était plus la seule de la paroisse. M. Allain enseignait à Morganza, M. Arthur Porcho à Waterloo, M. Antoine Décrier à Hermitage et M. Saint-Amand à Pointe-Coupée. La direction des écoles de la paroisse avait été confiée à M. Blanchard, qui connaissait parfois bien des difficultés pour faire payer dans des délais acceptables les traitements de ses instituteurs et de ses institutrices. Pour l'intendant à l'éducation de l'Etat, M. Conway, ces paroisses cotonnières étaient loin de La Nouvelle-Orléans.

Le gouverneur Warmoth et son équipe avaient, il est vrai, d'autres soucis pour gérer un Etat de 708 000 habitants parmi lesquels 14 938 Français, et dont la population était composée par moitié de Noirs et de Blancs.

Les affaires en cette fin de printemps 1869 n'étaient guère brillantes. Les capitaines des bateaux marchands se plaignaient des difficultés qu'ils rencontraient pour remonter sur 110 miles le Mississippi, de la mer à la « Crescent City ». On envisageait, pour faciliter la navigation, la créa-

---

1. Cité par William Peirce Randel dans *Le Ku Klux Klan* (Albin Michel, 1966).

tion d'un canal qui partirait de Carrollton et aboutirait à l'île aux Vaisseaux. Long de 35 miles, large de 150 pieds, profond de 12, il précéderait deux autres canaux, l'un reliant le Fort Philippe à l'île Bretonne, de 12 miles de longueur, l'autre conduisant du Détour-aux-Anglais au lac Borgne, qui aurait 6 miles de long, 110 pieds de large et 10 de profondeur. Ces projets étaient séduisants, mais les compagnies chargées de les mener à bien cherchaient des capitaux.

En attendant, les marins du commerce se récriaient contre les tarifs et la multiplicité des frais relatifs à une prise de fret à La Nouvelle-Orléans. Pour un navire français de 1 158 tonneaux venu charger 3 929 balles de coton et 1 000 merrains[1], le pilotage coûtait 60,78 dollars; le remorquage : 1 447,50 dollars; la visite de santé : 30 dollars; les frais de douane (entrée) : 13,40 dollars; les droits de tonnage : 347,40 dollars; les droits de quai : 223,70 dollars; le droit du capitaine du port : 34,74 dollars; le droit du gardien du port : 18 dollars; le droit de l'hôpital de charité (14 passagers à 2,50 dollars) : 35 dollars; les frais de presse sur 3 929 balles de coton : 3 651,65 dollars; les prélarts[2] : 20 dollars; les frais d'arrimage pour coton et merrains : 3 345,65 dollars; les frais de consulat : 16,50 dollars; les frais de douane (sortie) : 15,85 dollars; le remorquage de sortie : 289,50 dollars; le pilotage de sortie : 76,50 dollars; les annonces dans les journaux et menus frais : 30 dollars; la commission sur le fret 5 p. 100 : 1 491,64 dollars. Ainsi une escale à La Nouvelle-Orléans coûtait à l'armateur la somme de 11 147,78 dollars.

1. Bois de chêne fendu en planches pour faire des douves de tonneaux.
2. Grosse toile goudronnée pour abriter les chargements.

A ces frais devaient s'ajouter les soucis que causaient aux capitaines les fréquentes désertions. Depuis qu'une compagnie de recherches pétrolières avait trouvé de l'huile dans la paroisse de Calcassieu, après avoir creusé un puits de 442 pieds de profondeur, et que des ingénieurs avaient repéré au même endroit un gisement de soufre pur et cristallisé de 100 pieds d'épaisseur, certains imaginaient de nouvelles et rapides fortunes. Les matelots, trop sensibles aux charmes des belles prostituées mulâtresses du Vieux Carré, constituaient des proies dociles pour les recruteurs des nouvelles entreprises qui recherchaient des cadres européens pour faire travailler les Noirs.

Le consul de France avait beau publier que les Français qui choisissaient d'émigrer en Louisiane ne devaient compter que sur eux-mêmes, dans un pays au climat débilitant, où le thermomètre marquait de 32 à 35 degrés centigrades pendant quatre à cinq mois de l'année, c'était peine perdue. L'industrialisation accélérée du Nord, la mise en service de nouvelles lignes de chemin de fer, l'opinion communément répandue que le Sud regorgeait de richesses que ces fainéants d'esclavagistes n'avaient jamais su exploiter attiraient chaque mois des émigrants de toutes nationalités.

En quinze mois, entre le 1er janvier 1867 et le 1er avril 1868, on avait vu débarquer, leur sac sur le dos, leurs outils à la main et parfois accompagnés de femmes et d'enfants, 12 000 étrangers, dont 3 894 Anglais, 2 672 Allemands, 2 592 Français, 1 264 Espagnols, 983 Italiens, 612 Mexicains et 550 de nationalités diverses, allant du Suédois au Grec.

Le temps paraissait révolu où la Louisiane était la terre d'Amérique élue par les Français. Ceux-ci préféraient maintenant les colonies plus proches et plus neuves. Les planteurs recrutaient volontiers parmi les arrivants des contremaîtres et des représentants des corps de métier. Chaque fois qu'ils pouvaient se priver des affranchis, qu'ils entendaient bien cantonner dans les travaux rustiques des champs, ils s'estimaient satisfaits.

Percy Tampleton traduisait assez justement l'opinion des anciens propriétaires d'esclaves quand il disait : « Tout nègre sachant lire et écrire ou connaissant un métier et qui s'en va chercher de l'emploi au Nord est un bon nègre pour le Sud. »

Comme l'Etat avait de plus en plus besoin d'argent, ne serait-ce que pour éponger ses dettes, le gouverneur avait accepté en 1868 la proposition d'un certain John A. Morris, capitaliste, ayant des accointances avec la banque new-yorkaise. Avec son ami Charles T. Howard, cet astucieux financier avait mis au point un projet de loterie d'Etat qui fut agréé. En échange de l'exclusivité pour vingt-cinq ans, les organisateurs de la « Louisiana State Lottery » s'étaient engagés à verser 40 000 dollars chaque année à l'hôpital de charité. Le capital de la société avait été fixé à un million de dollars, mais en fait 100 000 dollars seulement avaient été déposés en garantie. Les tenanciers des nombreuses maisons de jeux, qui devaient payer chaque année une licence de 5 000 dollars, voyaient d'un assez mauvais œil cette concurrence.

Quand on apprit que le général de Beauregard et le général Jubal Early, deux héros des armées confédérées, avaient accepté de présider aux tirages de la loterie et d'en contrôler la loyauté, les Louisianais furent convaincus de l'honnêteté et de l'intérêt public de l'entreprise. Autorisés à vendre chaque semaine 100 000 billets à 25 *cents* et à offrir un gros lot de 3750 dollars, les organisateurs escomptèrent un pactole. Les tirages avaient lieu en public sur la scène d'un théâtre. Deux enfants aux yeux bandés — comme toute allégorie de la fortune — extrayaient de deux cages cylindriques et pivotantes l'un le numéro du billet gagnant, l'autre le lot attribué. Les généraux, avec la gravité des oracles, annonçaient lots et numéros. Le public applaudissait aux manifestations de la chance.

Bientôt la loterie d'Etat eut son immeuble et le vendeur de billets apparut au côté de la marchande de pralines, du cireur, du porteur de glace, du vitrier et du rémouleur dans le petit peuple déluré et bonimenteur des métiers de la rue.

Loin de la ville et de ses expédients, Bagatelle avait trouvé une sérénité nouvelle. Pour la première fois depuis bien longtemps, on vit, un beau matin, Télémaque se présenter, son chapeau à la main, au pied de l'escalier de la galerie, brandissant la première fleur de coton.

« Maîtresse, les fleurs sont là... », lança le vieux Noir, bien conscient de renouer avec un rite qui remontait au premier marquis de Damvilliers.

Dandrige et Virginie s'approchèrent et la dame de Bagatelle reçut dans le creux de la main la fleur déjà fripée, car Télémaque ne courait plus aussi vite qu'autrefois. Clarence fit venir la cuisinière et lui demanda d'apporter au messager du coton le cake et la traditionnelle cruche de sirop d'érable. Puis il mit la main au gousset, en tira un dollar d'argent que Télémaque reçut avec reconnaissance. Ainsi, après des années de chagrin et d'inquiétude, malgré toutes les difficultés que connaissait encore le pays, les êtres et les choses semblaient retrouver leur place. Le Roi-Coton, même mollement servi par les affranchis dont aucun ne s'était soucié de disputer à Télémaque l'honneur de la première fleur à porter au maître, brandissait à nouveau son sceptre blanc sur les rives du Mississippi.

Un moment plus tard, alors que l'intendant s'apprêtait à enfourcher son cheval pour aller, toujours suivant la tradition, évaluer à travers les promesses des premières fleurs les perspectives de la future récolte, Virginie apparut en tenue d'amazone.

« Qu'on amène ma jument, je veux aller avec vous, Clarence. »

Le vieux Bobo, qui marchait de plus en plus difficilement et ne hennissait plus qu'en mineur, tant il paraissait tenaillé par l'asthme, fut bien étonné de voir sa maîtresse se mettre en selle comme autrefois, quand jeune et arrogante elle lui plantait sans précaution son talon dans la paume pour se faire hisser.

« Il y a peut-être cinq ans que je n'ai pas monté, mais je me sens rudement bien... Allons, Clarence ! »

Au petit trot, les deux cavaliers prirent le chemin de la berge pour se rendre au « Grand Carré », le champ le plus éloigné de la maison et le mieux exposé aussi, où toujours apparaissaient les premières fleurs. Au passage, le portail grand ouvert de la plantation O'Neil permit à Virginie et à Clarence de voir que le nouveau propriétaire, M. Oliver Oscar Oswald, déjà connu sous le sobriquet de « Triple Zéro », faisait effectuer d'importants travaux. La maison, qui menaçait de tomber en ruine, avait été consolidée. Les murs lépreux avaient été recrépis et des ouvriers étaient occupés à lui ajouter un péristyle qui n'attendait plus qu'un fronton triangulaire.

« Mais je connais ces colonnes ! s'écria Dandrige. Comment diable les a-t-on transportées jusqu'ici ? »

La réponse vint quelques instants plus tard, quand M. Oswald, informé par un domestique que deux cavaliers lorgnaient sa demeure, reconnut le couple et s'en approcha vivement.

Avec emphase et croyant en cela imiter le salut que les Cavaliers ne manquaient jamais d'adresser aux dames, fussent-elles montées, le délégué développa avec son panama un moulinet ridicule qui fit dresser l'oreille à la jument de Dandrige.

« Ma plantation ne sera jamais aussi belle et spacieuse que Bagatelle, dit le Yankee, dont la chevelure bouclée flamboyait au soleil comme une poignée de copeaux de cuivre.

— Le péristyle ne peut que l'avantager, fit Virginie, doucereuse. Où avez-vous trouvé d'aussi belles colonnes ?

— Elles proviennent d'une plantation incendiée qui avait appartenu à la famille Barrow. Les nouveaux propriétaires ayant tous péri dans un incendie dont on n'a jamais su l'origine, les ruines n'intéressaient plus personne... Bien que Mlle Adèle Barrow, qui dirige le dispensaire du docteur Finks, n'ait plus rien à voir à tout ça, je lui ai demandé la permission d'enlever ces colonnes. Je lui ai expliqué que ces pièces d'architecture, autrefois choisies par son illustre famille, devaient être conservées... En somme, je les ai sauvées de la destruction complète et Mlle Barrow m'a paru satisfaite... Naturellement, j'ai fait don de cent dollars au dispensaire... et, ajouta, avec un rien d'ironie, M. Oswald, nous avons évité de parler de ce triste incendie.

— Eh bien, je vous félicite, lança Virginie, c'est une bonne action, monsieur Oswald.

— Quand tous les travaux seront terminés, je compte donner une petite fête. Me ferez-vous, madame, et vous aussi, monsieur l'intendant, l'honneur d'y assister ?

— Mon Dieu ! Monsieur Oswald, quand votre date sera fixée, faites-moi porter un carton. Si nous n'avons pas d'obligations, M. Dandrige et moi-même répondrons certainement à votre invitation... »

Dandrige, qui n'avait pas desserré les dents, souleva légèrement son chapeau et marqua que l'entretien était terminé en faisant pivoter son cheval. Virginie le suivit et mit aussitôt sa jument au galop afin de montrer à M. Oswald que les dames du Sud étaient bonnes cavalières.

Quand, un peu plus loin, les montures eurent repris le pas de promenade, Virginie observa :

« Ce « Triple Zéro » n'est peut-être pas aussi mauvais qu'il paraît.

— Les hommes de ce genre sont capables des pires et des meilleures choses, Virginie. Il faut les voir dans des situations difficiles et apprécier leur comportement pour les connaître. Oswald semble vouloir jouer au gentilhomme. Il a sans doute beaucoup à apprendre, mais peut-être, après tout, en est-il capable !

— Un Cavalier n'a jamais les cheveux rouges et les mains velues et ne chasse pas les mouches avec son panama quand il salue une dame !

— M. Oswald est, dans son genre, une sorte de pionnier, Virginie. Comme tous les conquérants, il va, pendant un certain temps, vivre de rapines. Ensuite, le Sud l'absorbera — le métal en fusion absorbe les déchets — ou le rejettera dans l'univers frelaté des *carpetbaggers*. »

Quand ils se trouvèrent devant le champ de cotonniers, grande natte moelleuse et verte où l'œil exercé du planteur repérait çà et là des points blancs et jaunes, les fleurs précoces qui s'épanouiraient et succomberaient en quelques jours, Clarence et Virginie se recueillirent comme des croyants au seuil d'un sanctuaire. Lui, les mains superposées sur le pommeau de la selle, paupières mi-closes sous l'aile en visière du panama, supputait déjà la densité des capsules sur les arbustes alignés. Elle, son petit chapeau d'écuyère retenu par une mousseline nouée sous le menton, le teint rosi par la course, un peu essoufflée aussi et dévorant du regard cette végétation disciplinée, souriait, heureuse d'être encore, à l'âge où beaucoup de femmes ont renoncé, ferme sur sa jument, face à cette terre fidèle.

« Quel dommage que nous n'ayons pu ensemencer que deux mille acres cette année, Virginie ! Je suis certain que la cueillette sera bonne si les chenilles ne s'en mêlent pas.

— C'est un beau champ, Clarence, le plus beau que j'aie jamais vu. Regardez comme les cotonniers sont droits, drus et forts. Pourquoi mille acres de plus ? N'avons-nous pas ce qu'il nous faut maintenant pour aller de cueillette en cueillette jusqu'à la dernière ? »

Elle fit se rapprocher sa jument du cheval de Dandrige. Lui se souvint à cet instant que, par une lointaine matinée toute pareille à celle-ci, Virginie Trégan, recevant du marquis de Damvilliers, son parrain, la première fleur de coton de l'année, lui était apparue comme une souveraine destinée à régner sur le domaine des gentilshommes venus de France sur les traces de Bienville.

« Ainsi, dit-il, les destins s'accomplissent, le cycle se poursuit. Vous voici face à cet univers limité que vous avez conquis, que vous avez soumis, que vous avez sauvé, et qui aujourd'hui vous rend l'hommage de la fertilité retrouvée. Soyez heureuse, Virginie, Bagatelle vit!

— Sans vous, Clarence, que serait devenu ce domaine? Aurait-il résisté à l'abandon? Votre foi et votre volonté ont permis de surmonter tant de moments difficiles! Et puis je sais bien, moi qui vous connais et qui vous aime, que le véritable maître de Bagatelle, ce fut toujours vous.

— Peut-être ai-je assuré en effet une sorte de continuité des travaux routiniers en intendant scrupuleux. Mais vous comprenez bien aussi que tout a été accompli à travers les sentiments que je vous porte. Vous seule, Virginie, avez décidé de ma vie. J'ai su assez tôt que jamais je ne pourrais quitter ce domaine. Et cette terre recevra un jour mon corps, afin que j'y sois plus intimement mêlé... »

Virginie fit glisser son gant, étendit le bras et prit la main de Dandrige.

« C'est dans cet humus fécond, Clarence, qu'un jour, qui n'est peut-être pas très lointain, nous serons dissous et unis. Nos noces s'accompliront ainsi dans l'éternité.

— ... ou le néant, dit Clarence... Ce qui est la même chose. »

FIN DU TOME PREMIER

TABLE

Première époque
　LES RETOURS 9

Deuxième époque
　LA RELÈVE 331

OUVRAGES CONSULTÉS

Baro (Gene). — *After Appomatox* (Corinth Books, New York, 1963).

Belsom (Jack). — *Reception of major operaties premieres in New Orleans during the ninetienth century* (Louisiana State University Press, Baton Rouge, Louisiane).

Bertrand (Edward). — *La Conduite du Rucher* (Payot, Lausanne, 1972).

Blake (Christopher). — *The Fair, Fair Ladies of Chartres Street* (Christopher Blake's Books, New Orleans, 1965).

Branthome. — *Le Brave Général Boulanger* (Ed. Marcel Seheur, Paris, 1930).

Browne (Turner). — *Cajuns de la Louisiane* (Louisiana State University Press, Baton Rouge, 1977).

Christian (Marcus). — *Negro Ironworkers of Louisiana 1718-1900* (Pelican Publishing Company, Gretna, 1972).

Collier (Peter) et Horowitz (David). — *Les Rockefeller* (Le Seuil, Paris, 1976).

Comettant (Oscar). — *Trois ans aux Etats-Unis* (Daguerre Libraire-éditeur, Paris, 1858).

Curtis (Edward S.). — *Scènes de la vie indienne en Amérique du Nord* (Albin Michel, 1972).

Devoto (Bernard). — *L'Amérique de Mark Twain* (Seghers, Paris, 1966).

Donald (David) et Randall (J.G.) — *The Civil War and Reconstruction* (Heath and company, Lexington, Mass., 1969).

Du Mont (E.L.). — *Genève d'autrefois* (Le Pavé, Genève, 1969).

Fabre (Michel). — *Esclaves et planteurs* (Julliard, Paris, 1970).

Fevre (Jeanne). — *Mon oncle Degas* (Ed. P. Cailler, Genève, 1949).

Guilbeau (J.L.). — *The St. Charles Street-Car* (Guilbeau Publisher, New Orleans, 1975).

Halevy (Daniel). — *Degas parle* (La Palatine, Paris, 1960).

Huber (Leonard V.). — *New Orleans* (Crown Publishers, New York, 1971).

Huber (Leonard V.). — *Louisiana* (Charles Scribner's sons, New York, 1975).

Jackson (Joy L.). — *New Orleans in the Gilded Age* (Louisiana State University Press, Baton Rouge, 1969).

Kane (Harnett J.) — *Plantation Parade* (Bonanza Books, New York).

Lanier (Edmond). — *Compagnie générale transatlantique* (Plon, Paris, 1962).

Lassaigne (Jacques). — *Tout l'œuvre peint de Degas* (Flammarion, Paris, 1974).

Laugel (Auguste). — *Les Etats-Unis pendant la guerre* (Germer Baillière, Paris, 1866).

Lecomte (Henri). — *Le Coton* (G. Naud, Editeur, Paris, 1902).

Lemonnier (Léon). — *La Jeunesse de Mark Twain* (Ed. Desclée de Brouwer, Bruges).

Lemonnier (Léon). — *Les Mormons* (Gallimard, Paris, 1948).

Looney (Ben Earl). — *Beau séjour* (Claitor's Publishing Division, Baton Rouge, 1972).

Maeterlinck (Maurice). — *La Vie des abeilles* (Editions du Livre, Monaco).

Martinez (Raymond J.) — *Marie Laveau, Woodoo Queen* (Hope Publications, Jefferson, Louisiane, 1956).

McLuhan (T.C.). — *Pieds nus sur la terre sacrée* (Denoël, Paris, 1971).

Monteaux (Jean). — *Barnum* (Grasset, Paris, 1975).

Oakey Hall (Abraham). — *The Manhattaner in New Orleans* (Louisiana State University Press, Baton Rouge, Louisiane, 1976).

Parkinson Keyes (Frances). — *All this is Louisiana* (Harper Brothers, New York, 1950).

Rand (Clayton). — *Sons of the South* (Holt Rinehart and Winston, New York, 1961).

Randel (William Peirce). — *Le Ku Klux Klan* (Albin Michel, Paris, 1966).

Reed (Reveon). — *Lâche pas la patate* (Parti Pris, Montréal, 1976).

Rouberol (Jean) et Chardonnet (Jean). — *Les Sudistes* (Armand Colin, Paris, 1971).

Saucier (Corinne-L.). — *Traditions de la paroisse des Avoyelles en Louisiane* (American Folklore Society, Philadelphie, 1956).

Short (Sam B.). — *Ti so* (Claitor's Publishing Division, Baton Rouge, 1972).

Smith Thibodeaux (John). — *Les Francophones de Louisiane* (Entente, Paris, 1977).

Tassin (Myron). — *We are Acadians* (Pelican Publishing Company, Gretna, 1976).

Taylor (Joe Gray). — *Louisiana Reconstructed (1863-1877)* (Louisiana State University Press, Baton Rouge, 1974).

Thurston Peck (Harry). — *Vingt années de vie*

publique aux Etats-Unis (1885-1915) (Plon, Paris).

WATTS (Mrs. Beulah Smith). — *Bayou Sara* (Claitor's Publishing Division, Baton Rouge).

WERNER (M.R.). — *Barnum* (Payot, Paris, 1924).

WHITSON (Skip). — *Louisiana 100 Years Ago* (vol. I et II) (Sun Publishing Company, Albuquerque, New Mexico, 1976).

The Bicentennial Almanac, edited by Calvin Linton (Thomas Nelson Inc. Publishers, Nashville, Tennessee, 1976).

ARCHIVES ET SOURCES DIVERSES

— Correspondance des consuls de France à La Nouvelle-Orléans.
  (Archives du ministère des Affaires étrangères, Paris).
— Historic New Orleans Collection.
— Archives de « Louisiana State University ». Baton Rouge.
— Archives de l'Etat de Louisiane à Baton Rouge.
— Collection de l' « Athénée louisianais ». La Nouvelle-Orléans.
— Archives privées de la famille Bastard de Péré.
— Archives de la Ville de Genève.

DU MÊME AUTEUR

Chez le même éditeur :

COMME UN HIBOU AU SOLEIL *(roman)*.
LETTRES DE L'ÉTRANGER.
ENQUÊTE SUR LA FRAUDE FISCALE.

Louisiane :
Tome I : LOUISIANE.
Tome II : FAUSSE-RIVIÈRE.
Tome III : BAGATELLE.

UN CHIEN DE SAISON.
POUR AMUSER LES COCCINELLES.

Chez d'autres éditeurs :

LES TROIS DÉS *(Julliard)*..
UNE TOMBE EN TOSCANE *(Julliard)*.
L'ANGLAISE ET LE HIBOU *(Julliard)*.
LES DÉLICES DU PORT *(essai sur la vieillesse - Fleurus)*.

IMPRIMÉ EN FRANCE PAR BRODARD ET TAUPIN
58, rue Jean Bleuzen - Vanves - Usine de La Flèche.
LIBRAIRIE GÉNÉRALE FRANÇAISE - 14, rue de l'Ancienne-Comédie - Paris.
ISBN : 2 - 253 - 03664 - 1

30/6056/3